U1003751

经典悦读之旅

契诃夫短篇小说选

[俄罗斯] 契诃夫 / 著　李辉凡 / 译

中国青年出版社

图书在版编目（CIP）数据

契诃夫短篇小说选 /（俄罗斯）契诃夫著 ； 李辉凡译 . — 北京 ： 中国青年出版社，2024.5

ISBN 978-7-5153-7130-6

Ⅰ. ①契… Ⅱ. ①契… ②李… Ⅲ. ①短篇小说—小说集—俄罗斯—近代 Ⅳ. ① I512.44

中国国家版本馆 CIP 数据核字（2024）第 006779 号

书　　名：契诃夫短篇小说选
作　　者：[俄罗斯] 契诃夫
译　　者：李辉凡

责任编辑：陆遥
书籍设计：煦合设计
出版发行：中国青年出版社
社　　址：北京市东城区东四十二条 21 号
网　　址：www.cyp.com.cn
编辑中心：010-57350403
营销中心：010-57350370
经　　销：新华书店
印　　刷：济宁华兴印务有限责任公司
规　　格：670mm×955mm 1/16
印　　张：20.5
字　　数：308 千字
版　　次：2024 年 5 月北京第 1 版
印　　次：2024 年 5 月山东第 1 次印刷
印　　数：1—10000 册
定　　价：39.80 元

如有印装质量问题，请凭购书发票与质检部联系调换。联系电话：010-57350337

常读常新的契诃夫

李辉凡

契诃夫的精美的短篇小说及其优秀的戏剧作品瞩目于世界文坛已有一个世纪了，而一百年以后的今天，我们仍然喜欢他的作品，仍然阅读他的作品，仍然研究他的作品，这是因为真正的好作品、优秀的世界名著是百读不厌、常读常新的。俄国著名戏剧家斯坦尼斯拉夫斯基说得好："契诃夫的这一章还没有结束，人们还没有像应有的那样读完它，还没有深刻领会它的底蕴，而过早地把书合上了。希望人们重新打开它，钻研它，读完它。"①

契诃夫是 19 世纪末 20 世纪初俄国一位杰出的批判现实主义作家，短篇小说大师。他首先以写短篇小说著称，也正是以其精彩绝伦而又朴实无华的短篇小说跻身于世界经典作家之列。他一生写了许多中短篇小说和一系列的优秀剧本。契诃夫作品的伟大意义在于，他无情地嘲弄和鞭挞了现实生活中一切庸俗的东西、丑恶的东西和奴性的东西，唤醒人们同它们进行斗争，并坚信美好的生活必将到来。与此同时，他对人生丑恶的种种形态的披露又是用一种诗人的崇高的语言、用幽默家温和的微笑表现出来的。这也许就是契诃夫独特的艺术风格及其美学魅力之所在。

① 《斯坦尼斯拉夫斯基全集》第 1 卷，第 327 页，中国电影出版社 1979 年版。

一

安东·巴甫洛维奇·契诃夫（1860~1904）出生在罗斯托夫省塔干罗格市一个三等商人的家庭。他的祖父是农奴。1841 年，契诃夫的祖父以三千五百卢布的代价赎得了他自己和全家的自由。后来契诃夫的父亲开了一间杂货店。年幼的契诃夫除了上学外，也帮助父亲看小店和算账。父亲笃信宗教，并要求自己的孩子们也认真做礼拜。但是，小契诃夫对宗教并不感兴趣，他最高兴的事是到当地的剧院看戏。这是他对文艺爱好的最初的萌芽。由于父亲不善于经营，1876 年杂货店倒闭了，全家迁居莫斯科。由于家庭经济拮据，契诃夫只好一面读书，一面打工（当家庭教师）。1879 年中学毕业，同年他考进莫斯科大学医学系；1880 年用安托沙·契洪特的笔名开始在杂志上发表作品。1884 年，契诃夫的第一本短篇小说集《梅尔波梅尼的故事》问世。大学毕业后又于 1886 年和 1887 年出版了两本小说集《五颜六色的故事》和《黄昏》，从而奠定了作家在文学界的声誉。

契诃夫的早期作品数量很多，良莠不均。青年契诃夫由于生活和上学的经济困难，为了多发表作品，有时不得不迎合当时报刊的口味，写过不少逗人发笑、无伤大雅的“急就篇”，如《在剃头店里》等（大多署名契洪特）。契诃夫后来反省过这一时期的创作，在出版文集时删去了很多不成熟的作品。但与此同时，他也发表了许多重要的和优秀的小说如《迟开的花朵》《一个官员之死》《胖子和瘦子》《胜利者的胜利》《变色龙》《普里希别耶夫军士》和《在钉子上》等。这些作品题材广泛，内容深邃，文笔幽默而凝重。《一个官员之死》写某庶务官在看戏时打了一个喷嚏，把唾沫星子溅到了前排一位文职军官的秃顶和脖子上，庶务官从而神魂不安。虽然他三番五次地对将军赔礼道歉，但仍旧是惶惶然不可终日。结果不过几天便一命呜呼了。故事表明，在专制主义的不平等的社会里，大人物的淫威、灵魂被扭曲了的小人物的奴性心理达到了何等的令人难于置信的地步。《变色龙》中的小警官奥楚梅洛夫则是一个阿谀权贵、看风使舵的奴才。广场上发生了一起狗咬伤人的案件。开始时警官以为咬人的狗是一条普通人家的狗，便扬言要把狗打死，还要给狗主人一点颜色看。但当听说这是日加洛夫将军的狗时，警官被吓出一身冷汗，顿时改变腔调，替狗辩护起来。这时将军家的厨师出来说，这狗不是将军的。话音未落，警官的态度又是一个一百八十度的转变。其实厨师的话并没有说完，他接着说，这是将军哥哥的狗。结果警官又换了一副脸孔。作者通过警官的三次变脸，活脱脱地勾勒出了沙皇鹰犬的丑恶嘴脸，并且给这种“变色龙”式的典型形象赋予了深刻的社会内容。《普里希别耶夫军士》的同名主人公也是一位奴性十足的专制主义的卫道士，他虽然已经退伍了，却仍旧自愿地为专制制度卖力，继续骑在人民头上作威作福。他不许人们唱歌，不许人们笑，不许人们点灯……这位军士的奴性已经渗入骨髓，深深地体现了沙皇专制警察统治的反动实质。

又如《胖子与瘦子》，写两位老同学不期而遇，见面时称兄道弟，问寒问暖，亲密无间。后来知道瘦子已做了八品文官，胖子只是三等文官时，两人关系骤然巨变，立即从嘘寒问暖变成了打躬作揖，小官对大官的那种阿谀谄媚、低三下四的丑相，简直令人作呕！在《胜利者的胜利》中的柯祖林和库里岑等几个小丑的那种奴才对上司、上司对奴才的精彩表演，更是令人啼笑皆非。

从上述作品我们看到，契诃夫无疑继承了果戈理、谢德林讽刺幽默的创作传统。他通过诙谐、揶揄的笔触针砭了沙皇统治下的种种野蛮和黑暗，抨击了倚仗权势、阿谀奉承，以及俄国国民性中庸俗愚昧的奴性心理。这些作品有的令人愤恨，有的令人发笑。即使是笑，也不是开心的笑，而是使人压抑、催人泪下的苦笑，同时充满作者忧郁的谴责的调子。不论是大人物还是小人物，凡是有辱人格、有损人的尊严的东西，都在作者的讽刺、贬斥之列，只是契诃夫的讽刺比较含蓄，它不是让你放声大笑，忘乎所以，而是不动声色，含而不露，笑声里带有苦涩的东西，使读者不能不思考，不能不动情。

二

契诃夫1884年大学毕业后参加了地方的医务工作。他一面行医，一面继续从事文学创作。随着生活阅历的丰富，作家的思想和艺术功力也不断得到提高和发展。反映在他的创作上，是从滑稽可笑的题材转向了对日常生活和劳动群众的关注。这一时期发表的优秀短篇如《哀伤》《苦恼》《万卡》《渴睡》等都是反映下层劳动者生活的作品。作者通过细腻入微的观察和深刻的心理分析，描绘了处于水深火热之中的劳苦大众的悲惨境遇，并寄予深切的同情。《哀伤》中的格里高里本来是个优秀的工匠，在正常的社会中他本可以过幸福的生活，但他却贫穷潦倒，醉醺醺地、半睡半醒地过了一辈子。老婆讨饭，生病无钱医治，终于死在上医院的马车上。直到这时他才清醒过来，哀叹自己"四十年如同在云雾里一样过去了"。《苦恼》中的马车夫死了儿子，心里极度悲伤，多次想向人倾诉内心的痛苦，但是在这冷漠的社会里却无人同情他，因此只好对自己的老马去诉说。《万卡》写一个小学徒的遭遇。九岁的万卡没有父母，由爷爷领他到一家鞋铺当学徒。在那里挨打受骂，吃尽苦头；他举目无亲，无法向人诉说，只好写信给爷爷诉苦和求救："亲爱的爷爷，你来吧，我为你向基督上帝祈祷，你带我离开这里吧，你就可怜可怜我这个不幸的孤儿吧……我的生活苦极了，比狗都不如。"一字一泪，读来令人揪心。《渴睡》也是写一个小姑娘当保姆的悲剧故事。十三岁的瓦尔卡在一个老爷家当小保姆。她白天干繁重的杂活，马不停蹄地东跑西颠，晚上照看孩子的摇篮，还挨打受骂。孩子哭闹不停，她得不到一分钟的休息，被折磨得精神失常了。她为了睡个觉，竟无意识地犯罪——把小孩掐死了。显然，等待着她的悲剧是可想而知的。

这些故事，在生活中是平常的、真实的，同时又是可怕的。契诃夫善于把这些日常现象如实地描写出来，成为一幕幕动人的又是血淋淋的悲剧，并从中揭示其重大的社会内涵，抨击不合理的社会制度，为劳动者的悲惨处境呐喊。在契诃夫的早期创作中，《迟开的花朵》是独具特色的一部作品，它从题材到风格都与上述各篇迥然不同。作品描写一位破落贵族家庭小姐的爱情悲剧，极其深刻而真实地反映了十九世纪末俄国社会大变动的生活动态，它与作者后期创作的剧本《樱桃园》颇有相似之处。故事分两条线索平行展开：一是贵族普里克朗斯基家庭"无可奈何花落去"的日趋破败的情况；二是贵族小姐玛露霞与托波尔科夫医生的悲凄爱情。作品重点塑造了三个人物形象：浪荡子叶果鲁什卡，是没落贵族阶级的代表，作者给予了严厉的揶揄和批判；医生托波尔科夫，则以未来新生活主人的形象呈现在读者面前；女主人公玛露霞小姐是没落制度、没落时代的牺牲品，作者对她表示了深切的怜悯。爱情之花为什么会迟开？读者自会作出判断。这朵爱情之花虽然迟开，甚至没有绽放，却依然艳丽，因为爱情本身是美丽的。这是一种短暂而凄美的爱情，作者赋予它无限的同情和惋惜，也给读者留下了一抹淡淡的哀愁。

三

19 世纪 80 至 90 年代是俄国最动荡也是最黑暗的时代，国内形形色色的理论、宣传、说教层出不穷。沙皇统治者曾叫嚷要把整个俄国冻结起来。契诃夫是一位严肃、正直的作家，面对这种丑恶的现实，他开始深切地感受到，一个作家如果没有明确的世界观和信念，不仅将一事无成，而且是"一种可怕的事"[①]。随着作家声誉的日益增长，他的艺术责任感也越来越重，他明确指出："文学家不是糖果贩子，不是化装专家，不是给人消愁解闷的，他是一个负有责任的人，受责

① 《契诃夫论文学》，第 126 页。

任感和良心的约束。”[①]他在这个时期写的许多作品都是有意讨论世界观和生活目标问题的，如《没有意思的故事》中的老教授尼古拉·斯杰潘诺维奇，他虽然德高望重，知识渊博，胸前挂满了勋章，但是却缺乏一以贯之的完整的世界观，没有远大的生活目标，回答不了“怎么办”的问题。他直到晚年才醒悟过来，才发现自己缺乏最重要的“中心思想”，可是为时已经晚矣。

19 世纪 90 年代是契诃夫创作的成熟阶段。这个时期的一系列作品如《在流放中》《六号病房》《带阁楼的房子》等的最大特点，是有明确的针对性和更强烈的批判性。《六号病房》是直接针对当时知识分子中流行的托尔斯泰主义的“不抗恶”理论而发的。医院的六号病房是一间精神病室，但是关在这里的并不都是精神病患者，有些不满现实或“不安分”的人也被当作疯子关进这个病房，格罗莫夫就是一例。他在大学念过书，知多识广，作风正派，道德纯正，但是他对现实不满，激烈地批评社会上种种不合理现象：“卑鄙的家伙吃得饱、穿得好，正直的人却忍饥受寒”；社会“像野兽一般生活”。格罗莫夫由于自己说了许多激越的话，下意识地感到害怕，觉得自己随时都有可能被捕。后来他终于被关进了六号病房。作品的另一位主人公是医院的医生拉京。他虽然正直、善良，却是一个托尔斯泰主义者，信奉一套“不抗恶”的哲学；他没有受过苦，也不知道是非、善恶。当格罗莫夫问他“你们为什么把我关在这里”时，他说：“一切取决于机遇，谁被关了起来，谁就得待在这里。”他甚至说：“停止诉苦，疼痛就会消失。”然而拉京万万没有想到，与格罗莫夫谈话后不久，自己竟也被当作“精神病人”关进了这个病房。这一结局本身就说明了托尔斯泰主义的破产。六号病房是一间黑暗地狱，到处是污秽、恶臭，管理人员贪污腐化、违法乱纪，殴打、虐待病人，一片乌烟瘴气，阴森可怖。作者把它比作监狱。它何止是监狱，简直就是整个黑暗俄罗

① 《契诃夫论文学》，第 35 页。

斯的缩影。

《带阁楼的房子》则主要是批判“小事论”这一错误理论的。这种理论宣扬的是小修小补的自由主义的“改良”，给人小恩小惠一点安慰，而拒绝对社会的根本改造。作品中的莉达就是“小事论”思潮的受害者，她虽然满腔热忱，但关心的都是小事，整天忙于学校啦、图书馆啦、医疗站啦！诚然，就事论事来说，这些都是善举，但是作者看到，在反动、黑暗的专制制度下，这些办法都不可能根本改造社会。他通过一位画家的口说：“据我看来，医疗站、学校、图书馆、药房在现今的条件下都只能为奴役服务。人民被一条巨大的锁链锁着。您不去砍断这条锁链，反而去增加新锁链的环节。”作者在如何建设新生活方面，也许未能提出正确的方案，但是号召“砍断锁链”、砸烂旧世界这第一步的行动却无疑是正确的。

四

“庸俗习气是巨大的祸害。”庸俗、保守、愚昧是契诃夫的大敌，反对庸俗也是他创作中最重要的主题之一。他一生都在跟庸俗做斗争，他嘲笑它，用一支锋利而冷峻的笔描写它。《套中人》《醋栗》《关于爱情》《不安分的女人》《文学教师》《姚内奇》等，就是契诃夫揭露庸俗，贬斥保守、愚昧的力作。《套中人》中的中学教员别里科夫是保守派、顽固派的典型，是旧制度的卫护者，新事物的反对者。他性情孤僻，像寄生蟹或者蜗牛那样极力缩进自己的硬壳里去。他晴天上街也要带上雨伞，穿上套鞋，而且一定穿上棉大衣；他的雨伞有伞套子，怀表有表套子，小折刀也有刀套子；他走路时把脸藏在竖起的领子里，戴上黑眼镜，耳朵用棉花堵上……总之，他总想用一层硬壳把自己包起来，以便隔绝人世，不受外界影响；他怕现实生活的刺激，老是称赞过去，甚至把思想也极力地藏在套子里。他最常说的一句话是：“哎呀，千万别闹出什么乱子来啊！”这种描写不是夸张，在现实生活中是完全真实的，而且不是个别现象，正如作品中的布尔金所说："我们虽然埋葬了别里科夫，可是还有多少这样的套中人活着，将来又还会有多少这样的人呢！"契诃夫塑造的这个典型具有极大的社会性和广泛性，是一切保守、落后的顽固分子的一面镜子。

《醋栗》中的尼古拉也是一个胸无大志、只贪图个人幸福的庸人。他一辈子最大的理想，就是要拥有一个自己的庄园，庄园里栽上一些醋栗树。他常幻想着有一天："在阳台上坐一坐，喝杯茶，池塘里有自己的小鸭子在泅水，四处清香，而且……醋栗成熟了。"后来他的"理想"实现了，他终于成了一个俗不可耐的庄园主，心满意足地吃上了那"又硬又酸的醋栗"。作者通过他哥哥伊万的口对这种"幸福"进行了分析批判，指出这不是幸福，而是"麻木不仁"。这是一种自私自利的幸福，庸俗之徒的幸福。

《姚内奇》的主人公亦是一个堕落知识分子的形象。地方自治局的医生姚内奇原是一个充满幻想的青年，他来到省城行医后，跌进了省城庸俗、闭塞、空虚的染缸里。这里的人只知道打牌、吃饭，除此之外什么都不懂，也不感兴趣。你若对他说"人必须工作"，"生活缺少劳动不行"，那他们就会生气，会把这些话当作训斥。只要话题不是吃、玩，比方谈到政治或科学问题，他们就一定茫然不知所措，或者讲出一套愚蠢的大道理来。久而久之，这种空虚、无聊的生活把姚内奇仅有的一点热情和思想也销蚀了。现在他也成了一个除了吃饭打牌外，就只会清点钞票的俗物了。

除上述各种庸人俗物外，契诃夫也塑造了一些美好、纯正、憧憬未来的新型知识分子的形象，如《醋栗》中的伊万·伊万内奇、《不安分的女人》中的狄莫夫医生等。"不能再这样生活下去了！"就是伊万·伊万内奇告诫人们的一个警句。还有一些是不同程度上开始觉醒的人的形象，如《文学教师》中的尼基丁、《带狗的女人》中的古罗夫、《三年》中的柯斯佳和《我的一生》中的主人公等。他们觉醒后才惊讶地感叹道："我的上帝啊，我这是在哪儿呀？！我被庸俗，庸俗包围了。无聊而渺小的人们，一坛坛的牛奶，一缸缸的酸奶油，蟑螂，愚蠢的女人……再没有比庸俗更可怕、更令人感到屈辱、更使人苦恼的了。得从这里逃出去，今天就逃，否则我就要疯了！”

五

契诃夫从萨哈林旅行回来后，便全家迁到莫斯科近郊的梅里霍沃村居住。由于他扩大了接触面，密切关注社会各阶层生活，创作视野也进一步开阔了。除知识分子主题外，同时把目光投向了农民和妇女等许多具有迫切而重大社会意义的问题，从而写出了《农民》《宝贝儿》《在峡谷里》和《新娘》等后期的许多重要作品。

《农民》真实地再现了19世纪末俄国农民悲惨的生活景况。在沙俄，自从宣布取消农奴制以后，农民的处境非但没有得到改善，反而更加贫困化了，因为农民进一步受到了地主和资本主义的双重压迫和剥削。《农民》写的虽然是一家农户的状况，反映的却是俄国千百万农民的共同命运。《在峡谷里》则主要表现了俄国农村向资本主义演化的过程，同时揭露了农村新兴资产阶级的残酷性。这方面的代表人物是阿克西尼娅。她本是一个普通妇女，但自发的资本主义势力却可以吞噬人的灵魂，她一步步地变成了一个贪婪、残忍的杀人犯。为了夺得家产，她竟残忍地用开水把小侄儿活活地烫死，并把年迈的公公撵出家门，使他沦为乞丐。作品还安排了与之对立的另一个形象丽巴，她善良、勤劳、老实，在这场残酷的争夺中，她是一个牺牲者。不过，丽巴这个形象在作品中未免过于软弱、无能了，连一点点自卫的能力都没有。这使人联想到《宝贝儿》中的女主人公奥莲卡。她也是一个唯唯诺诺、完全没有主见、只满足于小市民幸福的女性，是一个“驯服的奴隶”。所不同的是，契诃夫对奥莲卡采取的却已经是批评、揶揄的态度了。

在另一个短篇小说《新娘》中，作者一反过去忧郁、深沉的调子，发出了一种坚定而又响亮的声音。《新娘》中的女主人公娜佳完全是一个新人的形象，她毅然地告别了猥琐、庸俗的过去，勇敢地走向新的生活，并且义无反顾，坚信美好的明天必将到来。“在她的面前出现了一种宽广辽阔的新生活，这种生活虽然还朦朦胧胧，充满神秘，但却在吸引着她，召唤着她。”《新娘》是契诃夫晚年（1903）写的最后一个重要短篇小说，这时他的情绪空前高涨，作品的风格也变得分外清新、明朗，充满激情。这无疑与20世纪初俄国高涨的革命氛围是分不开的。可惜这个时期的创作还没有完全展开，契诃夫便于1904年7月2日与世长辞了！这不能不令人惋惜。

契诃夫是杰出的现实主义短篇小说大师，所著多为短小精悍的精品，然而作品的题材极为广阔，思想内容精深博大，就是说，他通过细小的、微不足道的、最普遍最平常的生活素材，揭示出具有重大意义的社会内蕴及其本质。从审美意义上说，是从微观的具现，即从一人一事，甚至一个生活碎片，不夸张，不修饰，按生活本来的面目加以描写，达到了宏观的总体把握，即多角度全方位地反映复杂多彩的现实生活。这就是契诃夫创作的最基本的艺术手法。

从艺术风格上看，契诃夫的早期创作多为讽刺性作品，如《胜利者的胜利》《一个官员之死》《变色龙》等，诙谐幽默，都是喜剧或悲喜剧。中期作品的基调转为冷峻、忧伤，特别如《哀伤》《苦恼》《万卡》《渴睡》等描写小人物的小说，往往都流露出一种淡淡的哀愁。接着是一批揭露小市民知识分子庸俗生活的作品，如《套中人》《醋栗》等。晚期创作则开始走向明朗，富于时代气息，如《新娘》等，只是时间不长，刚刚出现就熄灭了。

契诃夫创作的最大特点是文体的简朴和语言的洗练。他把质朴、简练看作衡量作品的最高标准，也是他追求的最高目标。他说过，“学会写得有才气，也就是写得简练”；“简练是才能的姊妹”①。他的作品，篇幅都不大，有的作品只几百字。他没有写长篇小说，曾经试写过，但没有成功。据他自己说，主要是害怕“冗长”，而“对一切短的东西却有一种狂热”②。

情节淡化也是契诃夫简朴的特点之一。他的作品都不以故事情

---

①《契诃夫论文学》，第152、154页。

② 同上，第144页。

节取胜。它既没有引人入胜的性格冲突，也没有故意安排的悬念，更没有插科打诨的噱头。它只写日常生活，笔调舒缓、平和，从容不迫，甚至使你感到有点漫不经心，但掩卷之余，你的心却不能不为之颤动。

文字洗练是达到作品简朴的主要手段。不论是节约篇幅还是淡化情节都离不开文字的功夫。契诃夫的语言文字是极其简洁、紧凑的，他要求做到字斟句酌，不允许有一个多余的字；他要求"无情地删削"，"用刀子把一切多余的东西都剔掉"[①]，真正达到言简意赅。托尔斯泰认为，在这方面，契诃夫已经到了"登峰造极"的地步。高尔基则把他同普希金、屠格涅夫等艺术大师相提并论："作为文体家看，契诃夫是不可企及的，将来的文学史家在谈到俄国语文的成长的时候会说：'这种语文是普希金、屠格涅夫和契诃夫创造的。'"[②]

六

剧本是契诃夫文学创作的一个重要组成部分。他的戏剧创作的最初的尝试，是写一些短剧——独幕喜剧、戏剧小品等。从 19 世纪 80 年代后半期开始写多幕剧、正剧和讽刺喜剧。1887 年，契诃夫创作了第一部正剧《伊凡诺夫》，随后是几部讽刺喜剧如《蠢货》（1888）、《求婚》（1889）、《纪念日》（1891）等。这些剧本故事诙谐，情节轻松，把抒情、幽默、叙事、悲剧、喜剧因素都糅合在一起。从这里可以看到契诃夫戏剧艺术革新的端倪。

契诃夫戏剧革新的最重要的标志是《海鸥》（1896）。《海鸥》的成功，第一次把契诃夫与莫斯科剧院的名字联系了起来，第一次把他与俄国戏剧革新运动联系起来。继《海鸥》之后，契诃夫又连续写出了《凡尼亚舅舅》（1896）、《三姊妹》（1900）和《樱桃园》（1903）

---

① 《契诃夫论文学》，第 144、243 页。

② 高尔基：《论文学 · 续集》，第 46 页，人民文学出版社 1979 年版。

等几部堪称经典的戏剧佳作。从此戏剧家契诃夫的名字蜚声世界文坛。

就内容而言，契诃夫的上述剧本主要写知识分子，写平凡无奇的生活，通过最平常的现象，反映现实的本质。在《没有意思的故事》《醋栗》《不安分的女人》等许多中短篇小说里，契诃夫已经描写过世纪末知识分子精神失落的形象。在这些剧本中继续了这个主题。具体地说，写的都是当时俄国知识分子在生活中找不到出路的悲剧命运。如特里波列夫和特里果林（《海鸥》）、沃伊尼茨基（《凡尼亚舅舅》）、普洛佐罗娃三姊妹（《三姊妹》）、郎涅夫斯卡雅和加耶夫（《樱桃园》）等，都属于这一类人物形象。

《海鸥》中的青年作家特里波列夫有朝气，有才华；他不满于戏剧界的现状，反对文艺界的保守派，要求革新，创造新型艺术。但是他脱离现实生活，只求形式上的花样翻新，思想内容上却悲观、空虚，实际上是用形式主义去反对形式主义。由于方向不对头，他终于在艺术上走进了死胡同。他后来不得不对妮娜承认自己的失败："你已经找到了你的道路，你知道了向着哪个方向走了；可是我呢，我依然在一些梦幻和形象的混沌世界里挣扎着，不知道自己为什么写，为谁写。我没有信心，我不知道我的使命是什么。"妮娜曾与他真心相爱过，但后来看清了他，对他失去了信心而离开了他。特里波列夫遭到了艺术上和爱情上的双重失败，终于走向了自我毁灭的道路。《海鸥》里还有一个与特里波列夫不同类型的人物——特里果林。他是一位名作家，艺术上已取得了很大的成就，一本接一本地出书。然而他却沉溺在庸俗猥琐的小市民生活圈子里，缺乏一个"中心思想"。在作者笔下，他也是生活中的失败者，正像他自我嘲讽时所说的："我像一只鸭子被一群猎犬追逐着似的，东撞一头西撞一头地往前跑，可是越跑越觉得落在生活和科学的后边，就像一个乡下人追不上火车似的。"

与《海鸥》写于同一年的《凡尼亚舅舅》同样是一出"生活琐事的悲剧"。主人公沃伊尼茨基（凡尼亚舅舅）是一个忠厚、勤劳的知识分子；他有才干，热爱生活，也有过美好的憧憬，但他胸无大志，没有崇高的生活目标。他经营庄园，辛勤劳动二十多年，到头来却发现，自己的劳动原来是一种无谓的牺牲。契诃夫以饱蘸同情的笔触描写了他的不幸，指出他的才能在旧制度下如何被埋没，他的人性如何被扭曲、被糟蹋了。他的遭遇是一个时代的悲剧。

就精神实质而言，《三姊妹》的主人公们亦是俄国世纪末的“多余人”。普洛佐罗娃三姊妹奥尔加、玛莎、伊里娜以及她们的哥哥安德烈都是有教养、有知识的人。三姊妹聪明伶俐，热爱生活，有过抱负，但是在现实生活中却处处充满无聊、懒散和虚伪，“冷静得和在沙漠里一样”。所以她们无法施展自己的才能，不能实现自己的理想，却饱尝了生活的艰辛和失望。她们都被“向往美好生活而不得”的苦闷煎熬着。她们最终也成了生活的失败者。她们与凡尼亚舅舅不同的地方只是：后者是一个毫无出路的人，明知自己不能再这样生活下去，却又不得不继续过这样的生活；而普洛佐罗娃三姊妹虽然被逐出了家门，但毕竟还是开始了新的生活，尽管她们自己也不知道，这后来的生活将会怎么样。

《樱桃园》是契诃夫生前创作的最后一个剧本。在这部剧作中，作者终于把俄国文学中的最后一批“多余人”送入了历史的博物馆。《樱桃园》的主人公们是俄国末代贵族的遗少。郎涅夫斯卡雅和哥哥加耶夫都受过良好的教育，为人单纯、热情，但是他们从小娇生惯养，只知道吃喝玩乐，过寄生的生活。这些少爷小姐们坐吃山空，终于把家产花完了，最后把樱桃园也抵押了出去，而且抵押期就要到了。这意味着，他们就要离开这座“亲爱的、甜蜜的、美丽的樱桃园”了。对于郎涅夫斯卡雅和加耶夫来说，“无可奈何花落去”的怅惘之情是可以理解的。作者一方面通过樱桃园的拍卖，显示出贵族地主阶级的没落和人们对旧生活的告别，同时反映了旧的封建制度正为新的资产阶级所取代的新陈代谢的历史规律，但另一方面他又把资产阶级的代表人物描绘成一个既精明能干又凶猛残忍的暴发户。这就表明，作者既没有为贵族阶级的衰亡唱挽歌，也没有把新兴资产阶级视为未来生活的真正主人。这正是作者的英明之处。

樱桃园的毁灭无疑是旧制度崩溃的象征。但作品给读者留下的却不是惋惜、悲怆，而是乐观的人们对灿烂明天的憧憬。它告诉读者，旧制度、旧生活的根基的确已经动摇了，我们应当用自己的双手去建立真正美好的生活。樱桃园本身是美的，就像落日晚霞的美丽那样。但是在这里作者赞颂的不是落日本身，而是晚霞的美。美是应该受到赞赏的，永恒的。美也是要我们去创造的。作者坚信，旧的樱桃园被毁了，解放了的人民将会建造出更多更美丽的樱桃园来。这就是剧本自始至终洋溢着的抒情底蕴。因此《樱桃园》不啻是一出悲剧，也可以说是一出喜剧，或者至少是一出悲喜剧。

小说家契诃夫与戏剧家契诃夫是齐名的，他既是短篇小说大师，也是戏剧艺术大师。就题材、思想、风格各方面而言，两种体裁的作品也极为相近：同样是那些命题，同样是那些人物，同样是那种手法。他的剧本和小说一样，最基本的特点是真实、朴质。我国著名剧作家曹禺对契诃夫的戏剧做过很中肯的评论："在这伟大的戏里，没有一点张牙舞爪的穿插，走进走出，是活人，有灵魂的人；不见一段惊心动魄的场面，结构平淡，剧情人物也没有什么起伏生展，却那样抓牢我的魂魄。"①

的确，契诃夫的戏剧可以说具有三无的特点：无主题，无主角，无激烈的性格冲突。第一，你很难对每一部契诃夫的剧作说出其明确的主题。《海鸥》的主题是什么？《凡尼亚舅舅》的主题是什么？《三姊妹》和《樱桃园》的主题又是什么？恐怕很难说得具体。如果有的话，也恐怕只能说是下面一个共同的主题："世纪末的俄罗斯知识分子的生活"。第二，契诃夫的剧本几乎都是多主角的，或者说是无主角的，因为多主角实际就是无主角。《海鸥》里的主角是谁？《樱桃园》里的主角是谁？《三姊妹》中的主角又是谁？这一无主角的特点在《三姊妹》中表现得最为突出。大姐、二姐、三姐，哪一个是主角？都不是。剧中的其他人物则更难于充当主角的角色。实际生活中也是如此，他们这些人中确实没有一个是能够主宰生活的人。而且说实在的，生活该是什么样子？连作者本人也不清楚。第三，契诃夫的

① 曹禺：《日出》跋。

戏剧不能说完全没有戏剧冲突，或者说完全没有性格冲突，完全没有动作，若是完全没有的话，戏也就不成戏了。但他又的确不像自己的前辈如莎士比亚、莫里哀、奥斯特罗夫斯基以及其同时代的易卜生那样，主要靠人物的性格冲突，靠戏剧情节获得戏剧效果。契诃夫的戏剧创作所追求的似乎并不是这种戏剧效果，而是他对生活的内在感受，是从现实生活出发，写出生活本身的流程，正如作者所言："在舞台上得让一切事情像生活里那样复杂，同时又那样简单。人们吃饭，仅仅是吃饭，可是在这时候他们的幸福形成了，或者他们的生活毁掉了……"①

但是，这种平平淡淡的生活剧为什么能打动观众、能"抓牢我的魂魄"呢？奥妙在哪里？这是因为，在他的戏里有一种潜在的精神、一种特有的情绪在起作用。正是它沟通了作家、剧中人物和观众三者的心灵。我们看到，契诃夫剧作中的主人公几乎都是生活的失败者，都是想过美好生活而不得的人物。而这种"想过美好生活而不得"的根本原因又是现实本身造成的。因此，在契诃夫的剧本中，戏剧冲突主要不是人与人之间的冲突，不是天使与恶魔②之间的冲突，而是人与环境的冲突，人与外在世界的冲突。契诃夫笔下的人物几乎都是被生活、被环境压得喘不过气来，苦闷不堪、痛苦万分的人。他们怨恨黑暗的、非人的现实，憧憬美好的生活。"再不能这样生活下去了！"这一喊声正是许多作品的基调，也是契诃夫营造的一种戏剧心理场。这种情绪一旦传达出来，就能使观众和读者产生心灵的感应。这也许就是契诃夫戏剧艺术的奥妙之处。

无主题、无主角、无激烈的性格冲突——这种三无手法却恰恰打破了欧洲传统戏剧的规则。难怪有人称契诃夫是戏剧革新家，现代戏剧的开创者。契诃夫的戏剧创作有很多特点，很多创新，而"三无"则可以说是他戏剧艺术的最基本的特点，也是他艺术革新的实质所在。

① 《契诃夫论文学》，第 420 页。

② 契诃夫说过："我要与众不同：不描写一个坏蛋，也不描写一个天使。"（《契诃夫论文学》，第 54 页）

目录

迟开的花朵

献给尼·柯罗包夫[1]

一

事情发生在秋天一个阴郁的午后，在普里克朗斯基公爵的家里。

年老的公爵夫人和玛露霞公爵小姐在年轻公爵的房间里站着，绞着指头在求他。他们一次一次地提到基督和上帝、荣誉、父亲的遗骸，只有不幸的、哭哭啼啼的女人才会这样地苦苦哀求。

公爵夫人一动不动地站在他面前，哭泣。

她不停地哭，不停地说，打断玛露霞的每句话，还对公爵大加责备，时而说出许多刻薄的甚至是骂人的话，时而又对他表示温存体贴，并提出各种各样的要求……她成千次地提到商人富罗夫如何向他们逼债，提到已故父亲的骸骨如今如何地在棺材里不得安宁，等等。她甚至还提到了托波尔科夫医生。

普里克朗斯基公爵一家从前是瞧不起托波尔科夫医生的。他的父亲森卡是农奴，是已故公爵的近侍；他的舅舅尼基福尔至今仍是叶果鲁什卡的近侍。而托波尔科夫医生本人，童年时由于没有把公爵家的刀叉、皮鞋和茶炊等擦干净而被他们打过后脑勺。可是现在怎么样呢，岂不荒唐？他竟然成了一位名声显赫的青年医生，住得跟老爷一样，在一所非常大的房子里，出门坐双套马车，好像要故意刺激一下普里克朗斯基家的人似的，因为他们现在出门都是步行了，即使雇马

① 柯罗包夫是契诃夫的大学同学、好友。

车，也得讨价还价半天。

“大家都尊敬他，”公爵夫人哭哭啼啼地说，也不拭眼泪，“大家都喜欢他。他有钱，又是个美男子，到处受到款待……他就是你的仆人尼基福尔的外甥！说起来真丢人！为什么呢？因为他品行很好，不纵饮作乐，不同坏人交往……从早到晚地工作……可是你呢？我的上帝啊！去啊！”

公爵小姐玛露霞是一个二十岁上下的姑娘，她长得俊俏，像英国小说里的女主人公一样，有美丽的亚麻色的卷发，一双又大又聪慧的眼睛，颜色宛若南国的天空。她也费了不少力气恳求她的哥哥叶果鲁什卡。

她跟母亲同时抢着说话。她吻她哥哥刺人的、散发着酸臭酒气的唇髭，抚摸他的秃顶和脸颊，像受了惊吓的小狗一样，依偎着他。她说的全都是温柔亲切的话，公爵小姐不会对哥哥说一句哪怕是近似带刺的话。她非常爱哥哥。退伍骠骑兵叶果鲁什卡公爵是最高真理的表达者、最高美德的模范！她相信，而且狂热地相信，这个酗酒的蠢货有一颗神话中的仙女都会羡慕的心。她认为他是一个不得志的人，没有被人理解、没有得到承认的人。她几乎带着兴奋的心情原谅她哥哥的酗酒和放荡行为。可不是吗！叶果鲁什卡早已让她相信他是由于痛苦才喝酒的：他是要用葡萄酒和白酒去淹没燃烧他心灵的绝望的爱情，他投入那些淫荡的女人的怀抱是为了竭力要从他那骠骑兵的脑袋里把她的美丽的形象排挤出去。而又有哪一个玛露霞，哪一个女人不认为爱情是可以使一切得到原谅的无比正当的理由呢？哪一个女人不是这样呢？

“乔治！”玛露霞说，依偎着他，吻他那枯瘦的红鼻子的脸，“你是由于痛苦才喝酒，这是实话……不过，既然是这样，你就把一切痛苦都忘掉吧！难道所有不幸的人都得喝酒吗？你忍耐点，勇敢点，克制自己一下吧！做个英雄好汉！像你这样有才智、这样正直又有爱心的人是能够经得住命运的打击的！啊！你们这些不得志的人，都是那么懦弱……”

于是玛露霞想起了屠格涅夫的罗亭（请读者原谅她吧），并开始对叶果鲁什卡议论起这个人物来。

叶果鲁什卡公爵躺在床上，两只发红的兔子眼睛望着天花板。他头脑里乱哄哄的，不过肠胃里却有一种酒足饭饱的愉快感觉。他刚吃完午饭，喝了一瓶葡萄酒，这时吸着三戈比一支的雪茄烟，正在纳福呢。在他的迷糊的大脑中和痛苦的内心里萦绕着最杂乱的思想和感情。他可怜哭哭啼啼的母亲和妹妹，同时又很想把她们从房间里赶走，因为她们妨碍他小睡一会儿，打一会儿呼噜……他很生气，因为她们胆敢教训他，同时他又受到（大概也是很小的）良心的小小的谴责。他愚蠢，但也还没有愚蠢到看不出普里克朗斯基家的确已经败落了，而且这部分地是由他造成的。

公爵夫人和玛露霞恳求了很久。客厅里的灯已经亮了，来了一个客人，而她们却还在恳求他。最后，叶果鲁什卡由于躺着不能睡觉，心烦了。他伸了个懒腰，骨节咯咯作响，说：

“好了，我改过就是了！”

“这话是真心真意的吗？”

“说假话就让上帝惩罚我好了！”

母亲和妹妹一把抓住他的双手，逼他再一次对上帝起誓，凭人格起誓。叶果鲁什卡就再一次对上帝起誓，说如果他再不停止这种乱七八糟的生活，就当场让雷劈死。公爵夫人又要他吻圣像，他也就吻了圣像，并在胸前画了三次十字。总之，他做得十分地道。

“我们相信你！”公爵夫人和玛露霞说，并扑过去拥抱叶果鲁什卡。

她们相信了他。可不是，最真诚的话，殊死的发誓，对圣像的吻，这些加在一起，怎么能不相信呢？况且，哪里有爱，哪里就有不顾一切的信任。她们复活了，两人都喜气洋洋，如同犹太教徒庆祝耶路撒冷复兴一样庆祝叶果鲁什卡的新生。她们送走了客人之后，便在一个墙角坐下来，小声地谈论着她们的叶果鲁什卡将如何地变好，如何地过新生活……他们断定，叶果鲁什卡将来前途无量，会很快地改变他们家的境况，她们就再不会像现在这样极端贫穷了。这贫穷是一条讨厌的鲁比肯河[1]，凡是挥霍了家产的人都不能不渡过它。她们甚至断定叶果鲁什卡一定会娶一个有钱的美人，因为他是那么漂亮、聪明，而且门第显赫高贵，未必能够找到一个胆敢不爱他的女人！结束时，公爵夫人还讲述了祖先的家谱，而叶果鲁什卡也很快就会开始效法祖先。普里克朗斯基的祖父是公使，会说欧洲各国所有的语言；父亲是一个著名军团的司令官……而儿子将来也会……将来也会……会做什么呢？

"您一定会看见他将来做大事的！"公爵小姐断定说，"您一定会看见的！"

她们上床睡下后，又谈了很久关于他的美好的前程。她们睡熟后，又做了许多令人神往的梦。她们在睡梦中还幸福地微笑——这些梦太好了！这些梦多半是命运用来补偿她们第二天所经受的那些恐怖的。命运并不总是吝啬的：有时它还提前付给你一些恩惠呢。

深夜三时许，公爵夫人正好梦见她的宝贝儿子穿着豪华的将军制服，而玛露霞则正在梦中为她那发表演说的哥哥鼓掌。这时普里克朗斯基家门口来了一辆普通的出租马车，马车里坐着花卉饭店的仆役，他怀里抱着醉得跟死人一样的叶果鲁什卡公爵的高贵的身体。叶果鲁什卡已完全失去知觉，在仆役的怀抱里摇摇晃晃，活像一只刚宰好送往厨房里去的鹅。马车夫从车座上跳下来，拉了拉大门口的门铃。尼基福尔和厨师付了车费，便把醉汉的身体抬上楼去。老尼基福尔既不惊讶，也不害怕，用习惯了的手势脱去那不会动弹的身体上的衣服，把它放进羽绒褥子里头，盖上被子。仆人们一句话也没有说，他们早已看惯了自己的老爷变成必须抬上来、脱去衣服、盖上被子的东西。所以他们一点也不惊奇，一点也不害怕。叶果鲁什卡酗酒，在他们看来，已经是常规了。

第二天早晨，大家又吃了一惊。

十一点钟左右，公爵夫人和玛露霞正在喝咖啡，尼基福尔走进饭厅来，向公爵夫人报告说，叶果鲁什卡公爵的情况不妙。

---

① 意大利的河名。古罗马恺撒曾不顾禁令越过这条河而引起内战。

“公爵大概快要死了！”尼基福尔说，“您去看看吧！”

公爵夫人和玛露霞顿时脸色煞白，白得像亚麻布一样。一小块饼干从公爵夫人的嘴里掉了出来。玛露霞碰翻了咖啡杯，双手揪住胸口，胸膛里那颗受到出其不意的打击、惊恐万分的心跳得怦怦地响。

“大概是晚上三点钟喝醉了回来，”尼基福尔用发颤的声音报告说，“像平时一样……唉，而现在，上帝才知道是怎么回事，他不断地翻身，不断地呻吟……”

公爵夫人和玛露霞互相抓扶着，往叶果鲁什卡卧室里跑去。

叶果鲁什卡脸色发青发白，头发蓬乱，瘦弱得很厉害，躺在厚厚的鸭绒被子里，呼吸十分困难，全身发颤，翻来覆去。他的头和手一刻也不能安静，一直在动，不住地颤抖；胸口发出一声声呻吟，唇髭上挂着一小块红色的东西，显然是血。若是玛露霞弯下腰去凑近他的脸的话，她就会看见他嘴唇上有一个小小的伤口，并且上颌缺少了两颗门牙。他全身都冒着热气和酒精气味。

公爵夫人和玛露霞跪着扑到他身边，放声大哭。

“他的死，是我们的罪过！”玛露霞说，捧着自己的头，“昨天我们责备他，使他伤心了，于是就……他受不了这种责备！他的灵魂很柔弱。我们对不起他，妈妈！”

她俩感到负疚，睁大眼睛，全身发颤，互相紧偎着。只有那种看见头顶上的天花板噼啪地发出可怕的碎裂声，马上就要塌下来，劈头盖脸地将自己砸得粉碎的人，才会这样地颤抖，这样地互相依偎着。

厨师想起来了，便跑去请医生。医生伊万·阿多尔福维奇来了，他个子矮小，整个人就像是一个很大的秃顶，有一双愚笨的像猪一样的小眼睛和一个滚圆的肚子。大家见到他很高兴，就像见到了亲爹一样。他闻了闻叶果鲁什卡卧室里的空气，按了一下脉搏，深深地吁了一口气，皱着眉头。

“你不用担心，夫人！”他用恳切的声音对公爵夫人说，“我不了解，不过按我的看法，夫人，您的儿子没有很大的所谓危险……不要紧！”

可是他对玛露霞说的又完全不一样：

"我不知道，公爵小姐，但按我的看法……各人有各人的看法，公爵小姐，按我的看法，公爵……哼……就像德国人所说的……很糟，不过呢，一切要看……要看所谓的转变期。"

"危险吗?"玛露霞问道。

伊万·阿多尔福维奇皱起眉头，又是说各人有各人的看法……她给了他三个卢布。他道了谢，有点儿不好意思，咳嗽一声，就走了。

公爵夫人和玛露霞镇静下来以后，便决定去请名医。虽然名医收费很高，可是……有什么办法呢?亲人的性命要比钱更贵重。厨师便跑去请托波尔科夫。不消说，医生没有在家，他只好留下一个字条。

托波尔科夫对约请没有很快做出反应。她们等着他，心里发紧，彷徨不安，等了一天，又等了一整夜和一个上午……她们甚至想派人去找另外的大夫，并决定，等托波尔科夫来时，就骂他是"粗人"，而且要当面骂他，好让他下一次再不敢叫人等他这么久。普里克朗斯基公爵家的人尽管很难受，也只好在内心里愤怒。终于在第二天下午两点钟，才有一辆带弹簧的四轮马车驶到他们家门口。尼基福尔急忙踩着碎步到门口去。过了几秒钟，他极恭敬地从他外甥的肩上脱下厚呢大衣。托波尔科夫咳嗽一声，表示他的到来，对谁也没问候，便朝病人的房间走去。他穿过大厅、客厅和饭厅，对谁也不看一眼，像将军一样庄严，整个房子都震响着他那锃亮的皮鞋踏出的声音。他的魁梧的身躯博得人们的尊敬。他体态端庄，高傲，仪表堂堂，五官极其端正，就像是用象牙雕出来的。他那副金丝眼镜和那张极其严肃、呆板的脸，更加突出了他高傲自负的神态。论出身，他是平民，但是平民的特点在他身上，除了极其发达的肌肉外，却几乎什么也没有。一切都是老爷的气派，甚至是绅士的气派，脸蛋红晕而漂亮。如果按他病人的恭维，甚至是非常漂亮。脖子白得跟女人的脖子一般，头发像丝一样柔软，很美，只可惜剪得太短了。托波尔科夫要是注重外表的话，他就不会把头发剪短，而是把它卷起来，垂到领口上。他的脸很漂亮，只是过于枯燥，过于严肃，所以不使人感到愉快。那张脸枯燥、严肃，而且呆板，除了整天工作造成的极度疲倦外，什么表情也没有。

玛露霞走过来迎接托波尔科夫，在他面前绞着手指，开口求他帮忙。从前她却是从来没有求过任何人的。

“救救他吧，医生，”她说，抬起一双大眼睛看着他，“我恳求您！一切希望都寄托在您身上了！”

托波尔科夫绕过玛露霞，向叶果鲁什卡那边走去。

“打开通气窗！”他一边走近病人，一边吩咐道，“为什么不开通气窗？病人怎么呼吸呢？”

公爵夫人、玛露霞和尼基福尔都往窗子和炉子那边奔去。窗子装上了双层框，没有通气口了，炉子没有生火。

“没有通气窗。”公爵夫人胆怯地说。

“把他抬到大厅里去，那里的空气没有这么闷。去叫人来！”

尼基福尔赶忙跑到床边，在床头那边站着。公爵夫人涨红了脸，因为她家里除了尼基福尔、厨师和一个半瞎的女仆外，再也没有别的仆人了。她跑到床边，玛露霞也跑到床边，用尽全力去抬床。一个衰朽的老头和两个弱女子呼哧呼哧地把床抬起来。他们不相信自己的力量，磕磕绊绊，害怕把床弄翻了。公爵夫人的连衣裙从肩部裂开了，肚子上似乎也有什么东西脱落了。玛露霞眼前昏黑，双手痛得厉害。叶果鲁什卡真重啊！而他，医学博士托波尔科夫却傲慢地走到床后面，生气地皱着眉头，认为这些琐事占用了他的时间。他连手指都不肯动一下去帮帮两个女人！这个畜生！……

他们把床放在钢琴旁边。托波尔科夫掀开被子，并向公爵夫人提问，开始给翻来覆去的叶果鲁什卡脱去衣服。转瞬间，他的衬衣就被脱了下来。

“您说得简单一点，劳驾！这些话跟病情不相干！”托波尔科夫一边听着公爵夫人说话，一边吐字清楚地说，“没有事的人可以离开这里！”

他用小锤子敲了敲叶果鲁什卡的胸口，再把病人翻过身来，背朝天，又敲了敲。他听诊时带着喘息的声音（医生听诊时总是要喘息的），诊断确定是一种单发性酒狂症。

“不妨给他穿上热病患者的紧身衣。”他用平稳的、每个字都吐得清清楚楚的语气说。

他再给了几个忠告，然后开好处方，便很快地朝门口走去。他开完处方后还顺便问了叶果鲁什卡的姓。

“普里克朗斯基公爵。”公爵夫人说。

“普里克朗斯基？”托波尔科夫反问道。

“你怎么这么快就忘记了你旧日的……地主的姓！”公爵夫人想道。

公爵夫人没敢想“主人”这个词，这个旧日农奴的身影实在太威严了！

在前厅，她走到他跟前，带着紧张的心情问道：

“医生，他没有危险吧？”

“我想没有。”

“您看，他会康复吗？”

“我想会。”医生冷漠地答道，稍稍低着头，沿台阶往下走，去找他的马车。他的马车同样体态端正而又庄严，跟他本人一样。

医生走后，公爵夫人和玛露霞在经过一昼夜的折腾以后，第一次舒畅地松了一口气。名医托波尔科夫给了她们希望。

“他多么细心，多么可爱！”公爵夫人说，她心里想为世界上所有的医生祝福。孩子有了病，做母亲的就喜欢医学，相信医学！

“这个老爷很高傲！”尼基福尔说，他在主人家里除了叶果鲁什卡的朋友、那些寻欢作乐的人和酒鬼之外，再也没有见到过别人。这个老朽做梦也没有想到，这个高傲的老爷不是别人，竟是那个满身肮脏的孩子柯尔卡，当年他曾不止一次地揪住他的脚把他从运水车上拖下来，并狠狠地抽打一顿。

公爵夫人一直瞒着他，没说出他外甥成了医生。

傍晚，太阳落山后，被痛苦和疲倦弄得全身无力的玛露霞忽然非常厉害地打起寒战来，这寒战使她倒在了床上。寒战之后便是高烧，肋骨疼痛。她彻夜说梦话，并哼哼着说：“我要死了，妈妈！”第二天九点多钟托波尔科夫又来了，但已不是给一个人，而是给两个人——公爵叶果鲁什卡和玛露霞治病了。他发现玛露霞得了肺炎。

普里克朗斯基家里笼罩着死亡的气氛。这看不见的、可怕的死神在两张床的床头开始时隐时现，每分钟都在威胁着年老的公爵夫人，要夺走她的孩子。公爵夫人绝望得失去理智了。

“我不知道!”托波尔科夫对她说，“我无法知道！我不是预言家。要过几天之后才能看清楚。”

他说这些话时是干巴巴的，冷漠的。这刺痛了不幸的老太婆的心。哪怕说一句有希望的话也好！好像要对她的不幸火上加油似的，托波尔科夫几乎不给病人开药方，只管忙于敲打、听诊、申斥，说这里的空气不干净，压布放得不是地方、不是时候。老太婆则认为所有这些都是时髦的玩意儿，是毫无用处的东西。她白天黑夜都不停地从这张床跑到那张床，忘记了世上的一切，不断地起誓、许愿和祈祷。

她知道热病和肺炎是致命的疾病。当玛露霞的痰中带有血丝时，她以为公爵小姐已经到了“肺结核的末期”，于是她便倒在地上，昏厥过去了。

公爵小姐在生病的第七天现出了微笑，并说道：

“我好了。”

您可以想象，公爵夫人当时是多么的高兴啊!

第七天，叶果鲁什卡也醒过来了。公爵夫人见到来治病的托波尔科夫时，就像见到了半神半人一样不断地祈祷，幸福得又哭又笑，并走过去对他说：

“我感激您，大夫，您救活了我的两个孩子!”

“什么?”

“我对您感激不尽，您救活了我的两个孩子!”

“可是……现在已经是第七天了！我原以为五天就会好的。不过反正已经好了。早晨和晚上给他们吃这些药粉，这条厚被子可以换成薄一点的，给您的儿子喝点酸饮料。明天晚上我再来。”

名医点点头，迈着匀整的将军式的步子，朝楼梯走去。

二

这是一个秋天的日子，白天晴空万里，略有寒意。在这样的日子里，人们往往情愿忍受寒冷，忍受潮湿，忍受沉重的套鞋。空气如此清澈，连最高的钟楼上的一只寒鸦也能看见，空气中洋溢着秋天的气息。走到街上，您的脸颊会泛起大片健康的红晕，就像克里米亚上好的苹果。早已凋落的黄叶被人们践踏着，焦急地等待着第一场雪，它在太阳照射下闪出金色的光芒，像一枚枚金币。大自然熟睡着，静谧、平和，没有一点风，也没有声音。它静止不动，无声无息，仿佛经过春天和夏天之后，已十分疲倦，要在温暖、爱抚的阳光下享一下清福了。看着这种正在开始的祥和的气氛，您自己的心情也会平静下来……

当玛露霞和叶果鲁什卡坐在窗前，最后一次等待托波尔科夫到来的时候，就是这样的一个白天。温暖、爱抚的阳光射进普里克朗斯基家的窗户里来了，它照亮了地毯、椅子和钢琴。所有的东西都沐浴在这种阳光里。玛露霞和叶果鲁什卡从窗口望着街上，庆祝着自己的康复。病愈的人，特别是他们又还那么年轻，当然是会感到非常幸福的。一般健康的人是感觉不到健康的，而他们却感到了，理解了。健康就是自由，那么，除了被解放的农奴，谁还能享受到这种领略自由的快乐呢？玛露霞和叶果鲁什卡每分钟都感到自己是被解放了的农奴。他们是多么快乐啊！他们想呼吸，想到窗口看看，想行走，一句话——想生活，而且每秒钟都在实现着这些愿望。讨债的富罗夫、谣言、叶果鲁什卡的品行、贫穷——一切都忘诸脑后了，只有那些愉快的、不搅乱人心的事情才没有忘记：好的天气，即将举行的舞会，善良的妈妈和……医生。玛露霞又说又笑，没个完。主要的话题，就是他们每分钟都在等待的医生。

“一个令人惊讶的人，一个无所不能的人！”她说，“他的医术多么高超！你想想吧，乔治，多么崇高的功绩：同自然界做斗争，并且战胜它!”

她一直在说。每说完一句夸张的却又是诚恳的话后，总要用手势和眼睛打上一个很大的感叹号。

叶果鲁什卡听着妹妹那些热烈称赞的话，眨眨小眼睛，唯唯称是。他自己也尊敬托波尔科夫那张严肃的脸，并相信自己的康复完全归功于他一人。妈妈坐在旁边，满面笑容，心情欢快，分享着孩子们的快乐。

她喜欢托波尔科夫不仅是因为他会治病，而且也因为她在医生的脸上看到了一种“积极有为的东西”。

不知为什么，老年人都特别喜欢这种“积极有为的东西”。

“遗憾的是，他……却是那么低贱的出身，”公爵夫人胆怯地看了一眼女儿，“而且他的手艺……也不大干净，老是在翻找各种各样的东西……呸!”

公爵小姐脸红起来，坐到另一张圈椅上去，离得母亲远一些。叶果鲁什卡也歪扭了一下身子。

他受不了贵族的傲气和妄自尊大。

贫穷能教育任何的人！他已不止一次地亲身经历过那些比他富有的人对他摆架子了。

“如今这个年月，妈妈[1],”他轻蔑地耸耸肩膀说，“谁肩膀上有个脑袋，裤子上有个大口袋，谁就是好出身；谁在长脑袋的地方长上了屁股，该有口袋的地方却只有肥皂泡，他就是……一个零。就是这么回事!”

叶果鲁什卡说这话也是一种学舌。这些话是他在两个月之前从一个宗教学校的学生那里听来的。他还在台球房里同这个学生打过一次架呢。

“我情愿拿我的公爵头衔去换取他的脑袋和口袋。”叶果鲁什卡补充说。

玛露霞抬起眼睛看着哥哥，充满感激之情。

---

① 原文为法语。

“我本来有很多的话想跟您说，妈妈，可是要您改变自己的想法……很遗憾！”

公爵夫人守旧思想受到揭发，感到很难为情，就分辩起来：

“不过，在彼得堡我认识了一个大夫，是个男爵，”她说，“对，对……在国外也有……这是真的……教育可是很重要的……嗯，对了……”

十二点多钟托波尔科夫来了。他进来的时候，也像头一回那样：对谁也不看一眼，高傲地走过来。

“不要喝含酒精的饮料，尽可能避免饮食过度。”他放好帽子，对叶果鲁什卡说，“要注意肝脏，您的肝肿大了许多。肝肿大完全是由于您服用了那些饮料。要喝我给您开的药水。”

他又转过身来对着玛露霞，也给她提出了几个最后的忠告。

玛露霞注意地听着，好像在听有趣的童话。她眼睛直勾勾地看着这个有学问的人。

“怎么样？我想，您已经明白了吧？”托波尔科夫问她。

“噢，听明白了！谢谢！”

他这次出诊持续了整整四分钟。

托波尔科夫咳嗽一声，拿起帽子，点一点头。玛露霞和叶果鲁什卡把眼睛盯在母亲身上。玛露霞甚至脸红了。

公爵夫人涨红着脸，像鸭子似的摇着身子，走到医生身边，不好意思地把手塞进他的白净的拳头里。

“请让我向您致谢！”她说。

叶果鲁什卡和玛露霞垂下了眼睛。托波尔科夫把拳头举在眼镜前，看见一沓钞票。他并不觉得难为情，也不垂下眼睛，而是把手伸进嘴里，蘸了点唾沫，很小声地数起钞票来。他数出有十二张二十五卢布的钞票。难怪昨天尼基福尔拿着她的镯子和耳环在外面奔走！托波尔科夫的脸上掠过一小片明亮的云彩，类似人们在圣徒头上所画的光晕。他的嘴微微咧开，露出笑容。看样子，这笔报酬他很满意。他点完钱，把它放进口袋里，再一次点点头，转身向门口走去。

公爵夫人、玛露霞和叶果鲁什卡的眼睛盯着医生的背脊。他们三人立即感到他们的心紧缩了。他们的眼睛里流露出了美好的感情：这个人要走了，而且也不再来了，可他们已经习惯了他那匀整的步伐、吐字清楚的声音和严肃的脸孔。母亲的脑子里闪出一个小小的念头，她忽然想对这个木头般的人亲热一下。

“他是个孤儿，怪可怜的，”她想道，“他孤单一人。”

“医生。”她用柔和的老太太的声调说。

医生回过头来看一下。

“什么事？”

“请您跟我们一起喝杯咖啡好吗？请不要客气！”

托波尔科夫皱皱眉头，慢慢地从口袋里取出怀表，看看表后想了想，说：

“我喝点茶吧。”

“您请坐，就坐这儿吧！”

托波尔科夫放下帽子，坐下来。他坐得笔直，像是个人体模型：弯着双膝，肩膀和脖子挺直。公爵夫人和玛露霞忙碌起来。玛露霞睁着一对大眼睛，显出操心的神态，就像人家给她出了难以解答的习题似的。尼基福尔穿一身黑色的旧礼服，戴一双灰色手套，在所有的房间里跑来跑去。房子里到处响起了茶具的声音，茶匙丁零作响。不知因为什么事，叶果鲁什卡被人从大厅里叫出去一会儿，而且是被悄悄地、秘密地叫出去的。

托波尔科夫等着喝茶，坐了大约十分钟。他坐着瞧着钢琴的踏板，全身各个部位一动不动，也没有发出一点声音。终于客厅的门打开了，满面笑容的尼基福尔手里端着一个大托盘走了进来，托盘上放着两个套着银托的茶杯：一个是给医生的，另一个是给叶果鲁什卡的。两个茶杯周围，遵照严格的对称方式，放着鲜牛奶壶和鲜奶油壶、糖罐和糖夹子、一杯柠檬以及小叉子和饼干。

叶果鲁什卡跟着尼基福尔进来了。他为了表示庄重，脸部变得有点呆板了。

走在最后的是额头冒汗的公爵夫人和睁着一对大眼睛的玛露霞。

“请用茶！”公爵夫人对托波尔科夫说。

叶果鲁什卡拿起茶杯来，走到旁边，小心地喝了一口。托波尔科夫也拿起茶杯，喝了一口。公爵夫人和玛露霞在旁边坐下，注视着医生的面容。

“您的茶可能不甜吧？”公爵夫人问。

“不，够甜了。”

正如所预料的那样，沉默开始了。这是一种可怕的、令人讨厌的沉默。不知为什么，这时使人感到一种极其尴尬的处境，使人难为情。医生只管喝茶，不说话，显然，他对周围的一切并不关心，除了面前的茶，什么也没看见。

公爵夫人和玛露霞倒非常想跟这位有学问的人说说话，但又不知从何说起。她们俩都怕自己出洋相。叶果鲁什卡看了医生一眼，从他的眼神可以看出，他想向医生提什么问题，却又仿佛拿不定主意。坟墓般的静寂笼罩着一切，偶尔被喝茶的声音打破。托波尔科夫喝茶的声音很响，看来，他并不感到拘束，喝得很随便，喝下去时，还带着“咕嘟”的响声，就像是水从嘴里掉进一个深渊里，扑通一声打在一个又大又平滑的东西上。尼基福尔偶尔会打破一下寂静，他的嘴唇吧嗒一声，咀嚼起来，好像在品尝做客的医生是什么滋味似的。

“据说吸烟有害，对吗？”叶果鲁什卡终于打定主意问道。

“尼古丁，烟草的生物碱，它对人的身体的影响相当于一种剧毒。每一支烟带给人的机体的毒素，在数量上是微不足道的，但是它的引入却是持续不断的。毒的数量及其能量，同服用的持续性成正比例。”

公爵夫人和玛露霞彼此看了一眼：他是多么聪明啊！叶果鲁什卡眨巴着眼睛，拉长了自己像鱼一样的面孔。他这个可怜虫，没听懂医生的话。

“以前在我们团里，”他开始说，想把学术的谈话转为平常的谈话，“有一位军官，姓柯谢奇金，是一个很正派的小伙子。他长得很像您！非常像！就跟两滴水一样，甚至无法分清！他是您的亲戚吗？”

医生没有回答他，只是发出很响的喝茶声。他的嘴唇的两角稍稍提起来，做出轻蔑的微笑的样子。他显然瞧不起叶果鲁什卡。

“请您告诉我，医生，我是完全康复了吗？”玛露霞问道，“我能指望我会完全地康复吗？”

“我想能。我期望您完全康复。我有根据……”

于是医生高高地抬起头来，从近处凝视着玛露霞，开始解释肺炎的成因。他说话从容不迫，吐字清楚，声调不高也不低。大家更喜欢听他说话，听得津津有味。遗憾的是，这个干巴巴的人不会通俗地讲，他认为没有必要换个花样去迁就外行人的头脑。他好几次提到“脓肿”和“凝块状变性”之类的词。一般地说，他讲得很好，很优美，但却很不好懂。他长篇大论，里面夹杂着许多医学上的术语，却没有一句听众能听懂的话。然而这并不妨碍听众张开嘴巴坐着，并带着虔敬的心情望着这位学者。玛露霞目不转睛地看着他的嘴，捕捉着他说的每一个词。她看着他，拿他的脸去同她每天都看见的那些脸暗自进行比较。

许多向她献殷勤的人，叶果鲁什卡的朋友们，天天都来拜访，令她讨厌。这些人的枯瘦、麻木的脸跟这张聪明而又疲倦的脸是多么不同啊！从那些纵酒作乐的人和浪子们的嘴里，玛露霞连一句好的正经的话也没听到过。那些人的脸同这张冷漠的、缺乏热情的，可又是聪明的、高傲的脸相比，简直有天壤之别。

“一张非常可爱的脸！”玛露霞想，他的脸，他的声音，他的话语都令她叹赏，“多么有智慧，多么有学问啊！为什么乔治要去做军人呢？他也应该做个学者。”

叶果鲁什卡也动情地看着医生，想道：

“既然他在谈论学识方面的事，可见，他把我们看成是有学识的人。我们在社会中处于这样的地位，这也不错。不过我刚才扯到柯谢奇金的事，倒显得有点愚蠢。”

当医生结束其演讲时，听众们都深深地吁了一口气，就像是完成了一项光荣业绩似的。

“什么都懂多好啊！”公爵夫人感叹道。

玛露霞站起来，好像要答谢医生的演讲似的，坐到钢琴前，弹奏起来。她很想参与同医生的谈话，谈得更深一些，更恳切一些，而音乐总是引导人谈话的。是啊，她也很想在这个聪明的、有理解能力的人面前显示一下自己的本领……

“这是肖邦的一首曲子，”公爵夫人开始说话，娇慵地微微一笑，像贵族女学生那样双手交叉起来，“一首美妙的曲子！医生，我敢夸一句口，她也是我们家出色的女歌手，是我的学生……我从前有一副非常好的嗓子。而那个女歌唱家……您知道她吗？”

接着公爵夫人说出了一个著名的俄国女歌唱家的姓。

“她对我很感激……是啊……我教过她的课！那时她是一个很可爱的姑娘！她跟我已故的公爵丈夫有点亲戚关系……您喜欢听歌吗？不过我何必问这个呢？有谁会不喜欢听歌的呢？”

玛露霞开始弹奏圆舞曲中最精彩的地方，并微笑着回过头来看一下，她要从医生的脸上看出她的演奏给他留下什么样的印象。

可是她什么也没有看出来。医生的脸还和原先那样毫无动静、枯燥冷漠。他很快地把茶喝完了。

“我很喜欢这段曲子。”玛露霞说。

“我表示感谢，”医生说，“我不想再听了。”

他吞下最后一口茶，站起来，拿上帽子，没有表示半点愿意把圆舞曲听完的意思。公爵夫人站了起来。玛露霞很窘，感到委屈，便关上了钢琴。

“您这就要走了？”公爵夫人说道，紧紧地皱着眉头，“您还要点什么吗？我希望……大夫……您现在已经认得路了。那么，随便哪个傍晚……来坐坐吧……请您不要忘记我们……”

医生点了两下头，不好意思地握了握公爵小姐伸过来的手，默默地走去穿自己的皮大衣。

“简直是一块冰！是木头！”等医生走了后公爵夫人说，“这真可怕！连笑都不会，这种木头人！你白给他弹奏了，玛露霞！他好像只是为喝茶而留下来的，喝完就走了！”

“可是，他多么聪明啊，妈妈！非常有头脑！在我们家里他又能跟谁谈话呢？我无知识，乔治不开通，也不爱说话……难道这种学术交谈我们能支撑下去吗？不行啊！”

“瞧，这就叫平民！这就是尼基福尔的外甥！”叶果鲁什卡一边说，一边从壶里喝奶油，“他算什么呀，又是合理啦，又是冷淡啦，又是主观啦……说得滔滔不绝，小滑头！这算是哪家子平民啊！他那辆四轮马车，你们快来看看吧，多阔气啊！”

于是三个人都到窗口来看那辆四轮马车。车上坐着那位名医，身穿宽大的熊皮大衣。公爵夫人由于嫉妒而满脸通红，叶果鲁什卡则意味深长地挤眉弄眼，吹口哨。玛露霞没看见四轮马车；她没有工夫去看车，她在看医生，因为医生给她的印象更强烈。新鲜的事对谁会没有吸引力呢？

托波尔科夫对玛露霞来说，实在太新鲜了……

下了第一场雪，接着是第二场，第三场。冬天的时间拖得很长。好厉害的严寒：大雪成堆，水结成冰柱。我不喜欢冬天，也不喜欢自称喜欢冬天的人。冬天，街上冰冷，屋里烟雾腾腾，套鞋潮湿，那天气时而严酷得像婆婆，时而哭哭啼啼像老处女，因此即便有幻境般的月夜，有三套马的马车，狩猎、音乐会、舞会，冬天也很快就令人讨厌。而且它拖得太长了，这样它毒害的就不单是无家可归和害痨病的人的生命了。

普里克朗斯基公爵家的生活又照常进行了。叶果鲁什卡和玛露霞已经完全康复，甚至母亲也不认为他们是病人了。家庭境况和过去一样，无法改善，局面越来越糟，钱越来越少……公爵夫人把所有值钱的东西，祖传的和自己购置的，统统拿去抵押了又抵押。尼基福尔和先前一样，主人派他出去赊购各种零碎物品，他就在铺子里扯淡，说主人欠他三百卢布却不想付给他。厨师也发这样的牢骚，小铺老板怜悯他，就把旧皮鞋送给了他。富罗夫逼债更紧了，不管公爵家提出什么样的延期办法，他都不同意。公爵夫人恳求他暂缓提出偿债诉讼，他就出言不逊。富罗夫开了头，其他债主也吵闹不休。公爵夫人每天早晨都不得不去见公证人、法庭执行吏和债主。看来，处理破产事务的会议就要召开了。

像原先一样，公爵夫人枕头上泪水不干。白天公爵夫人强打精神，晚上则是泪水不停地流，通宵哭泣，直到天明。无须走远，就能看到她哭泣的理由。这些理由都是明摆着的，彰明较著，非常刺目：贫穷、随时受到侮辱的自尊心……受谁的侮辱呢？无非是一些微不足道的小人物，各种各样的富罗夫、厨师、小商人等。那些心爱的物品都拿去抵押了。同这些东西割爱时，公爵夫人非常伤心。叶果鲁什卡还跟原先那样，过着不规矩的生活，玛露霞还没有出嫁……哭泣的理由还少吗？前途暗淡，而且透过这暗淡的前途，公爵夫人窥见了险恶的幽灵。这前途非常糟糕。它已经没有指望，只能使人害怕……

钱越来越少了，而叶果鲁什卡喝酒却越来越厉害。他使劲地喝，拼命地灌，好像有意要补上生病期间所损失的那段时间似的。他把一切东西，不管是他有的和没有的、他自己的还是别人的，全都拿去换酒喝光。在放荡的生活中，他不顾一切，厚颜无耻。他一见到人就开口借钱，这在他已不当一回事了。身无分文，也坐下来打牌，这在他已经是惯常的事了。至于大吃大喝而由别人付钱，坐上出租马车派头十足地兜风，完了却不付车钱，这一切他都认为不为过。他很少改变自己。从前人家嘲笑他，他会生气，现在他遭到驱赶或被人押走，也就是稍稍有点难为情罢了。

唯有玛露霞一个人变了。她有了新的变化，而且是最可怕的变化。她开始对哥哥感到失望。不知为什么，她突然觉得他不像从前那个不被人承认的和不为人理解的人了，而纯粹是一个极普通的人，他同大家一样，甚至还不如他们……她已不相信他那个绝望的爱情。这是可怕的变化！她在窗前一坐就是几个小时，毫无目标地望着街上，想象着哥哥的脸，极力想在他的脸上看到一种和谐的不至于令人失望的东西。可是在这张平淡无奇的脸上却什么也没有看出来，只看到一点：一个空虚的人！败类！在她的想象里，同这张脸并排的是他朋友们的脸，客人们的脸，安慰人的老太太的脸，新郎的脸，以及哭哭啼啼、由于痛苦而变得麻木的公爵夫人本人的脸。痛苦使玛露霞可怜的心缩紧了。在这些亲密的、为她所爱，然而又渺小的人的身边生活，是多么庸俗、平凡、呆板，多么愚蠢、无聊和懒散啊！

痛苦紧压着她的心，同时又有一种强烈的、异教徒的愿望使她喘不过气来……有时候她真恨不得一走了事。可是到哪里去呢？自然，她想到那样一个地方去，在那里人们不会在贫穷面前发抖，不过淫荡的生活，而是工作，不整天同愚蠢的老太婆和酗酒的傻瓜扯淡……于是在玛露霞的想象里，像一枚拔不掉的钉子一样，出现了一张正派人的有智慧的脸，在这张脸上她看到了智慧、丰富的知识和疲劳。这是一张令人无法忘却的脸。她天天都看见这张脸，而且是在最幸福的情况下，也就是这张脸的主宰者正在工作，或者是显出正在工作的样子的时候。

托波尔科夫医生每天都在普里克朗斯基家门前经过，他坐在自己豪华的雪橇上，盖着熊皮毯子，由胖车夫驾着车。他的病人很多，从清早出诊，一直到深夜，一天内他得跑遍一切大街小巷。他坐在雪橇上就像坐在圈椅上一样，姿态傲慢，昂起头，挺起胸，不左顾右盼，在熊皮大衣的毛茸茸的领子里，除了白色、光滑的额头和一副金丝眼镜之外，什么也看不见。不过玛露霞能看见这些也就满足了。她觉得这位人类恩人的眼睛通过眼镜，射出的是冷漠的、高傲的、轻蔑的光芒。

“这个人有权利蔑视别人！”她想，“他有智慧！而他的雪橇又是多么豪华啊！那些马匹多么漂亮！而他过去却是个农奴！需要多么强有力的意志，才能生下来是奴仆而后来却成为像他这样高不可攀的人！”

只有玛露霞一人还没忘记医生，其他的人已经开始忘记他了，如果不是因为他做了一件使人不能忘记他的事的话，人们早就把他忘得一干二净了。他做的那件事着实使人太难受了。

圣诞节第二天的中午，普里克朗斯基一家人都在家，前厅里突然响起了铃声。尼基福尔开了门。

“公爵夫人在……在家吗？”从前厅传来一个老太太的声音。还没有等到回答，客厅里就进来了一个矮小的老太婆。“您好，公爵夫人，老人家……恩人！近来可好？”

“您有什么事吗？”公爵夫人问道，好奇地看着老太婆。叶果鲁什卡用拳头捂着嘴扑哧一笑。他觉得老太婆的脑袋像一个熟透了的小甜瓜，上面还翘着一根小尾巴。

“您不认得我了，好太太！难道您不记得我了？您把普罗霍罗夫娜给忘记了？您的小公爵就是我接生的啊！”

于是，老太婆走近叶果鲁什卡，吧嗒着嘴，很快地吻了他的胸和手。

“我不明白，”叶果鲁什卡生气地说，在上衣上擦擦手，“尼基福尔，这个老鬼，把所有的傻瓜都放进来了……”

“您有什么事吗？”公爵夫人再问一句，她感到老太婆身上有一股强烈的低级橄榄油的气味。

老太婆在圈椅上坐下来，说了很长的开场白后，微微笑着，卖弄风情地（媒婆总是卖弄风情的）声明说，公爵夫人有一批货，而她这个老太婆却有一位买主。玛露霞立刻脸红了，叶果鲁什卡则扑哧地笑了一声，很感兴趣地走到老太婆跟前。

“真奇怪，”公爵夫人说，“就是说，您是来说媒的喽？给您道喜了，玛露霞，求婚的来了！而他是谁呢？可以打听一下吗？”

老太婆气喘吁吁地把手伸进胸前的衣兜里，从那里取出了一块红色花布手绢。她解开手绢包的小结，把包里的东西抖落在桌子上，一张照片随着一个顶针掉了出来。

大家都抽动了一下鼻子：那块红底黄花手绢散发出一股烟草味。

公爵夫人拿起照片，懒洋洋地举到眼前。

“这是个美男子，好太太！”媒人开始介绍照片上的人，“他富有、高贵……是非常好的人，不喝酒……”

公爵夫人脸红起来，把照片递给了玛露霞。玛露霞顿时脸色煞白。

“真奇怪！”公爵夫人说，“如果医生有意思的话，那么，我想，他自己可以来……这里根本不需要中间人！……他是个有教养的人，可是突然……是他派您来的吗？是他本人派您来的？”

“是他本人……他非常喜欢你们……你们是好人家。”

玛露霞忽然尖叫一声，把照片捏在手里，飞快地跑出了客厅。

“真奇怪，”公爵夫人重复地说，“真令人惊讶……甚至不知道该对您说些什么才好……我无论如何也没有料到医生会这么做……他何必要惊动您呢？他满可以自己来嘛……他这样做甚至使人难受……他把我们看成什么人了呢？我们不是什么商人……现如今就是商人也已换了一种活法了。”

“怪人！”叶果鲁什卡哼了一声，轻蔑地看了一眼老太婆的小脑袋。

如果能让他在这个小脑袋上哪怕用手指头弹上一下，这个退伍骠骑兵情愿付出很高的代价！他不喜欢这个老太婆，就像大狗不喜欢小猫一样，而且他一看见这个像甜瓜一样的脑袋，简直就像狗一样兴奋起来。

“好吧，好太太，”媒婆说，叹了一口气，“虽说他没有公爵的爵位，不过，我可以说，好公爵夫人……您可是我的恩人啊。哎呀，罪过，罪过！难道他不高贵？他受过所有的教育，又有钱，主赐给他一切荣华富贵，圣母呀……如果要他到您这里来，那就照您的意思办吧……他会到这里来的，为什么不来呢？可以来……”

最后，老太婆抓住公爵夫人的肩头，把她拉过来，在她耳朵边低声说：

“他要六万……这是很自然的事！老婆是老婆，钱是钱。您自己也明白……‘我——他说——娶老婆不能不要钱，因为她在我这里也会得到一切满足的……那她也得有自己的资本……’”

公爵夫人涨红了脸，笨重的连衣裙抖得沙沙响，从圈椅上站起来。

“难为您转告医生，就说我们感到非常奇怪，”她说，“我们很难过……这样做是不行的。别的我就再不能对您说什么了……您怎么不说话呢，乔治？让她走吧！任何忍耐都是有限度的！”

媒婆走后，公爵夫人抱住自己的头，倒在长沙发上，哼哼起来：

“瞧，我们竟到了这样的地步！”她哭道，“我的天啊！一个江湖郎中，下贱货，昨日的奴仆，竟也到我们这儿来求婚了！还说他高贵！……高贵！哈哈！你们说，是什么样的高贵啊！竟派媒婆说媒来了！可惜你们的父亲不在了，他可不会白白地放过这件事！庸俗的傻瓜！下流人！”

不过，使公爵夫人感到屈辱的与其说是一个平民来向她女儿求婚，毋宁说是人家向她要六万卢布，而她却没有钱。哪怕是对她的贫穷有半点儿暗示，也是对她的侮辱。她拖长声音大哭大喊，一直闹到深夜，夜里还两次醒过来，又哭了两次。

不过媒婆来访，对任何人都没有像对玛露霞那样产生那么大的影响，它使可怜的姑娘像害了极厉害的热病一样。她全身哆嗦，倒在床上，把滚烫的头埋在枕头底下，用尽全力要解答一个问题：

“这难道是真的吗？”

这是一个大伤脑筋的问题。玛露霞也不知道怎么回答才好。这个问题既表现她的惊讶，也表现她的难为情，还表现她的一种暗喜，可又不知为什么她羞于承认这后一点，想瞒过自己。

“难道是真的吗？！他，托波尔科夫……不可能！事情有点不对头！是老太婆弄错了！”

与此同时，那些最最甜蜜的、朝思暮想的、令人心醉的幻想，那些使人心灵折服、头脑发热的幻想，都纷纷在她脑子里蠕动起来。这个小生物整个地沉浸在说不出的欢乐里了。他，托波尔科夫，要她做他的妻子！要知道，他是那么端正、漂亮、聪明！他把一生献给人类，而且……坐那么豪华的雪橇！

“难道是真的吗？”

“我可以爱他！”傍晚玛露霞决定了，“噢，我同意！我没有任何偏见，我将跟这个农奴走遍天涯海角！哪怕母亲说一句话，我也会离开她！我同意了！”

其他问题，那些次要的和更次要的问题她已没有工夫去考虑了，顾不上了！例如为什么派媒婆来，他什么时候爱上她和为什么爱她，既然爱她为什么他自己没有来等，她哪里还顾得上去考虑这一些以及许多其他的问题呢！她震惊、奇怪、幸福……对于她，这就足够了。

“我同意！”她小声地说，极力在自己的想象里描摹他的面容及其金丝眼镜，以及透过眼镜往外看的那双理智的、庄重的、疲倦的眼睛，“让他来吧！我同意。”

一方面是玛露霞这样在床上翻来覆去，全身都感到幸福得发热，另一方面那个媒婆却又在走访另一些商人家庭，广泛地散发医生的照片，从这个有钱人家到那个有钱人家，寻找可以向“高贵的”买主推荐的货物。托波尔科夫并没有派她专门到普里克朗斯基家去，他打发她“随便到哪家去都行”。他觉得自己必须结婚，但他采取无所谓的态度。对他来说，有一点是决定了的：不管媒婆到哪一家去说亲，他都需要得到……六万陪嫁。六万，少了不行！因为他打算买下的房子，人家给他开的价不会少于这个数字。他没有地方去借这笔钱，想分期付款，人家也不同意。因此就只剩下一个办法：为筹钱而结婚，他也就这样做了。至于他要用缔结良缘来欺骗自己，那么，这跟玛露霞毫不相干。

深夜十二点多钟，叶果鲁什卡悄悄地走进玛露霞的卧室。玛露霞已经宽了衣，极力要让自己入睡。出乎意料的幸福使得她疲乏了，她觉得她的心跳得整个房子都能听见，因此她很想安一安神。叶果鲁什卡脸上的每一条皱纹里都藏着一千个秘密。他神秘地咳嗽一声，意味深长地瞧着玛露霞，好像要告诉她一个非常重要而又秘密的事似的，在她脚边坐下，稍稍弯下腰，凑近她的耳朵。

“你知道我要告诉你什么吗，玛露霞？”他小声地说，“我坦率地对你说……我的看法是……因为，要知道，我是为了你的幸福。你在睡觉吗？我是为了你的幸福才说的……你就嫁给这个人吧……嫁给托波尔科夫吧！你就别扭扭捏捏了，你就嫁给他得了！……这个人各方面都……而且又有钱。他出身低贱点也没关系，别管它。”

玛露霞把眼睛闭得更紧了。她害臊。同时，她哥哥同情托波尔科夫又让她感到很愉快。

“可是他有钱！至少，一个人没有饭吃就活不成。你只想等公爵伯爵来求婚，怕是还没有等着，你就已经饿死了……要知道，我们家现在连一个戈比也没有了！呸！全空了！那么你是睡着了还是怎么的？啊？不说话，就表示同意了？”

玛露霞微微笑了一下。叶果鲁什卡则笑出了声，并且生平第一次热情地吻了她的手。

“你就嫁给他吧……他是有教养的人。而我们也将过得很好！老太婆也不会再哭了。”

于是叶果鲁什卡沉浸在幻想里。幻想了一阵之后，他又摇摇头说：“只有一点我弄不明白……他干吗要派这个媒婆来呢？为什么他自己不来呢？这里面有点文章……他不是这种人，他不会派媒婆来说亲的。”

“这话不错，”玛露霞想，不知为什么震颤了一下，“这里面真的有点文章……派媒婆来说亲是愚蠢的。实在，这是什么意思呢？”

叶果鲁什卡平时是不善于思考的，这一回却动起脑筋来了。他说：“不过，要知道，他自己没有时间闲逛。他整天很忙，东奔西跑，走遍病人各家。”

玛露霞安不下心来，但持续的时间不长。

叶果鲁什卡沉默了一会儿，然后说：“还有一点我也不明白：他吩咐那个老媒婆说陪嫁至少要六万。你听见了吗？她说：‘否则就不行。’”

玛露霞忽然睁开了眼睛，全身哆嗦了一下，连忙坐起来，甚至忘记拿被子把自己的肩膀盖上。她的眼睛发亮，两颊绯红。

“这是老太婆说的？”她拉住叶果鲁什卡的手说，“你跟她说，这是撒谎！这些人，也就是说，像他这样的人……是不可能说这样的话的。他也要……钱？！哈哈！只有不了解他的人，才会怀疑他有这种卑劣的想法。他是多么骄傲，多么正直，多么不贪财的人啊！是啊！这是一个最优秀的人！是人家不想了解他。”

“我也是这样认为。”叶果鲁什卡说，“老太婆满嘴胡说，多半是她要巴结他。她在商人那里已经习惯于这一套了！”

玛露霞肯定地点点头，然后把头埋在枕头底下。叶果鲁什卡站起来，伸了个懒腰。

“母亲在哭，”叶果鲁什卡说，“算了，我们就不要去管她了。那我们就这样说定了？你已经同意了？很好，用不着扭扭捏捏了，你就做医生的太太吧……哈哈！医生太太！”

叶果鲁什卡拍拍玛露霞的脚掌，非常满意地从她的卧室里走出来。当他躺在床上时，脑子里就开始把婚礼上要请的客人开列出一张很长的名单。

“香槟酒要到阿包尔士霍夫商店里去买，”他想着，昏昏欲睡了，“小吃之类则要到柯尔恰托夫商店里去买……他那里的鱼子新鲜。嗯，龙虾也……”

第二天早晨，玛露霞穿得很朴素，但很雅致，坐在窗前等着，不乏娇态。十一点钟，托波尔科夫坐着雪橇在她窗边疾驰而过，但他没有来拜访。中饭后，他又一次坐着马车在她的窗前疾驰而过，不仅没有来拜访，甚至也没有朝窗户看一眼。而玛露霞却是头发上系着粉红色的带子，在窗前坐着。

“他没有时间，”玛露霞一边想，一边观赏着他，“星期天他会来的……”

但是，星期天也没有来。过了一个月仍旧没有来，又过了两个月、三个月……他根本就没有想起普里克朗斯基的家。而玛露霞却在等着他，而且人都等瘦了……像有一种不同寻常的猫，长着黄色的长爪子，抓挠着她的心。

“他为什么不来呢？”她自问道，“为什么呢？啊……我知道了……他生气了，因为……因为什么他要生气呢？因为妈妈对老媒婆很不客气。他现在以为我不可能爱他……”

“畜生！”叶果鲁什卡喃喃地说。他去阿包尔士霍夫商店已经十次了，问他们能不能让他定购上等的香槟酒。

三月底的复活节过后，玛露霞已不再等待他了。

有一天叶果鲁什卡走进她的卧室，恶狠狠地哈哈大笑，告诉她说，她的“求婚者”已经同一个商人女儿结婚了……

“我有幸地给你道喜！真荣幸！哈哈哈！”

这个消息对我的这位娇小的女主人公来说太残酷了。

她垂头丧气，不是一天，而是几个月来都变得难于形容的忧愁和失望。她把头上的粉红色的带子拿掉了，恨不欲生。可是感情却是多么的偏心和不公平啊！玛露霞就是在这时候也还能为他的行为找出理由来。看来，她没有白读那些长篇小说，因为小说中嫁人或娶妻往往都是故意为难所爱的人，而故意为难，是要叫他们明白，叫他们难堪，叫他们受点刺激而已。

“他娶这个傻女人就是故意气人，”玛露霞暗想，“噢，对他的求亲，我们采取了多么侮辱人的态度，做得多么不好！像他这样的人是不会忘记别人对他的侮辱的！”

她脸上健康的红晕消失了，嘴唇上也抿不出笑容来了，大脑已不再去幻想未来。玛露霞变得呆傻了。她觉得她的生活目标也跟托波尔科夫一起毁灭了。如果她已经注定只能同那些蠢人、寄生虫、酒鬼在一起，那么活着又还有啥意思呢？她忧郁起来了。她对什么都不关心，对什么都不注意，对谁的话都不理会，只是浑浑噩噩地过着枯燥乏味和毫无光彩的生活。我们的老处女们和年轻的处女们都很善于过这样的生活……她不去注意为数众多的求婚男人，也不去注意自己的亲人和熟人。她对穷困的家庭境况视而不见，漠不关心，她甚至没有注意到银行已经把普里克朗斯基家的房子连同所有有历史意义的并使她感到亲切的家什一齐卖掉了，她不得不搬到一个简陋便宜的具有小市民风尚的新居里去住。这是一个漫长的、难受的梦，其中倒也不乏梦见的人和事。她梦见了托波尔科夫的各种不同的样子：坐在雪橇上，穿着皮大衣，没有穿皮大衣，坐着，高傲地走路。全部生活都在梦里了。

但是一声雷响，梦就从她那长着亚麻色睫毛的浅蓝色的眼睛里飞走了……她的母亲，公爵夫人经不住家庭的破产，在新居里生了病，死了。她除给孩子们留下祝福和几件连衣裙外，再也没有任何的东西。她的死，对公爵小姐来说，是可怕的灾难。梦飞走了，把位子让给了悲伤。

三

秋天到了，它跟去年的秋天一样，潮湿、泥泞。

外面是一个灰色的、多雨的早晨。暗灰色的云像是沾满了污泥似的，密密地遮住了天空，并且一动不动地留在那里，惹人烦恼。太阳似乎不存在了。它这样延续了整整一个星期，一次也没有对大地露过脸，好像害怕泥泞会玷污了它的光芒似的。

雨点敲打着窗子，特别卖力。风在烟囱里哭泣、号叫，像一条丧家犬……在所有人的脸上都流露出一种绝望的烦闷。

就是最绝望的烦闷也要比那天上午玛露霞脸上流露出的走投无路的悲哀好得多。我的女主人公踏着烂泥泞，朝托波尔科夫医生家慢慢地走去。她为什么要去找他呢？

“我找他治病！”她想。

不过，不要相信她，读者！她脸上表现出来的内心的斗争不是平白无故的。

公爵小姐来到托波尔科夫家的门口，心里发紧，胆怯地拉一下门铃。一分钟后，门里面响起了脚步声，她的腿都要僵住了，都要弯下去了。门锁咔嚓一声，玛露霞看见面前出现了一个女仆，长得很不错，脸上显出疑惑的表情。

“医生在家吗？”

“我们今天不看病，明天来吧！”女仆说。由于湿气迎面扑来，女仆哆嗦了一下，倒退了一步。这时门就在玛露霞的鼻子面前砰的一声关上了，震颤了一下后响起了闩门声。

公爵小姐很不好意思，慢慢地拖着身子回家了。家里等着她去看一场免费的戏，不过这种戏她已经看腻了。这远不是公爵家所应该有的戏！

叶果鲁什卡坐在小客厅里一张用光滑的新花布蒙着的长沙发上。他像土耳其人那样坐着，两条腿盘在身子底下。他的女朋友卡列丽雅·伊万诺夫娜躺在他旁边的地板上，两人在玩一种“鼻子”游戏和喝酒。公爵喝啤酒，他的情人喝马德拉酒。赢方除了有权打输方的鼻子外，还可以得到一枚二十戈比的银币。卡列丽雅·伊万诺夫娜因为是女性，对方得做出小小的让步，即可以用接吻来取代二十戈比的支付。这游戏使两人得到了难以形容的快乐。他们放声大笑，你揪我一把，我拧你一下，随时从自己的位子上跳开，互相追逐。叶果鲁什卡赢了，就像牛犊似的跳跃狂喜；卡列丽雅·伊万诺夫娜输了就接吻，接吻时她那忸怩的作态使得叶果鲁什卡神魂颠倒。

卡列丽雅·伊万诺夫娜是一个又高又瘦的黑发女子，眉毛非常黑，有一双凸出来的虾一样的眼睛。她每天都到叶果鲁什卡家里来。她总是早晨九点多钟来普里克朗斯基家，在这里喝早茶，吃午饭，吃晚饭，午夜十二点多钟离去。叶果鲁什卡要叫妹妹相信，卡列丽雅·伊万诺夫娜是歌唱家，是很可敬的女人，等等。

“你去跟她谈谈吧！”叶果鲁什卡劝导妹妹说，“她是聪明的女人！聪明极了！”

我认为，尼基福尔说得比较正确。他管卡列丽雅·伊万诺夫娜叫妓女和骑兵·伊万诺夫娜。他心里非常恨她，在不得已要伺候她时，总是要冒火。他嗅出了真情。这个年老忠心的仆人的本能告诉他，这个女人不配在他主人的身边……卡列丽雅·伊万诺夫娜又愚蠢又空虚，然而这并不妨碍她每天肚子吃得饱饱地走出普里克朗斯基的家门，口袋里装满了赢来的钱，而且相信少了她，他们就活不下去。她是俱乐部台球记分员的老婆，不过如此。但这并没有妨碍她成为普里克朗斯基家的十足的女主人。这头母猪喜欢把两只脚放在桌子上。

玛露霞靠抚恤金生活，那是她在父亲死后领到的。父亲的抚恤金比一般将军的抚恤金要多，可是玛露霞名下的那一份却很少。如果不是叶果鲁什卡那样任性挥霍，这份抚恤金也还是能够维持生活上的温饱的。

他不愿意工作，也不会工作！因为他不愿意相信自己穷。如果有人叫他要迁就家庭的处境，尽量减少任性的浪费，他就会发火。

“卡列丽雅·伊万诺夫娜不喜欢吃小牛肉，”他常常对玛露霞说，“需要给她做烤仔鸡。鬼才知道你们是怎么一回事，又要当家，又不会当家！明天再不能有这种一文不值的小牛肉了！我们会把这个女人饿死的！”

玛露霞偶尔顶他几句，可是为了避免发生不快，还是去买了仔鸡。

“为什么今天没有烧烤菜？”叶果鲁什卡有时大喊大叫。

“因为我们昨天吃过烤仔鸡了。”玛露霞答道。

然而叶果鲁什卡不懂得当家的最简单的道理，而且什么也不想懂。他坚决要求吃饭时给他准备啤酒，而给卡列丽雅·伊万诺夫娜准备葡萄酒。

“一顿正经的午饭能没有葡萄酒吗？”他质问玛露霞，耸耸肩膀，觉得这是令人奇怪的咄咄怪事，“尼基福尔！一定得有酒，你的事情就是管这个的！你呢，玛露霞，应该感到害臊才是！莫非要我自己来管家吗？你们多么喜欢惹我生气啊！”

这是一个谁也管不了的骄奢淫逸的人！不久，卡列丽雅·伊万诺夫娜也来为他帮腔了。

“给公爵准备酒了吗？”她看见要开饭时就问道，“啤酒在哪里呢？应当走一趟，去买酒！公爵小姐给钱让仆人去买酒！您有零碎钱吗？”

公爵小姐说有零钱，便把最后一点钱都拿出去了。叶果鲁什卡和卡列丽雅又吃又喝，却不知道玛露霞的表、戒指和耳环，一件又一件的东西都送进了当铺，她那些贵重的连衣裙也都卖给旧货商人了。

他们没有看见也没有听见玛露霞向尼基福尔借明天的菜钱时，那老仆人如何地抱怨着，嘴里嘟嘟囔囔，打开他的箱子。而那两个鄙俗而又麻木的人——公爵和他的小市民女人，对这一切根本就不当一回事！

第二天早晨九点多钟，玛露霞到托波尔科夫家里去，开门的还是那个长得不错的女仆。她把玛露霞带到前厅，帮她脱下大衣。女仆叹口气并对她说：“您知道吗，公爵小姐，大夫看病至少要收五个卢布。这您是知道的。”

“她对我说这些话是什么意思呢?”玛露霞想道,“多么无礼!他,可怜的人,还不知道他雇了这么一个无用的女佣人!”

可是与此同时,玛露霞心里却发紧了:她口袋里只有三个卢布了。不过他也不至于因为少了区区两个卢布就把她赶走吧?

玛露霞从前厅走进候诊室里,那里已经坐着许多病人。自然,这些渴望治好病的人大多数是女人。她们占据了候诊室里的所有座位,三五成群地坐在那里聊天。他们谈得很热烈,而且无所不谈:谈天气,谈疾病,谈大夫,谈孩子……都是大声说话,并且哈哈大笑,就跟在自己家里一样。有些人,一面等着,一面织毛衣或绣花。在候诊室里,没有穿得很朴素和很差的人。托波尔科夫就在隔壁房间里看病,大家按顺序到他房间里去。进去的人都脸色苍白、严肃、有点发抖,可是从他那里出来时却脸色泛红、满头大汗,就像是在教堂里刚刚行过忏悔礼,或从身上卸掉了力不能胜的重负而感到庆幸似的。托波尔科夫为每个病人看病不超过十分钟,可能是病人的病都不重。

“这一切多么像是江湖郎中招摇撞骗!”要不是玛露霞有自己的心事,准会这么想。

玛露霞最后一个走进医生的诊室。在这里到处堆着书,书皮上印着德文和法文的书名。她走进诊室,全身发抖,就像一个被丢进凉水里的母鸡。他站在房间中央,左手扶着写字桌。

“他多么漂亮啊!”他的女病人的脑子里首先闪过的是这个想法。

托波尔科夫从来没有卖弄过自己的漂亮,而且他也未必会卖弄什么。然而他平时所表现的一切姿态,都好像特别威严。玛露霞现在所看到的他这种姿态,使她联想到画家画伟大的统帅时所雇用的那些模特儿的威严。他一只手扶着桌子,旁边放着一些他刚从病人那里收下的十卢布和五卢布的钞票。那里还非常整齐地放着一些工具、器械、试管,这一切对玛露霞来说,都极难理解,极其深奥。这些东西,加上这个设备豪华的诊室,总合起来,使威严的画面更加威严了。玛露霞顺手把门带上,站着……托波尔科夫用手指了指圈椅。我的女主人公走到圈椅跟前,坐下来。托波尔科夫威严地摇晃了一下,在她对面的一把圈椅上坐下，用一双疑惑的眼睛盯住玛露霞的脸。

“他没有认出我来！”玛露霞想，“要不他不会不说话的……我的天啊，他怎么不说话呢？唉，我怎么开口呢？”

“怎么样？”托波尔科夫哼了一声。

“我有点咳嗽。”玛露霞小声说，好像要为了证实自己的话，连咳了两声。

“很久了吗？”

“已经有两个月了……夜里更厉害。”

“嗯……发烧吗？”

“不，好像不发烧……”

“您好像在我这里看过病吧？您以前生过什么病吗？”

“肺炎。”

“嗯……对，我想起来了，您好像姓普里克朗斯基吧？”

“是的……当时我的哥哥也病了。”

“请您服这种药粉……睡觉以前服……要防止感冒……”

托波尔科夫很快地开了处方，站起来，又做出了原来的那种姿势。玛露霞也站起来。

“再没有别的病了吗？”

“没有什么了。”

托波尔科夫定睛看着她。他看看她，又看看房门。他没有工夫，正等着她出去。她却站着，看着他，欣赏他，等着他会对她说些什么话。他多么漂亮啊！她沉默着过了一分钟，后来震颤一下，看出了他张开口打哈欠的意思和他眼睛里等待她出去的含义，便给了他三个卢布，转身向门口走去。医生把钱丢在桌上，在她后面把门关上了。

玛露霞从医生家里出来回家时，心里非常生气。

“唉，我为什么不跟他说说话呢？为什么呢？胆怯了，就是这么回事！这样的结果，真荒唐……只是打搅了他一下。我为什么要把这些该死的钱捏在手里？好像要显示一下阔气？钱是很能令人误解的东西……上帝保佑，可能我得罪人了！付给他钱也要做到不知不觉才对。唉，我为什么不说话呢？……要不他就会对我讲开来，对我解释了……就会清楚他为什么派媒婆来了……”

玛露霞回到家里，躺在床上，把头埋在枕头底下。每当她激动的时候，都是这样的。但这也没有使她安静下来。叶果鲁什卡走进她的卧室，并开始从房间的这头走到那头，皮鞋踩得嘎吱地响。

他的脸很神秘……

“你出了什么事？”玛露霞问道。

“啊啊啊……我还以为你睡着了，不想打搅你。我要告诉你……一个好消息，很愉快的消息。卡列丽雅·伊万诺夫娜想住到我们家里来，是我请她来的。”

“这不可能！不能这么做！[①]你把什么人请来了？”

“为什么不可能？她是一个很好的女人……她将帮助你料理家务。我们把她安置在拐角上那个房间住。”

“妈妈是在拐角的房间里去世的！这不可能！”

玛露霞抖动着身体，战栗着，好像被扎伤了似的，脸上泛起了红晕。

“这是不可能的！乔治，如果你要逼我同那个女人一起生活，就杀了我吧！亲爱的乔治，别这样！别这样！亲爱的！我求你了！”

“那么，她哪一点让你不喜欢呢？我不明白！她跟别的女人不一样……她聪明、快活。”

“我不喜欢她……”

“可是我喜欢她。我喜欢这个女人，并愿意她跟我住在一起！”

玛露霞哭了……她的脸由于绝望而变得很难看……

“如果她要住在这里，我就去死……”

叶果鲁什卡轻轻地吹着口哨，走了几步，离开了玛露霞的房间，过了一分钟又进来了。

“借给我一个卢布。”他说。

玛露霞给了他一个卢布。她得设法减轻一点叶果鲁什卡的悲伤。因为，在她看来，他心里现在正进行着可怕的斗争：他对卡列丽雅的

① 原文为法文。

爱同他的责任感发生了冲突!

傍晚，卡列丽雅来找玛露霞。

“您为什么不喜欢我呢?”卡列丽雅拥抱公爵小姐，问道，“要知道，我是一个不幸的人!”

玛露霞挣脱她的拥抱，说:“您没有什么地方可以使我喜欢的!”

为了这句话，她付出了很高的代价。一个星期后卡列丽雅就住进了她妈妈死之前所住的那个房间。她认为首先要为这句话报仇。她选择了最粗暴的报复方式。

“您干吗要这样装腔作势呢?”每次吃饭时她都要问公爵小姐，“您既然那么穷，就不能装腔作势了，在好人面前该鞠躬才是。我要是知道您有这样的缺点，我就不住到您这里来了。我为什么要爱上您的哥哥呢?”她补充说，叹了口气。

她对玛露霞的贫穷进行种种责难、暗示和讪笑，最后是哈哈大笑。叶果鲁什卡对这种笑满不在乎。他认为自己对不起卡列丽雅，便顺从了她。可是这个台球记分员的老婆、叶果鲁什卡的情妇的愚妄的嘲笑却伤害了玛露霞。

每到傍晚玛露霞都在厨房里坐着，孤立无助、软弱、毫无主意，不住地流泪。泪水掉在尼基福尔的大手掌上。尼基福尔陪着她啜泣，给她讲一些往事，而往事却更加深她内心的痛苦。

“上帝会惩罚他们的!”他安慰她说，“您别哭了。”

冬天，玛露霞再一次到托波尔科夫诊所去。

当她走进他的诊室时，他正坐在圈椅上。他仍像从前那样漂亮，威严……这一次他脸上显得十分疲倦……眨巴着眼睛。睡眠不足的人总是这样的。他没有看着玛露霞，只是用下巴指一下对面的圈椅。她坐下来。

“他脸上表现出悲伤，”玛露霞看着他，想道，“他准是跟那个商人女儿过得很不幸福吧?”

他们默默地坐了一分钟。啊，她会多么愉快地对他诉说她的生活!她会对他讲许多他在任何印有法文或德文书名的书里都读不到的东西。

“我咳嗽。”她小声说。

医生扫视了她一眼。

“嗯……发烧吗？”

“是的，每天晚上都发烧……”

“夜里出汗吗？”

“是的……”

“把衣服脱下来……”

“怎么？”

托波尔科夫做出不耐烦的手势，指指自己的胸部。玛露霞红着脸，慢慢地解开胸口的扣子。

“请您把衣服脱下来，快一点，劳驾……”托波尔科夫说，把一个小锤拿在手里。

玛露霞把一只胳膊从袖口里抽出来。托波尔科夫很快地走到她跟前，刹那间就把她的连衣裙脱到了腰部。

“请把衬衣解开！”他说道，还没等玛露霞自己动手，他就解开了她衬衣领子的纽扣，接着使病人更惊恐的是，他拿起锤子在她那白净的瘦削的胸脯上敲打起来……

“您把手放下……不要妨碍我，我不会把您吃掉的。”托波尔科夫嘟囔道。她涨红了脸，恨不得钻进地里去。

托波尔科夫敲打完后，开始听诊。她左肺尖的声音很浊。他很清楚地听见吵吵的杂音和不柔和的呼吸声。

“把衣服穿上吧。”托波尔科夫说，开始向她提一些问题：她的住所好吗？她的生活方式正常吗？等等。

“您必须到萨马拉[1]去！”他对她谈了许多关于正规生活方式的事以后，说，“您要到那里去喝马奶，我说完了，您可以走了……”

玛露霞勉强扣好了纽扣，不好意思地给他五个卢布，又站了一会儿，便走出了深奥的诊所。

“他留下我足有半个小时，”她边想，边走回家去，“而我竟没有

---

① 俄国地名，那里有疗养的地方。

说话！没有说话！我为什么不跟他谈一谈呢？”

她回家的时候，没有想萨马拉，而是想着托波尔科夫医生。我干吗要到萨马拉去呢？不错，那里没有卡列丽雅·伊万诺夫娜，可是那里也没有托波尔科夫呀！

“去它的吧，什么萨马拉！”她一边走，一边生气，同时又感到高兴：他承认了她是病人，现在她就不必拘礼，可以随时到他那里去了，去多少次都行，哪怕每星期都去！在他的诊室里多么好，多么舒适！特别是那张放在诊室深处的长沙发。她很想跟他一起坐在这张长沙发上，谈谈各种各样的事，向他诉诉苦，劝他看病收费不要太高。对有钱人自然可以而且应该收费高，可是对穷病人应该打折扣才对。

“他不了解生活，不能区分穷人和富人，”玛露霞在想，“我得教会他！”

这次家里又有一场免费的戏等她去看。叶果鲁什卡躺在长沙发上，歇斯底里大发作。他又骂又哭，全身发抖，像发高烧似的。他喝醉了酒的脸上流着眼泪。

“卡列丽雅走了！”他说，“已经两个晚上没来家里睡觉了！她生气了！”

叶果鲁什卡的哭喊是多余的。傍晚卡列丽雅又来了，她原谅了他，并带他去了俱乐部。

叶果鲁什卡的放荡生活达到了顶峰……玛露霞的抚恤金不够他用，他便开始“工作”了。他向仆人借钱，靠打牌作弊骗钱，偷玛露霞的钱和物。有一次，他和玛露霞并排走着，从她口袋里偷去两个卢布。这是她攒起来准备买鞋用的钱。他将一个卢布留给自己用，另一个卢布给卡列丽雅买梨吃。熟人都离开了他。普里克朗斯基家旧日的客人们，玛露霞的熟人们现在都当着他的面叫他“骗子爵爷”。甚至当他向某个新朋友借到了钱，邀请花卉饭店的“姑娘们”一起去吃饭时，她们也怀疑地瞧着他，取笑他。

玛露霞看到了也明白了这种放荡生活的顶峰……

卡列丽雅的放肆也在不断增长[1]。

“别翻我的衣服，劳驾！”玛露霞有一次对她说。

“翻一下您的衣服也没有什么，”卡列丽雅回答说，“您如果认为我是贼，那也……随便。我走就是。”

而叶果鲁什卡却责备妹妹，并整整一个星期向卡列丽雅下跪，求她不要走。

然而这种生活并不能持续很久，一切小说都有一个结尾，这篇短短的小说也快要结束了。

谢肉节到了，接着就是预报春天来临的日子。白昼变长，房檐滴水，从野外送来新鲜的空气。呼吸到这种空气时，您就预感到春意了……

谢肉节期间的一个傍晚，尼基福尔坐在玛露霞的床边……叶果鲁什卡和卡列丽雅都不在家。

“我在发烧，尼基福尔。”玛露霞说。

尼基福尔啜泣起来，给她讲述往事，而往事却更加深她内心的痛苦……他谈到公爵、公爵夫人、他们过去的生活……他描述已故公爵打过猎的树林、公爵追捕过兔子的田野、塞瓦斯托波尔——已故的公爵过去在塞瓦斯托波尔负过伤。尼基福尔讲了许多，玛露霞特别喜欢听他讲述旧日的庄园，这庄园在五年前已卖掉抵债了。“那时我常到露台上去……春天开始了。我的天啊！眼睛简直离不开上帝的世界！森林还是黑的，可是从那里已经散发出了快乐的气息。多么美丽的小河，水很深……你的妈妈年轻的时候常去钓鱼……成天都在水里站着……她喜欢在外面待着……大自然啊！”

尼基福尔不停地讲，声音都变哑了。玛露霞听着，不让他离开。从老仆人的脸上，她看到了他给她讲的关于父亲、母亲和庄园的一切东西。她听着，看着他的脸，于是她又想活下去了，想活得幸福，到她母亲钓过鱼的河里去钓鱼……河流，河流后面是田野，田野过后是青绿色的森林，而这一切的上空则是亲切的阳光在照耀，给大地温

① 原文为意大利语。

暖……活着多好啊！

“亲爱的尼基福尔，”玛露霞小声地说，握着他那干枯的手，“亲爱的，明天你借给我五个卢布吧……这是最后一次了……可以吗？”

“可以……我也只有五个卢布了，拿去吧，求上帝保佑您……”

“我会还你的，好人，你就借给我吧……”

第二天早晨，玛露霞穿上最好的连衣裙，用粉红色的带子扎上头发，到托波尔科夫家去。出门之前，她在镜子面前照了十多次。在托波尔科夫的前厅里，一个新的女佣人迎接她。

“您知道吗？”新的佣人帮玛露霞脱下大衣时对她说，“大夫看病至少收五个卢布……”

这一回候诊室里的病人特别多。所有的家具上都坐满了人，有个男人甚至坐在钢琴上。十点钟开始门诊，十二点钟停诊，开始做手术。下午两点再继续门诊。玛露霞直到四点钟才轮上看病。

她没有喝茶，疲惫不堪地等着。由于发烧和激动，全身哆嗦。她自己也不知道她是怎样在医生对面的圈椅上坐下来的。她脑子里空荡荡的，嘴里发干，眼睛里有一层云雾，透过这层雾她只看见他的脑袋在闪动……手和锤子在闪动……

“您去萨马拉了吗？”医生问她，“您为什么不去呢？”

她什么也没有回答。他敲了敲她的胸脯，然后又听了听。她的左肺尖的浊音已经扩大范围，几乎整个左肺都有了，连右肺尖也可以听见浊音了。

“您不必到萨马拉去了。您不要出去了。”托波尔科夫说。

玛露霞透过那层雾看到，在他那枯燥、严肃的脸上有一种近似同情的东西。

“我不去。”她小声说。

“您告诉您的父母亲，不要让您到外面去。您要避免吃不容易煮烂的粗食……”

托波尔科夫开始提出各种忠告，说得入迷了，又长篇大论起来。

她坐着，什么也没听见，只模模糊糊地看到他的嘴唇在动。她觉得他说得太久了。终于，他停止了说话，站起来，眼睛看着她，等着她离开。

她没有走。她喜欢坐在这张很好的圈椅里，非常害怕回家，害怕见到卡列丽雅。

“我说完了，”医生说，“您可以走了。”

她转过脸来对着他，看着他。

“请不要赶我走!”医生哪怕是最初级的面相家，这时也会从她的眼神里读到这句话。

从她的眼睛里流出了大颗的泪珠。两只胳膊无力地垂落在圈椅的两边。

“我爱您，医生!”她低声地说。

由于内心燃起烈火，她脸上和脖子上泛起了红晕。

“我爱您!”她小声地又说一遍。她的头摇晃了两下，垂了下来，额头撞在桌子上。

而医生呢？医生……自从行医以来他第一次涨红了脸，两只眼睛眨巴着，就像受到罚跪的顽皮男孩一样。他从没听见过任何女病人对他说这样的话，而且是以这样的形式出现！没有任何一个妇女！莫非是他听错了？

心不安地翻动起来，怦怦地跳……他难为情地咳嗽起来。

“米科拉沙!”隔壁房里传来喊声，从半开着的房门里露出他那出身于商人家庭的妻子的两个粉红色的脸颊。

医生利用这一声叫喊，很快地走出了诊室。他正好要找点什么借口，哪怕能摆脱一下这种尴尬的局面也好。

十分钟以后他回到自己的诊室时，玛露霞已躺在长沙发上了。她仰面朝天地躺着，一只手与头发一起垂在地板上。玛露霞这时已不省人事了。托波尔科夫红着脸，心跳得厉害，悄悄地走到她跟前，解开她衣服上的扣子。他扯掉了一个领钩子，自己也不知不觉地就把她的连衣裙撕开了。从连衣裙的所有皱边里、线缝里、各个角落里掉下来许多东西，落在长沙发上。那是他的处方，他的名片、照片……

医生在她的脸上喷了一口水……她睁开了眼睛，用胳膊肘稍稍支起身子，看着医生，沉思起来。她在自问：我这是在哪儿呢？

“我爱您!”她呻吟道，认出了医生。

她那充满爱和祈求的目光停留在他的脸上。她看上去，就像是一只受了伤的小野兽。

“我该怎么办呢?”他问道，不知怎么办才好……他这一句话的声音，玛露霞有点辨认不出来了：不平稳，吐字也不那么清楚，而是柔和，几乎是温柔了……

她的胳膊弯了下来，脑袋便倒在沙发上，可眼睛仍旧瞧着他。

他站在她面前，从她眼睛里看到了祈求。他感到自己陷入了极可怕的处境。心在胸膛里怦怦直跳，头脑里出现了某种从未有过的、陌生的东西……千百种不请自来的回忆，在他的发烧的头脑里翻动起来。这些回忆是从哪里来的呢?莫非是来自那双充满爱和祈求的眼睛?

他想起了幼年时代，想起了在老爷家擦茶炊。除了擦茶炊和后脑壳挨打外，他的记忆里还闪过了那些恩人和穿着厚大衣的女恩人；闪过了宗教学校，由于他有个“好嗓子”，主人把他送去上学，在那里他挨过不少打，吃掺沙子的粥，后来转入宗教中学，在那里学拉丁语，挨饿，幻想，读书，同学校总务神甫的女儿谈恋爱。他还想起他违背恩人的意愿，从宗教中学逃跑，进入大学。他逃跑时身无分文，脚上穿着破鞋。那次逃跑多么有意思！在大学里他为了学习而挨冻受饿……艰难的道路。

他终于胜利了。他用自己的额头打通了一条通向生活的隧道……那又怎么样呢?他精通自己的业务，读许多书，干许多工作，还准备夜以继日地工作……

托波尔科夫斜视一眼胡乱放在桌子上的五卢布和十卢布的钞票；他还想起那些太太小姐们，这些钱就是从她们手里收下的。于是他脸红了……难道他走完那条艰难的道路，就只是为了这些五卢布的钞票和太太小姐们吗?是的，只是为了这些……

在这些回忆的逼迫下，他那威严的身材变得瘦小了，那种傲慢气也消失了，光滑的脸上出现了皱纹。

“我该怎么办呢?”他瞧着玛露霞的眼睛，又一次小声地说。

他在这双眼睛面前感到羞愧。

如果有人问：你在行医期间都做了些什么？得到了什么？你该作何回答呢？

五卢布和十卢布的钞票，除此就别无所有了！为了挣这些钞票，他把科学、生活、安宁，全都献出去了。而那些钞票则给了他公爵府一般的房子、讲究的桌子、马车，一句话，给了他一切所谓的舒适。

托波尔科夫想起了他中学时代的“理想”和大学时代的幻想，于是眼前的这些蒙着贵重丝绒的圈椅和长沙发，铺满地毯的地板，烛架和价值三百卢布的时钟，对他来说，统统都成了一摊可怕的黏糊的烂污泥了！

他走上前去，把玛露霞从她躺着的污泥里抱了起来，连胳膊和腿一齐高高地举起……

“你不要躺在这里！”他说，转身离开了长沙发。

仿佛是为了对他的举动表示谢意似的，她那美丽的亚麻色的头发像瀑布一样撒落在他的胸口上……在他的金丝眼镜旁边一双陌生的眼睛闪着亮光。这是什么样的眼睛啊！真想伸出手指去摸一摸它们！

“给我喝点茶！”她小声说道。

第二天，托波尔科夫和她一起坐在头等车厢的一个包厢里。他送她到法国南部去。真是个奇怪的人！他知道她已经没有康复的希望了，就像知道自己的五个指头一样……可是还是要送她去。一路上他都在向她敲打、听诊、询问。他不愿意相信自己的知识，竭尽全力想从她的胸部敲打出、听诊出一点哪怕是最小的希望来！

至于钱，昨天他还那么尽心竭力地积攒，而如今在路上却大把大把地花出去。

现在，要是在姑娘的哪怕是一片肺叶上能听不到那该死的杂音的话，他情愿把所有的钱都献出去！他和她都多么想活下去啊！对于他们来说，太阳已经出来了，他们在等待白天……然而太阳没有把他们从黑暗中救出来，而且……晚秋已经开不出花来了！

公爵小姐在法国南部没有住满三天，就去世了。

托波尔科夫从法国回来后仍像从前一样地生活。跟从前一样地为太太小姐们看病，积攒五卢布的钞票。不过，也可以看到他身上的一些变化。他同女人谈话时，眼睛总是往旁边看，往空地方看……不知为什么，他看着女人的脸，心里就非常害怕……

叶果鲁什卡活着并且很健康。他已抛弃了卡列丽雅，现在住在托波尔科夫家里。医生把他接到家里来，对他倍加爱护。叶果鲁什卡的下巴使他联想起玛露霞的下巴，因此他容许叶果鲁什卡拿他的那些五卢布的钞票去纵饮作乐。

叶果鲁什卡非常满意。

（1882 年）

坏孩子

伊万·伊万内奇·拉普金是一位青年男子，有一副令人愉快的外貌，而安娜·谢苗诺夫娜·札姆勃利茨卡娅则是一位年轻的姑娘，长着一只翘鼻子。他们沿着陡坡走下来，坐在凳子上。长凳子放在新长出来的茂密的柳树丛中间，紧挨着河水。一个美妙的地方！您坐在这儿，就与世隔绝了——只有鱼和在水上闪电似的奔跑的水蜘蛛看得见您。这对年轻人带着钓鱼竿、捞鱼网兜、装着蚯蚓的罐子以及其他捕鱼工具。他们一坐下来便立即开始钓鱼。

“我很高兴，我们终于可以钓鱼了，”拉普金向四周环顾了一下，开始说，“我要对您讲很多的事，安娜·谢苗诺夫娜……非常之多……当我头一次见到您的时候……鱼在咬您的鱼饵了……我才明白我为什么而活着，才知道我诚实劳动一生为之奉献的神像在哪儿……这大概是条大鱼……上钩了……我头一次看见您，就一见钟情，爱得要命！您等一会儿再拉……让鱼咬住钓饵再拉。……您告诉我，亲爱的，我能抱希望吗？——不是希望相互的爱，不是！这我还不够资格，这，我甚至想也不敢想，——我能不能指望……您快点拉竿呀！”

安娜·谢苗诺夫娜把握着钓竿的手往上提起，猛地一拉，大喊一声，空中便闪现出一条银绿色的小鱼。

“我的上帝啊，是一条鲈鱼！哎呀，嗨！……快点！它要挣脱了！”

鲈鱼挣脱了钓钩，在草地上蹦跳着，朝它最亲爱的地方跳去，于是……扑通一声，跳进水里去了。

拉普金去追捕这条鱼，但没有捉着鱼，不知怎的，却无意中捉住了安娜·谢苗诺夫娜的手，又无意中把她的手贴到自己的唇边……

她要缩回手来，可是已经晚了：他们的两张嘴无意中凑到一起，接吻了。这事好像是在无意中发生的。他们接吻完了又吻一次，然后是海誓山盟，保证永世不变……多么幸福的时刻！其实，在这个尘世生活里，是没有绝对幸福的东西的，通常幸福的东西本身就含有毒素，或受到外界什么东西的毒害。这一次也是这样。在这两个青年接吻时，突然传来了笑声。他们朝河里一看，愣住了：一个赤身露体的男孩在齐腰深的水里。这是中学生柯里亚，安娜·谢苗诺夫娜的弟弟。他站在水里正打量着这两个年轻人，并阴险地狞笑着。

“啊——啊——啊……你们在亲嘴哪？”他说，“好啊！我要告诉妈妈去。”

“我希望你做个正派人……”拉普金红着脸嘟哝道，“偷看别人，是卑劣的，而告发就更是下流、卑鄙、可恶了。……我想，你是个正人君子……”

“给我一个卢布，我就不去说！”正人君子说道，“不然，我就说出去。”

拉普金从口袋里掏出一个卢布给了柯里亚。柯里亚把卢布捏在湿漉漉的拳头里，打个呼哨便游走了。而这两个年轻人也没有再接吻了。

第二天，拉普金从城里给柯里亚带来了颜料和小皮球。姐姐则把自己所有的药丸盒都送给了他，后来又送给他刻有狗头的领扣。坏孩子对这一切显然都很喜欢，而且为了能得到更多的东西，他开始跟踪他们，拉普金和安娜·谢苗诺夫娜走到哪儿，他就跟到哪儿，一分钟也不让他们单独在一起。

“卑鄙的家伙！”拉普金咬牙切齿地说，“这么小，就已经是一个这么大的坏蛋，将来会成为什么东西啊？！”

整个六月份柯里亚都不让这对可怜的恋人安生。他用告发来要挟他们；他监视他们，向他们索取赠品，并且老是贪得无厌，最后他竟然提出要给他买块怀表。有什么办法呢？只好答应给他买怀表。

有一天，大家正在吃午饭，仆人端来鸡蛋饼，他突然哈哈大笑起来，用一只眼睛使着眼色，问拉普金：

“要说出来吗？啊？”

拉普金满脸通红，错把餐巾当成了蛋饼，咀嚼起来。安娜·谢苗诺夫娜则从桌旁跳起来，跑到另一个房间去了。

很长时间两个年轻人都陷于这样的处境。直到八月底，拉普金终于向安娜·谢苗诺夫娜求婚了。啊，这是多么幸福的日子！同未婚妻的父母谈过话，获得了他们的同意之后，拉普金首先就跑到花园里，开始寻找柯里亚。找到了他时，他高兴得差点哭起来，一把揪住这坏孩子的耳朵。安娜·谢苗诺夫娜跑了过来，她也在找柯里亚，她揪住柯里亚的另一只耳朵。其实，大家应该看到的倒是这对恋人脸上表现出来的那种欢快感。这时柯里亚却哭丧着脸，正在向他们哀求：

“我亲爱的，好人，亲人啊，我再也不敢了！哎哟，哎哟，你们就饶了我吧！”

后来他们俩都承认，在他们相互恋爱的所有时间里，还没有一次感受到像揪坏孩子的耳朵时那样的幸福和令人神怡的快乐。

（1883 年）

一个官员之死

在一个美好的晚上，有一位同样美好的庶务官伊万·德米特里奇·切尔维亚科夫，他坐在第二排的椅子上，用望远镜在看《柯涅维勒的钟》。他看着戏，感到无上幸福。可是忽然……故事里常常会碰到这个“可是忽然”。作者们没有错：生活中充满许多意外的事！可是忽然他的脸皱了起来，两只眼睛翻转着，呼吸停住……他摘下望远镜，低下头，便……阿嚏！！！诸位看见，他打了个喷嚏。不管是谁，也不管是什么地方，打喷嚏是不禁止的。农夫打喷嚏，警察局长也打喷嚏。就连三品文官有时也打喷嚏。大家都打喷嚏。切尔维亚科夫丝毫不感到难为情，拿手绢擦了擦脸，像有礼貌的人那样，向周围瞧了一眼，看看自己的喷嚏是否打扰了别人。可就在此时，他不安起来了。他看见坐在他前面第一排的一个小老头正用手套使劲地拭擦自己的秃头和脖子，并小声嘟哝着。切尔维亚科夫认出这个小老头是在交通部任职的文职将军[①]勃里兹扎洛夫。

“我打喷嚏溅到他身上了！”切尔维亚科夫想，“他虽不是我的上司，而是别的部门的人，但终究使人尴尬，应该去赔个不是才对。”

“对不起，大人，我打喷嚏溅到你身上了……我不是有意的……”

“没关系，没关系……”

“看在上帝面上，请你原谅。我本来……我是无意的！”

“哎呀，请您坐下吧！让我听戏！”

切尔维亚科夫感到很难为情，傻笑着，开始看着舞台。他虽然在看，但已索然无味了。惶恐不安的心情开始折磨他。等到休息时，他便跑到勃里兹扎洛夫跟前，挨近他，克制着畏葸心情，低声地说：

① 沙俄时代三四级文官与少将武职相当，故也称将军。

“我打喷嚏溅到你身上了，大人……请你原谅，我本来……这不是……”

“哎呀，够了……这事我已经忘记了，而您还没完没了！”将军说道，下嘴唇不耐烦地抖动了一下。

“忘记了，可他的眼睛里却有一种凶兆。”切尔维亚科夫想道，狐疑地看着将军，“他连话都不想说。需要向他解释清楚，我完全是无意的……这是自然规律。否则他会以为我是有意啐他。他现在不这么想，过后也会这么想的！……”

回到家里，切尔维亚科夫把自己不礼貌的举止告诉了妻子。他觉得妻子对所发生的这件事过于轻率：她先是大吃一惊，后来得知勃里兹扎洛夫是“别的单位的人”，就放心了。

“好歹你还是去道个歉吧！”她说，“他会以为你在公共场合不善于控制自己！”

“说的是啊！我道歉了，可他不知为什么有点儿怪……连一句中听的话也没有说，不过当时也没有工夫交谈。”

第二天，切尔维亚科夫穿上新的文官制服，理了发，便到勃里兹扎洛夫家里去解释……走进将军的客厅里，看见那儿有许多求将军办事的人，将军本人就在他们中间，他已经开始接受他们的呈文了。将军询问了几个请求人之后，便抬起眼睛看切尔维亚科夫。

“大人，要是你还记得起来的话，昨天在‘快乐之邦’戏院，”庶务官开始报告说，“我打了个喷嚏，于是……无意中溅了您……对不起……”

“多么肤浅的思想……上帝知道是怎么一回事！您有什么事？”将军对下一个请求办事的人说。

“他连话都不愿意跟我说！”切尔维亚科夫想道，脸色苍白，“就是说，他生气了……不行，这事不能就此丢下……我得去向他解释……”

当将军同最后一个求他办事的人谈完话，正朝室内走去时，切尔维亚科夫迈一步跟在他的后面，低声地说：

“大人，即或我斗胆地打搅了您，那我也可以说完全是出于悔过的心情……不是有意的，您要了解才好！”

将军做出哭丧的脸，一挥手说：

“您简直就是在开玩笑，先生！”他说完便走到门后面去了。

“这怎么是开玩笑呢？”切尔维亚科夫想了想，“这里毫无开玩笑的意思！一位将军，却不能理解！既然是这样，我就再也不向这个爱夸口的人赔不是了！去他的吧！我给他写封信，再也不来了！真的，再不来了！”

切尔维亚科夫这样想着走回家去。他给将军的信没有写成。他想啊，想啊，无论如何也想不好这封信怎么写，只好第二天亲自去解释。

“我昨天才打搅了大人，”当将军抬起探询的眼睛看着他时，他低声说道，“并不是像您说的那样为了开玩笑，我是来赔不是的，因为我打喷嚏时，溅到您身上……至于开玩笑嘛，我连想都没有想过。我敢开玩笑吗？如果我们开玩笑，那就意味着我对要人……没有一点敬意了……”

“滚出去！！”将军突然大喊一声，脸色发紫，全身颤抖起来。

“什么？”切尔维亚科夫低声问道，吓得发呆了。

“滚出去！”将军跺起脚来，重复一遍。

切尔维亚科夫肚子里好像什么东西掉了下来。他什么也看不见，什么也听不见，倒退到门口，走到街上，步履蹒跚……机械地回到家里，没有脱去制服，躺在沙发上，就……死了。

（1883 年）

戴假面具的人

在某某公共俱乐部里，以慈善事业募捐为目的，举行了一次假面舞会，或者按当地小姐们的说法，叫作化装舞会。

深夜十二点时，几个不跳舞从而也没戴假面具的知识分子（他们有五个人）坐在阅览室一张大桌子的旁边，有的在埋头看报，有的在打盹。按京城报纸驻当地记者——一位颇为自由主义的先生的说法，他们是“在思考”。

从大厅里传来卡德里尔[①]舞曲的音响。仆役们常在门边跑来跑去，发出响亮的踏步声和盘碟的叮当声。阅览室里却是一片静寂。

“这里好像更便当些！”忽然响起一种低沉而又喑哑的声音，就好像是从炉子里面发出来的，“到这边来玩，到这边来，朋友们！”

门打开了，一个宽肩、敦实的男子走进阅览室来，他穿着马车夫的号衣，帽子上插着孔雀的羽毛，脸上戴着假面具。跟着他进来的是两位戴假面具的女士和一个端着托盘的仆人。托盘上有一个盛着烈性酒的大肚瓶和三瓶红酒，以及几个杯子。

“到这边来，这里凉快一些。”那位男子说，“把托盘放到桌子上去……小姐们，请坐！热——武——普利——阿——里亚——特里蒙特兰[②]！而你们，几位先生，请让开……这里没有你们的事了！”

那男子身体一歪，手一挥，把那些杂志从桌子上扫掉。

“把托盘放在这里！而你们，读者先生们，请让开，这里不是看报和搞政治的地方……你们都别看了！”

① 一种双人交际舞。

② 原文为法语：我要像招待王后一样招待你们。

“我请您安静一点。”其中的一个知识分子说，透过眼镜打量了一下戴假面具的人，“这里是阅览室，而不是小吃部……这里不是喝酒的地方。”

“为什么不是喝酒的地方？莫非是桌子在摇晃，或者是天花板要塌了？怪事！不过……我没有工夫跟你们闲扯！你们就别看报了……看了一些，你们也够用了，就这样，他们也已经很聪明了，何况看报要伤眼睛。而最重要的是，我不想让你们看了。就这么一回事。”

仆役把托盘放在桌子上，把餐巾搭在胳膊上，便到门边站着。两位女士马上就倒出红葡萄酒来喝。

“世上竟有如此聪明的人，对他们来说，报纸要比这些美酒更好。”那位头上插着孔雀羽毛的男子一边给自己斟上烈性酒，一边开始说，“可在我看来，你们，尊敬的先生们，爱看报是因为你们没有钱喝酒。我说得对吗？哈——哈！……都在看报！可是报纸上都写些什么呢，戴眼镜的先生们！你们都看到了什么事实呢？哈——哈！所以，你们就别看了！别再装模作样了！最好还是来喝杯酒吧！”

头上插着孔雀羽毛的男子欠起身来，一下子从戴眼镜的先生手里把报纸夺了过来，那位先生被气得脸色一阵红一阵白，惊讶地瞧着其他知识分子，而那些知识分子则同样地瞧着他。

“您忘乎所以了，阁下！”他愤怒地说，“您把阅览室当成了酒馆，您肆无忌惮地胡作非为，竟从我手里把报纸夺过去！我不能容忍！您不知道您这是在跟谁较量，阁下，我可是银行经理热斯佳科夫！……”

“我可不管你是什么热斯佳科夫！至于你的报纸嘛，瞧，我可以给它这样的荣耀……”

那男子举起报纸，把它撕成碎片。

“先生们，这是什么意思？”热斯佳科夫喃喃地说，一时被惊呆了，“这真荒唐……这……简直不可思议……”

“他老人家生气了，”那男子笑起来，“啊呀呀，我被吓坏了！我的双腿都发颤了。尊敬的先生们，不开玩笑了，我可没有心思跟你们闲扯……是这么回事：就因为我想单独和这两位小姐在这里待一会儿，得到一点乐趣，所以请你们不要碍手碍脚，都离开这里……请吧！别列布兴先生，滚你的蛋吧！干吗要皱起你的丑脸？我叫你滚，你就得滚！快点滚吧，否则你要当心，说不准会挨一顿揍！”

“这到底是怎么啦？”保护孤儿法庭财务主任别列布兴问道，他被气得满脸通红，直耸肩膀，“我简直不明白……一个无赖闯到这里来……还……突然说出这种混账话。”

“什么是无赖？”插孔雀羽毛的男子大喊一声，火冒三丈，一拳打在桌子上，托盘上的杯子被震得蹦起来，“你是在对谁说话？你以为我戴着假面具，你就可以对我胡说八道了吗？好一个刻薄刁钻的家伙！我既然叫你滚，你就滚！银行经理，你也趁现在还没有出事，赶快滚出去！你们全都滚出去，哪一个坏蛋也不许留在这里！赶快滚吧！”

“咱们这就等着瞧吧！”热斯佳科夫说道，激动得连眼镜都蒙上了一层水汽，“我要给你一点厉害看！快去把值班警察队长叫来！”

过了一会儿，小个子红头发的警察队长进来了。他上衣的翻领子缝了一块蓝布带，由于刚跳了舞，还没有喘过气来。

“请您出去！”他开始发话，“这里不是喝酒的地方，请您到小卖部去！”

“你是从哪里跳出来的？”戴假面具的男子问道，“难道我叫你了吗？”

“请您不要你呀你呀的，请您出去！”

“我说，亲爱的，我给你一分钟的期限，……因为你是队长，是个负责人，就请你拉着这些演员的手领出去，我的两位小姐不喜欢这里有第三者在……她们会感到不好意思。而我花了钱，就希望能看到她们的自然面貌。”

“看来这个任性胡闹的家伙还不明白他并不是在牲畜棚里，”热斯佳科夫大声叫道，“去把叶夫斯特拉特·斯皮里东内奇叫来！”

“叶夫斯特拉特！”俱乐部里响起了呼叫声，“叶夫斯特拉特·斯皮里东内奇在哪里？”

叶夫斯特拉特·斯皮里东内奇是一个穿警服的老头，他应声迅速来了。

“请您离开这里！”他哑着嗓子说，瞪着一双可怕的眼睛，抹了油膏的胡子在微微颤动。

“这可把我吓坏了！”那男子说，乐得哈哈大笑起来，“真的是把我吓坏了！还真有这种可怕的东西，不信就让上帝打杀我好了！瞧那胡子，就像猫胡子，两只眼睛就要鼓出来了……嘻——嘻——嘻！”

“少废话！”叶夫斯特拉特·斯皮里东内奇气得全身哆嗦，声嘶力竭地喊道，“滚出去！不然我就叫人把你架出去！”

阅览室里响起了一阵无法想象的喧嚣声。叶夫斯特拉特·斯皮里东内奇的脸红得像龙虾似的，大喊大叫起来，不停地跺脚。热斯佳科夫也在叫喊，别列布兴也在叫喊，所有的知识分子都在叫喊，但是他们的所有的叫喊声都被戴假面具的人的低沉、浑厚、压低了的男低音盖住了。舞会被霎时的一团混乱中断了，群众纷纷从舞厅拥向阅览室。

叶夫斯特拉特·斯皮里东内奇为了自己的尊严，召集了在俱乐部的所有警察，并坐下来进行笔录。

“你写，你写。”戴假面具的人用手指在他的笔下面指指点点地说，“现在我这个可怜虫将是什么下场呢？我真是个可怜虫！您干吗要毁掉我这个孤儿呢？哈哈。喂，怎么啦？笔录做好了吗？全都记上了？好吧，你们现在就瞧一瞧吧！……一……二……三！！”

那男子站起来，全身挺直，摘下自己的假面具。他露出了自己的醉脸，看着大家，欣赏所产生的效果。他倒在圈椅里，高兴地放声大笑。而所产生的效果也的确非同寻常。所有的知识分子都张皇失措地面面相觑，脸色发白，有的还在挠后脑壳呢。叶夫斯特拉特·斯皮里东内奇像是干了意外的大蠢事的人那样，后悔地发出嘎嘎声。

大家都认出来了，这个爱胡闹捣乱的人正是当地的百万富翁、工厂主、世袭荣誉公民①皮亚季戈罗夫。他之所以大名鼎鼎，是因为他既喜欢捣乱闹事，又热心慈善事业，同时正如地方通报上多次报道

① 沙俄奖励有立功表现的非贵族出身的人的称号。

的，他还喜爱教育事业。

“怎么样，你们走开还是不走？”沉默了一会儿之后，皮亚季戈罗夫问道。

那些知识分子一句话也不敢说，踮起脚尖，默默地从阅览室里走出去了。皮亚季戈罗夫随后便把门锁上了。

“你当然早就知道这是皮亚季戈罗夫！”过了片刻，叶夫斯特拉特·斯皮里东内奇摇了摇给阅览室送酒的那个仆役的肩膀，低声地沙哑地说，“你为什么不说？”

“吩咐过不许说，长官！”

“吩咐过不许说……等我把你这该死的家伙送进牢里几个月后，你就知道什么叫‘不许说’了。滚出去！！而你们呢，诸位先生，你们倒好，”他又转过身来对那几位知识分子说，“居然造起反来了，连离开阅览室十分钟都不肯！现在你们就去收拾这个烂摊子吧。唉，先生们，先生们……我可不喜欢，真的！”

那些知识分子在俱乐部周边走来走去，垂头丧气，惘然若失，心里充满愧疚，絮絮叨叨，好像预感到大难就要临头了……他们的妻子和女儿听说皮亚季戈罗夫“受了委屈”，而且生气了，一个个都不敢出声，纷纷散去，各自回家了。舞会也停止了。

深夜两点钟，皮亚季戈罗夫才从阅览室里走出来。他还是醉醺醺的，走路摇摇晃晃，一进大厅便坐在乐器旁边，在音乐的陪伴下打起盹儿来，然后忧郁地垂下了头，开始打鼾了。

“别演奏了！”乐队队长对乐队队员挥手说，“嘘！……叶戈尔·尼雷奇睡着了……”

“请问，要不要送您老回家去，叶戈尔·尼雷奇？”别列布兴俯身凑到百万富翁的耳边问道。

皮亚季戈罗夫的嘴唇做了一个动作，好像要把脸颊上的苍蝇吹走似的。

“请问，要不要送您老回家去，”别列布兴又重复说一遍，“或者，叫他们备好马车？”

“啥？谁？你……你有什么事？”

“送您老回家去……该睡觉啦……”

“我想回——回家……送我回家！”

别列布兴高兴得喜笑颜开，立马动手去搀扶皮亚季戈罗夫，其他几个知识分子也跑了过来，高兴地微笑着把这位世袭荣誉公民扶起来，小心翼翼地把他送到马车上。

“要知道，像这般地愚弄一大群人，只有演员和天才才能做到，”热斯佳科夫一边扶他坐下，一边快活地说，“我真的很惊讶，叶戈尔·尼雷奇！直到现在我都还忍不住要笑……哈哈……而我们呢，却居然大动肝火，乱成一团！……哈哈！您相信吗，就是在剧院里，我们也从来没有这样地笑过……真是滑稽极了！这个难忘的夜晚，我将终生记住！”

把皮亚季戈罗夫送回家之后，这些知识分子着实快活了一阵，并终于放下心来。

“他还伸手跟我握别呢，”十分得意的热斯佳科夫说道，“这就意味着，没有事了，他没有生气……”

“谢天谢地！”叶夫斯特拉特·斯皮里东内奇叹了口气说，“一个无赖，无耻之徒，可他偏偏又是个慈善家，不是吗！真没法说！……”

（1884 年）

变色龙

奥楚梅洛夫警官穿着新的军大衣，手里拿着一小包东西，穿过集市的广场。他们后面跟着一个棕黄色头发的警士，警士提着一篮子盛得满满的没收来的醋栗。周围一片静寂……广场上一个人也没有……小铺子和小酒店敞开的大门，沮丧地面对这个世界，就像是一张张饥饿的大嘴。店铺附近连乞丐也没有。

“可恶的东西，你竟敢咬人！”奥楚梅洛夫忽然听见有人说话，“伙计们，别让它跑了！如今咬人可不行！捉住它！喂……喂！”

响起了狗的尖叫声。奥楚梅洛夫朝那边一看：一条狗正从商人毕丘金的木柴场里窜出来，它用三条腿在跑，边跑边不断地回头看。有一个穿着浆硬了的花布衬衣和开襟坎肩的人在后面追赶着它。他身体向前一倾，扑倒在地，抓住了狗的后腿。再次传来了狗的尖叫声和人的喊声：“别让它跑了！”从小铺里探出一张张没有睡醒的脸孔。很快地在木柴场门口便聚集了一群人，他们好像是从地底下钻出来的。

“长官，好像是出了什么乱子！……”警士说。

奥楚梅洛夫做了个向左半转弯，开步向人群走去。在木柴场门口他看见了上述那位穿开襟坎肩的人站在那里，他举起右手，把血淋淋的手指给群众看。他那张半醉的脸让人一看就明白他很激动：“我要剥你的皮，坏蛋！”而且那手指本身就是胜利旗帜的见证。奥楚梅洛夫认出这个人是金首饰匠赫留金。在人群中央的地上坐着这场乱子的肇事者——一条白色小狗崽，它尖脸，背上有一块黄斑，两条前腿叉开，浑身颤抖，在其含泪的眼睛里流露出一种苦闷和恐惧的表情。

“这里出了什么事？”奥楚梅洛夫钻进人群里，问道，“你们在这里干吗？你伸着手指干吗？……谁在叫喊？”

“长官，我走着路，没有招谁惹谁……”赫留金用拳头顶着嘴咳嗽，开口说，“我跟米特里·米特里奇正在谈买卖木柴的事，突然，这头畜生竟无缘无故地咬了我的手指……对不起，我是要干活的人……我的活儿是很细致的，得给我赔偿才行。也许我这个手指一星期都不能干活了……长官，在法律上也没有这一条，说是人被畜生咬了还得忍着……要是人人都遭狗咬的话，那就不如不在这世界上活了……”

“哼！好吧……”奥楚梅洛夫严厉地说，咳嗽着，皱了皱眉头，“好……这是谁家的狗？这事我不会不管。我要给那些放狗咬人的人一点颜色看！现在该管一管那些不愿遵守法令的老爷们了！等这个恶棍被罚了款，他才会晓得，把狗和其他野牲口放出来会有什么后果！我要给他一点厉害看看！……叶尔兑林，”警官对警士说，“你去打听一下，这是谁家的狗，给我报告！这条狗必须杀掉，不得拖延！它大概是一条疯狗……我问你们，这是谁家的狗？”

“这好像是日加洛夫将军家的狗！”人群中有一个人说。

“日加洛夫将军家的？嗯……叶尔兑林，你将我的大衣脱下来……不得了，天气真热！大概就要下雨了……只是我有一点不明白，它怎么会咬你的呢？”奥楚梅洛夫对赫留金说，“难道它够得着你的手指头吗？它很小，而你呢，却是身躯魁梧、体格健壮的人！你的手指大概是被小钉子扎破了，后来却想出了这一招：勒索人家一笔钱。你呀……谁都知道你是什么人！我可了解你们这些魔鬼！”

“他，长官，他为了取乐，把手卷纸烟打在狗的脸上，而它也是不好惹的，就咬了他……他是个微不足道的人，长官！”

“你胡说，独眼龙！你看都看不见，你为什么胡说呢？长官是聪明人，他明白谁胡扯，谁在上帝面前凭良心说话……我要是说谎，就让调解法官审判我好了，法律都有条文……如今大家人人平等……不瞒你说……本人的弟弟就在宪兵队里……”

“别扯啦！”

“不对，这条狗不是将军家的……”警士庄重地说，“将军家里没有这样的狗，他家的狗全都是大猎狗……”

“你了解得准确吗？”

“没有错，长官……”

“我自己也知道，将军家的狗都是些名贵的良种狗，而这条狗，鬼才知道是什么东西！不论是毛色还是模样……完全是下贱货。他家会养这样的狗？你有没有脑子啊？在彼得堡或在莫斯科这样的狗要是被人碰到了，你知道会怎么样吗？他们才不管什么法律不法律，一会儿就叫它断气了！你，赫留金，吃了苦，这事我不会不管的……需要教训他们一顿！是时候了……”

“不过也有可能是将军家的狗……”警士说出自己的想法，“它脸上又没有写着字……不久前我在他家的院子里就见过这样的狗。”

“没有错，是将军家的！”人群中有人说。

“哼，叶尔兑林老弟，给我穿上大衣……好像起风了……我觉得有点冷……你把这条狗带到将军家去问问他们。你就说，我找到了这条狗，把它送来了……你对他说，以后不要再放它出来了，也许这是一条名贵的狗，若是每个猪猡都把纸烟往它鼻子上扔的话，那么不久就把它毁了。狗是一种娇弱的动物嘛……而你，蠢货，把手放下！用不着把你那个荒谬可笑的手指摆出来！是你自己有过错！……”

“将军家的厨师来了，我们问问他吧……喂，普罗霍尔！你过来，亲爱的，到这里来！你看这条狗……是你们家的吗？”

“乱猜！我们从来就没有过这样的狗！”

“那就不用多问了，”奥楚梅洛夫说，“这是条野狗，不用多说了……我既然说它是野狗，那它就是野狗……杀了它就是了。”

“这条狗不是我们的，”普罗霍尔继续说，“这是将军哥哥的狗，他不久前来了。我们将军不喜欢这个小东西，但他哥哥喜欢……”

“他哥哥真的来了吗？符拉季米尔·伊万内奇来了？”奥楚梅洛夫问道，脸上露出了动人的微笑，“主啊，你瞧，我还不知道呢！他要来住些日子吧？”

“他要住些日子……”

“你瞧，主啊！……他想念弟弟了……而我还不知道呢！那么这是他的狗？我很高兴……你把它领回去吧……这条小狗还不错……挺伶俐的……它把这人的手指头咬了一口！哈哈哈！……好啦，你干吗还颤抖？嘟噜……嘟噜……小滑头生气了……少有的小狗崽……”

普罗霍尔呼唤小狗，带着它离开了木柴场……那群人则对赫留金哈哈大笑起来。

“我以后再收拾你！”奥楚梅洛夫对他威胁说，一面把大衣裹紧，沿着集市广场，径自走了。

（1884 年）

牡蛎

我不需要过分地回想，就能记起那个阴雨连绵的秋天的黄昏的全部详情细则。当时我和父亲就站在莫斯科一条人群拥挤的大街上，我感到有一种奇怪的病逐渐控制着我。没有任何痛感，但两条腿却直不起来，话也哽在喉咙里说不出来，脑袋无力地耷拉在一边……眼看我马上就要倒下去，失去知觉了。

这时候我若被送进医院，大夫准会在我的病号牌上写明：fames[①]，这可是在医学教科书上所没有的病。

我父亲和我挨着站在人行道上。他身穿一件破旧的夏天的长衫，头上的花呢帽子已露出一小块白花花的棉花，脚上是一双又大又笨重的套鞋。他是一个无谓奔忙却又爱虚荣的人，害怕有人看出他赤脚穿着套鞋，便在两个小腿上套了一副旧皮靴筒。

这个贫穷潦倒、有点糊涂的怪人把那件时髦的夏天长衫弄得越是破旧和肮脏，我倒反而越发地爱他。五个月之前他就来到了京城，向往着谋到一个文书的职位。整整五个月，他都在京城里东奔西走，四处求职，只是到了今天才决定上街乞讨……

我们对面是一座高大的三层楼房，楼上挂着一块蓝色的招牌："旅馆"。我的脑袋有气无力地往后仰，向两边歪，不由自主地往上看，盯着旅馆那些被灯火照亮的窗口。窗口里闪动着人影，可以看见一架轻便管风琴的右侧面、两幅石印油画和几盏吊灯……从其中一个窗口往里看，我发现了一块白色斑点，这斑点一动不动，方方正正，在整个深褐色的背景上特别显眼。我睁大眼睛看，才分辨出，它原来是挂在墙上的一块白色的牌子，上面写着几个字，但究竟是什么

① 饥饿。原文为法语。

字——看不清楚……

足足有半个小时，我的眼睛都没有离开这块牌子，它以其洁白的颜色吸引着我的目光，似乎在对我的脑子施催眠术。我竭力想读出上面的字来，但这种努力却是徒劳无益。

这种怪病终于开始行使自己的权利了。

这时，马车的辘辘声我似乎觉得是雷鸣，从街上的种种恶臭中我能分辨出几千种气味来，我的眼睛能在旅馆的灯光和街道的路灯中看到耀眼的闪电。我们的五种感官都很紧张，过度灵敏。我开始看见以前从未见过的东西。

“牡蛎……”我终于认出了牌子上的字。

一个怪词！我在人世间活了整整八年零三个月，但从未听见过这个词，它是什么意思呢？是不是老板的姓呢？不过，要知道，带姓的招牌是挂在门上，而不是墙上的呀！

“爸爸，牡蛎是什么意思？”我竭力把脸转到父亲这边来，用沙哑的声音问道。

我的父亲没有听见，他正仔细地注视着人流，目送着每一个从他身边走过的人……根据他的眼神，我可以看出，他想对行人说点什么，可是那句重如秤砣的话却留在了他那发颤的嘴唇边，怎么也说不出口，他甚至迈出步子追上了一个行人，并且碰了碰那个人的袖子，可是当那人转过身来时，他却说了声“对不起！”不好意思地退了回来。

“爸爸，牡蛎是什么意思？”我又问了一遍。

“这是一种动物……生活在海洋里……”

我立刻想象着这种海洋动物的样子，它应该是介于鱼和虾之间的某种东西。它既然是海洋动物，那么当然就可以用它来做成鲜美的各种菜肴，配上香香的胡椒和月桂叶可以做成热鱼汤，配上一些脆骨可以做成酸辣汤，还可以做虾酱，做加洋姜的凉盘……我活灵活现地想象着，人们如何地从市场上买回这种动物，快速地把它收拾干净，快速地下锅……快，快，因为大家都很想吃了……饿极了！从厨房飘来了炸鱼味和虾汤味。

我感到，这种香味正在使我的上颚和鼻孔发痒，并逐渐地控制了我的全身……饭馆、父亲、白色的招牌、我的袖子，全都散发着这种香味。这香味是如此强烈，使得我都开始咀嚼起来了。我在咀嚼，在吞食，就好像我嘴里真有一块海洋动物的肉似的……

我感到味道太鲜美了，因此双腿直往下弯，为了不至于倒下去，我抓住父亲的袖口，紧偎在他那件湿漉漉的夏天的长衫上。父亲在发抖，缩成一团。他感到很冷……

“爸爸，牡蛎是素的，还是荤的呢？”我问。

“这东西是生吃的……”父亲说，“它包在硬壳里，像乌龟一样……不过，它有两片外壳。”

一瞬间，这些鲜美的香气再也不使我的肉体感到愉快了，幻觉也消失了……现在我全明白了！

“真恶心，”我小声说，“真恶心！”

原来牡蛎竟是这种东西！我想象它是像青蛙一样的动物。青蛙蹲在硬壳里，用一双闪亮的眼睛往外看，不断地蠕动着其令人讨厌的两片颌骨。我想象着人们从市场上买回这种带壳的、有螯的、眼睛闪着亮光，皮肤滑腻腻的动物……孩子们看了要躲着它，厨娘则厌恶地皱着眉头，抓住这动物的螯，搁到盘子里，再端到餐桌上去。大人们拿起来就吃……吃生的，连同其眼睛、牙齿、爪子一块儿吃！这动物呢，吱吱地乱叫，拼命螯他们的嘴唇……

我皱起眉头，可是……可是为什么我的牙齿却开始咀嚼起来了呢？这动物令人讨厌、嫌恶、可怕，但我还是吃它，急忙地吃，生怕尝出它的味道，闻出它的味道来。我刚吃完第一只，已瞧着第二只、第三只的闪亮的眼睛……我把这些全都吃掉了……最后我吃餐巾、盘子、父亲的套鞋、白色的招牌……只要我眼睛能看到的东西，我统统都吃，因为我感到，只有吃东西，我的病才能好。牡蛎可怕地睁着眼睛，而且很恶心，一想到它们，我就发抖，但我还是想吃！吃！

“给我牡蛎！给我牡蛎！”我的胸中发出一声又一声呼叫，并向前伸出双手。

“帮帮忙吧，诸位先生！”这时我听见了父亲低沉、喑哑的声音，

“真羞于求人哪，可是，上帝啊，这孩子实在饿得不行了！”

“给我牡蛎！”我揪住父亲的后襟，大声嚷道。

“这么小的人，难道你也要吃牡蛎？”我听见我旁边有人在笑。

两位戴高筒礼帽的先生站在我面前，笑着打量着我的脸。

“你这个小家伙也要吃牡蛎？真是有意思！你怎么吃呢？”

我记得，不知是谁的一只强有力的大手把我拉进了有亮灯的饭馆里。过一会儿就围上了一大群人，他们都好奇地笑着看着我。我坐在桌子旁边，并吃着一种滑溜溜的、咸咸的、带有潮湿味和霉味的东西。我狼吞虎咽地吃，不咀嚼，也不看，根本不知道吃的是什么东西。我似乎觉得，如果我睁眼一瞧，必定会看见那闪亮的眼睛、螯和尖利的牙齿……

我忽然嚼到一种坚硬的东西，听到一种清脆的声音。

“哈——哈！在啃壳呢！”观众在笑，“小傻瓜，难道壳也能吃吗？”

后来，我记得我口渴得要命。我躺在自己的被窝里，由于烧心和感到发烫的嘴里有一种怪味，所以睡不着。我的父亲在屋里走来走去，并且在打手势。

“我好像感冒了，”他嘟哝道，“脑袋里有一种感觉……似乎里面有一个人。可能是因为今天我没有……那个……没有吃东西……不错，我是有点儿古怪，有点儿傻……我看着这些先生为牡蛎花了十个卢布，我为什么不过去向他们要几个……借几个钱呢？他们必定会给的。”

快到天亮时我才入睡。我梦见一只带螯的蹲在硬壳里的青蛙，两只眼睛在不停地转动。中午由于口渴我才醒过来，一睁开眼睛就寻找父亲。他还在不停地走来走去，并且在打手势……

（1884 年）

苦 恼

我向谁去诉说我的忧伤？……[1]

朦胧的黄昏。大块的、湿润的雪懒洋洋地在刚刚点亮的街灯的周围旋转。屋顶上、马背上、肩膀上、帽子上铺上了一层又薄又软的积雪。马车夫约纳·波塔波夫全身雪白，像一个幽灵。他坐在车座上，一动也不动，弯着腰，弯到活人的身子所不能再弯的程度了。哪怕是将一大堆雪倒在他身上，他也会觉得没有必要把雪从身上抖掉……他那匹瘦马也是全身雪白，也是一动不动。它那呆然不动的样子，棱角鲜明的外表和像棍子一样挺直的腿，简直就像是一戈比一块的马形蜜糖饼干。它多半是陷入了沉思。人们硬要它同犁耙分开，离开它已习惯了的灰色的场地，被弄到这里来，弄到这充满怪异的灯光、不停的喧闹和熙熙攘攘人群的旋涡中来，那它就不能不心事重重了……

约纳和他的瘦马一动不动地停在那个地方很久了。还在午饭前他们就从大车店里出来，至今还没有拉到一次客。但是在城里，黄昏的暮色降临了，晦暗的街灯已显得活跃明亮，街道上也更热闹了。

“马车夫，到维堡区去！”约纳听见有人叫他，“马车夫！”

约纳哆嗦了一下，透过黏着雪花的睫毛看见一个穿着有风帽的军大衣的军人。

“到维堡区去！”军人重说一遍，“你怎么，睡着了吗？到维堡区去！”

约纳拉了一下缰绳，表示同意拉客。于是他肩上和马背上的大片雪撒落下来……军人坐上了雪橇。车夫用嘴唇吧嗒一声，伸长其像天鹅颈般的脖子，稍稍欠起身来，与其说是出于必要，不如说是出于习

[1] 引自宗教诗《约瑟夫的哭泣和往事》。——原注

惯，挥动着鞭子。瘦马也伸长脖子，弯曲着棍子一样的腿，犹豫不决地离开了原地方……

“往哪里闯？你这个怪物！”约纳一开始就听见从黑压压的来回流动的人群中传来了叫喊声，“鬼支使你到哪里去啊？靠右走！”

“你不会赶车！靠右走！”军人生气地说。

一个赶轿式马车的车夫大声呵斥他，一个行人气愤地瞪着他，抖掉袖子上的雪。此人穿越马路时，肩膀撞到了他的马的脸。约纳坐在车座上非常着急，如坐针毡，两个胳膊肘向两边戳，转动着眼睛，就像中了煤气的人一样，仿佛不知道自己在什么地方，也不知道为什么会在这儿似的。

“这些家伙真下流！”军人讥诮地说，“他们这是存心来撞你，或者是要扑到马蹄下面去。他们这是商量好了的。”

约纳回过头来看了看乘客，动了动嘴唇……看样子他想说点什么，但是喉咙里却什么东西也没有吐出来，只听见呼哧声。

“你说什么？”军人问。

约纳歪歪嘴苦笑一下，勉强启动嗓门，才沙哑地说：

“老爷，我的，那个……儿子，这个星期死了。”

“嗯！……他是怎么死的？”

约纳调转整个身子对乘客说：

“谁知道呢？大概是得了热病……在医院里躺了三天就死了……是上帝的意旨。”

“拐弯，魔鬼！”黑夜里有人在喊，“你瞎了眼还是怎么的，老狗，眼睛瞧着点！”

“走吧，走吧……”乘客说，“像这样，我们到明天也到不了。走快点！”

马车夫又伸长脖子，稍稍欠起身来，用一种并不轻松的优雅姿态挥动着马鞭。后来他几次回过头去看他的乘客，可是乘客闭着眼睛，显然是不愿意再听他讲了。他把乘客拉到维堡区后，在一家饭店门口停下来，然后在赶车座位上弯下腰，又一动不动了……湿润的雪又把他和他的瘦马染成了白色。一小时过去了，又一小时过去了……

人行道上走过三个年轻人，他们相互对骂着，套鞋踩得很响。其中两人又高又瘦，第三个是矮小的驼子。

“马车夫，到警察局去！”驼子用刺耳的颤抖的声音说，“我们共三人……二十戈比！”

约纳拉动缰绳，嘴唇吧嗒一声。二十戈比的价钱是不合适的。不过他顾不上讲价了……一个卢布或者五个戈比，如今对他来说都是一样。只要有乘客就行……这几个年轻人推推搡搡，嘴里骂着下流话，走到雪橇跟前，三人一齐去抢座位，马上要解决一个问题：该哪两个人坐着，哪一个人站着？经过好长时间的互骂、耍脾气、责备之后，只好决定：驼子应站着，因为他最矮。

“好，赶车吧！”驼子用刺耳的声音说，对着约纳的后脑壳呼气，“快跑，喂，老兄，瞧你这顶帽子！全彼得堡也找不出比这更糟的了……”

“嘿嘿……嘿嘿……”约纳笑着说，“有什么就戴什么呗……”

“喂，你少废话，赶车吧！你一路就这样走吗？是吗？要挨揍吗？……”

“我的脑袋痛得要裂了……”一个高个子说，“昨天在杜克马索夫家，我和瓦西卡两人喝了四瓶白兰地酒。”

“我不明白，干吗要撒谎呢？”另一个高个子生气地说，“他跟牲口一样撒谎。”

“我要是撒谎，就让上帝惩罚我！我说的是实话……”

“要说这是实话，那么虱子也会咳嗽了！”

“嘿嘿！”约纳笑道，“老爷们真开心！”

“呸！见你的鬼！……”驼子愤怒地说，“你还赶不赶车，老鬼？难道就这样赶吗？你抽它一鞭子！喏，魔鬼！喏！使劲抽！”

约纳感到自己背后驼子转动身体和说话的颤音。他听见了骂他的话，看见这些人，孤独的感觉就开始慢慢地从他的胸中离去了。驼子骂人，直骂得被一长串过分奇巧的骂人话呛得喘不过气来为止，并突发地咳嗽。两个高个子则谈到某个叫娜杰日达·彼得罗夫娜的女人。

约纳不时回头看看他们，等他们暂时停顿一下说话时，再一次回过头去，嘟哝道：

“我的那个……儿子……这个星期死了！”

“大家都是要死的……”驼子吁了一口气说，咳嗽一阵后，擦了擦嘴，“喂，你赶车吧，你赶车吧！先生们，照这样的走法，我实在受不了啦，他什么时候才能把我们送到呢？”

“那你就朝脖子上……给他一下，稍稍鼓励鼓励他吧！”

“老鬼，你听见没有，我真要揍你的脖子了！跟你们这些人讲客气，还不如走路好了……你听见没有，蛇妖[①]？莫非你根本就不把我们的话当一回事？”

约纳与其说是感到，不如说是听到了他后脑壳上挨打的声音。

“嘿嘿……”他笑道，“这些快活的老爷……愿上帝保佑你们！”

“马车夫，你有老婆吗？”高个子问。

“我吗？嘿嘿……快活的老爷！我的老婆现在，已经长眠地下了……哈哈哈！……就是说，在坟墓里！……我的儿子也死了，而我却活着……怪事，是死神认错了门，本来应该找我，却去找了我的儿子……”

约纳转过头来，想诉说一下他的儿子是怎样死的。可是，这时驼子轻松地吁了一口气，宣布说，谢天谢地，他们终于到了。约纳收下二十戈比后，许久地看着游逛者的背影。随后他们便消失在一个黑暗的大门里。他又成了孤单一人，寂静又向他袭来……刚刚淡化一点的苦恼重又出现了，而且更有力地撑破他的胸膛。约纳的眼睛彷徨而又痛苦地打量着街道两旁川流不息的人群，难道在成千上万人当中就找不到一个肯听他说话的人吗？但是这些人奔走着，既没有注意到他，也没有注意他的苦恼……莫大的苦恼，无边无垠，如果约纳的胸膛崩裂，从里面涌出来的苦恼，大概可以淹没整个世界。然而这苦恼却又是人们看不见的。它藏匿在这么一个渺小的躯壳里，就是白天打着火把也看不见它……

约纳瞧见一个拿着小麻袋的扫院子的人，便决定去与他聊一聊。

① 俄罗斯童话里的一种凶恶动物。

“亲爱的，现在是几点钟了？”他问。

“九点多了……你干吗停在这里呢？把车子赶走吧！”

约纳把车子赶出几步，便弯下了腰。他完全被苦恼折服了……他认定向别人诉说也没有用了。但是没有过五分钟，他便挺直身子，摇摇头，好像感到了剧烈的痛苦似的。他拉起缰绳……他忍受不住了。

“回大车店去，”他寻思着，“回大车店去！”

瘦马好像明白了他的意思，开始小跑起来。一个半钟点以后，约纳已经在又大又脏的炉子旁边坐下了。炉台上、地板上和长板凳上，人们已经发出鼾声。空气又臭又闷……约纳瞧着这些熟睡的人，不时地搔搔自己的身体，后悔回来得太早了……

“连买燕麦的钱都还没挣到。”他想，“这就是我苦恼的原因。一个明白事理的人……他既能自己吃饱，也能让自己的马吃饱，这样他就会永远心平气和……”

墙角里一个年轻的车夫起来了，他带着睡意咳嗽一声，向水桶那边走去。

“想喝水吧？”约纳问。

“是啊，想喝水！”

“那您就随便喝吧……而我呢，老弟，我的儿子死了……你听说了吗？就在这星期，在医院里死的……竟有这样的事！”

约纳想看看他的话产生了什么影响，可是什么影响也没看见，年轻人盖上被子，把头也蒙上，睡着了。老头叹口气，搔搔身子……他想说话，就像这个青年人想喝水一样。他儿子死了快一星期了，而他还没有跟任何人好好地谈谈这件事……应当有条有理、有板有眼地跟人家谈谈才是……需要讲讲他儿子怎样生病，怎样痛苦，临死前说了些什么话，怎么死的……需要叙述一下儿子下葬的事和后来到医院取回死者的衣服的事。他的女儿阿尼西娅留在乡下……关于她也得讲一讲……是啊，他现在要讲的事还少吗？听到他讲的人应该叹气，叹息，哭泣……跟娘儿们谈谈就更好。她们虽然都很蠢，不过说上几句话，她们就会哭起来的。

“去看看马吧，”他想，“睡觉，总是有时间的……别担心，总能睡够的。”

他穿上衣服，走进马厩里，他的马就站在那里。他想到燕麦、干草、天气……当他是一个人的时候，是不能想儿子的……跟别人谈谈他可以，可是要自己去想他，描摹他的模样，那就太难受，太可怕了……

“你在吃草吗？”约纳问他的马，看着它那闪光的眼睛，“你就吃吧，吃吧……既然没挣到买燕麦的钱，那咱们就吃干草吧……是啊……我已经老了，赶车……本应由儿子来赶车，我已经不行了……他才是地道的马车夫……要是他活着就好了……”

约纳沉默了一会儿又继续说：

“就是这样，老弟，我的小牝马……库兹马·约内奇不在了……他去世了……无缘无故地死了……譬如，现在你有了小驹子，你就是这个小驹子的亲娘了……而突然间，譬如，这个小驹子去世了……你难道不伤心？”

瘦小的马嚼着干草，听着，并在他主人的手上吁气。

约纳说得入迷了，他给它讲述了一切……

（1886 年）

万　卡

万卡·茹科夫是个九岁的小男孩，三个月前他被送到阿利亚兴鞋匠那里当学徒。圣诞节前夜他没有上床睡觉，等老板和师傅们都外出去做晨祷后，他便从老板们的橱柜里取出一瓶墨水、一支笔尖带锈的钢笔，并在自己面前展开一张揉皱了的纸，动手写信。在写第一个字之前，他几次胆怯地回头望了望门口和窗子，斜眼看了看那模糊不清的圣像和两旁摆满了鞋楦的架子，断断续续地叹着气。纸铺在一条长凳子上，他就跪坐在长凳的前面。

“亲爱的爷爷，康斯坦丁·马卡雷奇！”他写道，“我在给你写信，祝您圣诞节好，愿上帝保佑你一切顺利。我没爹没娘，就剩你一个是我的亲人了。”

万卡把目光投向黑蒙蒙的窗户，窗户上映出了他的蜡烛的影子。他生动地想起自己的祖父康斯坦丁·马卡雷奇——日瓦列夫老爷家的守夜人的模样。这是个身材矮小瘦弱，却又异常灵活机警的小老头，年龄在六十五岁左右，有一张老是带笑的脸和一双醉眼。白天他在厨房里睡觉，或是跟厨娘们开玩笑，晚上就穿上肥大的羊皮袄，在庄园四周来回走动，敲着梆子。跟在他后面的是耷拉着脑袋的两条狗，一条老母狗叫“卡什坦卡”，一条牡犬叫“泥鳅”。后者得此外号，是因为它毛呈黑色，身体细长，像条伶鼬。这条“泥鳅”是非常恭顺和亲热的，不论见着自己人还是陌生人都同样热情，可是它是靠不住的。在它的恭顺和谦逊背后，却隐藏着最最诡谲的奸毒。任何一条狗也不如它善于抓住时机，悄悄地走到人的背后，在腿上咬一口，或者钻进冰窖里偷农民的鸡吃。它已不止一次被人打断了后腿，有两次人家把它吊起来，每星期都被打得半死，然而它每次都能活下来。

现在祖父也许就站在大门口，眯起眼睛看着乡村教堂鲜红的窗子，或者是用穿着高筒毡靴的脚踩着步子，跟仆人们在开玩笑。他的梆子系在腰上，由于寒冷，他时而拍拍双手，时而缩缩脖子；一会儿在女仆身上捏一把，一会儿又在厨娘身上捏一把，发出老年人的笑声。

“咱们来闻闻鼻烟好吗？”他说，把鼻烟送到女人们的跟前。

女人们闻了鼻烟，打起喷嚏来了。祖父乐得不得了，发出一阵阵笑声，并大声说：

“快擦掉，不然就冻住了！”

他又拿鼻烟给狗闻。卡什坦卡直打喷嚏，扭动着嘴脸，委屈地走到一边去了。泥鳅则出于表示恭顺，没有打喷嚏，只是摇摇尾巴。天气非常好，天空中没有风，空气清澈而新鲜。夜很黑，可是整个村子及其白房顶都清晰可见，从烟囱里冒出来的一缕缕烟雾、蒙上了一层霜而变成了银白色的树木、雪堆都看得清楚。天上满布的星星欢快地眨着眼睛，银河显得如此清楚，好像节日前有人用雪把它洗过擦过似的……

万卡叹了一口气，用笔尖蘸了一下墨水，继续写道：

“我昨天挨了一顿打。老板揪住我的头发把我拖到院子里，用鞋工皮带把我痛打一顿，为的是我在摇他的孩子的摇篮时，一不小心睡着了。上星期老板娘叫我收拾一条青鱼，我先从尾巴上下手，她便抓住青鱼，用鱼头朝我的脸上戳。师傅们也取笑我，支使我到小饭馆去买酒，唆使我去偷老板的黄瓜，老板则随手拿到什么就用什么打我。吃的什么也没有，早上吃面包，中午喝稀粥，晚上还是面包。至于茶和菜汤，那只有老板一家人才能大吃大喝。他们叫我睡在穿堂里。他们的孩子哭起来，我就根本不能睡觉，得去摇摇篮。亲爱的爷爷，你就发发上帝的慈悲吧，带我离开这里，回家去，回村子里去。我再也无法待下去了……我叩头求你了。我将永远为你祈祷上帝，你就带我离开这里吧，否则我就要死了……”

万卡撇着嘴，用黑黑的小拳头揉了揉眼睛，啜泣起来。

“我会给你搓烟叶，”他继续写道，“为你祈祷上帝。要是我做错了事，你就像抽打西多尔的山羊那样抽我吧。如果你觉得我没有合适的事可做，我就去求总管看在基督面上，让我去给他擦鞋，要不就替费季卡去做牧童。亲爱的爷爷，我再也待不下去了……简直就是死路一条了。我本想徒步跑回村子，可我没有皮靴，我怕冻着。等我长大了，我一定报答你、供养你，不让任何人欺侮你；等你死了，我就祈祷上帝，让你灵魂安息，就跟为妈妈彼拉格娅祈祷一样。

“莫斯科是个大城市，房子全都是老爷们的。马很多，却没有羊，狗也不凶。这里的孩子不举着星星游玩，唱诗班也不随便让人参加。有一次我看见一个铺子的橱窗里摆着钓鱼钩卖，还带着钓丝，什么鱼都能钓，很不错。有一只钓钩甚至能钓起一普特重的鲶鱼呢。我还看见一些铺子卖各种枪，跟老爷的枪差不多，每杆枪恐怕得卖一百卢布……肉铺既卖野乌鸡，也卖松鸡和兔子，而这些东西是从哪里打来的呢，可掌柜的不肯说。

“亲爱的爷爷，等老爷家摆上挂有礼物的圣诞树时，你就给我摘一个金黄色的小桃子，把它放在一个绿色的小箱子里。你去向奥丽加·伊格纳季耶夫娜小姐要吧，就说是万卡要的。”

万卡抽搐着叹了一口气，又凝视着窗子。他回想起爷爷经常到森林里去给老爷砍圣诞树，还带着小孩子去，那时候可好玩啦！爷爷发出嘎嘎声，寒气发出嘎嘎声，万卡也跟着他们嘎嘎地叫。爷爷去砍树之前，通常总是先吸一袋烟，久久地闻着鼻烟，跟万卡开开玩笑……那些小云杉披着霜雪，一动不动地立在那里，等着看谁先被砍死。不知从哪儿突然跑出一只野兔，箭也似的从雪堆上窜过去……爷爷便忍不住喊道：

“抓住它，抓住它……抓住它！嘿！秃尾巴鬼！”

爷爷把砍下来的云杉拖回老爷家里，那边就开始把它装点起来……最忙的是奥丽加·伊格纳季耶夫娜小姐，她是万卡特别疼爱的人。万卡的母亲彼拉格娅在世时也在老爷家当女仆，奥丽加·伊格纳季耶夫娜就给万卡吃水果糖，没有事的时候就教他读书、写字，数数到一百，甚至还教他跳卡德利舞。可是彼拉格娅死了后，孤儿万卡就被送到仆人厨房里跟爷爷过了。后来离开厨房又到莫斯科鞋匠阿利亚兴的铺子里来了……

“亲爱的爷爷，你来吧，”万卡继续写道，“我为你向基督上帝祈祷，你带我离开这里吧，你就可怜可怜我这个不幸的孤儿吧，要不我还要挨他们所有人的打，而且我饿得很，烦闷得没法说，老是哭。前几天老板用鞋楦头打我的脑袋，把我打昏在地，好不容易才醒过来。我的生活苦极了，比狗都不如……替我向阿莲娜、独眼龙叶戈尔和马车夫问好，不要把我的手风琴送给别人。你的孙子伊万·茹科夫上。亲爱的爷爷，你来吧！”

万卡把写好的信叠成四折，把它放进信封里。这个信封是他昨天花一戈比买的……他想了一下，用钢笔蘸了蘸墨水，写上地址：

寄乡下爷爷收

然后他搔搔头，想了想，补写上：

康斯坦丁·马卡雷奇

他很高兴，写信时竟没有人来打扰他。他戴上帽子，没有把皮袄披上，只穿着衬衣，就跑出去了……

昨天晚上他向肉铺的伙计们打听过，伙计们告诉他，把信丢进邮筒里，然后醉醺醺的车夫就会驾着邮车把信从邮筒里取出来，带着响亮的铃铛，分送到各地去。万卡跑到最近的一个邮筒跟前，把那封宝贵的信塞进邮筒的缝里……

在一种甜美的希望的催眠下，一小时后他就睡熟了……他梦见了一个炉子，炉子旁边坐着祖父，垂着一双赤脚，在给厨娘们念信……泥鳅在炉子旁边摇着尾巴转来转去……

（1886 年）

乞丐

“先生！发发慈悲，关照一下我这个不幸的、饥饿的人吧。我已三天没有吃饭了……我连过夜的五戈比都没有……我敢向上帝发誓，我说的全是实话！我当了八年的乡村教师，后来由于地方自治会的倾轧，使我丢掉了这份工作，成了告密的牺牲品。现在我失业已有一年了。”

律师斯克沃尔佐夫看了看这位乞讨者穿的瓦灰色的破大衣，看了看他那双混浊的、醉醺醺的眼睛及其两颊上的红斑点，觉得好像以前在什么地方看见过此人。

“现在有人给我在卡卢加省谋到一个职位，”乞讨者接着说，“可是我却没有到那边去的路费，就请您帮个忙，行行好吧！真不好意思求您，可是……环境所逼呀。”

斯克沃尔佐夫看了看他的套鞋，其中一只是高腰的，另一只则是矮腰的。于是他突然想起来了。

“您听着，前天我好像在花园街碰到过您，”他说，“可是您当时对我说过，你并不是乡村教师，而是大学生，被学校开除了。您还记得吗？”

“不……不是……不可能！”乞讨者显得很尴尬，支支吾吾地说，“我是乡村教师，如果您乐意的话，我可以拿证件给您看。”

“您撒谎！您当时称自己是大学生，您甚至还告诉了我，您是为啥被学校开除的。还记得吧？”

斯克沃尔佐夫气得满脸通红，带着憎恶的表情离开这个穿破大衣的人。

“这很卑鄙，先生！”他生气地叱责道，“这是欺骗！我要把您送到警察局去。见鬼去吧！您贫穷，您饥饿，但这并没有给您权利可以厚颜无耻、昧着良心去撒谎。”

这个穿破大衣的人抓着门的把手，像一个被当场逮住的小偷，张皇失措，四周打量着前厅。

“我……我没有撒谎，先生……”他嘟哝道，“我可以拿证件给您看。”

“谁会相信您呢？”斯克沃尔佐夫继续愤懑地说，“要知道，您这是在利用社会对乡村教师和大学生的同情。要知道，这极其下流、卑鄙、肮脏！真令人气愤！”

斯克沃尔佐夫非常生气，以最无情的方式申斥了这位乞讨者。这个穿破大衣的人的无耻谎言激起了他的厌恶和反感，因为他侮辱了斯克沃尔佐夫本人所十分热爱和珍重的东西：善良、软心肠、对不幸者的同情等。而这个“人”用自己的谎言骗取别人的善心，也就玷污了他以纯洁的心灵周济穷人的那种施舍。穿破大衣的人开始时还为自己辩解、发誓，不过，后来便无话可说了，感到羞耻了，低下了头。

“先生！”他把手贴在胸口上说，“的确，我……撒了谎！我不是大学生，也不是乡村教师。所有这些都是捏造的，我原来是在俄罗斯合唱团里做事，由于酗酒，我被开除了，可是我怎么办呢？向上帝保证，说实在的，不撒谎不行啊！我要是说实话，谁也不肯对我施舍。说真话我就得饿死、冻死在街头。您的意见是对的，我懂得，可是……我有什么办法呢？”

“什么办法？您问我有什么办法？”斯克沃尔佐夫走近他大声喊道，“您去干活，这就是办法！应该去干活！”

“干活……这我自己也知道，可是哪里能找到活干呢？”

“胡说！您年纪轻轻，健康，有力气，总是能找到活干的，只是看您想不想干罢了。其实您很懒、娇生惯养、酗酒，您就像一个刚从下等酒馆走出来的人，全身冒着酒气！您撒谎成性，坏透了，只会沿街乞讨和撒谎！即便您什么时候能屈尊同意干点事，也得给您找个不干活只拿钱的地方，例如坐办公室、当俄罗斯合唱队员或台球记分员之类的差事才成！难道您肯干体力活吗？要您去看院子或进工厂当工人，恐怕就不肯去了。要知道，您是个很自负的人。”

“您怎么能这样说呢，真是的……”乞讨人说，苦笑了一下，“我到哪里去找体力活呢？去当小伙计吗，我已经晚了，因为做生意必须从学徒开始；去看院子吗，谁也不会要我，因为我容不得别人对我乱支使……工厂也不会收我，因为得有手艺才行，而我却什么也不会。”

“胡说！您总能找到辩解的理由！那么您愿意去劈柴吗？”

“我不拒绝，不过眼下那些真正的劈柴工人也在家闲着挨饿。”

“嘿，所有的寄生虫都是这么说的。真要叫您干时。您就拒绝了。愿不愿意到我家去劈柴呢？”

“好啊，我去……”

“好，我们等着瞧……好极了……我们会看到的！”

斯克沃尔佐夫立即就着手安排，不无幸灾乐祸地搓搓双手，将厨娘从厨房里叫出来。

“喂，奥丽加，”他对厨娘说，“把这位先生带到板棚里去，让他在那里劈柴。”

穿破大衣的人耸耸肩膀，有点大惑不解的样子，犹豫不决地跟着厨娘走了。从他走路的步态可以看出，他之所以同意去劈柴，不是因为他饥饿或者想挣点钱，只不过是碍于自尊心和面子罢了，因为说出去的话也不能收回；同时也明显地可以看出，由于酗酒，他的身体非常衰弱了。他不健康，而且对干活没有丝毫兴致。

斯克沃尔佐夫赶忙走进饭厅。那儿有一扇朝院子开的窗户，从窗户口可以看到堆放劈柴的板棚以及院子里发生的一切事情。斯克沃尔佐夫站在窗户旁边，看着厨娘和穿破大衣的人正从后门来到院子里，沿着泥泞的雪地向板棚走去。奥丽加生气地打量着自己的同行者，用胳膊肘向两边一抻，撞开板棚的门，恶狠狠地弄得门砰的一声响。

“大概我妨碍这个女人喝咖啡了，”斯克沃尔佐夫想道，“多么凶的女人！”

接着他看见这位假教师和假大学生在一块粗木头上坐下来，用拳头支着两颊在想心事。女人拿来一把斧子，扔在他的脚下，凶巴巴地啐了一口唾沫。从她的嘴唇的表情看，她已经在骂人了。那位穿破大衣的人犹豫不决地拖来一块木头，放在自己的两腿之间，轻轻地劈了一斧子，木头晃了晃便倒了；穿破大衣的人又把它拉过来，吹了吹自己那双冻僵了的手，再一次小心翼翼地用斧子劈下去，好像是害怕劈到自己的套鞋或自己的手指似的。木头又倒下了。

斯克沃尔佐夫的火气已经消了，他为自己强逼这个娇生惯养、酗酒成性，而且可能有病的人在严寒下干粗活而感到有点儿不好受和惭愧。

“得啦，没有什么，让他干吧……”他边想边从饭厅回到了书房，“我这也是为他好。”

过了一小时，奥丽加来报告说，木柴已经劈好了。

“那好，给他半个卢布吧，”斯克沃尔佐夫说，“如果他愿意干的话，就让他每个月的初一来劈柴……总会有活干的。”

后一个月的初一，穿破大衣的人又来了。尽管他几乎连站都站不稳，却又挣到了半个卢布。从这时起，他就经常到院子里来了，而每次都能给他找到活干：有时叫他把积雪扫成堆，有时收拾收拾板棚，有时清除一下地毯和床垫上的灰尘，每一回他都可以挣到二十至四十戈比，有一次主人还给了他一条旧裤子。

斯克沃尔佐夫搬家时，也雇他来收拾收拾东西和搬运家具。这一次穿破大衣的人没有喝酒，但比较郁闷，不言语，他只是摸了摸家具，低着头，跟在货车后面走，甚至也不努力装得积极一点，而是怕冷地缩着身子；马车夫笑他游手好闲，笑他无能，笑他穿破烂的贵族大衣时，他显得很尴尬。搬完家，斯克沃尔佐夫吩咐人把他叫了过来。

“喂，我看到，我的话对您还是起了作用。”他说，并给了他一个卢布，“这是给您的劳动报酬。我看得出，您现在已不喝酒，也不反对干活了。您叫什么名字？”

“卢什科夫。”

“卢什科夫，我现在可以给您介绍另一个工作。您会写字吗？”

“会，先生。”

“那么明天您就拿着这封信去找我的一个同事，您会从他那儿得到一份抄写的工作。好好干，别再酗酒，别忘了我对您说过的话。

再见！”

斯克沃尔佐夫感到满意的是，他把一个人扶上了正道。他亲切地拍了拍卢什科夫的肩膀，甚至告别时还与他握了手。卢什科夫拿了信就走了，此后再也没有到院子里来干活。

过了两年。有一天斯克沃尔佐夫站在剧院售票处旁，正要付钱买票时，看见身边站着一个身材矮小的人，他身穿带羊羔皮领子的大衣，戴一顶旧海狗皮帽。这个小个子怯生生地向售票员要了一张最顶层的廉价戏票，付了几枚五戈比的铜币。

“卢什科夫，这是您吗？”斯克沃尔佐夫问道，认出了此人就是他家先前的劈柴工，“喂，怎么样？您现在在干什么？生活好吗？”

“还过得去……我现在在一个公证人那里工作，月薪三十五卢布，先生。”

“好啊，谢天谢地！太好了！我为您感到高兴，非常非常高兴，卢什科夫！要知道，从某种意义上讲，您是我的教子。要知道，是我把您扶上了正道。您还记得我是如何责骂您的吗？啊？当时您羞得差一点就要往地下钻了。好了，谢谢您，我的朋友，您一直没有忘记我的话。”

“我也要感谢您，”卢什科夫说，“要是我当时不是上您家去干活，也许我至今还说自己是教师或者大学生呢。是的，在您那儿我得救了，我跳出了泥坑。”

“我非常高兴，非常高兴。”

“谢谢您那些善意的话和您所做的种种善事。您当时说得非常好，我要感谢您和您的厨娘。愿上帝保佑这个善良、高尚的女人永远安康。您当时说得非常好，我当然一生都将记住您的恩情，不过真正挽救我的其实是您的厨娘，奥丽加。”

“这是怎么一回事呢？”

“是这样的：当时我上您家去劈柴。开始时她也说：‘唉，你呀，一个酒鬼！你是个该诅咒的人！你怎么还不快死去呢！’可后来，她就面对着我坐下来，满脸愁闷，盯着我的脸，哭着说：‘你是个不幸的人！在这个世界上你没有一点乐趣，就是到了阴间，一个醉鬼也只有下地狱，被火烤。你这个苦命鬼啊！’您知道，她老是说这些话。她为我生过多少气，流过多少泪，这我就没有办法对您说清楚。我只知道，是她的话，她的高尚行为使我的灵魂发生了变化，是她挽救了我。这我将永世不忘。不过时间到了，剧院的开幕铃声就要响了。”

卢什科夫行了一个礼，便到最顶层的座位上去了。

（1887 年）

六号病房

一

医院的院子里有一幢小厢房，它的周围长满了牛蒡、荨麻和野生的大麻。厢房的房顶已经生锈，烟囱一半已经坍塌，门廊的阶梯已经朽坏，长满杂草，墙上的灰泥也只剩下一些痕迹了。厢房的正面对着医院，后面则是田野，中间由一道埋有钉子的医院的灰墙隔开。这些尖端朝上的钉子、围墙以及厢房本身，都有一种特别令人沮丧的、天地难容的景象。在我们这里只有医院和牢房才是这样。

如果您不怕被荨麻扎着，就请您沿着通向厢房的那条狭窄的小道走过去，看看里面在干什么。推开第一扇门，我们便来到前堂。在这里，墙边、炉子旁边丢着大堆大堆的医院里的破烂：褥垫、破旧的病人服、裤子、带蓝条子的衬衣、不能穿的破鞋等。所有这些破烂都随便地堆在一起，又脏又乱，正在腐烂，散发出一股令人窒息的臭气。

看守人尼基塔是一个年老的退伍军人，还戴着褪成了红褐色的军章，他躺在那堆破烂上，牙齿间老是衔着一只烟头。他有一张严肃、枯瘦的脸，眉毛耷拉下来，给这张脸平添了一种草原牧羊犬的神态；他红鼻子，小个子，虽然外表干瘦，青筋嶙嶙，却是器宇轩昂，两只拳头粗壮有力。他属于那种心眼不多、颇受赏识、勤勉可靠、脑子迟钝的人。世界上他最喜欢的是安分守己，因此他坚信，有些人是该打的。他打他们的脸、胸口、背脊，碰到哪儿打哪儿。他坚信，不打，这里就要乱了。

往前，您走进一个宽敞的大房间。如果不算前堂的话，这个房间就是整个厢房。墙壁上涂了一层混浊的浅蓝色的颜料。天花板被烟熏得很黑，就跟没有烟囱的农舍一样。显然，这里冬天炉子经常冒烟，并且有煤气。窗子从里面钉了一块铁格栅，很难看；地板是灰色的，也没有刨平。酸白菜、灯芯、臭虫、阿摩尼亚，发出难闻的气味。这种气味使您一进屋就觉得好像进了动物园。

房间里放着几张床，床脚钉在地板上。床上坐着或躺着一些人，他们穿着蓝色的病人服，戴着老式的尖顶帽子。这是一些疯子。

这里共有五个人。只有一个是贵族身份，其余都是小市民。靠门的第一个是又高又瘦的小市民，红黄色的唇髭闪着亮光，眼睛带着泪痕，用手托着脑袋坐着，老是盯着一个地方。他白天黑夜都发愁、摇头、叹气、苦笑，他很少跟人说话，人家问他，他也总是不回答。给他吃东西，他就机械地吃下去，喝下去。从他所受的痛苦、他的不停的咳嗽、他的消瘦和双颊的红晕判断，他正开始害肺病。

他旁边是一个矮小、灵活、非常好动的小老头，留着一把尖削的胡子和一头像黑人那样卷曲的黑头发。白天他在病房里从一个窗口到另一个窗口来回踱步，或者是像土耳其人那样盘着腿坐在自己床上，并且像灰雀那样不停地吹口哨，小声地唱歌，嘿嘿地笑。他这种孩子般的欢乐和活泼性格同时也表现在晚上。他起来祈祷上帝，那就是用双拳捶打自己的胸口，用手指抓门。这是犹太人莫依谢依卡——一个傻子，他是在二十年前由于自己的制帽作坊被大火烧毁而发疯的。

在六号病房的所有病人中，唯有他一人被允许可以走出病房，甚至可以离开医院的院子到街上去。这种特权他已经享受了很久，大概因为他是医院里的一个老病号，而且是一个安静的、于人无害的傻子，城里给人逗笑的小丑。他在街上被小孩和狗包围的情景，城里人早已看惯了。他穿着破旧的病人服，戴着可笑的尖顶帽，穿着拖鞋，有时赤着脚，甚至没有穿长裤就在街上走来走去，在院门口或小铺子门口站着乞讨小钱。有的人给他喝点克瓦斯，有的给他一点面包，有的给他个把戈比。这样，他回到病房时，水足饭饱，钱袋满满的。而他带回来的所有东西，马上统统都被尼基塔搜去归自己了。这个兵干得很粗暴，怒冲冲地查翻犹太人的口袋，而且要让上帝作证，他保证今后永远不会再让这个犹太人上街，说什么这种不安分的事对他来说，比世界上任何东西都要坏。

莫依谢依卡喜欢替别人效劳。他给同伴端水；他们睡着了，就给他们盖被子。他答应每个人说，他从街上回来时要给每人一个戈比，并给每人缝一顶新帽子。他还用汤匙喂他左边的一个邻居吃东西，因为那人是一个瘫子。他这样做不是出于同情，也不是出于某种人道主义性质的考虑，而是在模仿他右边邻居格罗莫夫的做法，是无意中受了他的影响。

伊万·德米特里奇·格罗莫夫，一个三十岁左右的男子，贵族家庭出身，过去是法院的民事执行吏和十二品文官，患被害狂想症。他要么蜷缩着身体躺在床上，要么就从这一角落走到那一角落，好像在做保健散步。他很少坐着。他总是处于焦躁、激动、紧张的精神状态，好像在等待某种令人不安的、不明确的东西。哪怕是前堂传来一丁点儿沙沙声或院子里有人喊一声，他也会抬起头，立即仔细地倾听：这是不是来抓他的？是不是在找他？这时候，他的脸上便现出极其不安和嫌恶的表情。

我喜欢他那张宽大的高颧骨的脸。他的脸总是那么苍白和不幸，像镜子一样反映出一个被抗争和长期的恐惧所折磨的灵魂。他的这种苦脸是奇怪的、病态的，可是深刻真实的苦难刻印在他脸上的细纹，却显出了理智和文化修养，眼睛里放射出温暖和健康的光辉。我也喜欢他本人，他谦恭、乐于助人；他对所有人，尼基塔除外，都异常客气。不管谁掉了一个扣子或一把匙子，他都立即从床上跳下来，替人拾起来。每天早晨他都向自己的同伴们道早安；睡觉的时候，则向他们道晚安。

除了经常处于紧张状态和愁眉苦脸外，他的疯狂病还表现在下列几个方面：每到傍晚，他有时会把短小的病服裹得紧紧的，全身发抖，牙齿打战，立即开始在房间里从这边走到那边，或者在床铺之间走来走去。看上去，他好像在发高烧。他突然站住、瞅着同伴的样子，显然像是想说什么很重要的话；但看来他又想到人们不会听他讲话，或者是听不懂他的话，便急躁地摇摇头，继续走来走去。很快，说话的欲望压倒了一切其他考虑而占了上风，他便不由自主地说起来，热烈而又激越。他说得语无伦次，像是梦呓，断断续续，常常叫人听不懂。然而不论在他的话里还是声音里都可以听到一种非常好听的东西。他一说话，您就会听出来他既是疯子，又是正常的人。他那些疯话是很难用文字来表达的。他说到人的卑鄙，说到践踏真理的暴力，说到将来会在地球上实现的美好的生活，说到每时每刻都使他想起暴虐者的麻木不仁和残忍的铁窗栅。结果他的话就成了由古老的但又还没有唱完的歌合成的一首杂乱无章的不连贯的什锦曲了。

二

十二至十五年前，文官格罗莫夫就住在本城大街上自己的房子里，他是一个有名望有家产的人。他有两个儿子：谢尔盖和伊万。谢尔盖是四年级的大学生，得急性肺痨病死了。他这一死，就成了突然降到格罗莫夫家一连串灾难的开端。谢尔盖安葬后一个星期，老父亲便因伪造文件和挪用公款而受法庭审判，不久便在监狱医院里因害伤寒病死了。房子和全部动产都被拍卖，撇下伊万·德米特里奇和母亲，而他们已经没有任何财产了。

原先父亲在世的时候，伊万·德米特里奇住在彼得堡，在大学读书，每月收到六十至七十卢布，根本不知道什么叫作穷。可现在他的生活却一下子改变了。他必须从早到晚去做家教，做抄写工作。就这样还仍旧要挨饿，因为他把所有的收入都寄给母亲做生活费了。伊万·德米特里奇受不了这样的生活，他泄气了，身体也吃不消，便丢下大学学业，回家去了。在这里，在城里他托人在县立学校里谋到了一个教员的职位，可是他跟同事们合不来，学生也不喜欢他，很快又丢弃了这个职位。他母亲去世了，他有半年没有找到工作，光靠面包和水度日，后来当了法院的民事执行吏。直到他因病被辞退，他一直在干这个差使。

他甚至在年轻的大学生时代就从来没有给人以健康的印象。他老是生病，瘦弱，经常伤风感冒。他吃得很少，睡眠很坏，喝上一小杯葡萄酒头就晕，他有歇斯底里病。他总想跟人们接近，可是由于他易激动和性格多疑，他跟谁也难亲近，没有朋友。对城里人他总是批评，瞧不起，说他们的愚昧无知、浑浑噩噩的兽性生活既卑鄙又讨厌。他说话是男高音，响亮、激越，不是愤懑、愤怒，就是高兴、惊讶，但永远是真诚的。不管您跟他说什么，他都把您引到一个话题上：在这个城市生活既烦闷，又无聊，交往的人们中没有高尚的趣味，他们过的是晦暗的无意义的生活，那里只有形形色色的暴力、粗野的淫荡和伪善。卑鄙的家伙吃得饱、穿得好，正直的人却忍饥受寒。需要兴建学校，办方向正确的地方报纸、剧院、公开的讲座，团结知识界的力量；需要让社会认识自己，感到震惊。他评判人们的时候，都要涂上浓重的色彩，只有白色和黑色，不承认有任何其他色度。在他看来，人类分成正直的人和卑鄙的人，中间的人是没有的。谈及女人和爱情时，他总是充满热情而十分兴奋，可是他却从没有恋爱过一回。

在城里，尽管他的批评意见尖刻和神经质，可是大家都喜欢他，背地里都亲切地称他为万尼亚[①]。他那天生的客气态度、乐于助人的精神、正派的作风、道德上的纯洁，他那穿旧了的常礼服、病态的外貌和家庭的不幸，都使人产生出一种美好的、温暖的和忧郁的感情。况且，他受过很好的教育，博学多才，按照城里人的说法，他通晓一切。在城里他就像是一部备人查考的活字典。

他读过很多书。他老待在俱乐部里，神经质地捋着自己的胡子，翻阅各种杂志和书籍。从他的脸上可以看出，他不是在看书，而是在吞吃书籍，几乎来不及咀嚼就吞下去了。应该认为，读书是他的一种病态的习惯，因为他不管碰到什么东西，哪怕是去年的报纸和日历，都同样贪婪地吞下去。在家里，他总是躺着看书。

---

① 伊万的爱称。

三

有一次，一个秋天的早晨，伊万·德米特里奇竖起大衣领子，走在泥泞路上，穿过胡同和后院，到一个小市民家去兑取执行票。像平常早晨一样，他心情不好。在一条胡同里，他碰见两个戴镣铐的犯人，他们被四个带枪的护送兵押着。过去伊万·德米特里奇也常遇见过犯人，每次他们都引起他怜悯和难堪的感情。可是今天，这种相遇却给他留下一种特殊的、奇怪的印象。不知为什么，他忽然觉得他也可能被戴上镣铐，同样地走过泥泞，被送进监狱。他到那个小市民家去过以后，出来在回家的路上，在邮局附近，遇见了一个他认识的警官。警官跟他打招呼，并顺着大街跟他走了几步。不知为什么，他觉得很可疑。在家里，他一整天都无法把那个犯人和持枪押送兵从脑子里赶走。一种莫名其妙的精神恐慌使他不能看书和集中精神。晚上他在屋里没有点灯，整夜睡不着觉，老是想到他可能被捕，戴上镣铐，关进监狱。他知道他从来没有犯过什么法，而且可以担保将来也永远不会杀人，不会放火，不会做贼；不过，偶然地、无意中地犯罪，不也是容易的吗？难道不可能受诬陷吗？最后，审判方面的错误难道不可能吗？无怪乎自古以来的民间经验教导我们，谁也不能保证不讨饭和不坐牢。在当今的诉讼程序下，审判方面的错误是可能有的，这没有什么可大惊小怪的。那些跟别人的忧患有职务上和事务上联系的人，例如法官、警察、医生等，久而久之，由于习惯的势力，往往会使您僵化得即使想做好，也不能不对他们的当事人采取形式主义的态度。这方面，他们同后院屠宰牛羊看不见血的农夫没有任何区别。在用形式主义和冷酷无情的态度对待人的情况下，要剥夺一个无辜的人的一切权利，判他服苦役，只需要一件东西：时间。只要有时间来完成一些法官们因此可以拿到薪水的手续就行了。事后，你休想在这个离铁路二百俄里远的、肮脏的小城里找到什么正义和保障！再者，既然社会把一切暴力都当作合理的、适当的必要手段来对待，既然认为一切仁慈行为，例如宣告无罪判决，会引起一系列不满和报复情绪的迸发，那么，还去想什么公正性呢，岂不是很可笑吗？

早晨，伊万·德米特里奇从床上起来，非常害怕，额上冒着冷汗，已经完全相信自己随时都会被捕了。他想，既然昨天的沉重的思想那么久都没有离开他，那就是说，其中自有一分道理。那些思想实在不会无缘无故地钻到他脑子里来的。

有一个警察不慌不忙地从他窗前走过去，这是不无原因的。瞧，有两个人在房子附近停下了，并且默不作声。他们为什么沉默呢？

从此，伊万·德米特里奇白天黑夜都提心吊胆，凡是经过窗口或进院子里来的人，他都觉着是间谍和密探。中午，县警察局长通常都坐着双马马车在大街上经过，他是从自己近郊的庄园回警察局去。可是伊万·德米特里奇每次都觉得他的车子走得太快，从而脸上有一种特殊的表情：显而易见，局长急着要去宣布，城里出现了一个很重要的犯人。只要门铃一响，或者有人敲门，伊万·德米特里奇就打哆嗦。每逢女房东家里来了新人，他就焦急不安。他碰见警察和宪兵就微笑，吹口哨，为的是要显出满不在乎的样子。他一连几夜都没有睡觉，等着被捕，可又装着像熟睡的人那样，大声打鼾和吁气，为的是让女房东觉得他睡着了。因为，要是他睡不着，就说明他一定由于良心责备而不安，而这就是最好的罪证。事实和健康的逻辑都使他相信，所有这些恐惧——都是荒诞无稽的，都是心理作用。如果把事情看得宽一些，不管是被捕还是坐牢，其实都没有什么可怕的，只要良心上坦然就行。可是，他越是有理智有逻辑地推论，他内心的不安就变得越厉害、越痛苦。这倒和一个隐士的故事很相像：那隐士想在处女林里开辟一小块空地，可是他越是努力地用斧子砍，树林就长得越稠密、越茂盛。伊万·德米特里奇终于认识到这样做的徒劳无益，就索性不再去考虑了，完全陷入了绝望和恐惧之中。

他开始不与人来往，躲避人们。他对他的职务早先就厌恶，如今则简直无法忍受了。他很怕他什么时候会上当受骗，怕有人趁他不注意时往他的口袋里塞点贿赂，然后揭发他；或者是他自己无意中在公文上出点差错，类似伪造行为，或者丢了别人的钱等。奇怪的是，他的思想过去从来没有像现在这么灵活和机敏，他每天都想出成千种不同的理由认真地为自己的自由和名誉担忧。可是，这样一来，他对外界的兴趣，特别是对书的兴趣却大大减弱了，他的记忆力也大大地不如从前了。

春天，雪融化了。在墓地附近的一条山谷里发现了两具半腐烂的尸体——一个老太太和一个小男孩，带有因暴力致死的痕迹。城里人一直在谈论着这两具尸体和尚未查明的凶手。伊万·德米特里奇为了不让人家想到他杀了人，就在街上来回走动，脸带笑容。见到熟人的时候，则脸色一阵白、一阵红，并开始表白说，再没有比杀害弱者和没有自卫能力的人更卑劣的罪行了。但是这种虚伪的做法很快就使他厌倦了，他略加思考后便决定，就他现在的处境，最好还是躲到女房东的地窖里去。他在地窖里待了一天，然后又是一夜和第二个白天。可是冷得很，待到天黑，他就悄悄地像小偷一样溜回自己房里去了。他在房间中央站着，一动不动地留心听着，直到天亮。清早，太阳还没有出来，有几个砌炉匠来找女房东。伊万·德米特里奇明明知道他们是来翻修厨房里的炉灶的，可是恐惧却提醒他：这是警察装扮成了砌炉匠。他悄悄地离开了住所，充满恐惧，没戴帽子，也没穿外衣，就在大街上跑起来，狗汪汪叫着在后面追赶他。后面的什么地方有个农夫在叫唤，风在耳朵里呼啸，伊万·德米特里奇觉得，全世界的暴力都集合在一起了，正在后面追赶着他。

人们把他拦住，将他送回家，并打发女房东去请医生。医生安德烈·叶菲梅奇（关于他下文还要提到）吩咐在他的头上放置冰袋，给他服点桂樱水，忧郁地摇摇头就走了。临走时对女房东说，他不再来了，因为他不该去妨碍人发疯。由于伊万·德米特里奇在家里无法生活和治疗，不久就被送到医院去，被安置在花柳病人的病房里。晚上他睡不着觉，任性胡闹，打搅别人，不久又由安德烈·叶菲梅奇决定，转到六号病房去了。

过了一年，城里已经把伊万·德米特里奇完全忘记了。他的书被女房东随便堆在敞棚下面的一辆雪橇上，被顽童们陆续地偷光了。

四

在伊万·德米特里奇的左边，我已经说过了，住着犹太人莫依谢依卡；右边住着一个农夫，全身脂肪，身体差不多滚圆，有一张呆板的完全没有思想的脸。这是一个不会活动的、贪吃的、肮脏的动物，早已失去了思想和感觉的能力。从他身上不断散发出一股强烈的、令人窒息的臭味。

尼基塔在为他打扫时，拳脚相加，用尽全力地揍他。在这里，可怕的并不是他挨揍，这是可以习惯的。可怕的是这个愚钝的动物挨了毒打却没有反应，一声不吭，一动不动，眼睛里没有丝毫表情，只是轻轻地摇晃几下身子，就像是一只沉重的大桶。

六号病房里的第五个，也就是最后一个病号，是一个小市民，以前他做过邮政局的拣信员，是一个又矮又瘦的金发男子，生一张善良的但又带点滑头的脸。根据他那双闪现着明亮快活的光芒、聪明而又安详的眼睛来判断，他是一个有心眼的人，他心里有一个很重要的、愉快的秘密：在他的枕头和褥子下面藏着什么东西，他不给任何人看。这倒不是怕被人抢去或偷走，而是不好意思拿出来。有时候，他走到窗口，背着同伴，低下头把什么东西戴在自己的胸口。谁要是在这个时候走到他跟前去，他就会感到很难为情，把东西又从胸口扯下来。不过要猜出他的秘密并不困难。

“您祝贺我吧，”他常常对伊万·德米特里奇说，“我已经被授予带星星的斯坦尼斯拉夫二级勋章了。带星星的二级勋章是只授给外国人的。可是不知为什么，他们却愿意破例地给了我。”他微笑着说，莫名其妙地耸耸肩膀，“这，老实说，我可真没料到。”

“这些事我一点也不懂。”伊万·德米特里奇忧郁地说。

“可是您知道我迟早会得到什么吗？”这位过去的拣信员接着说，狡猾地眯着眼睛，“我一定能得到一枚瑞士的‘北极星’。这是值得去奔忙的勋章，一个白十字，加一条黑丝带。那是非常漂亮的。”

大概住在任何地方都没有像在厢房里那么单调了。早晨，除了瘫子和胖农夫之外，病人都到前堂的一个很大的双耳木桶里洗脸，再用病人服的衣襟擦脸，然后他们就用锡制的茶杯喝茶。茶是尼基塔从医院的主楼里提过来的，每个人发给一杯。中午他们喝酸菜汤和稀粥，晚上吃中午剩下的稀粥。其他的空时间都躺着睡觉，望窗外，从这个角落走到那个角落，每天都是这样。就连过去的拣信员也老是谈他的那些勋章。

在六号病房里很少见到新人，医生早就不收新的疯人了。喜欢访问疯人院的人在这个世界上也不多。每隔两个月，理发师谢苗·拉扎里奇到这个厢房来一趟。至于他怎样给那些疯人理发，尼基塔怎样帮助他干这件事，以及这个笑嘻嘻的酒鬼理发师每次出现时病人们又是怎样的慌乱，我就不去描述了。

除了理发师，谁也没有来看过这个病房。病人们注定白天黑夜只能见到尼基塔一个人。

不过，不久前，在医院的主楼里传播着一种相当奇怪的风闻。

风传医生开始常到六号病房去。

五

奇怪的传闻！

安德烈·叶菲梅奇·拉京医生从某一点上说是与众不同的人。据说他还很年轻的时候非常信神，曾准备献身宗教事业。1863 年中学毕业以后，打算进一所神学院。可是他的父亲，一位医学博士兼外科医生，刻薄地嘲笑他，并断然宣布：若是他去当教士，他就不承认他是自己的儿子。是否真有其事，我不知道。不过，安德烈·叶菲梅奇不止一次地承认过，他从来就不觉得自己适合于研究医学或一般的专门科学。

不管怎样，他在医科毕业后，并没有出家去当教士，他也没有信教的表现，他当初和现在都是从医，不大像宗教界的人士。

他外表笨重、粗野，像个农夫。他的脸、胡子、平直的头发和结实粗笨的体格，很像大路边的小饭铺里那些吃肥了的、饮食无度、性情暴躁的店老板。他脸相严肃、布满青筋，眼睛很小，鼻子通红，身材很高，肩膀宽阔，手脚也很大，似乎一拳就能把人打死。可是他步态轻盈，走路小心，温文尔雅。若是在狭窄的过道里碰见人，他总是首先站住让路，说一声“对不起”。而且他说话的声音也有点出人意料，不是男低音，而是尖细柔和的男高音。他脖子上长了一个不大的瘤子，使得他不能穿硬领子衣服，所以他总是穿着软麻布的或棉布的衬衣。总之，他的穿戴不像是医生，他一件衣服可以穿上十年。新的衣服，他通常都到犹太人铺子里去买，一穿上去就像是旧衣服一样，又皱又旧。看病、吃饭、做客，他总是穿着那套衣服。不过，他这样做并不是由于吝啬，而是他对自己的外表完全不在乎。

安德烈·叶菲梅奇来本城任职时，这个“慈善机构”的情况糟透了：病房里、过道里、医院的院子里，臭得叫人难以喘气。医院里的杂役、助理护士及他们的孩子们跟病人一块儿住在病房里。他们抱怨这里没法生活，因为蟑螂、臭虫和老鼠太多。在外科病房里丹毒从没绝迹。整个医院只有两把手术刀，温度计一个也没有，浴室里堆放土豆。总管、女管理员、医生都向病人勒索。安德烈·叶菲梅奇的前任是一个老医生。据说他似乎私下里卖过酒精，还与助理护士和女病人有私通，情妇成群。城里人都非常清楚这些乌七八糟的事，甚至还添油加醋，但是大家对这种现象却满不在乎。有些人为其辩解说，躺在医院里的都是些小市民和农夫，他们不可能不满意，因为他们在家里住比在医院里还要糟糕得多。总不能拿松鸡去喂他们吧！另一些人则辩白说：地方自治局不给资助，单靠城市本身，没有力量维持一个医院，谢天谢地，医院虽然不好，也总还算有一个。而新成立的地方自治局不论在城里还是郊区都没有开办诊所，理由是，城里已经有一个医院了。

巡视完医院后，安德烈·叶菲梅奇做出的结论是：这是一个道德败坏的机构，对病人的健康极其有害。按他的看法，可以做到的最聪明的办法，就是把病人放走，医院关门。但是他考虑到，只是他一个人的意愿是办不成这件事的，而且这样办了也没有用。就算把肉体和精神上都不干净的人赶出一个地方，那么他们还会搬到另一个地方去。应该等他们自我消失。况且，既然人们开了这个医院，允许它在这里存在，那就是说，它是需要的，各种偏见和生活中的种种坏事和丑事也是需要的。因为慢慢地它们也会转化成某种有用的东西，就像肥料变成黑土一样。世界上没有一件美好的东西在其刚开始的时候不带一点污秽物的。

安德烈·叶菲梅奇任职后，对这些乌七八糟的现象显然相当冷漠。他只要求医院里的杂役和助理护士不要去病房里过夜，添置了两个柜子的医疗器械。至于总管、女管理员、医士和外科的丹毒等，都没有变动。

安德烈·叶菲梅奇非常喜爱理性和正直，可是要他在自己身边建立有理性的和正直的生活，却缺乏坚强的意志力，也不大相信自己有这种权力。下命令、禁止、坚持，他实在不会，就好像他起过誓，永远不提高嗓门说话，永远不用命令的口气似的。要他说“给我”或“拿来”是很困难的。他想吃东西的时候，总是犹豫地咳嗽一声，然后对厨娘说：“给我喝点茶才好……”或者“给我开饭才好”。要他对总管说不要再偷东西，或者把他赶走，或者干脆把这个不必要的、寄生的职位撤销了——那是根本办不到的。当安德烈·叶菲梅奇受到欺骗或受到奉承，或者人家送来假单据让他签字时，他的脸会涨得像龙虾一样红，感到于心有愧，但他还是签了字。每当病人抱怨他们吃不饱，或者助理护士态度粗暴时，他都会很尴尬，抱歉地说：

“好，好，我以后调查一下……大概这里有误会……”

开始时安德烈·叶菲梅奇工作很努力，他每天从早晨到午饭时都给病人看病、动手术，甚至还接生。妇女们都说他工作认真，诊断很准确，特别是妇科和小儿科的病。但是，渐渐地由于工作单调乏味并且显然徒劳无益，他显然厌倦了。你今天接待三十个病人，明天你瞧，增加到了三十五个，后天则是四十个了。照这样，一天又一天，一年又一年过去了，但是城里的死亡率却并没有减少，病人还是不断地来。从早晨到午饭时要给四十个门诊病人认真看病，体力上是不可能办到的。因此这不能不是欺骗。简单地推算一下，一年接待一万二千个门诊病人，就等于欺骗了一万二千人。至于把重病号送进病房，按科学规则给他们治病，那也是办不到的，因为规则虽有，科学却无。如果丢开哲学议论，像其他医生一样，学究式地依据规则办事，那么，首先就需要清洁和通风，而不是到处肮脏；要健康的饮食，而不是臭酸菜汤；需要好的医务助理，而不是小偷。

是啊，既然死亡是每个人正常的合理的结局，又何必去阻拦人们死呢？即使某个商人或文官多活五年十年，那又有什么好处呢？如果认为医学的目的在于药物能减轻痛苦，那就不能不问一句：为什么要减轻痛苦呢？首先，据说，痛苦可以使人达到理想的境界；其次，人类要是真的学会了用药丸和药水减轻自己的痛苦，那就会把宗教和哲学完全抛掉。可是直到现在为止，人类不仅在其中找到了避免各种倒霉事的保障，甚至找到了幸福。普希金在临死前经受了可怕的痛苦，可怜的海涅在床上瘫了好几年。为什么安德烈·叶菲梅奇或者玛特辽娜·萨维什娜就不能生病呢？他们的生活本来就毫无内容，如果再没有痛苦的话，就是完全空虚，跟变形虫的生活一样了。

安德烈·叶菲梅奇被这些推论压倒了，十分沮丧，已不再天天都到医院里去了。

六

他的生活就是这样过的。通常是早晨八点钟起床，穿衣服和喝茶，然后在自己的书房里坐下来看书或者到医院去。在这里，在医院里，门诊的病人坐在又窄又黑的过道里，等着看病。医院里的杂役和助理护士就在他们身边跑来跑去，皮鞋在砖砌的地板上踩得咯咯响。一些瘦弱的穿着病服的病人也从这里通过，死尸和盛着脏东西的器皿也从这里抬过去。孩子们在哭，吹来一阵阵过堂风。安德烈·叶菲梅奇知道，这样的环境对于发烧的、害肺病的和一般敏感的病人来说，是很难受的。但又有什么办法呢？在候诊室，他遇见了医士谢尔盖·谢尔盖伊奇。他是一个矮胖子，胖胖的脸刮得很亮，洗得干干净净，举止温和、平稳，穿一件新的宽大的衣服。他与其说像医士，不如说像一名枢密官。在城里他有很大的私人业务。他打着一个白领结，自认比那些没有私人行医业务的医生更内行。在候诊室一个角落的神龛里放着一个大圣像，还有一盏笨重的神灯，旁边有一个读经台，罩着白布套，墙上挂着大主教的像，斯维亚托戈尔修道院的风景画和干矢车菊花圈。谢尔盖·谢尔盖伊奇信教，也喜欢华丽场面，圣像是他出资安置的。每逢星期日，他都指定一个病人去候诊室里朗诵赞美歌。朗诵完了之后，谢尔盖·谢尔盖伊奇便提着手提香炉，摇动它，使神香散出来，走遍所有病房。

病人很多，时间却很少。因此，医疗工作也就局限于问几句病情，发一点类似清凉油、蓖麻油之类的药品。安德烈·叶菲梅奇坐着，用拳头支着脸颊，沉思着，机械地提几个问题。谢尔盖·谢尔盖伊奇也坐着，搓着自己的小手，偶尔也插上一句话。

“我们之所以贫病交加，”他说，“是因为我们没有很好地向仁慈的上帝祈祷。对了！”

安德烈·叶菲梅奇诊病的时候，从不动手术，他早已不干这一行了，一见血他就不愉快地激动起来。当他必须让小孩张开嘴，看一下喉咙，而小孩却大哭大闹，用小手挡住时，耳朵里的闹声就会使他头晕，眼睛里涌出泪水来。这时他就急忙地给开个药方，摆摆手，叫女人赶快把孩子带走。

在门诊时，病人的胆怯和头脑不清，身边打扮华丽的谢尔盖·谢尔盖伊奇，还有墙上的照片，以及二十多年来对病人不断地问过多少次的那些问题，这一切不久就弄得他厌烦了。他看完五六个病人后就走了，剩下的病人就由医士去接待。

安德烈·叶菲梅奇愉快地想到：谢天谢地，自己很久都没有私人行医了，现在谁也不会来打搅他了。因此，他一回到家，马上就在书房的桌子旁边坐下来，开始看书。他读很多的书，而且总是很高兴，他的薪金有一半用在购书上。他的住所有六个房间，其中三个房间堆满了各种书籍和旧杂志，他最喜欢看的是历史和哲学方面的著作。医学方面，他只订了一份《医生》。读这本书时，他总是从后面读起。他看书，总是一看就是几个小时，中间不休息，也不感到累。他不像伊万·德米特里奇那样看得又快又急，而是慢慢地看，深入地领会，遇到他喜欢的或者不理解的地方常常就停一停。书的旁边总是放着一小杯酒，同时放一块腌黄瓜或渍苹果，不用碟子，就直接放在粗呢桌布上。每半个小时，他就眼睛不离书，倒上一小杯白酒喝下去，然后也不看，只是用手摸到黄瓜并咬下一小块。

到下午三点钟，他才小心地走到厨房门口，咳嗽一声，说道：

“达留什卡，给我开饭怎么样……”

安德烈·叶菲梅奇吃完一顿相当差的、不干不净的饭以后，就在书房里来回踱步，双手交叉放在胸口上，思索着。钟敲响了四点钟，然后是五点钟，可是他还在踱步，还在想事。偶尔厨房门嘎吱一声，达留什卡那张睡眼惺忪的红脸从门缝里探出来。

“安德烈·叶菲梅奇，您到喝啤酒的时候了吧？”她关心地问。

“不，还没到点……”他回答道，“我要再等一会儿……我要再等一会儿……”

到了傍晚，邮政局长米哈依尔·阿维良内奇照例就来了。他是全城中安德烈·叶菲梅奇唯一不讨厌的人。米哈依尔·阿维良内奇以前是一个很富有的地主，曾在骑兵军里服役，后来破产了，为贫穷所迫，晚年就到邮政部门工作了。他精力充沛，很健康，留着白色漂亮的连鬓胡子，彬彬有礼，嗓门洪亮而又好听。他心地善良，多情善感，但脾气暴躁。每当邮政局里有顾客提出异议，不同意他的意见，或者要进行说理的时候，米哈依尔·阿维良内奇就脸红脖子粗，全身发颤，大声喊道：“闭嘴！”因此，邮政局早就成了一个有名的单位，人们到这里来都心惊胆战。米哈依尔·阿维良内奇尊敬和喜欢安德烈·叶菲梅奇，是因为他有学问，精神高尚。可是他对小市民的态度则很高傲，就像对自己的部下一样。

“我来了！”他走进安德烈·叶菲梅奇的家时说，“您好，我亲爱的！您恐怕讨厌我了吧，对吗？”

“相反，我很高兴，”医生回答说，“我什么时候见到您都很高兴。”

两个朋友就在书房的长沙发上坐下来，默默地抽了一会儿烟。

“达留什卡，给我们拿啤酒来好吗？”安德烈·叶菲梅奇说。

他们喝了第一杯酒，仍然没有说话。医生一副若有所思的样子，米哈依尔·阿维良内奇则显出高兴快活的神情，仿佛有什么非常有趣的事要说似的。谈话总是由医生先开始的。

“真可惜，”他慢吞吞地轻声地说，摇摇头，眼睛并没有看着他的朋友（他从来不直视人家），“真是太可惜了，尊敬的米哈依尔·阿维良内奇，我们城里竟没有一个人能够而且喜欢聪明而有趣地谈谈话。这是我们最大的贫困。甚至知识分子也跳不出庸俗！我向您保证，他们的智力发展水平一点也不比下层人高。”

“完全正确。我同意。”

“您自己也知道，”医生小声地接着说，声音抑扬顿挫，“在这个世界上，除了最崇高的人类智慧的精神表现之外，其他一切都是无足轻重的、没有意义的。智慧在人类和动物之间划出了一条明晰的界线，暗示着人类的神圣性，在某种程度上它甚至代替了实际并不存在的不朽。由此可以得出结论，智慧乃是快乐的唯一可能的源泉。可是我们在自己的周围却看不见，也听不见智慧。这就是说，我们的快乐被剥夺了。诚然，我们有书籍，但是这跟活生生的谈话和交际是根本不同的。要是您允许我打个不完全恰当的比喻的话，那么我就要说，书是音符，谈话才是歌。”

“完全正确。”

又是沉默。达留什卡从厨房里出来，带着不无哀伤的表情，用一只拳头支着脸，站在门口，想听听他们的谈话。

“唉！”米哈依尔·阿维良内奇叹了一口气，“您要求现在的人有智慧，休想！”

他谈到过去的生活如何健康、快活和有意义。从前俄罗斯的知识分子是多么聪明，他们使人格和友谊具有了崇高的概念。借给别人钱不要借据。对贫困的同伴不肯伸出支援的手则被看作是可耻。而且从前的出征、冒险和作战又是什么样子啊！什么样的伙伴，什么样的女人！而高加索——是多么惊人的地方！有一个营长的妻子，是个怪女人，穿一身军官服装，每天傍晚一个人骑马到山上去，也没有向导。据说她跟山村里的一个小公爵有点风流韵事。

“圣母啊，妈呀……”达留什卡感叹道。

“那时的人又是怎样喝酒，怎样吃饭的啊！那时又有什么样的不可救药的自由主义者啊！”

安德烈·叶菲梅奇听着，但没有听进去，他一边喝啤酒，一边在想什么心事。

“我常常梦见聪明人，并与他们交谈，”他突然打断米哈依尔·阿维良内奇的话说，“我的父亲让我受了很好的教育，可是他在六十年代的思想影响下，强迫我当了医生。我觉得，假如我当时不听从他的话，那么我现在一定处在智力运动的中心了。我大概已经是一个大学的教师了。当然，智慧也不是永久的，而是暂时的，不过，您已经知道，我为什么会对智慧抱有偏爱。生活是令人苦恼的陷阱。一个有思想的人到了成年时期，思想意识成熟了，他就会不由自主地感到自己掉进了没有出路的陷阱里。事实上，他从不存在到有了生命，并不是他自己做主的，而是某种偶然性使然……这是为什么呢？他想弄明白自己生存的意义和目的。人家却不跟他说，或者是说些荒唐话。他去敲人家的门，人家却不给他开门。死神来找他，那也不是他自己愿意的。因此，就像监狱里被共同的不幸联结着的人们，当他们聚集在一起时，会感到轻松一些。在生活中也是一样，喜欢分析和归纳的人凑到一起，交换交换自己骄傲而自由的思想，这样消磨时间，就不觉得自己是在陷阱里了。从这个意义上说，智慧是不可取代的快乐。”

“完全正确。”

安德烈·叶菲梅奇没有正面看着自己的交谈者，继续讲关于聪明人的事，讲他和他们的谈话。他说话很轻，有时也停顿一下。米哈依尔·阿维良内奇则仔细地听着他讲，表示同意地说：“完全正确！”

“您不相信灵魂不朽吗？”邮政局长突然问一句。

“不，米哈依尔·阿维良内奇，我不相信，而且也没有理由相信。”

“老实说，我也怀疑。尽管我有一种感觉，似乎我永远不会死。我在想，哎哟，老家伙，也该死了！而我的灵魂里却有一个小小的声音在说：别相信，您不会死！……”

九点钟一过，米哈依尔·阿维良内奇要告辞了。在前堂穿上皮大衣后，他叹口气说：

“可是命运把我们送到什么样的荒凉的地方来了！最恼恨的是，我们将不得不死在这里。唉……”

七

送走朋友之后，安德烈·叶菲梅奇在桌边坐下来，又开始看书。傍晚和后来的夜晚都很安静，没有一点声音干扰。时间仿佛停住了，同看书的医生一起呆然不动，而且除了书和带绿灯罩的灯以外，仿佛什么都不存在了。医生的那张粗糙的、农夫一样的脸表现出一种非常感动的笑容和在人类智慧运动面前的喜悦。“啊，为什么人不能长生不死呢？”他在想，“为什么人要有脑中枢和脑室？为什么人要有视力，会说话，能自我感觉和有天才呢？而这一切岂不都注定要埋进土里，最后与地壳一同冷却，然后又是几百万年，无意义也无目的地随着地球围绕太阳旋转吗？只为了冷却，然后再去旋转，根本不需要把人及其崇高的、近似神的智慧从不存在中引出来，然后又好像开玩笑似的把他变成黏土。”

“新陈代谢！可是用这种不朽的代用品来安慰自己是何等的怯懦啊！自然界的这种无意识的变换过程甚至比人类的愚蠢还要低级，因为不管怎么样，愚蠢中还有意识和意志，而在上述那种过程里却什么也没有。只有在死亡面前尊严多于恐惧的懦夫才会安慰自己说：他的身体将会活在青草里、石头里、癞蛤蟆身上……在新陈代谢中看到自己的不朽是奇怪的，就像一把珍贵的提琴砸碎没用后，却预言装提琴的盒子将会有灿烂的前途一样。”

每当时钟敲响，安德烈·叶菲梅奇便把身子向圈椅背上靠一靠，闭上眼睛，思考一会儿，不由得在刚从书上读到的美好思想的影响下，回眸一下自己的过去和现在。过去令他厌恶，还是不去回忆为妙，可是现在也和过去一样。他知道，当他的思想正随着冷却下去的地球围绕太阳旋转的时候，在同医生住宅并排的大房子里，人们却在疾病和肉体方面的不洁中受苦。也许，有的人睡不了觉，正在同蚊虫作战；有的人正在受丹毒的传染，或者由于绷带扎得太紧而在呻吟。也许病人们正在跟助理护士打牌、喝酒。每年总有一万二千人上当受骗。所有医院里的事情都跟二十年前一样，建立在盗窃、争吵、毁谤、徇私舞弊上面，建立在粗野的招摇撞骗上面。医院仍旧是一个不道德的机构，对病人的健康极端有害。他知道尼基塔在六号病房的铁栅栏里殴打病人，也知道莫依谢依卡每天到城里去乞讨。

另一方面，他也非常清楚地知道，近二十五年来医学上发生了神话般的变化。在大学念书的时候，他曾以为医学不久就会遭到与炼金术、玄学同样的命运。而现在，每当他晚上看书，医学却使他感动，使他惊奇，甚至兴奋。真的，多么意想不到的辉煌，什么样的革命啊！由于有了防腐方法，伟大的皮罗戈夫[①]认为，就连将来[②]无法做的手术，现在都可以做了。地方自治局的普通医生都能做截除膝关节的手术，一百例剖腹手术中只有一例造成死亡。至于结石病，那已被看作是小事一桩了，甚至已没有人为它写文章了。梅毒已经可以根治了，而遗传学理论、催眠学、巴斯德[③]和科赫[④]的发现，以统计学为基础的卫生学，还有我们俄罗斯地方自治局的医生的工作，精神病学以及现代精神病分类法、诊断法和医学疗法等——与过去相比，简直就是整个的厄尔布鲁士[⑤]。现在不再给疯子头上泼冷水了，也不再给他们穿紧身衣了，人们已用人道的态度对待疯子，甚至像报纸上说的，为他们举办舞会和演出。安德烈·叶菲梅奇知道，从现在的眼光来看，像六号病房这样糟糕的情形也许只有在离铁路二百俄里远的小城中才会出现。这个小城的市长和所有的自治会的议员都是半文盲的小

① 皮罗戈夫（1810~1881），俄国外科专家和解剖学家。

② 原文为拉丁文。

③ 巴斯德（1822~1895），法国生物学家。

④ 科赫（1843~1910），德国微生物学家。

⑤ 高加索地区的高山。

市民，他们把医生看作是术士，即使医生要把烧熔的锡灌进他们的嘴里，他们也会相信医生，不会有半点儿批评。要是在别的地方，社会公众和报纸早就把这个小小的巴士底[1]砸得粉碎了。

“那又怎么样呢？”安德烈·叶菲梅奇自问道，睁开了眼睛，“由此又能得出什么结论呢？有了防腐方法，有了科赫，有了巴斯德，也丝毫不能改变事物的实质，患病率和死亡率仍旧一样。他们给疯人开舞会和演出，仍旧没有给他们自由，就是说，还是胡诌和徒劳无益。在最好的维也纳医院和我们的医院之间，实际上没有任何的区别。”

可是悲哀和一种类似嫉妒的东西却不允许他漠不关心，这大概是因为他疲倦了的缘故。那沉甸甸的脑袋向书本垂了下去，他就用双手托住脸，以便舒服一点。他想道：

“我在为有害的事业服务，并从被我欺骗的人那里领取薪水，我不诚实。可是，须知，我本人是无能为力的，我只是必然的社会罪恶的一小部分，所有县城的官员都是有害的人，都白白拿薪水……也就是说，我不诚实并不能怪我，而是要怪时代……如果我晚降生二百年，我就成为另一个人了。”

当时钟敲了三次时，他吹灭了灯，走进卧室，但他不想睡。

八

两年前，地方自治局忽然慷慨起来，决定每年拨款三百卢布作为津贴，为城市医院扩充医务人员使用，直到地方自治局医院开办为止。为了协助安德烈·叶菲梅奇工作，县医生叶夫根尼·费多雷奇·霍博托夫也应邀进城。这是一个还很年轻的人，甚至不到三十岁，高个子，黑头发，高颧骨，小眼睛。大概他的祖先是异族人。他进城来的时候，身无分文，只有一个小手提箱，还带来一个年轻的丑女人，他称她是自己的女厨子。这个女人有一个正在喂奶的孩子。平

① 1789年法国大革命时期，巴黎人民捣毁的黑暗的监狱。

时，叶夫根尼·费多雷奇穿一双高筒皮鞋，戴一顶硬帽檐的大檐帽，冬天则穿一件短羊皮袄。他同医士谢尔盖·谢尔盖伊奇以及会计成了好朋友，而对其他职员却不知为什么称为贵族，而且躲开他们。他整个住宅只有一本书：《1881 年维也纳医院的最新处方》。他去出诊的时候，手里总是带着这本书。每到傍晚他都到俱乐部去打台球。纸牌他不喜欢玩。谈话时他最喜欢用的词是：无聊的拖延、废话连篇、故布疑阵，等等。

他一星期去医院两次，查病房和在门诊室诊病。医院里根本没有防腐剂，放血用抽血缶。这一切都使他愤懑，但他也不使用新的方法，害怕这样会得罪安德烈·叶菲梅奇。他认为自己的同行安德烈·叶菲梅奇是个老滑头，怀疑他有很多财产，暗地里嫉妒他。他恨不得占据了他的职位。

九

三月底，一个春天的黄昏，地上已经没有积雪了，椋鸟在医院的花园里歌唱。医生送朋友邮政局长出了大门，正好在院子里碰上了犹太人莫依谢依卡带着别人给他的施舍品回来了。他没有戴帽子，一双赤脚上穿着低腰套鞋，手里拿着一小包施舍物。

“给我一个戈比吧！”他微笑着对医生说，身体冻得发抖。

安德烈·叶菲梅奇从来不会拒绝别人的要求，给了他一个十戈比的银币。

“这多么糟糕啊，”他想，一边瞧着犹太人的赤脚和又红又瘦的脚踝，“都湿啦。”

于是他心里引起一种既像是怜悯又像是厌恶的感情。他跟在犹太人后面走进了厢房，时而看着他的秃顶，时而看着他的脚踝。医生进来时，尼基塔便从破烂堆上跳下来，立正站着。

“您好，尼基塔，”安德烈·叶菲梅奇温和地说，“发给那个犹太人一双靴子才好，难道不是吗？不然他会着凉的。”

“是，老爷，我去报告总管。”

“好吧，您就用我的名义去请求好了。就说是我要求的。”

从前堂到病房的门敞开着。伊万·德米特里奇在床上躺着，他用胳膊肘支起身体，惊恐地倾听着陌生人的声音。他突然认出是医生，气得全身发抖，从床上跳下来，满脸凶狠、通红，眼睛凸出，跳到病房的中央。

“医生来了！”他大声喊叫，并哈哈笑起来，“终于来了！先生们，我祝贺你们。医生赏光，拜访来了！该死的败类！”他尖声叫道，并跺起脚来。病房里还从来没见过他如此怒气若狂，“打死这个败类！不，打死还便宜他了！把他淹死在粪坑里！”

安德烈·叶菲梅奇听见这话后，便从前堂探头向病房里看，温和地问道：

“为什么？”

“为什么？”伊万·德米特里奇大声嚷道，带着威胁的姿态走到他跟前来，又赶忙把衣服裹紧，“为什么？您是贼！”他嫌恶地说，好像要向他啐口痰似的努起嘴来，“骗子，刽子手！”

“请您安静一点，”安德烈·叶菲梅奇说，抱歉地笑了笑，“我向您保证，我从来没有偷过什么东西；至于其他，您大概说得太夸张了。我知道，您在生我的气。我求您，您安静一点，如果可能的话，请您冷静地告诉我，您为什么要生气？”

“那您为什么要把我关在这里？”

“因为您有病。”

“是的，我有病。但是要知道，成十成百的疯人都能自由自在地走来走去，因为您无知，不能辨别疯子和健康的人。为什么我和这些人就应该像替罪羊似的替大家被关在这里呢？您、医士、总管，所有你们这些医院里的坏蛋，在道德方面都要比我们不知低下多少，那为什么关在这里的不是你们而是我们呢？合理吗？”

“这与道德和合理性不相干。一切取决于机遇。谁被关了起来，谁就得待在这里；谁若是没有被关起来，谁就可以走来走去。就是这么一回事。至于我是医生，您是精神病人，这里既没有道德，也没有合理性可言，只不过是毫无缘由的凑巧罢了。”

“这种胡说八道我不懂……”伊万·德米特里奇闷声闷气地说，在自己的床上坐下来。

尼基塔不敢当着医生的面去搜莫依谢依卡的身。莫依谢依卡就把一小块一小块面包、碎纸片、小骨头摊开放在自己的床上。他仍旧冻得打战，用犹太话说起来，说得很快，像唱歌似的。他大概在幻想他开铺子了。

“放我出去吧。”伊万·德米特里奇说，他的嗓音发颤。

“我不能。”

“那是为什么？为什么呢？”

“因为，我没有这种权利。您想想吧，就算我把您放了出去，这对您又有啥好处呢？您走出去，城里人或警察会把您抓住，又送回来的。”

“是的，是的，这倒是实话……”伊万·德米特里奇说，用手擦了擦自己的脑门，“这真可怕！可是我怎么办呢？怎么办呢？”

安德烈·叶菲梅奇喜欢伊万·德米特里奇的声音、他的年轻聪明的面容及其怪相。他想对这个年轻人表示一点亲热，安慰安慰他。他在床边挨着他坐下来，想了想，说道：

“您问我怎么办？就您的处境，最好是从这里逃走。但是，很可惜，这也没用。人家会逮住您。社会要求防范罪人、精神病人和一般使人难堪的人。这是不可阻止的。您现在只能是：安下心来，认定待在这里是不可避免的。”

“这是任何人都不要待的地方。”

“既然存在监狱和疯人院，那就总该有人关在里面。不是您，就是我，不是我，就是第三个人。您等着吧，到遥远的未来，当监狱和疯人院都不再存在的时候，也就不会再有窗上的铁格栅了，不会再有这种病人服了。当然，这样的时代迟早会到来的。”

伊万·德米特里奇冷笑了一下。

“您是在开玩笑吧，”他说，眯缝着眼睛，“像您和您的助手尼基塔之流的老爷们跟未来是一点关系也没有的。不过您可以放心，阁下，美好的时代是要到来的！让我用粗俗的话来表达一下我的意见，您尽管笑好了，新生活的黎明会放光的，真理会胜利的，到那时候，我们将在街上庆祝节日！我是等不到那一天了，我会死去，不过总有人的子孙会等到的。我将用自己的整个灵魂祝贺他们，我会高兴，为他们高兴！前进吧！让主保佑你们，朋友们！”

伊万·德米特里奇闪着发亮的眼睛站起来，把手伸向窗口，继续激动地说：

“我从这铁格栅的窗户里祝福你们！真理万岁！我真高兴！”

“我不认为有什么特别的理由可以高兴的，”安德烈·叶菲梅奇说，他觉得伊万·德米特里奇的动作像在演戏，不过他也很喜欢，“监狱和疯人院将不再存在，真理也会像您所说的那样胜利，但是要知道，事物的本质不会变，自然界的规律也照样存在，人们还会像现在那样生病、衰老、死亡。不管将会有多么壮丽的黎明照亮您的生活，到头来您还是要躺进棺材里，钉上钉子，扔进坑里去。”

“那么长生不死呢？”

“唉，别提啦！”

“您不相信，可我相信。不知是在陀思妥耶夫斯基还是在伏尔泰的作品里，有一个人物说：要是没有上帝，人们就会把它想出来。我深深地相信：要是没有长生不死，伟大的人类智慧也迟早会把它发明出来。”

“说得好。”安德烈·叶菲梅奇说，满意地微笑着，“您相信，这很好。有了这样的信心，就是被囚禁在四墙当中，也能生活得很快活。您以前大概在什么地方受过教育吧？”

“是的，我上过大学，但没有毕业。”

“您是一个有思想、爱思考的人。不论在什么环境里，您都能保持内心的平静。极力想弄懂生活的自由而深刻的思索和对世界的无谓纷扰的完全蔑视，这是两种幸福，人类还从来不知道有比这更高的幸福。而您却能享有这样的幸福，尽管您生活在三道铁格栅里。第奥根尼[1]住在一个木桶里，可是他比世界上所有的皇帝都幸福。”

“您的第奥根尼是个糊涂虫。”伊万·德米特里奇阴郁地说，“您干吗给我讲什么第奥根尼呢！讲什么理解生活呢？”他忽然生气了，跳了下来，“我爱生活，强烈地爱！我患了被迫害狂，经常有一种痛苦的恐惧。不过有时候我也充满对生活的渴望，这时我就害怕自己会发疯。我非常想生活，想得要命！”

他激动地在病房里走来走去，然后压低声音说：

“每当我幻想的时候，我就会产生一种幻觉：有些人走到我跟前来，我听得见说话声和音乐，我好像在一个树林里散步，在海岸上走，我是那么热切地渴望无谓的奔忙和操心……那么，请告诉我，外面有什么新闻吗？”伊万·德米特里奇问道，“外面怎么样？”

“您是想知道城里的情况，还是一般的情况呢？”

“那您就先给我讲讲城里的情况吧，然后再讲一般的。”

“好吧。城里难受而又无聊……找不到说话的人，也没有人听你说话。没有新人。不过，最近来了一个姓霍博托夫的年轻医生。”

“我还活着，他就来了。他怎么样？粗野吗？”

“是的，他不是个有教养的人。您知道吗，很奇怪……从各方面看，我们的大城市里，并没有智力停滞的情况，那里挺活跃，就是说，应当有真正的人。可是，不知为什么，每次从他们那里派到我们这里来的都是些让人看不上眼的人。真是不幸的城市！”

“是的，是个不幸的城市！”伊万·德米特里奇叹口气，笑了起来，“那么，一般的情况又怎么样？报纸上和杂志上都写些什么呢？”

病房里已经黑了。医生站起来，站着讲国外和俄罗斯报刊上写的东西，现在有些什么思潮。伊万·德米特里奇留心听着，提出一些问题。可是他忽然好像想起了什么可怕的事似的，抱住头，背对着医生，躺在床上。

“您怎么了？”安德烈·叶菲梅奇问。

“您再别想从我这里听到一个字！”伊万·德米特里奇粗暴地说，

[1] 第奥根尼（约公元前400~前325年），古希腊哲学家。

“您走开吧！”

“这是为啥呢？”

“我跟您说：您走开！干吗还问！”

安德烈·叶菲梅奇耸耸肩膀，叹口气，走了出去。穿过前堂时，他说：

“这里要打扫一下才好，尼基塔……气味难闻极了！”

“是，老爷。”

“一个多么可爱的年轻人！”安德烈·叶菲梅奇想，走回自己的住所去，“自从我在这里住下来后，好像这是第一个能够谈得来的人。他善于思考，他所关心的也正是应当关心的事。”

不论是看书，还是后来躺下睡觉时，他都老是想着伊万·德米特里奇。第二天早晨一醒来，他便回想起昨天他认识了一个聪明而又有趣的人，并决定一有机会便再去看他一次。

十

伊万·德米特里奇还是像昨天一样的姿势躺着，双手抱住脑袋，缩着腿，看不见他的脸。

“您好，我的朋友，”安德烈·叶菲梅奇说，“您没有睡觉吧？”

“第一，我不是您的朋友；”伊万·德米特里奇把头埋在枕头里说，“第二，您枉费心机，您别想从我这里再听到一个字。”

“真奇怪……”安德烈·叶菲梅奇有点难为情地小声说，“昨天我们谈得挺投机的。可是不知为什么，您忽然生气了，立刻就中断了谈话……也许是我说了什么不恰当的话吧？或者是可能说了些不合您的信念的想法……”

“是啊，居然要我相信您的话！”伊万·德米特里奇欠起身来说，并以嘲讽和恐惧的眼光看着医生。他的眼睛发红。“您尽可以到别的地方去当密探、去打听，而在这里您可是无所作为。我从昨天就已经明白您是为什么到这里来的。”

“古怪的幻想！”医生笑一笑说，“就是说，您把我当成密探了？”

“对，我是这么认为的……不管是密探还是医生，您反正是受命来探听我的——这反正都是一回事。”

“哎哟，请让我说句实话，您可真是一个……怪物！”

医生在床边的一张凳子上坐下来，带着责备意味地摇摇头。

“不过！假定您的话是对的，”他说，“假定我是暗中套您的话，以便把您交给警察局，于是您被捕，然后受审。可是，您在法庭上或监狱里难道会比这里更糟吗？就算您被流放甚至服苦役，难道会比关在这个厢房里更糟吗？我认为，不会更糟……那又还有什么可怕的呢？”

显然，这些话对伊万·德米特里奇起了作用。他安心坐下来了。

下午四点多钟，通常这个时候安德烈·叶菲梅奇都在自己家里各个书房里走来走去，而达留什卡则会问他到了喝啤酒的时间没有。外面风和日丽，是晴朗的天气。

“我吃过午饭便来溜达溜达，您瞧，就走到您这里来了。”医生说，“现在完全是春天了。”

“现在是什么月份？是三月？”伊万·德米特里奇问道。

“是的，现在是三月末了。”

“外面很脏吧？”

“不！不太脏。花园里已经走出小道了。”

“现在要是能坐上马车到城外什么地方去走一走倒是挺不错的。”伊万·德米特里奇说，揉了揉自己的眼睛，好像半睡不醒似的，“然后回家去，走进温暖舒适的书房……请一个正派的大夫来治一治头痛病……我好久没有像普通人那样生活了。而这里却糟透了，真叫人无法忍受！”

自从昨天受刺激之后，他疲倦了，显得没精打采，也不大想说话了。他的手指在发抖，而且从他的脸色可以看出，他头痛得很厉害。

“温暖舒适的书房跟这个病房也没有什么差别。”安德烈·叶菲梅奇说，“人的宁静和满足不在于人的外部，而在人的内心。”

“这是什么意思？”

“平常的人从身外之物，即从马车和书房里去寻找好的或坏的东西，而有思想的人则是在自己内心里寻找这些东西。”

“请您到希腊去宣传这种哲学吧，那里挺暖和，而且到处充满酸橙的气味，而这里的气候不适合于这种哲学。我这是跟谁谈起第奥根尼来着？是跟您吗？”

“是的，您昨天跟我谈过。”

“第奥根尼不需要书房和温暖的住所，那边没有这些东西就已经够热了。躺在木桶里，吃橙子和橄榄就行了。但是，他要是有机会到莫斯科住，那他就别说是十二月份，就是五月份来，也会要求住到房间里去。恐怕他会被冻得卷起来了。”

“不，寒冷也和一般所有疼痛一样，可以不感觉到。马可·奥勒留[①]说过，‘疼痛是一种关于疼痛的活生生的概念：用意志力可以改变这个概念，丢开它，停止诉苦，疼痛就会消失。’这话有道理。圣人，或者只要是有思想、爱思索的人，他们与众不同之处正在于他们蔑视痛苦，他们永远心满意足，对任何事情都不感到惊奇。”

“就是说，我是个白痴，因为我痛苦，我不满足，我对人的卑鄙感到惊奇。”

“您这就不对了。如果您多想一想，您就会明白，所有那些使我们激动的外在的东西都是微不足道的。应该努力去理解生活，真正的幸福就在其中。”

“理解……”伊万·德米特里奇皱起眉头说，“内在，外在……对不起，这我不懂。我只知道，”他说，站了起来，生气地看着医生，“我只知道上帝是用热的血和神经创造了我，对了，先生。而人的机体组织若是有生命的话，它对一切刺激就会有所反应。我就有反应！我痛，我就用叫喊和泪水来回答。对卑鄙，我就愤怒；对污浊，我就憎恶。说实在话，我认为，只有这才叫生活。机体越是低级，它的敏感性也就越差，从而对刺激的反应也就越弱；机体越高级，感受就越敏感，对现实生活的反应就越有力。这点道理您怎么会不懂呢？您是

① 马可·奥勒留（121~180），罗马帝国皇帝，是斯多葛派最后一个大哲学家。

医生，却不懂这些小事！为了能蔑视痛苦，永远心满意足，什么都不感到惊奇，那就得落到——瞧，那样的地步才成。”伊万·德米特里奇指了指那个肥胖得满身脂肪的农夫说，“或者是，在苦难中把自己折磨得麻木不仁，对苦难失去一切感觉。换句话说，也就是停止生活才行。对不起，我不是圣人，也不是哲学家，”伊万·德米特里奇愤慨地继续说，“这些道理我一点也不懂。我不会讲道理。”

“相反，您辩论得很出色。”

“您模仿的斯多葛派[①]曾经是很出色的一些人。不过，他们的学说早在两千年前就已经停滞，不能再向前迈出一步，而且将来也不能前进了。因为这种学说不符合实际，没有生命力。它只能在少数人当中才会得到一些成绩，可是大多数人都不懂。鼓吹对财富冷漠、对舒适的生活冷漠、对痛苦和死亡加以蔑视的学说，对绝大多数的人来说是完全不能理解的。因为这大多数人从来没有享有过财富，也没有享受过舒适的生活。而蔑视痛苦，对他们来说，就是蔑视生活本身，因为人的全部实质就是由饥饿、寒冷、委屈、丧失等感觉以及哈姆莱特式的怕死的感觉构成的。这些感觉就是全部生活。人可以感到生活苦恼，憎恨生活，可是不会蔑视生活。对了，所以我要再说一遍：斯多葛派的学说永远不会有什么前途。从开天辟地到今天，正如您看到的，斗争、对痛苦的敏感、对刺激的反应……是与日俱增的。”

伊万·德米特里奇突然失去了思路，停下来，懊丧地揉搓着额头。

“我本想说些重要的话，可是思路断了。”他说，“我刚才说什么来着？对，我想说的是：有一个斯多葛派的人为了替亲人赎身，就自己卖身做了奴隶。您看，这就是说，斯多葛派人也是有反应的，因为要做出舍己为人的慷慨行为，就需要有愤慨和同情的灵魂。在这个监狱里我已把我以前学到的所有的东西都忘掉了，否则我还能想起一些别的事情来。比如，基督又怎么样呢？基督对现实生活的回报是：哭泣、微笑、伤心、发怒，甚至难过。他没有带着微笑去迎接苦难，也

① 一个古代的伦理方面的哲学流派，宣传清心寡欲，珍惜自己的“命运”。

没有蔑视死亡，而是在客西马尼花园里祷告，求这辈子离开他[1]。”

伊万·德米特里奇笑起来，坐下。

“即使人的安宁和满足不在外界而在内心，”他说，“即使人需要蔑视痛苦，对任何事都不感到惊奇，可是您又有什么理由来宣传这个呢？您是圣人？哲学家？”

“不，我不是哲学家，不过每个人都应当宣传这个道理，因为这是合理的。”

“不，我想知道，为什么您认为自己有资格谈论什么理解、蔑视痛苦等等呢？难道您什么时候受过苦吗？您懂得什么叫痛苦吗？请问：孩提时您挨过打吗？”

“没有，我的父母是讨厌体罚的。”

“我父亲却是非常残忍地鞭打过我的。我父亲是个严厉的、害了痔疮的文官，他鼻子长，黄脖子。不过我们还是来谈谈您吧。您一生都没有被人用手指头碰过一下，谁也没有吓唬过您，没有打过您。您结实得像头牛。您在您的父亲保护下长大，由他教您读书，后来又一下子谋取到了这个薪水很高而又清闲的职务。您二十多年都住着不花钱的房子，还有暖气，有灯光，有佣人，而且您有权爱怎么干就怎么干，愿意干多少就干多少，甚至可以什么也不干。您秉性是个懒惰、疲沓的人，因此您尽力把您的生活安排得不让任何事情打搅您，可以坐着不动。您把事情都交给医士和其他恶棍去办，您自己则坐在温暖清静的地方攒钱、看书，为了自我消遣而想一些乱七八糟的所谓高尚的琐事。而且（伊万·德米特里奇看着医生的红鼻子），还喝酒。一句话，您并没有见过生活，您完全不知道生活，您只是在理论上认识生活。您蔑视苦难，对任何事情都不感到惊奇，都是根据一种很简单的理由：所谓一切皆空啦，内在外在啦——这一切都是最适合于俄罗斯懒汉的哲学。例如，您看见一个农夫在打老婆，会说，何必去干预

① 见《马太福音》第 26 章第 36 节。

呢？就让他打吧，反正他们迟早都要死的。况且打人的人所凌辱的并不是被打的人，而是打人者自己。酗酒是愚蠢的，而且不成体统，但是喝酒是死，不喝酒也是死。一个女人来找你，说她头痛……嘿，那又有什么呢？疼痛乃是关于疼痛的一个概念而已，何况人生在世是免不了有病痛的，大家都总是要死的。所以，娘儿们，你们走开吧，别妨碍我思考和喝酒。年轻人来请教如何生活，怎么办。换了别人，在回答之前还想一想，而您的回答却早就准备好了：努力去理解吧，或者努力去追求真正的幸福吧。可是这个玄妙的‘真正的幸福’又是什么呢？当然不会有回答的。我们在这里被关在铁格栅里，受长期监禁的痛苦，长期受折磨，可这很好，合情合理，因为这个病房与温暖舒适的书房两者之间没有任何区别。好便当的哲学：不用做事，而良心又清清白白，并且还觉得自己是个圣人……不，先生，这不是哲学，不是思想，也不是眼界开阔，而是懒惰，是江湖杂耍，是浑浑噩噩的痴呆……是的！”伊万·德米特里奇又生气起来，“您蔑视痛苦，可是要是您的手指头让门夹一下，您恐怕就会大喊大叫起来了。”

“也许我不叫呢。”安德烈·叶菲梅奇温和地笑笑。

“那当然！不过您瞧着吧，要是您中了风，或者假定有个傻瓜或厚颜无耻的人利用自己的地位和官品当众侮辱您一番，而且您也知道，他这样做了还可以逍遥法外——到那时，您就明白您要别人去理解生活和寻找什么真正的幸福是怎么一回事了。”

“这话很新颖，”安德烈·叶菲梅奇说，高兴地笑笑，搓搓手，“您那种对归纳和总结的爱好我也很喜欢，并且使我惊讶。刚才承蒙您对我的性格所说的一席话，简直是太精彩了。说实在话，跟您谈话使我得到巨大的乐趣。好了，我已经听过了您的话，现在请您费神也听我说几句吧……”

十一

这次谈话又继续了差不多一个小时。很明显，给安德烈·叶菲梅奇留下了深刻的印象。从此他便每天都到厢房里去，他每天早晨和午饭后到那里去，常常是天黑了还在跟伊万·德米特里奇谈话。开始的时候，伊万·德米特里奇见着他还有些害怕，怀疑他有什么不良居心，公开表示对他的不友好；后来习惯了，对他从不客气的态度转变为宽容的讥诮的态度。

很快医院里便散播出一种流言，说安德烈·叶菲梅奇医生经常去拜访六号病房。不论是医士、尼基塔和助理护士都不明白他为什么要到那里去，为什么在那里一坐就是几个钟头，他们谈了些什么，为什么不开药方。他的行为显得古怪。米哈依尔·阿维良内奇在家里常常见不到他，这在过去是从来没有过的。达留什卡也很难办，因为现在医生不按一定的时间喝啤酒，有时甚至连午饭也耽误了。

有一次，这是在六月末，霍博托夫医生有点事来找安德烈·叶菲梅奇。在家里没见到他，就到院子里去找，人家告诉他，说老医生到精神病人那里去了。霍博托夫便到厢房里去，站在前堂，听见了下面的谈话：

“我们永远也谈不到一块儿，您要我信您的信仰，那也办不到。”伊万·德米特里奇愤慨地说，“您完全不了解现实生活，您从来没有受过苦，只是像吸血虫那样靠别人的痛苦生活，我却从生下来那天起至今一直不断地受苦。因此我要坦率地说：我认为我在各方面都比您更高明，更在行。用不着您来教训我。”

“我根本没有要求您信我的信仰，”安德烈·叶菲梅奇小声说，并为对方不愿意理解他而表示遗憾，“问题不在这里，我的朋友，问题不在于您受了苦而我却没有受苦。痛苦和快乐都是暂时的，别去管它们。问题在于，我和您都在思考，我们看出彼此都是能够思考和推断的人。因此，尽管我们的观点各不相同，但这一点就使我们一致起来了。我的朋友，如果您知道我是多么讨厌那种普遍的狂热、平庸和迟钝，而我每次跟您谈话又是感到多么高兴就好了！您是个聪明人，我很欣赏您。”

霍博托夫把门推开一点缝，朝病室里看了一眼：戴着睡帽的伊万·德米特里奇和安德烈·叶菲梅奇医生并排坐在床上。疯子歪扭着脸，全身发颤，抽搐地裹紧身上的衣服。医生坐在那里，垂着头，一动不动，满脸通红，一副忧伤的束手无策的样子。霍博托夫耸耸肩膀，冷笑了一下，与尼基塔相互看了一眼。尼基塔也耸了耸肩膀。

第二天，霍博托夫和医士一起到厢房里来了，他们俩站在前堂偷听。

“我们的老大爷好像完全不正常了！”霍博托夫说，离开了厢房。

“主啊，饶恕我们这些有罪的人吧！”穿着华丽衣服的谢尔盖·谢尔盖伊奇感叹道，小心地绕过水洼，免得弄脏了自己擦得锃亮的皮鞋，“说实在话，敬爱的叶夫根尼·费多雷奇，我早就料到会出这种事的！”

十二

这之后，安德烈·叶菲梅奇开始发现周围有一种神秘的气氛。那些杂役、助理护士和病人碰见他的时候，都用一种疑惑的目光看着他，然后交头接耳地说话。过去他常常在医院花园里高兴地碰见总管的女儿小姑娘玛莎，而现在当他微笑着走到她跟前想抚摸一下她的小脑袋时，她不知为什么却躲开他。邮政局长米哈依尔·阿维良内奇听他说话后，也不再说“完全正确”了，而是莫名其妙地腼腆起来，含糊地说：“是啊，是啊……”并且若有所思地、悲伤地看着他。不知为什么，他开始劝说自己的朋友戒掉白酒和啤酒。不过他是很客气的人，他并没有直截了当地说，而是用种种暗示，时而对他讲起一个营长，说这是个很好的人，时而又谈到他团里的一个神甫，也说是一个很好的人，这两个人都由于喝酒，生病了，可是戒酒以后就完全好了。安德烈·叶菲梅奇的同事霍博托夫也来看他三四回，也是劝他戒酒，并且显然是无缘无故地建议他服用溴化钾。

八月，安德烈·叶菲梅奇收到一封市长的信，说是有很重要的事请他去一趟。安德烈·叶菲梅奇按照约定的时间来到市政厅，在那里他看见在座的有军事长官、政府委派的县立学校的校长、市参议员、霍博托夫。还有一位很胖的、淡黄色头发的先生，据介绍，他也是一位医生，这位医生姓一个很难发音的波兰姓，住在离城三十俄里远的一个养马场里。他是顺路路过此城的。

“这里有一份关系到您的工作部门的申请书，”待大家都打过招呼在桌子边坐下来时，市参议员对安德烈·叶菲梅奇说，“叶夫根尼·费多雷奇刚才说，我们主楼里的药房太窄了，应把它搬到一个厢房里去。这当然没有什么问题，可以搬去，但是主要问题是厢房也要修理了。”

“是的，不修理不行了。”安德烈·叶菲梅奇想了想后说，“不过，如果要把拐角上那个厢房改作药房用的话，我想至少得花五百卢布。这是非生产性开支。”

大家沉默了一会儿。

“我在十年前就已呈报过了，”安德烈·叶菲梅奇用平静的声调继续说，“照目前这个样子，这所医院对这个城市来说，是一个超过了它的负担能力的奢侈品。它是在四十年代建立的，不过那时候的经费与现在不同。城市在不必要的建筑和多余职位方面开支太多了。我想，用另一种办法，这些钱可以维持两个标准的医院。”

“好，那您就提出另一种办法来吧！”市参议员兴致勃勃地说。

“我已经向您呈请过把医疗部门移交给地方自治局办理。”

“好嘛，您把钱交给地方自治局，他们会贪污的。”浅黄色头发的医生笑着说。

"这是照例如此的。"市参议员同意说，也笑了笑。

安德烈·叶菲梅奇用无精打采的无神的目光看了一眼浅黄色头发的医生，说道：

"应当做到公正才对。"

又是沉默。茶送上来了。不知为什么，军事长官感到很窘，隔着桌子碰了一下安德烈·叶菲梅奇的手说：

"大夫，您把我们全忘了。不过，您是修道士，不打牌，也不喜欢女人，您跟我们这些人来往，一定觉得挺没意思吧。"

大家都谈到，一个正派人在这个城市里生活多么枯燥乏味，没有剧院，没有音乐。在最近俱乐部的一次舞会上，来了将近二十个女士，而男舞伴却只有两个。青年人不跳舞，都聚集在小卖部旁边，或者就是玩牌。安德烈·叶菲梅奇任何人也不看，小声地、慢慢地说：很可惜，城里人都把自己的生命精力，把自己的心灵和智慧浪费在玩牌和搬弄是非上面，而不愿把时间用在有趣的谈话和读书上，不愿享受智慧提供的快乐。可惜极了。只有智慧才是有意义的、了不起的，其他的一切都微不足道，低级。霍博托夫认真地听着自己同事的讲话，忽然问道：

"安德烈·叶菲梅奇，今天是几号？"

得到回答以后，他和淡黄色头发的医生就以一种连自己也觉得不合适的主考人的口气开始问安德烈·叶菲梅奇今天是星期几，一年共有多少天，六号病房里是否住着一个了不起的先知。

在回答最后一个问题时，安德烈·叶菲梅奇脸红了，说：

"是的，这是一个病人，不过他是一个有趣的年轻人。"

他们再也没有问他任何问题。

当他在前堂穿大衣的时候，军事长官伸出一只手放在他肩膀上，叹口气说：

"我们这些老头子该退休了！"

安德烈·叶菲梅奇走出市政厅时才明白，原来这是一个奉命考他的智力委员会。他回想起了他们对他提出的种种问题，脸红了，而且不知为什么，一生中第一次痛苦地为医学感到惋惜。

“我的天啊，”他想起了那些医生刚才考他的情形，“须知，他们不久前刚听完精神病学的课，参加过考试，怎么还会如此愚昧无知呢？他们连精神病学的概念都没有。”

他一生中第一次感到受了侮辱，很生气。

当天晚上，米哈依尔·阿维良内奇来到他的家。这个邮政局长没有向他问候，直接走到他的跟前，捉住他的两只手，激动地说：

“我的亲爱的朋友，请您向我表明您相信我真诚的好意，承认我是您的朋友……我的朋友啊！”他不让安德烈·叶菲梅奇开口说话，继续激动地说，“我喜欢您是因为您有教养，您的心灵高尚。您听我说，我亲爱的，那些医生受科学规则的限制，有责任向您隐瞒真情，但是我却要像军人那样对您说真话。您有病！请原谅我，我亲爱的，但这是真的。周围的人早已发现了。如今叶夫根尼·费多雷奇医生对我说了，为了有益于您的健康，您必须休息一下，散散心去。完全正确！很好！过几天我就要去度假，出去换换空气。请您表明您是我的朋友，我们一块儿去，照往常那样，我们一块儿去。”

“我觉得我完全健康，”安德烈·叶菲梅奇想了想说，“我不能去。请您允许我用别的办法来向您表明我的友情。”

丢下书本，丢下达留什卡，丢下啤酒，断然破坏已经建立了二十年的生活秩序，到一个他自己也不知道的地方去，而且也不知道为什么要去，这种想法一开始就使他觉得既古怪又荒唐。但是他想起了市政厅的那次谈话和从市政厅出来回家时的那种沉重的心情，于是又觉得暂时离开这个城市，离开那些把自己看作疯子的蠢人，也是一件好事。

“那么您到底想到哪儿去呢？”他问道。

“到莫斯科去，到彼得堡去，到华沙去……在华沙我曾度过了我生活中最幸福的五年。那是一个多么令人惊叹的城市啊！我们去吧，我亲爱的！”

十三

一星期之后，人们便建议安德烈·叶菲梅奇去休养一下，也就是叫他提出辞呈。对这一切他都漠然处之。再过了一星期，他与米哈依尔·阿维良内奇已经坐在邮车上，到最近的一个火车站去了。天气凉爽、明朗，蔚蓝色的天空，远处一览无余。离火车站有二百俄里远路程，他们坐马车走了两天，路上歇了两夜。每当驿站上给他们送茶时用不干不净的杯子，或者是套马车的时间久了一点，米哈依尔·阿维良内奇就脸红脖子粗地抖动着全身，喊道：“住嘴，不许狡辩！”而坐在马车上时，则片刻不停地说话，讲他当时在高加索和波兰王国旅行的故事，有过多少遭际，多少奇遇啊！他说话声音很响，同时还瞪着奇怪的眼睛，令人觉得，他是在说谎？另外，他讲话时，直对着安德烈·叶菲梅奇的脸吐气，对着他的耳朵哈哈大笑，弄得医生很尴尬，妨碍他思考，使他无法集中精神。

在火车上，他们为了节省，乘的是三等车，坐在一个不许吸烟的车厢里。乘客有一半是上等人。米哈依尔·阿维良内奇很快就跟所有的人都认识了。从一个座位到另一个座位，大声地说，大家不该在这种糟糕透顶的铁道上旅行，这完全是骗人的勾当！要是骑马旅行，那就完全不同了：一天走上一百俄里，然后您还会感到全身有劲，精力充沛。至于我们的收成不好，那完全是因为宾斯克沼泽地的水被排干了。总之，一切都非常混乱。他的劲头来了，说话很大声，不让别人开口。这种混杂着大喊大笑和手舞足蹈的没完没了的扯淡，使安德烈·叶菲梅奇感到很腻烦。

“我们两人中谁是疯子呢？”他懊丧地想，“是我这个竭力不让旅客不安的人呢，还是这个自以为比这里的所有人都聪明和有趣，从而不让人有片刻安宁的利己主义者呢？”

在莫斯科，米哈依尔·阿维良内奇穿上不带肩章的军服和镶有红丝绦的裤子。他戴着军帽，穿着军大衣在街上走时，士兵们都向他立正行礼。安德烈·叶菲梅奇现在觉得，这个人在原来从贵族阶级承继下来的所有东西中，把一切好的都丢掉，只留下坏的了。他喜欢别人伺候，甚至在完全没有必要的时候也一样。火柴就放在他面前的桌子上，而且他也看见了，可是他还是要对人叫嚷把火柴给他拿来。有清洁女工在，他也不难为情地穿着一条内裤衩走来走去。他对一切仆人，哪怕是老人，都一律称呼“你”。他生气的时候，就骂他们是蠢货和傻瓜。安德烈·叶菲梅奇觉得这是在摆贵族派头，可是很恶劣。

米哈依尔·阿维良内奇首先是领朋友到伊文斯卡娅教堂去。他热心祈祷、磕头、流泪，完了后，深深地吁口气说：

“即使您不信神，但祈祷一下，好像心里会安稳一些。您吻圣像吧，亲爱的。”

安德烈·叶菲梅奇不好意思，也吻了圣像。米哈依尔·阿维良内奇则努起嘴唇，摇摇头，小声祈祷，眼睛里又流出了眼泪。后来他们到克里姆林宫去，在那里参观了皇炮和皇钟，甚至用手指摸了摸。他们又欣赏了一下莫斯科河对面的风景，游览了救世主教堂和鲁缅采夫博物馆。

他们在捷斯托夫饭店吃午饭。米哈依尔·阿维良内奇看菜单看了很久，捋着连鬓胡子，用一种在饭店就像在家里一样的美食家的口吻说：

“我们倒要瞧瞧，你们今天拿什么菜来给我们吃，天使！”

十四

医生游览、参观，吃了、喝了，可是只有一种感觉：对米哈依尔·阿维良内奇的恼恨。他很想离开这个朋友，休息一会儿，躲开他，藏起来。而这个朋友却认为，不让医生离开他一步，尽量想办法让他消遣，乃是他的责任。当再也没有什么东西可看的时候，他就用谈话来给他解闷。安德烈·叶菲梅奇忍耐了两天，到第三天他就向朋友声明他病了，想留在家里待一天。他朋友说，这样的话他也要留下来，着实也该休息一下了，否则两条腿也坚持不了。安德烈·叶菲梅奇躺在长沙发上，脸对着靠背，紧咬着牙齿，听着他朋友热烈地对他肯定说，法国迟早会打垮德国；莫斯科有许多骗子；单凭外表，不可能看出马的优点。医生的耳朵里开始嗡嗡地响起来，心搏过速，可是出于客气，他又不便叫他朋友走开或者闭嘴。幸亏米哈依尔·阿维良内奇在房间里也坐得无聊了。他吃过饭便出去散步去了。

剩下单独一个人时，安德烈·叶菲梅奇就进入了休息的感觉。意识到一个人在房间里长沙发上一动不动地躺着，这是多么愉快啊！没有孤独就不可能有真正的幸福。堕落的天使背叛上帝，大概就是因为他想孤独，而天使们是不知道孤独的。安德烈·叶菲梅奇想思考一下最近几天来他所看到和听到的东西，可是米哈依尔·阿维良内奇却总是不离开他的脑际。

“不过要知道，他之所以休假陪我出来是出于友情，由于慷慨，”医生懊恼地想，“但再没有比这种友情的保护更糟糕的了。要知道，他好像是一个好心的、大度的快活人，可是却很无聊，无聊得叫人受不了。有些人就是这样，他总是说一些聪明、好听的话，但你却总觉得他们是蠢笨的人。”

在后来的几天里，安德烈·叶菲梅奇都推说有病，没有出旅馆的房间。他躺着，把脸对着靠背。朋友要用谈话来给他解闷，他就烦；而朋友不来的时候，他却能休息。他生自己的气，因为跑出来旅行；

他也生朋友的气，因为他的废话越来越多，越来越随便，他怎么也不能把他的思想提到严肃、高尚的境界。

“这就是伊万·德米特里奇所说的，现实生活对我的严厉斥责。”他想，为自己的小气而生气，“不过，这也没有什么……将来我回到家，一切就会和从前一样……”

在彼得堡也仍旧是那样。他整天不出门，躺在长沙发上，只是为了喝啤酒才起来一下。

米哈依尔·阿维良内奇则一直急于要到华沙去。

“我亲爱的，我们干吗要到那里去呢？”安德烈·叶菲梅奇用恳求的声音说，“您一个人去吧，您就让我回家吧！我求您了！”

“这可无论如何都不行！”米哈依尔·阿维良内奇不同意地说，“那是一个多么令人惊叹的城市啊！在那里我曾度过了我生活中最幸福的五年！”

安德烈·叶菲梅奇缺乏坚持己见的性格，不得已又到华沙去了。在华沙他也没有出过旅馆房间的门，躺在沙发上，生自己的气，生朋友的气，也生仆役的气。这些仆役老是听不懂俄语。米哈依尔·阿维良内奇则照样那么健康，精力充沛，非常高兴。他从早到晚都不回旅馆住宿。有一次，他不知在什么地方过夜，大清早才回来，情绪十分激动，满脸通红，头发蓬乱。在房间里他从这一头到那一头来回踱步很久，自言自语，不知嘟哝些什么，后来他站住说：

“名誉是首要的！”

他又踱步一会儿，然后双手捧着脑袋，用悲惨的声调说：

“对，名誉第一！真该死，我当初怎么会想到要来游历这个巴比伦呢！我亲爱的！”他对医生说，“您鄙视我吧，我赌钱输了！请您给我五百卢布吧！”

安德烈·叶菲梅奇取出了五百卢布，默默地把钱交给了朋友。他的朋友由于害臊和气恼仍然面红耳赤、语无伦次地发了一个不必要的誓，戴上帽子就出去了。大约过了两个钟头他回来了，一屁股坐在圈椅里，大声地叹了一口气，说：

“总算保住了名誉！我们走吧，我的朋友！在这个该死的城市里，我连一分钟也不想待了。都是骗子！都是奥地利奸细！”

两个朋友回到故乡城市时，已经是十一月了，街上铺上了厚厚的雪。霍博托夫医生已接替了安德烈·叶菲梅奇的职位，他仍旧住在原来的住宅里，等着安德烈·叶菲梅奇回来，腾出医院的住所。那个被他称作“女厨子”的丑女人则已经在一个厢房里住下了。

医院里又有新的流言传遍了全城。据说，那个丑女人跟总管吵了架，总管好像曾跪在她的面前求饶。

安德烈·叶菲梅奇回来后的第一天就不得不出去找住处。

“我的朋友，”邮政局长胆怯地对他说，“原谅我冒昧问一句：您手里还有多少钱呢？”

安德烈·叶菲梅奇默默地数了数自己的钱说：

“八十六个卢布。”

“我问的不是这个，”米哈依尔·阿维良内奇不安地说，没听懂医生的话，“我问您总共有多少财产？”

“我已经跟您说了，八十六个卢布……此外我一无所有了。”

米哈依尔·阿维良内奇一贯把医生看作是正直的高尚的人，但仍旧有点怀疑，认为他至少也有两万卢布的存款，而现在才知道，安德烈·叶菲梅奇是个穷光蛋，没有钱来维持生活。不知为什么他突然流下了眼泪，并拥抱了自己的朋友。

十五

安德烈·叶菲梅奇在一个女小市民别洛娃的一所有三个窗户的小房子里住了下来。这个小房子，不算厨房，只有三个房间，其中两个窗户朝外的房间医生居住，达留什卡和带着三个孩子的女小市民就住在第三个房间和厨房里。女房东的情夫，一个醉醺醺的庄稼汉有时也来这里过夜。他晚上大吵大闹，弄得孩子们和达留什卡十分害怕。他一来就坐在厨房里，要吃要喝酒，大家都感到很不舒服。医生出于怜悯心，把哭哭啼啼的孩子们领到自己的房间里，安排他们睡在地板上。这样，他也得到了很大的满足。

跟往常一样，他八点钟起床，喝过茶后便坐下来看自己的旧书和旧杂志，他已经没有钱买新书。也许是由于旧书，也许是由于改变了环境，书已不像从前那样引人入胜了，看书使他感到累了。为了不白白浪费时间，他把自己的书编制了一个详细的书目，在书脊上贴上小张藏书条。这种机械的细致而又耐心的工作他觉得比看书还更有趣。这种单调的费神的工作不知不觉地使他的思想也慢慢昏睡了。他什么也不想，时间过得很快。甚至在厨房里坐一坐，跟达留什卡一块儿削削土豆皮或者挑出荞麦粒里的皮屑，他也觉得很有趣。每逢星期六和星期日他就到教堂去。他靠墙边站着，眯缝着眼睛，听着圣歌，想想父亲、母亲，想想大学、宗教。心里既平静，亦忧伤，然后走出教堂，并惋惜礼拜仪式结束得太快了。

他到医院里去看望过伊万·德米特里奇两次，想跟他谈谈话，但这两次伊万·德米特里奇都情绪非常激动、恼怒；他请医生不要来打搅他，因为他早就对医生的废话感到讨厌了，并且说，他为自己的一切苦难只向该死的坏蛋们要求一个补偿：单人监禁。难道连这一点他们也拒绝吗？这两次安德烈·叶菲梅奇向他告辞并祝他晚安时，他都没有好气地说："你见鬼去吧！"

安德烈·叶菲梅奇现在不知道自己该不该再去看望他，可是他还是想去。

以前，吃完午饭后的那一段时间，安德烈·叶菲梅奇都是在书房里踱步、思考。而现在，从吃完午饭到喝晚茶为止，他都躺在长沙发上，脸朝靠背，尽想些微不足道的小事，怎么也抑制不住自己。他总觉得很委屈：自己做了二十多年的事，却不给他发养老金，也没有发一次性的补贴金。诚然，他工作得不勤恳，但是要知道，不论勤恳的还是不勤恳的，所有的工作人员一律都领了养老金。当今的公平正好在于：官品、勋章、养老金等并不是根据道德品质或才干，而是一般地根据服务并且不管是什么样的服务而颁发的。为什么就他一个人该是例外呢？他已经完全没有钱了。他走过小铺子，看见女房东就觉得害臊。他已经欠了人家三十二卢布的啤酒钱了，也欠女小市民别洛娃的钱。达留什卡悄悄地在卖旧衣服和旧书，并向女房东撒谎说，医生很快就能收到很多的钱。

他恨自己在旅行中花掉了他所积蓄的一千卢布。这一千卢布现在多有用处啊！他心里很难过，因为人们不让他过安静的日子。霍博托夫有时也来看望自己这个有病的同事，认为这是他的责任。而安德烈·叶菲梅奇却对他十分反感：肥胖的脸，令人不快的、傲慢的口气，“同事”这个词，以及那双高筒皮鞋。最反感的是，他自以为有责任给安德烈·叶菲梅奇治病，并且自以为真的在给他治病，每回来访都给他带来溴化钾药水和大黄药丸。

米哈依尔·阿维良内奇也认为自己有责任来看望朋友，为他消烦解闷。他每次走进安德烈·叶菲梅奇的屋里时，都做出很随便的样子，不自然地哈哈大笑，并要他相信今天他的气色很好，多谢上帝，情况有好转。其实从这些话里反倒可以做出结论：他朋友的情况没有希望了。他还没有把在华沙借的钱还清，心头还压着沉重的羞愧，很紧张，因此他尽量大声地笑，把故事讲得更可笑一些。他的笑话和故事如今更显得讲不完了。这不论是对安德烈·叶菲梅奇还是对他自己都是十分难受的。

有他在的时候，安德烈·叶菲梅奇照例是躺在长沙发上，脸对着墙，咬紧牙齿听着。他的心头堆积着一层沉渣，他朋友每一次拜访之后，就感到这层沉渣堆得更高了，好像就要冒到喉咙了。

为了压住这些琐碎的感触，他就赶快想到：不论是他自己，还是霍博托夫和米哈依尔·阿维良内奇，早晚反正都是要死的，甚至不会在自然界留下一点痕迹。如果想象一百万年以后有一个什么精灵在地球旁边的空中飞过，这个精灵看到的只会是黏土和光秃秃的峭壁，什么文化、道德准则——一切都会消失，连一根牛蒡也不会长出来。至于在小铺老板面前觉得羞臊，微不足道的霍博托夫，或者米哈依尔·阿维良内奇的讨厌的友情，又有什么意义呢？所有这一切都是无聊和空虚。

可是这样的作想也无济于事。他刚刚想象了一百万年以后的地球，而穿着高筒皮鞋的霍博托夫或者紧张地大笑的米哈依尔·阿维良内奇就从光秃秃的峭壁后面出现了，甚至可以听见后者那羞涩的低语：“至于华沙的债，亲爱的，最近几天我就还给您……一定。”

十六

有一次，米哈依尔·阿维良内奇午饭后来了。安德烈·叶菲梅奇正躺在长沙发上。恰巧，这时霍博托夫也带着溴化钾药水来了。安德烈·叶菲梅奇困难地爬起来，坐着，两只胳膊支在沙发上。

“我亲爱的，今天，”米哈依尔·阿维良内奇开始说，“您的脸色比昨天好多了。您真行，真的，您真行！”

“您是到了该康复的时候了，同事，”霍博托夫说，打了个哈欠，“这种浪费时间的麻烦事大概您自己也讨厌了吧？”

“我们会康复的！”米哈依尔·阿维良内奇高兴地说，“我们会再活一百年！一定！”

“一百年不一百年，再活二十年总能行的，”霍博托夫安慰说，“没关系，没关系，同事，别泄气……这病不过是给您故布疑阵罢了。”

“我们还要大展宏图呢！”米哈依尔·阿维良内奇哈哈大笑起来，并拍了拍朋友的膝盖，“我们还要大展宏图呢！明年夏天，求上帝保佑，我们到高加索去，骑着马到处逛一逛——驾！驾！驾！从高加索回来的时候，瞧着吧，恐怕还要举办一次结婚典礼呢。”米哈依尔·阿维良内奇调皮地眨眨眼睛，“我们会给您说成一门亲事的，好朋友……我们会给您说成一门亲事的……”

安德烈·叶菲梅奇突然觉得那沉渣就要冒到喉咙里来了，他的心跳得非常厉害。

“这是庸俗！”他说，很快地站起来，走到窗前，“难道你们不明白你们在说庸俗的话吗？”

他本想温和而又有礼貌地继续说下去的，可他却违心地突然攥紧拳头，并伸到头顶上去。

“别来烦我了！”他喊道，嗓音都变了，满脸通红，全身发抖，

"出去，你们俩都出去！你们俩！"

米哈依尔·阿维良内奇和霍博托夫都站起来，看着他，先是莫名其妙，后来害怕了。

"两人都出去！"安德烈·叶菲梅奇继续喊道，"蠢材！傻瓜！我既不需要你们的友情，也不需要您的药，傻瓜！庸俗！卑鄙！"

霍博托夫和米哈依尔·阿维良内奇非常狼狈，互相看了一眼，向后退到门口，走到前堂去。安德烈·叶菲梅奇一手抓起那瓶溴化钾，朝他们身后扔了过去，砰的一声，药水瓶打在门槛上炸了。

"滚蛋！"他用哭泣的声音喊道，跑到前堂，"滚！"

客人走后，安德烈·叶菲梅奇像发高烧似的，全身哆嗦，躺在长沙发上，久久地重复着说：

"蠢材！傻瓜！"

等他平静下来时，他首先想到的是：可怜的米哈依尔·阿维良内奇现在大概是羞愧不堪，心里非常难受。这一切非常可怕。过去还从来没有发生过这样的事情，智慧和分寸感都到哪里去了呢？对事物的理解啦，哲学上的冷漠啦，都哪里去了呢？

医生由于羞愧和对自己的恼恨，整夜不能入睡。早晨十点钟便到邮政局去向邮政局长道歉。

"已经过去了的事我们就不要再提了，"米哈依尔·阿维良内奇叹口气说，他很感动，紧紧地握着他的手，"谁再提旧事，谁就眼睛瞎掉。留巴甫舍！"他忽然大喊一声，弄得全体邮局人员和顾客都震颤了一下，"搬椅子来，你等着！"他对一个妇女喊道，她正通过铁格栅，向他递过一封挂号信来，"难道你没看见我忙着吗？过去的事我们就不要提了，"他继续温和地对安德烈·叶菲梅奇说，"我恳求您，您就坐下吧，我亲爱的。"

他沉默了一会儿，揉了揉自己的膝部，然后说：

"我根本没想要生您的气。疾病是无情的，我明白。昨天您的病发作，把医生和我都吓了一跳。后来我们谈了很久关于您的事，我亲爱的，您为什么不肯认真地治治您的病呢？难道可以这样吗？请原谅我出于友情直率地说一句，"米哈依尔·阿维良内奇低声地说，

“您生活在非常不利的环境里，又挤又肮脏，没有人照料您，没有钱治病……我亲爱的朋友，我和医生都全心全意地恳求您，请您听听我们的忠告：住院去吧！那里有保健食品，有人护理，有医生治疗。叶夫根尼·费多雷奇虽然没有礼貌，但他医术高明，我们完全可以信任他。他已经答应我要为您治病。”

安德烈·叶菲梅奇被这种真诚的关心和忽然在邮政局长脸颊上闪现的泪水感动了。

“尊敬的，您不要相信，”他小声地说，把手放在胸口上，“您不要相信他！这是骗人的！我的病只不过是因为二十年来我在全城只找到一个聪明的人，而他却是一个疯子。我没有任何病，只不过我掉进了一个魔圈里，走不出来了。我现在一切都不在乎了，我准备承受一切。”

“住院去吧，亲爱的。”

“我一切都不在乎了，哪怕是一个坑，我也会跳下去。”

“亲爱的，答应我，您得一切都听叶夫根尼·费多雷奇的安排。”

“好，我答应。不过我得重说一遍，我尊敬的朋友，我掉进了一个魔圈里，现在一切东西，哪怕是朋友的真诚关心，都只会引向一个目标：我的死亡。我正在走向死亡，而且我有勇气承认这一点。”

“亲爱的，您会康复的。”

“何必还要说这些话呢？”安德烈·叶菲梅奇生气地说，“很少有人在生命结束时不经受像我现在的情况的。当有人告诉您，说您的肾有病或者心房扩大之类的话，于是您便开始治病，或者有人对您说您是疯子或罪犯，总之一句话，当人们忽然注意您，那么，您便知道，您已经掉进魔圈里了，再也出不来了。您竭力想逃出来，却反而陷得更深，那您就认输吧，因为任何人类力量也已挽救不了您了。我是这样觉得的。”

这当儿窗户旁边已挤满了人。安德烈·叶菲梅奇为了不妨碍别人工作，便站起来告辞。米哈依尔·阿维良内奇再一次要他许诺，并送他到门口。

同一天傍晚前，霍博托夫穿着短羊皮袄和高筒皮鞋也出人意料地到安德烈·叶菲梅奇家里来了。他用一种好像昨天什么事也没有发生似的口气说：

“我是有事来找您，同事。我来邀请您：您能否跟我一块儿去参加一个会诊呢，啊？”

安德烈·叶菲梅奇以为霍博托夫是要他出去散散心、解解闷，或者真的是让他去赚点钱，便穿上衣服，跟他一块儿去了。他很高兴有机会把他昨天的过失冲淡一下，就此和解了。他心里感激霍博托夫，因为昨天的事他甚至提都不提，显然是原谅了他。这个没有教养的人竟有这样的委婉态度，倒是很难料到的。

“您的病人在哪里呢？”安德烈·叶菲梅奇问道。

“在我的医院里，我早就想请您去看看了……这是一个很有趣的病例。”

他们走进医院的院子，绕过主楼，朝那个住着疯子的厢房走去。不知为什么，大家都没有说话。他们走进厢房，尼基塔照例地跳下来，立正站着。

“这里有个病人，他的两侧肺发生了并发症。”霍博托夫和安德烈·叶菲梅奇一起走进病房，小声说，“您在这儿等一会儿，我马上就来。我去取一下听诊器。”

说完，他就出去了。

十七

天黑下来了，伊万·德米特里奇躺在自己的床上，把脸埋在枕头里。瘫子坐在那里，一动不动，嘴唇不停地颤动，小声地哭泣。那个肥胖的农夫和从前的拣信员在睡觉，一片静寂。

安德烈·叶菲梅奇坐在伊万·德米特里奇的床上等着，可是半个钟头过去了，霍博托夫也没有来。尼基塔抱着一身病人服和不知是谁的衬衣、拖鞋，走进病房里来了。

“请您穿上这衣服，老爷，”他小声地说，“这是您的床，请到这边来，”他指着那张空床，补充了一句。显然这是刚搬进来不久的一张床，“不要紧，上帝保佑您，您会康复的。”

安德烈·叶菲梅奇全明白了。他一句话也没说，走到尼基塔指着的那张床边，坐下来。他看见尼基塔还站在那里等着，便脱光身上的衣服。衬裤很短，衬衣却很长。病人服有一种熏鱼味。

“您会康复的，上帝保佑您。”尼基塔再说一遍。

他把安德烈·叶菲梅奇的衣服收起来抱在一起，走了出去，随手把门带上。

“反正都一样……”安德烈·叶菲梅奇想，不好意思地把病人服的衣襟掩上，觉得穿上这新换的衣服像个罪犯，“反正都一样……礼服、制服和这身病人服，反正都是一样……”

可是我的表呢？那放在侧面衣兜里的笔记本呢？纸烟呢？尼基塔把我的衣服拿到哪里去了呢？现在，也许他到死也不会有机会穿他的长裤、背心和高筒靴了。所有这些，开始时他觉得奇怪，甚至不理解。安德烈·叶菲梅奇到现在还相信小市民别洛娃的房子跟这个六号病房没有什么差别，这世界上的一切都是荒诞、虚无。但同时他却手发抖、脚冰凉，一想到一会儿伊万·德米特里奇起来，看见他也穿着病人服，就不由得害怕起来。他站起来，走一走，又坐下。

他就这样坐了半个小时，一个小时。他感到厌烦极了。在这里难道能度过一天，一个星期，甚至像这些人那样几年都住下去吗？瞧，他已经坐了一阵子，走了一阵子，现在又坐下了。他还可以到窗口看看，然后又从这个角落走到那个角落。可是再以后呢，怎么样？就这样像个木头人一样老坐着、思考吗？不，这样总不行啊。

安德烈·叶菲梅奇躺下去，可是马上又坐起来，用袖子擦了擦额头上的冷汗，于是便觉得整个脸都有熏鱼味了。他又走来走去。

“这里一定是有什么误会……”他说，困惑莫解地摊开双手，“需要解释一下，这里有误会……”

这时伊万·德米特里奇醒了。他坐起来，两只拳头支住腮帮子，吐了一口唾沫，然后懒洋洋地看了一眼医生。看样子，开始时他还不明白是怎么一回事，但很快他那睡眼惺忪的脸就显出了恶意的和讥讽的神情。

“啊哈，亲爱的，您也被关在这里了！”他眯缝着一只眼睛，用睡意蒙胧的沙哑的声音说，“我很高兴，您以前吸别人的血，而现在别人要吸您的血了。太妙了！”

“这一定有什么误会……”安德烈·叶菲梅奇说。伊万·德米特里奇的话使他害怕，他耸耸肩膀，再说一遍，“这一定有什么误会……”

伊万·德米特里奇吐了一口痰又躺下了。

“该诅咒的生活！”他说，“真是既可悲又可气。要知道，这种生活不是以苦难得到补偿而结束，不是像戏剧里那样，受到公众的赞扬而结束，而是一死了事。然后来几个医院的杂役，拉着死尸的胳膊和腿，拖到地下室去。呸！不过，也没关系……到时候我要从那个世界再到这里来显灵，吓唬这些败类。我要把他们吓得头发变白。”

莫依谢依卡回来了。他一见到医生，就伸出手来。

“给我一个戈比！”他说。

十八

安德烈·叶菲梅奇走到窗口，望着外面的田野。天已经黑了。一轮冷冷的、发红的月亮从右边的地平线上冉冉升起。距离医院围墙不远，不超过一百俄丈的地方，矗立着一座很高的白房子，外边由石墙围着。这就是监狱。

“瞧，那就是现实生活!”安德烈·叶菲梅奇想道，感到很害怕。

那月亮，那监狱，那围墙上的钉子，那远处烧骨场上腾起的火焰，一切都非常可怕。身后则听见叹息声。安德烈·叶菲梅奇回过头来，看见一个人胸前佩戴着闪闪发光的星章和勋章，微笑着，调皮地眨着一只眼睛。这也显得非常可怕。

安德烈·叶菲梅奇劝导自己说，在月亮和监狱里也没有什么特别的东西，精神健康的人也戴勋章。世上的一切迟早都会腐烂，变成黏土。可是他忽然感到非常绝望，两手抓住铁格栅，使劲地摇撼它，坚固的铁格栅却一动也不动。

后来，为了不至于感到可怕，他走到伊万·德米特里奇的床边，坐下来。

“我的精神垮了，我亲爱的，”他小声说，全身发颤，擦了擦冷汗，“我精神垮了。”

“您可以谈谈哲学。”伊万·德米特里奇讥讽地说。

“我的上帝，我的上帝啊……对，对了……有一次您说俄罗斯没有哲学，可是大家都在谈哲学，甚至小人物也在谈。不过，要知道，小人物谈哲学，对谁都没害处。”安德烈·叶菲梅奇用一种好像要哭出来让别人同情的声音说，“但为什么，亲爱的，您要幸灾乐祸地笑呢？如果小人物不满意，他怎么能不发议论呢？一个像神那样聪明的、有教养的、骄傲的、爱好自由的人却没有别的出路，只能到一个肮脏、愚昧的小城市里去当医生，一辈子就跟拔血缶、蚂蟥、芥子膏打交道！简直是欺骗，狭隘、庸俗！啊！我的上帝！”

“您在说蠢话。您如果不愿意当医生，就去做大臣好了。”

“不行，做什么都不行。我们软弱，亲爱的……过去我蔑视一切，议论起来眉飞色舞，但是一旦生活不客气地碰撞我一下，我就泄气了……我们意志消沉……我们软弱，我们是没用的东西……您也一样，我亲爱的，您聪明、高尚，从母亲的奶里吸取了善良的热情，可是刚刚进入生活就疲倦了，生病了……我们软弱，软弱啊！”

除了害怕和屈辱感外，随着黄昏的来临，还有一种无法摆脱的东西折磨着安德烈·叶菲梅奇。终于他明白了：他很想喝酒和抽烟。

“我要出去一下，我亲爱的，”他说，“我去叫他们在这儿点上灯……这样我受不了，我不能这样……”

安德烈·叶菲梅奇走到门边，打开门，可是尼基塔立即跳了下来，挡住他的去路。

“您要上哪儿去？不行，不行！”他说，“到睡觉的时间了。”

“我只要出去一会儿，在院子里走一走！”安德烈·叶菲梅奇惊慌地说。

“不行，不行，这是不允许的，您自己也知道。”

尼基塔把门关上，用背抵住了门。

“可是，即使我出去一下，对谁又有什么损害呢？”安德烈·叶菲梅奇问道，耸耸肩膀，“我不明白，尼基塔，我要出去！”他用发颤的声音说，“我要出去！”

“别捣乱，这可不好！”尼基塔用教训的口气说。

“他妈的，这是怎么一回事！”伊万·德米特里奇忽然喊道，并跳下床来，“他有什么权利不放我们出去？他们怎么敢把我们关在这里？法律上好像说得很清楚，不经审判不能剥夺任何人的自由！这是暴力！这是专横！”

“当然是专横！”安德烈·叶菲梅奇在伊万·德米特里奇叫喊声的

鼓励下说道，“我要出去，我一定要出去。他没有权利！我对你说，你放我出去！”

“你听见没有，愚笨的畜生？”伊万·德米特里奇大声喊道，并用拳头敲门，“开门，不然我就把门砸了！残忍的家伙！”

“开门！”安德烈·叶菲梅奇叫道，气得浑身发抖，“我要你开门！”

“你尽管说吧！”尼基塔在门后说，“你就说吧！”

“至少你得去把叶夫根尼·费多雷奇叫来！就说是我请他来的……来一会儿！”

“明天他老人家自己会来的。”

“他们永远不会放我们出去的！”伊万·德米特里奇接着说，“我们会在这里被折磨死的！噢，主啊……难道在阴间真的没有地狱，这些恶棍会得到宽恕？正义在哪里呢？开门，恶棍！我要闷死了！”他用沙哑的声音喊道，并使劲地敲门，“我要把你的脑袋砸碎！杀人犯！”

尼基塔快速地打开了门，用双手和膝盖粗暴地推开安德烈·叶菲梅奇，然后抡起拳头，朝他的脸上打去。安德烈·叶菲梅奇只觉得一股强烈的带咸味的浪潮从脑袋上盖了过来，把他推到床边。他的嘴里真的有一股咸味：大概是牙齿出血了。他好像要游出去，挥动双手，并抓住了什么人的床架。这时他感觉到尼基塔朝他背上抡了两拳。

伊万·德米特里奇大喊了一声，大概他也挨打了。

后来一切便安静了。稀疏的月光透过铁格栅照了进来，在地板上印下了像网一样的影子，很可怕。安德烈·叶菲梅奇躺着，屏住呼吸。他惊恐地等着被再打一顿。就好像有一个人拿着镰刀，刺在他身上，并在他的胸中和肠子里搅动了几下，他痛得咬住枕头，咬紧牙关。突然，他头脑里在混乱中清楚地闪过一个可怕的令人难于忍受的思想：这些如今在月光里像黑影子一样的人们，若干年来大概天天都在受这样的痛苦。而这种事他怎么会二十多年来一直不知道呢？他不知道痛苦，没有痛苦的概念，就是说，他并没有过失，不过他那跟尼基塔一样固执和粗暴的良心却使他从后脑勺直到脚后跟都冰凉了。他想跳起来使尽全身的劲大叫一声，立即去杀死尼基塔，然后杀死霍博托夫、总管、医士，最后杀死自己。可是他的胸中却发不出一点儿声音，双脚也不听使唤。他喘不过气来，扯着胸前的病人服和衬衣，把它们撕碎，倒在床上，失去了知觉。

十九

第二天早晨，他头痛、耳鸣，全身都感到不舒服。他想起昨天的软弱，并不觉得害臊。他昨天胆怯，连月亮也害怕，并且诚实地说出了以前自己没有料到会有的思想和感情，例如说小人物爱谈哲学是由于不满。不过现在他对一切都无所谓了。

他不吃、不喝，一动不动地躺着，也不说话。

“我反正都一样了，”他们问他话的时候他暗自想道，“我不打算回答……我反正一样了。”

午饭后，米哈依尔·阿维良内奇来了，给他带了四分之一磅的茶叶和一磅果冻。达留什卡也来了，在床边站了足足一个小时，脸上流露出一种呆板而悲痛的表情。霍博托夫医生也来看他了，他带来一瓶溴化钾药水，并交代尼基塔在病室里烧点什么东西，熏一熏。

临近傍晚，安德烈·叶菲梅奇由于中风死了。开始时他感到剧烈的寒颤和恶心，好像有一种令人厌恶的东西穿透他的全身，甚至通到他的手指头，从胃里往上冒，一直涌进脑袋里，注满了眼睛和耳朵。眼睛里呈现出一片绿色。安德烈·叶菲梅奇明白他的末日到了，想起了伊万·德米特里奇、米哈依尔·阿维良内奇以及千百万人都相信的永生不死。可是万一真有永生不死呢？不过，他并不想永生不死，他的这个想法不过是一闪而过罢了。他昨天看书时从书上看到的一群非常美丽、轻盈的鹿，现在突然在他面前跑过去。后来一个农妇伸出手，把一封挂号信交给他……米哈依尔·阿维良内奇说了些什么。然后一切都消失了。安德烈·叶菲梅奇便永远地昏迷了。

来了几个杂役，抓住他的胳膊和腿，把他抬到小教堂里去了。在那里，他躺在桌子上，眼睛仍然睁着。夜晚的月亮照耀着他。早晨，谢尔盖·谢尔盖伊奇来了，面对雕着耶稣受难像的十字架虔诚地作了祈祷，把他前任长官的眼睛阖上了。

过了一天，安德烈·叶菲梅奇被埋葬了。送葬的只有米哈依尔·阿维良内奇和达留什卡。

（1892 年）

不安分的女人

一

在奥丽加·伊万诺夫娜的婚礼上，她的所有朋友和相识都来了。

“你们看看他，不是也挺不错吗？”她朝她丈夫那边点点头，对自己的朋友们说，好像是在解释，她为什么嫁给这个普通的、非常平凡的、毫不出众的男人似的。

她的丈夫，奥西普·斯捷潘内奇·狄莫夫是一位医生，九品文官的官阶，在两所医院里任职：在一所医院里当编外主任医生，在另一所医院里任解剖师。每天从早上九点到中午在门诊部接待病人，查看病房，下午坐马车到另一所医院去解剖死去的病人。他也私人行医，但收入很菲薄，一年也就五百卢布罢了。关于他的情况，还能说些什么呢？但是，奥丽加·伊万诺夫娜及她的朋友和相好却不是十分平凡的人，他们每一个人都有一些出众的东西，而且都有点名气，有的已经成名，被看作是名流了，或者即使还没有成为名流，以后也有光明灿烂的前程。教奥丽加·伊万诺夫娜朗诵的就是一个话剧院的演员，他早就是被公认的天才，是一个优雅、聪明而且谦虚的人，也是出色的朗诵家。另一位是歌剧演员，温厚的胖子，他叹着气对奥丽加·伊万诺夫娜说，她会毁掉自己。但如果她不那么懒，能把握自己的话，将来会成为出色的歌唱家。此外有几位画家，其中打头的是风俗画家、动物画家兼风景画家里亚博夫斯基，他是一位非常漂亮的金发青年，二十五岁左右，他举办过成功的画展，他最近画的一幅画竟卖出五百卢布的价位。他修改了奥丽加·伊万诺夫娜的一些画稿，说她将来很可能有出息。其次有一位拉大提琴的音乐家，他能让自己的提琴发出哭泣的声音，他公开宣称，在他认识的所有女人当中，能够给他伴奏的只有奥丽加·伊万诺夫娜一人。再其次是一位文学家，他虽然年轻，却已经出名，写出了中篇小说、剧本和短篇小说。还有谁？对，还有瓦西里·瓦西里奇，他是贵族、地主、业余插图画家和小花饰画家，极其喜欢古俄罗斯风格、民谣和史诗，他在纸上、瓷器上和熏制的盘子上真正创造出了奇迹。这些自由自在并被命运宠坏了的艺术家，虽然很客气很谦虚，但只有在他们生病的时候，才会想起世间还有医生的存在，而且在他们听起来，狄莫夫这个姓就跟西多罗夫或塔拉索夫差不多。在这伙人当中，狄莫夫是个陌生的、多余的、矮小的人，虽然他个子很高，肩膀很宽。他们觉得，他看起来好像是穿着别人的礼服，长着小伙计的胡子，但是，如果他是个作家或者画家的话，那他们就会说，他的胡子使人想起左拉了。

有位演员对奥丽加·伊万诺夫娜说，她配上她那亚麻色的头发，穿上结婚礼服的话，宛若一棵春天开满了娇嫩白花的端庄挺拔的樱桃树。

“不，您听着！”奥丽加·伊万诺夫娜拉着他的手说，“这事是怎样突然发生的呢？您听着，听着……我要告诉您，当时我父亲与狄莫夫同在一家医院里做事。可怜的父亲生病了，狄莫夫几天几夜守在他的床边。多大的自我牺牲啊！里亚博夫斯基，您听着……还有您，作家，也听着。这是很有意思的。您过来，靠近一点。多大的自我牺牲啊，真诚的关心！我也几夜没有睡觉，坐在父亲身边。突然，您瞧，公主赢得了英雄的心！我和狄莫夫狂热地恋爱了。的确，命运往往就是这么离奇古怪。父亲死后，他常来看我，有时也在街上遇上我。在一个非常美好的傍晚，他突然向我求婚了……真是意外……我哭了一个晚上，结果我自己也难堪地坠入了情网。而现在，正如你们看到的，我已成了他的妻子。他身上有某种强大的、有力的、像熊一样的东西，是不是呢？现在他的脸四分之三对着我们，看不大清楚，但是当他转过脸来时，你们看他的脑门吧。里亚博夫斯基，您说说看，他的脑门怎么样？狄莫夫，我们在说你哪！”她向着丈夫喊了一声。“你过来，把你诚实的手伸给里亚博夫斯基……这就对了，你们会成为朋友。”

狄莫夫温厚而又纯朴地微笑着，把手伸给里亚博夫斯基，并且说：

“非常高兴。跟我同班毕业的一个人也姓里亚博夫斯基，他不会是您的亲戚吧？”

二

奥丽加·伊万诺夫娜二十二岁，狄莫夫三十一岁。结婚后他们日子过得很好。奥丽加·伊万诺夫娜在自己客厅的墙上挂满了自己的和别人的画稿，有的配了镜框，有的没有配。靠近钢琴和家具的旁边，她用中国的洋伞、画架、五颜六色的布片、短剑、半身雕像、照片……布置了一块漂亮的小天地……在饭厅里，她用民间木版画裱糊墙壁，挂上树皮鞋和小镰刀，墙角上放一把双手用的大镰刀和一把草耙。这样就有了一个富于俄罗斯韵味的饭厅。在卧室里，她为了把房间布置得像个洞穴，便把天花板和墙壁全蒙上黑呢布，在两张床的上空架一盏威尼斯式的灯，门的旁边安上一个手执长柄斧的假人。大家都认为，这对年轻夫妇有一个很温馨的小窝。

奥丽加·伊万诺夫娜每天十一点钟起床后，先是弹弹钢琴，或者，天气好的话，也画点油画，然后在十二点多钟时，便去找女裁缝。由于她与狄莫夫钱不多，刚够维持生活，所以她和女裁缝不得不绞尽脑汁，为了经常有新衣服穿，漂漂亮亮，引人注目，她常利用一些不值钱的零头边角、花边毛绒、绸缎，把一些重新染过的旧衣服加以改装，真的就能创造奇迹，缝制出使人入迷的东西来，简直不是衣服，而是梦幻。从女裁缝那里出来，奥丽加·伊万诺夫娜照例坐车到她认识的一个女演员那儿去，打听剧院的新闻，顺便弄几张初次上演的新戏或福利演出站的戏票。从女演员家里出来，她还得到某某画家的画室去，或去看画展，然后又去看一位名流——要么是人家邀请的，要么是回访，要么干脆去聊聊天。到哪里她都受到亲切的欢迎，友爱地称她好、可爱、了不起……被她称为名人和伟人的那些人都把她当作亲人招待，平等相处，一致地预言：凭她的天才、鉴赏力和智慧，只要她不分心，必将有所成就。她唱歌，弹钢琴，画油画，雕刻，参加业余演出，但她做这一切都不是随便的表现，而是才华的显示。不管是扎彩灯，梳妆打扮，还是给人系领带，她都做得非常有艺术性、优美、可爱。不过，她的才能表现得最好的方面，还在于她善于很快地结识名人，迅速地跟他们混得很熟。只要是某个人有点名气，能让人们谈起他，她马上就去结识这个人，当天就跟他交成朋友，并请他到自己家里来。对她来说，任何新的结交都是一件真正的喜事。她极其崇拜名人，为他们感到骄傲，而且每天晚上都梦见他们。她非常渴慕他们，而且这种渴慕永远不能满足，旧的名人过去了，被忘掉了，便由新的名人代替他们。不过对这些新名人，她很快就习以为常了，或者是失望了，于是又开始热烈地寻找新名人和新伟人，找到以后又找。为什么呢？

快到五点钟时她与丈夫在家里吃饭。丈夫的质朴，他的健康的思想，他的温厚都使她感动、高兴，她有时会跳起来，冲动地抱住他的头，不停地吻他。

“你啊，狄莫夫，是个聪明的高尚的人。”她说，“但你身上有一个非常严重的缺点：你对艺术完全不感兴趣，你否定音乐和绘画。”

“我不懂它们！”他温和地说，“我一辈子都从事自然科学和医学工作，我没有工夫对艺术感兴趣。”

“可是，要知道，这是很不好的，狄莫夫！”

“为什么？你的朋友们不懂得自然科学和医学，可你并没有因此而责怪他们。各人有各人的事。我不懂得风景画和歌剧，不过我是这样想的：如果有一些聪明人为它们奉献自己一生，而另外一些聪明人则花一大笔钱去买它们，那就是说，它们是有用的。我不懂它们，但是，不懂并不意味着否定。”

“来，让我握一握你的诚实的手。”

午饭后，奥丽加·伊万诺夫娜去看望熟人，然后去戏院或音乐厅，而回到家里时，已经是后半夜了。天天如此。

每逢星期三，她家里都要举办晚会。在这些晚会上，女主人和客人不玩纸牌，也不跳舞，而是津津乐道于各式各样的艺术：剧院演员朗诵，歌剧演员唱歌，画家们在各种纪念册上作画（奥丽加·伊万诺夫娜有许多类似的纪念册），大提琴家拉琴。女主人也作画、雕刻、唱歌、伴奏，在朗诵、演奏、唱歌间歇时，他们便谈论文学、戏剧、绘画，并且争论不休。这里没有女人，因为奥丽加·伊万诺夫娜认为，所有的女人，除了女演员和自己的女裁缝外，都是乏味的、庸俗的。每次晚会都出现这样的事：女主人一听见门铃响，就吃惊似的现出得意的表情说，"这是他！"这个所谓的"他"，是指某个应邀而来的名流。狄莫夫不在客厅里，而且谁也想不起他的存在。不过一到十一点半钟，通向饭厅的门就开了，狄莫夫总是带着好心的温和的笑容走出来，搓搓手说：

"先生们，请吃点东西。"

大家来到饭厅里，而且每回在桌上看到的都老是那些东西：一盘牡蛎、一块火腿或小牛肉、沙丁鱼、奶酪、鱼子酱、蘑菇、伏特加酒和两瓶葡萄酒。

"我的亲爱的管家！"奥丽加·伊万诺夫娜高兴得合起手掌说道，"你简直可爱极了！先生们，你们看看他的脑门吧！狄莫夫，你把脸转过来。先生们，你们看，他的脸活像孟加拉的老虎，而他的表情却像善良可爱的鹿。呜，亲爱的！"

客人们一边吃，一边看着狄莫夫。他们在想："他真是一个好人！"不过他们很快就把他忘了，继续谈论着戏剧、音乐和绘画。

这对年轻夫妇很幸福，他们生活得很惬意。不过他们蜜月的第三周却过得并不美满，甚至是悲伤的。狄莫夫在医院里染上了丹毒，卧床六天，并且只好把他那头美丽的黑发剃光。奥丽加·伊万诺夫娜坐在他的身边，并痛苦地哭了。不过，当他的病好一些后，她便用一块白头巾把他剃光了的头包起来，并把他画成一个游牧的阿拉伯人。两人都感到非常快乐。他病愈后又到医院上班，但三天后，他又发生了倒霉事。

"我真不走运，奥丽加！"有一天吃午饭的时候他说，"今天我做了四个解剖，同时划破了两个手指，而且直到回家后我才发觉。”

奥丽加·伊万诺夫娜吃了一惊。他却笑着说，不要紧，小事一桩，并且说，他做解剖时常常划破手指。

“奥丽加，我工作太投入时，就变得大意了。”

奥丽加·伊万诺夫娜担心他受尸体的感染，天天晚上都向上帝祷告，不过后来总算没有出事，又过着其平和而幸福的生活，无忧无虑。目前他们的生活很美好，而且很快就到春天了，它已经在远处微笑，许下了一千件开心事。幸福是无止境的！四月，五月，六月，到城外远郊的别墅去，游玩，速写，钓鱼，听夜莺唱歌，然后，从七月到秋天，画家们便到伏尔加河去旅行。这次旅行，奥丽加·伊万诺夫娜将以这个团体的不可或缺的身份参加。她已经用亚麻布为自己缝制了两套旅行服，买了旅行用的颜料、画笔、画布和新的调色板。里亚博夫斯基几乎天天都来找她，看看她在绘画方面有些什么成绩。每当她拿画给他看时，他都双手深深地插进衣兜里，紧抿着嘴，呼哧着说：

“是的……您这朵云正在叫喊：它不是被夕阳照亮的那朵云。前景好像被吃掉了，而且，您明白吗，有些东西不是那回事……您那个小木房有点儿不透气，悲戚地吱吱叫着……那个屋角要画得暗一些。不过总的来说还不错……我很欣赏。”

他越是说得不明白，奥丽加·伊万诺夫娜就越容易理解他。

三

降灵节的第二天，午饭后，狄莫夫买了一些小吃和糖果，就到别墅看妻子去了。他有两周没见到她了，非常惦念。他是坐火车去的，下车后在大片树林里寻找自己的别墅。他感到又饿又累，头脑里却幻想着，一会儿他将多么自由自在地跟妻子一起吃顿晚餐，然后就睡个大觉。看着自己带来的那个装着鱼子酱、奶酪和白鲑鱼的小包，心里感到很高兴。

当他找到别墅，认出是它的时候，太阳已经落山了。一个老女仆对他说，太太不在家，大概很快就能回来。别墅的外观很难看，天花板很矮，用写字纸裱糊着，地板凹凸不平，全是裂缝；只有三个房间，一个房间里放着床，另一个房间里桌子上和窗台上随便堆着画布、画笔、脏纸和男人的大衣及帽子，在第三个房间里，狄莫夫看见三个不认识的男人，其中两人是黑头发，留着胡子，第三个则刮光了脸，很胖，看样子是个演员。桌上茶炊的水已经开了。

“您有什么事吗？”演员嫌恶地看着狄莫夫，用男低音问道，“您要找奥丽加·伊万诺夫娜吗？请等一等，她很快就回来了。”

狄莫夫坐下来等着。一个黑头发的男子没有睡醒似的、无精打采地瞧着他，给自己倒了杯茶，问道：

“或许，您是想喝茶吧？”

狄莫夫又饥又渴，不过，为了不破坏晚餐的胃口，他拒绝了茶。很快他就听见了脚步声和熟悉的笑声。门一响，奥丽加·伊万诺夫娜就踏进屋里来了。她戴一顶宽边草帽，手里提着一个盒子，跟在她后面进来的是快活的红光满面的里亚博夫斯基，他拿着一把大洋伞和一个折凳。

“狄莫夫！”奥丽加·伊万诺夫娜叫起来，高兴得满脸通红。“狄莫夫！”她又叫了一遍，把脑袋和双手都靠在他的胸口上。“这是你吗！你为什么那么久不来？为什么？为什么？”

“我哪里有时间呢，奥丽加？我老是那么忙，而当我有空闲的时候，火车的钟点又老是不对头。”

“不过，看见你，我是多么高兴啊！我整夜整夜地梦见你，而且我还担心你害了病。啊哟，你并不知道，你是多么可爱，你来得多么及时啊！你就是我的救星，只有你一人能救我！明天这里要举行一个极其别致的婚礼。”她接着说，一边笑，一边替丈夫系好领带。“火车站的年轻电报员要结婚，他姓契凯尔杰耶夫，是一个漂亮的青年。真的，他不笨，你知道吗，他脸上有一种强有力的像熊一样的表情。

可以把他画成一个年轻的瓦里亚格人[1]。我们所有的避暑客对他都有好感，并答应参加他的婚礼……这个人并不富裕，孤单一人，胆子很小，当然啰，不关心他，是一种罪过。想象一下，做完弥撒就举行婚礼，然后大家从教堂里出来步行到新娘的处所去……知道吗，那是一片小树林，有鸟儿在歌唱，草地上则是光斑点点，而我们大家在绿油油的背景衬托下，也成了五颜六色的斑点，非常别致，有法国印象派的韵味呢。可是，狄莫夫，我穿什么衣服到教堂去呢？”奥丽加·伊万诺夫娜哭丧着脸说道，“我这里什么也没有，真的什么也没有！没有连衣裙，没有花，也没有手套……你得救救我。既然你来了，就意味着命运叫你来救我了。我的亲爱的，你拿着这把钥匙回家去，把衣橱里那件粉红色的连衣裙给我拿来。你是记得的，它就挂在前面……然后在贮藏室右边的地板上，你会看见两个厚纸盒，打开上面那个盒子，里面放着所有的花边、花边、花边和各种布头，下面就是花，小心地把所有的花都拿出来，可别把它们弄皱了。亲爱的，拿来后我要挑选一下……另外再替我买副手套。”

“好，”狄莫夫说，“我明天就回去，派人给你捎来。”

“明天是什么时候了？”奥丽加·伊万诺夫娜惊讶地瞧着他问道，“明天哪里来得及呢？明天的第一班火车十点钟才开，而婚礼十一点就举行了。亲爱的，不行，得今天就去，必须今天去！如果明天你不能来，就派一个人送来。喂，走吧……客运列车立即就要到了，别耽误了，亲爱的。”

“好吧！”

“唉，我多么舍不得放你走啊，”奥丽加·伊万诺夫娜说，眼泪从她眼睛里涌了出来，“我真傻，为什么要许诺那个电报员呢？”

狄莫夫快速地喝了一杯茶，拿了一个面包圈，温厚地笑了笑，便动身到车站去了。那些鱼子酱、奶酪、白鲑鱼全都被两个黑头发的人和胖子演员吃光了。

---

① 瓦里亚格是古代北欧的一个民族。

四

七月里的一个平静的月夜，奥丽加·伊万诺夫娜站在伏尔加河一艘轮船的甲板上，时而望着河水，时而望着美丽的河岸。里亚博夫斯基站在她的旁边，对她说，水中的黑影子，不是影子，而是梦；又说，在他的心目中，这种迷人的水及其梦幻般的亮光，这无底的天空和忧郁而沉思的河岸，都在说明我们生活的空虚，说明有一种最高的永恒的幸福的存在。我们若能忘掉自己，死去，变成回忆，那该多好啊！过去的生活是庸俗的和乏味的，未来也毫无意义，而这个一生中唯一美妙的夜晚也很快就要结束，融化在永恒里——我们为什么要活着呢？

奥丽加·伊万诺夫娜时而听着里亚博夫斯基的说话声，时而聆听着夜晚的寂静。她在想，她是不会死的，永远也不会死。她以前从未看见过这样碧绿的河水，还有天空、河岸、黑影，充溢在她灵魂中的抑制不住的喜悦都在对她说，她将来会成为大艺术家，并且说，在远处什么地方，在月亮的后面，在一个广阔无垠的天地里，成就、荣耀、人民的爱戴都在等待着她……她目不转睛地久久地望着远方，她好像看见了一大群人、火光，听见了凯旋的音乐，人们的狂呼乱叫；还看见自己穿着白色连衣裙，鲜花从四面八方像雨点似的落在她的身上；她还想到站在她旁边、胳膊肘靠在船栏杆上的那个人是一个真正的伟人，天才，上帝的选民……他迄今所创作的一切都是美的、新的、不平凡的，而当他逐渐地成熟起来之后，他的创作的稀世天才，将会更令人吃惊，无限高超，这只要从他的脸，从他的表现方式，从他对大自然的态度就可以看得出来，他独特地用自己的语言讲述黑影、黄昏的情调、月光，因此使人不能不感到他那驾驭大自然的威力多么惊人，他本人也非常美，富于独创性，他的生活是独立的，自由的，没有任何世俗的东西，像鸟的生活一样。

“天气渐渐变凉了。”奥丽加·伊万诺夫娜说，打了一个寒战。里亚博夫斯基拿自己的斗篷给她披上，悲哀地说："我觉得我被您迷住了，我成了奴隶。为什么您今天这样迷人啊？"

他一直目不转睛地瞧着她。他的眼睛很可怕，她不敢看他。

"我疯狂地爱您……"他小声说，呼吸的气息吹着她的脸颊。"您只要对我说一个字，我就不活了，我要抛弃艺术……"他非常激动地嘟哝道。"您爱我，爱我吧……

"请您别这样说。"奥丽加·伊万诺夫娜说，闭上了眼睛。"这很可怕。那么，狄莫夫呢？"

"什么狄莫夫？为什么会有狄莫夫？狄莫夫与我何干？现在只有伏尔加河、月亮、美、我的爱、我的喜悦，什么狄莫夫也没有……嘿，我什么也不知道……我不需要过去，就给我一个瞬间……一个瞬间吧。"

奥丽加·伊万诺夫娜的心跳起来了，她本来要想想丈夫，但是她的一切往事，连同婚姻、狄莫夫、晚会都好像显得那么渺小、微不足道、暗淡、不需要、远而又远了……其实，狄莫夫是什么？为什么有狄莫夫？狄莫夫与她何干？他是实有其人呢，或者只是一个梦？

"对他这个普通而又平凡的人来说，他现在已经得到的幸福也就足够了。"她在想，双手捂着脸。"就让他们去指责、去诅咒我们好了。我就要这样做，自甘灭亡，我就要这样做，自甘灭亡……我要去体验生活中的一切。上帝啊，多么可怕，又是多么美好啊！"

"嗯，怎么样？怎么样？"画家嘟哝道，搂住她，贪婪地吻她的手。她有气无力地想推开他。"你爱我吗？爱吗？爱吗？啊，多么美好的夜晚！美妙的夜晚！"

"是啊，多么美好的夜晚！"她低声地说，望着他那双含泪而发亮的眼睛，然后她迅速地打量一下四周，抱住他，强烈地吻他的嘴唇。

"我们快到基涅什姆了！"甲板的另一端有人说。

传来了沉重的脚步声。那是小卖部的人员从他们身边走过。

"听着，"奥丽加·伊万诺夫娜幸福得又哭又笑地说，"去给我弄点葡萄酒来。"

激动得脸色发白的画家坐在凳子上，用一种宠爱而又感激的目光看着奥丽加·伊万诺夫娜，然后闭上眼睛，微笑着懒洋洋地说：

“我疲倦了！”

于是他把脑袋靠在栏杆上。

五

九月二日是一个暖和而又宁静的日子，但却是阴天。打从清早起，伏尔加河上就游动着薄雾，九点钟后则下起了小雨。晴天的希望落空了。喝茶的时候，里亚博夫斯基对奥丽加·伊万诺夫娜说，绘画——是最没有出息、最乏味的一种艺术；说他自己不是个画家，只有傻瓜才认为他有天才。说着，说着，他无缘无故地突然拿起一把小刀，划破自己的一张最好的画稿。喝完茶后，他心情忧郁，坐在窗户边，望着伏尔加河，可是伏尔加河已没了光彩，浑浊不清，黯然失色了，看上去，冷冰冰的。一切，一切都使人想到那个愁闷、萧索的秋天就要来临了。现在两岸富丽堂皇的绿毯，那金刚钻般的日光反照，那透明的蓝色远方，以及整个大自然的华美盛装，似乎都从伏尔加河身上脱了下来，收进箱子里，待来年的春天再拿出来了。连乌鸦也在伏尔加河附近飞翔，讥笑它：“光秃秃！光秃秃！”里亚博夫斯基听见了乌鸦的聒噪，并想到他自己已走下坡路，失去了才能，想到这世上的一切都是有条件的、相对的、愚蠢的，想到他不应该把自己同这个女人纠缠在一起……总而言之，他心情不好，感到郁闷。

奥丽加·伊万诺夫娜坐在隔板后面的床上，用手指梳理着她那美丽的亚麻色的头发，想象着自己时而在客厅里，时而在卧室里，时而在丈夫的书房里。她的想象把她带到了剧院，带到了女裁缝家里和有名的朋友家里。如今他们在做什么呢？他们会想起她吗？季节到了，该考虑晚会的事情了。那么狄莫夫呢？亲爱的狄莫夫！他在信中多么温厚地、像小孩似的哀求她快点回家。每个月他都给她汇去七十五卢布，而当她写信给他说欠画家一百卢布时，他就把这一百卢布也汇去了。一个多么善良、宽厚的人啊！旅行使奥丽加·伊万诺夫娜厌倦了，已感到无聊，真想赶快离开这些乡下人，离开河水的潮气，抖掉那周身不干净的感觉。这种感觉是她从这个村子到那个村子，住在农民家里时经常感受到的。如果不是因为里亚博夫斯基曾许诺过画家们在这里要同他们住到九月二十日的话，她今天就可以走了。要是今天能走，该多好啊！

“我的上帝啊，”里亚博夫斯基呻吟道，“什么时候才会出太阳呢？没有太阳，我根本无法继续画我的阳光风景画！……”

“可是你也有一张画多云天气的画稿！”奥丽加·伊万诺夫娜说，从隔板那边走过来。“你还记得吗，右边的布景是树林，左边是一群母牛和公鸡，现在你可以把它画完。”

“唉！”里亚博夫斯基皱皱眉头，“画完它！难道你以为我那么笨，自己都不知道自己该做什么吗？”

“你对我的态度怎么变了呢！”奥丽加·伊万诺夫娜叹口气说。

“那才好呢。”

奥丽加·伊万诺夫娜的脸抖动起来，走开了，到火炉那边哭了起来。

“是的，缺少的就是眼泪了。算了吧！我有一千条理由可以哭，但是，我就是不哭。”

“一千条理由！”奥丽加·伊万诺夫娜呜咽道，“最主要的理由，是你已经认为我是累赘了。是的！”她说完，大哭起来。“如果说实话，那么你是在为我们的爱情害臊。你竭力不让那些画家们发现我们的关系，尽管这是瞒不住的。他们早就全都知道了。”

“奥丽加，我只求您一件事，”画家央求道，并把手放在心口上，“就一件事：不要折磨我！此外，我对您再没有别的要求了。”

“可是您发誓说您仍旧爱我！”

“这真是折磨人！”画家从牙缝里说道，并且跳了起来，“结果我只好去跳伏尔加河，不然就发疯！放开我吧！”

“那您就打死我，打死我吧！”奥丽加·伊万诺夫娜大声喊道，“打死我吧！”

她又痛哭起来，走到隔板后面去了。雨水打在小木房和稻草房的房顶上，沙沙作响。里亚博夫斯基抱着脑袋在房子里走来走去，后来现出决断的脸色，好像要向谁证明什么似的，戴上帽子，把枪挂在肩上，离开了小木房。

他走了之后，奥丽加·伊万诺夫娜在床上躺了许久，并且哭了。起初她想到服毒自杀，让里亚博夫斯基一回来就发现她死了。这样多好啊！后来脑子里的胡思乱想把她带到客厅里，带到丈夫的书房里，并幻想着自己一动不动地坐在丈夫的身边，享受着身心的安宁和纯洁，晚上就坐在剧院里听玛西尼[①]唱歌。她牵挂着文明，牵挂着城市的热闹和名人，心里感到疼痛。一个农妇走进屋来，从容不迫地生起炉子来，准备做饭。房子里充满了煤渣味，浓烟把空气变成了淡蓝色。画家们回来了，脚上穿着沾满污泥的高筒靴，脸上湿淋淋的。他们仔细地察看着画稿，并自我安慰说，就是在坏天气里，伏尔加河也自有它迷人之处。墙上那座不值钱的钟嘀嗒嘀嗒地响……冻坏了的苍蝇聚集在圣像旁边的墙角里，嗡嗡地叫着……还可以听见蟑螂在凳子下面那些大皮包里爬动的声音……里亚博夫斯基在太阳落山时才回到家，他把帽子扔在桌上，脸色苍白，疲惫不堪的样子，连沾满污泥的靴子也没有脱便倒在长凳上，闭上眼睛。

“我很累……”他说，眉毛动了动，竭力想把眼皮抬起来。

奥丽加·伊万诺夫娜为了表示对他亲热，并表明她没有生气，便走到他跟前，默默地吻他，并把梳子放在他的淡黄色的头发里。她想给他梳头。

“怎么一回事？”他问道，打了个寒战，好像有什么冰凉的东西碰在他身上似的。“怎么一回事？别来打扰我，我求您了。”

他用手推开她，走开了。她觉得他的脸显出厌恶、懊丧的表情。这时一个农妇小心翼翼地用手端着一盘白菜汤过来给他。奥丽加·伊万诺夫娜看见农妇的大手指头浸在汤里了。这个腆着大肚子的肮脏的农妇，这盘让里亚博夫斯基吃得有滋有味的白菜汤，这小木房和整个这种生活（起初她对这种生活的简朴和艺术性的杂乱也深深喜爱

① 玛西尼是意大利歌唱家。

过），如今这一切使她觉得很可怕。她突然感到自己受了侮辱，便冷冷地说：

“我们需要分开一段时间，不然由于无聊，我们会严重地吵起架来的。这我已经讨厌了。我今天就走。”

“怎么个走法？骑着拐杖走吗？”

“今天是星期四，正好九点半有一班轮船。”

“啊！是的，是的……那好吧，走吧……”里亚博夫斯基轻声地说，用毛巾代替餐巾擦了擦嘴。“你在这里很无聊，没事干，必须是个大的利己主义者才能把你留下。走吧，本月二十日之后我们将再见面。”

奥丽加·伊万诺夫娜高兴地收拾行李，甚至高兴得两颊都发红了。她自问道：难道她真的不久就要在客厅里画画、在卧室里睡觉、在铺着桌布的饭桌上吃饭了？她心情轻松了，她也不再为画家而生气了。

“颜料和画笔我都给你留下，里亚布沙①，”她说，“凡是我留给你的东西，你都得带回来……注意，我不在你可别偷懒，别郁闷，要工作。你是好样的，里亚布沙！”

十点钟，里亚博夫斯基便给她告别的一吻，正如她所想的，那是他为了避免在轮船上当着那些画家的面跟她接吻。后来他送她到码头去，轮船很快就开了，把她带走了。

过了两天半，奥丽加·伊万诺夫娜回到了家。她激动得喘不过气来，没有脱去帽子和雨衣就走进了客厅，从客厅又走进餐厅。狄莫夫没有穿上衣，只穿着敞开的坎肩，坐在桌子后面，正在用叉子磨刀子。他面前的碟子上放着一只松鸡。奥丽加·伊万诺夫娜走进房间时，坚信必须对丈夫隐瞒一切，她相信自己有这种能力和力量，但是现在，当她看见他那温厚、幸福的微笑和那双明亮、快活的眼睛时，她却觉得，瞒住这个人，就跟毁谤、盗窃、杀人一样卑鄙、可恶和不可能，她也做不到。在这一瞬间，她决定向他说出发生过的一切。让

① 里亚布沙是里亚博夫斯基的爱称。

丈夫吻她、搂她之后，她在他面前跪下来，并且捂住脸。

“怎么啦？怎么啦？亲爱的？”他温柔地问道，“想家了吧？”

她抬起由于羞愧而变得通红的脸，并用惭愧的恳求目光看着他，可是恐惧和羞耻却又妨碍她把实话说出来。

“没有什么……”她说，“这是我……”

“我们坐下来吧，”他说，并把她搀起来，让她在桌子旁边坐下。“这就对了……吃点松鸡吧，你饿了，小可怜。”

她贪婪地呼吸着家里的亲切的空气，并吃了松鸡；他则深为感动地看着她，并高兴地笑了。

六

约莫过了半个冬天，狄莫夫才看出自己受了欺骗。而他，倒好像自己的良心不纯似的，不敢直视妻子的眼睛，见到她也不再快活地微笑了，为了更少地跟她单独在一起，他经常带自己的同事科罗斯杰列夫到家里来吃饭。科罗斯杰列夫身材矮小，头发剪得很短，满脸皱纹。每当他跟奥丽加·伊万诺夫娜说话时，都腼腆地把上衣的扣子时而全部解开，时而又全部扣上，然后用右手捋捋左边的唇髭。吃饭的时候，两位医生就谈论什么横膈膜升高会使心脏跳动不规则，或者是谈论近来常遇到的许多神经炎病症，再不就谈论前一天狄莫夫解剖一个患恶性贫血的病人的尸体时，在其胰腺里发现了癌。他们两人之所以谈论医学，似乎只是为了给奥丽加·伊万诺夫娜一个沉默的机会，也就是不撒谎的机会。饭后，科罗斯杰列夫在钢琴那边坐下来，狄莫夫则叹口气对他说：

“喂，老兄，怎么样，来，弹一个悲伤的曲子吧。”

科罗斯杰列夫抬起肩膀，伸开手指，弹了几个谐音，并开始用男高音唱起来：“你指给我看看，有什么地方俄罗斯农民不呻吟。”[1]狄莫

① 俄国诗人涅克拉索夫的诗句。

夫再一次叹口气，用拳头支着脑袋，沉思起来。

近来奥丽加·伊万诺夫娜的行为极不谨慎，每天早晨醒来都心绪很坏，心想，她已经不爱里亚博夫斯基了，所以，谢天谢地，一切都结束了。可是喝完咖啡后她又想到，里亚博夫斯基使她失去了丈夫。如今，她既失去了丈夫，也失去了里亚博夫斯基。后来，她想起了一些熟人谈到里亚博夫斯基正在为画展准备一张惊人的画，一张风俗与风景的混合，采用波列诺夫[①]的风格，凡是到过他的画室的人都欣喜若狂。不过她在想，要知道，他是在她的影响下才创作出这张画来的。总之，是多亏了她的影响，他才大大地变好了。她的影响是如此卓有成效，如此重要，若是她丢下他，那么他也许就会完蛋。她还想起，上次他来看她时，穿着一件带小星星的灰色上衣，系一条新领带，懒洋洋地问她："我漂亮吗？"其实，他很潇洒，长长的卷发，一双蓝色眼睛，是很漂亮（或者，也许是似乎漂亮吧），而且他对她也很温柔。

奥丽加·伊万诺夫娜回想了许多事情，并思考了一下，然后穿上衣服，非常激动地到画室找里亚博夫斯基去了。她看见，他很快乐，正在叹赏那幅真正华美的画。他又蹦又跳，逗趣取乐，用开玩笑的方式回答严肃的问题。奥丽加·伊万诺夫娜嫉妒里亚博夫斯基的画，并且憎恨它，但是，出于礼貌，她在画的面前默默地停留了五分钟，而且好像见到什么圣物似的叹了一口气，轻声地说：

"是啊，你还从来没有画过这样的画，知道吗，甚至让人敬畏。"

然后她又去恳求他能爱她，不要抛弃她，要求他怜惜她这个可怜的不幸的女人，她哭着吻他的手，要他发誓爱她。她还向他证明，要是没有她的良好影响，他将会误入歧途，会毁灭。而当他扫了她的兴，当她觉得自己屈辱时，就到女裁缝或认识的演员那里去弄几张戏票。

如果在画室里没有找到他，她就会给他留下一封信，信里发誓说，若是他今天不来看她，她就一定服毒自杀。果然，他害怕了，

① 波列诺夫（1844~1927），俄国现实主义风景画家。

就去看她，并留下来吃午饭。尽管她丈夫在座，他也不客气，对她说话粗鲁，她也针锋相对。两人都感到，他们已经捆在一起了，无法拆开，都觉得对方是暴君和敌人。两人都在发狠，因此两人都没有留意他们的举动很不得体，甚至剪短发的科罗斯杰列夫也全看明白了。午饭后，里亚博夫斯基匆匆告辞，离去了。

“您到哪里去?”奥丽加·伊万诺夫娜在前厅憎恨地看着他，问道。

他皱着眉头，眯缝着眼睛，随便说出一个大家都熟悉的女人的名字。很显然，他是在嘲笑她吃醋，并想让她生气。她回到自己的卧室，便倒在床上。由于嫉妒、懊丧、屈辱和羞愧的感觉，她咬着枕头，放声大哭起来。狄莫夫把科罗斯杰列夫丢在客厅里，走进卧室里，又难为情又慌张地低声说：

“不要大声哭，亲爱的……何苦呢……这种事应当保持沉默才对……应该不让人看出来……要知道，已经发生的事，你是无法挽回的。”

不知道怎么样才能平息这种沉重的嫉妒，它几乎把她的太阳穴都炸开了。同时她又认为，事情还可以挽回。于是她洗了把脸，在带泪痕的脸上扑上粉，飞快地跑到刚才提到的那个女人家里。里亚博夫斯基不在这个女人家里，她又跑到另一家，然后是第三家……起初，这样跑来跑去她还感到难为情，可是后来跑习惯了，为了找到里亚博夫斯基，往往一个晚上跑遍她所有认识的家庭，于是大家都明白了这是怎么一回事。

有一天，她对里亚博夫斯基谈起她的丈夫：

“这个人用宽宏大量来压我!”

她很喜欢这句话。每当她碰到那些知道她与里亚博夫斯基的罗曼史的画家时，她都要谈到她的丈夫，用手使劲地一挥，说：

“这个人用宽宏大量来压我!”

他们的生活安排还跟过去一样，每到星期三就举行晚会，演员们朗诵，画家们画画，大提琴家演奏，歌唱家唱歌，到十一点半，通向饭厅的门必定会打开，于是狄莫夫便面带笑容地说：

“先生们，请吃点东西吧。”

奥丽加·伊万诺夫娜还像过去一样在寻找名流，找到了又不满足，再找。像过去一样，每天都是深夜才回来。不过，狄莫夫不像去年那样已经睡觉，而是坐在自己的书房里，干一些事。他三点钟才躺下睡觉，八点钟起床。

有一天晚上，她正准备去剧院，站在衣镜面前，狄莫夫穿着礼服，系着白领带走进卧室里，他温存地笑了笑，像从前那样，高兴地直视着妻子的眼睛。他满面红光。

“我刚才通过了学位论文答辩。”他说，坐下来，揉了揉自己的膝盖。

“通过了？”奥丽加·伊万诺夫娜问道。

“啊哈！”他笑了起来，并伸长脖子去看妻子在镜子里的脸，因为她依然背对着他站在那里，在理自己的头发。“啊哈！”他又笑了一次。“知道吗，他们很可能把我提为普通病理学的副教授的职位，有戏！”

从他的红光焕发的脸容可以看出来，如果奥丽加·伊万诺夫娜这时能跟他一块儿分享高兴和胜利的话，也许他就一切都原谅她了，不论是现在的还是过去的，全部忘掉。可是她不懂得什么是副教授职位和“普通病理学”的含义，她更担心的是耽误了看戏，于是什么话也没有说。

他坐了两分钟，然后愧悔地笑了笑，走了。

七

这是不平静的一天。

狄莫夫头痛得非常厉害。他没有喝早茶，也没有到医院去上班，一直躺在自己书房里那张土耳其式的长沙发上，跟往常一样，奥丽加·伊万诺夫娜中午十二点多钟就去找里亚博夫斯基，把自己画的静物写生画拿给他看，并且质问他，为什么昨天没有去看她。这张画她觉得微不足道。她画这张画，只不过是要找个到画家那儿去的多余的借口罢了。

她没有拉门铃就走进他家里，当她在门厅里脱套鞋的时候，就听见画室里好像有什么东西轻轻地跑过去，发出一种女人衣裳的沙沙声。她连忙朝画室望去，只看见一段棕色的裙子闪了一下，便消失在一幅大画的后面。这张画及其画架被一块直拖到地的黑布盖着。毫无疑问，这是有个女人躲起来了。就像奥丽加·伊万诺夫娜自己过去常在这张画儿后面躲难一样！里亚博夫斯基看样子很尴尬，好像对她的到来感到很惊讶。他伸出两只手给她，勉强地赔着笑脸说：

“啊，啊，啊！很高兴见到您，有好消息告诉我吗?”

奥丽加·伊万诺夫娜的眼里充满了泪水，她感到羞愧和悲哀，就是给她一百万，她也不肯当着这另外的女人、一个情敌、一个虚伪的女人的面说话，而这个女人现在就站在那张画的后面，也许正幸灾乐祸地笑呢。

“我把画稿给您带来了，”她怯生生地小声说，嘴唇颤抖着，“是‘静物画’[①]。”

“啊，啊……是画稿?”

画家把画稿拿在手里，边看边走，似乎不经意地走进了另一个房间。

奥丽加·伊万诺夫娜顺从地跟在他后面走。

“静物画……一级品，”他小声嘟哝着，并押起韵来：“库罗尔特……乔尔特……波尔特”。[②]

画室里发出一种急促的脚步声和衣裙的沙沙声。就是说，她已经

① “静物画”原文用的是法文。

② 原文中的“静物画”为法语，“一级品”为俄语；法语中的后一个音节为 orte（奥尔特），俄语中的后一个音节也是 op（奥尔特）。于是画家又顺口说出有同样音节的几个词，Kypop（疗养区）、ep（魔鬼）、op（港口）。后面几个词的后一个音节同样是（奥尔特）。这纯属文字游戏，是为了押韵而随口说出的，与书中的内容没有联系。

走了。奥丽加·伊万诺夫娜很想大叫一声，用重物对准里亚博夫斯基的脑袋打过去，然后跑掉。然而她眼泪汪汪，什么也看不见，完全被羞愧压倒了，觉得自己已不是奥丽加·伊万诺夫娜，已不是女画家，而是一只小甲虫了。

“我累了……”里亚博夫斯基一边看着画稿，一边懒洋洋地说，并且抖动着脑袋，好像要把睡意抖掉似的。“当然，画稿很不错，可是您今天画一幅，去年已画了一幅，过一个月又画一幅……您怎么画不腻呢？要是换了我的话，就不玩这玩意儿了，而去搞严肃的音乐或别的什么了。要知道，您并不是画家，而是音乐家。可是您知道，我有多累啊！我立即叫仆人端茶来……好吗？”

他走出了房间。奥丽加·伊万诺夫娜听见他对仆人吩咐了几句话。为了避免告辞，避免解释，最主要的是避免自己大哭起来，她趁里亚博夫斯基还没有回来，赶快跑进门厅里穿上套鞋，走到街上去了。在街上她轻轻地舒了口气，现在她觉得自己永远自由了，与里亚博夫斯基，与绘画，与刚才在画室里压迫着她的沉重的羞辱感再也没有关系了。一切都结束了。

她去找女裁缝，然后去找昨天刚回来的巴尔纳伊[①]，再从巴尔纳伊那儿去了乐谱店，心里却一直想着，怎样给里亚博夫斯基写一封冰冷的、残酷的、充满个人尊严的信，想着春天或者夏天跟狄莫夫一块儿到克里米亚去，在那里就可以与过去彻底决裂，开始过新的生活。

她很晚才回到家，没有换衣服就在客厅里坐下来写信。里亚博夫斯基对她说过，她不是一个画家，现在她也要报复他，说他每年画的都是老一套，每天说的也是老一套的话，还说他已停步不前，除了已有的一点成绩外，今后什么也做不了啦。她还想说，他过去能有点成绩，很多方面应当归功于她的好影响，如果他继续这样干蠢事，那是因为她的影响被各种不三不四的人物，例如今天藏在画儿后面的那个人——抵消了。

“亲爱的！”狄莫夫没有开门，从书房里叫她。“亲爱的！”

① 一位德国话剧演员。

“你有事吗?”

“亲爱的，你不要进我的房里来，只站在门口好了。是这么一回事……前天我在医院里染上了白喉，现在……觉得不舒服。快把科罗斯杰列夫找来。”

奥丽加·伊万诺夫娜对丈夫和对所有熟识的男人一样，都称呼姓。她不喜欢他的名字奥西普，因为这个名字总让她联想起果戈理的奥西普（果戈理的剧本《钦差大臣》中的人物）和那句俏皮话：“奥西普，爱媳妇；阿尔希普，开席铺。”现在她也大喊一声：

“奥西普，这是不可能的。”

“去吧！我很不舒服……”狄莫夫在门后面说道。可以听见他向沙发走去和躺下来的声音。“去吧！”又含含糊糊地听见他的说话声。

“这是怎么一回事?”奥丽加·伊万诺夫娜想道，吓得全身发冷。“要知道，这是很危险的啊！”

这时她毫无必要地拿着蜡烛走进自己的卧室里，在这里，她思考了一下该做些什么。她无意中在镜子里看到了自己：一张被吓得苍白的脸，高袖口的短上衣，胸前的黄褶子和裙子上的特殊的花纹。她觉得自己既可怕又可恶。她突然感到非常对不起狄莫夫，对不起他对她的宽厚无边的爱情，对不起他年轻的生命，甚至也对不起这张他已好久没有睡的被冷落了的小床。她想起了他那惯常的、温和的、恭顺的笑容。她痛哭了一场，给科罗斯杰列夫写了一封信。当时已是深夜两点钟了。

八

第二天早晨快到八点钟时，奥丽加·伊万诺夫娜由于没有睡好觉而觉得脑袋发沉，她没有梳头，样子难看，并带着惭愧的表情走出了卧室。这时有一位留着黑胡子的先生，看样子是医生，从她旁边走过，进了前厅。房间里散发着药味。书房门边站着科罗斯杰列夫，他用右手捋着左边的唇髭。

“对不起，我不能放您进去。”科罗斯杰列夫阴沉地对奥丽加·伊万诺夫娜说。“会传染的。是的，其实您不必进去。他一直在说梦话。”

“他真的得了白喉吗？”奥丽加·伊万诺夫娜小声问道。

“这是铤而走险，该送交法庭。”科罗斯杰列夫自言自语说，没有回答奥丽加·伊万诺夫娜的问话。“您知道他是怎样被传染的吗？星期二那天，他用吸管去替一个男孩子吸白喉黏膜。这是为什么呢？愚蠢……真是糊涂……”

“这病危险吗？很危险？”奥丽加·伊万诺夫娜问道。

“是的，这是很厉害的病。其实应该把希列克请来才对。”

一个小个子、红头发的人过来了，他的鼻子很长，说话带有犹太人的口音；然后来了一个身材高大的人，他驼背、头发蓬松，像一个大助祭；后来又来了个很胖的青年，红脸、戴眼镜。这是医生们为自己的同事轮流值班。科罗斯杰列夫值完班后没有回家，而是留了下来，像影子似的在各个房间里徘徊。女仆为值班的医生们端茶，并常要到药房里去。因此没有人去收拾房间。周围是一片静寂和凄凉。

奥丽加·伊万诺夫娜坐在自己的卧室里。她在想，这是上帝对她的惩罚，因为她欺骗了丈夫。这个沉默寡言、毫无怨言、不可理解的人由于其温顺而失去了个性，由于其多余的善良而失去了性格，变得软弱无力。现在他又自己待在一个地方，躺在长沙发上，孤独地受苦，无怨无悔。如果他能说出一些抱怨的话来，哪怕是在呓语中，值班的医生也会知道他的毛病不仅在白喉上，他们就会去问科罗斯杰列夫——他是什么都知道的。难怪他在看朋友的妻子时，其眼睛好像在说：她才是真正的主犯，而白喉只不过是同谋犯而已。现在她已经不去回想那伏尔加河的月夜，也不去回想什么爱情的独白，更不去回想什么农舍里的诗意的生活了，只想到，她由于空虚的怪想，由于娇生惯养，已经把自己全身包括手和脚都用又脏又黏的东西染污了，永远也洗不干净了……

“唉，我撒谎撒得太可怕了！”她寻思道，想起了她与里亚博夫斯基那段不安的爱情。“真是该死！……”

四点钟时她和科罗斯杰列夫一块儿吃午饭。他什么也没有吃，只喝了点红葡萄酒，眉头紧皱；她也是什么都没有吃。她有时心里暗自祈祷，向上帝起誓，如果狄莫夫的病好了，她将再爱他，并做他的忠实的妻子。有时她又遐想出神，瞧着科罗斯杰列夫，心想：“做一个普普通通、毫不出色、默默无闻的人，再加上满脸的皱纹和不懂礼貌，难道不乏味吗？”有时她又觉得上帝会立即杀死她，因为她由于害怕传染，一次也没有进过丈夫的书房。总之，她已经心绪麻木、沮丧，并且相信她的生活已经毁了，无论如何也不能挽救了……

饭后天变黑了。奥丽加·伊万诺夫娜走进客厅时，科罗斯杰列夫正在卧榻上睡觉，用一个金线绣的绸枕头垫着脑袋。“希——普阿……希——普阿。”他在打鼾。

值班的和不值班的医生都没有发现这种杂乱无序的现象。有陌生人在客厅里睡觉、打鼾也好，墙上挂着种种画稿也好，稀奇古怪的环境也好，以及女主人头发蓬松、衣冠不整也好，如今这一切都不能引起人们丝毫的兴趣。有一位医生无意中不知为什么笑了一下，这笑声听起来颇为古怪，而且有些胆怯，甚至令人害怕。

当奥丽加·伊万诺夫娜第二次走进客厅时，科罗斯杰列夫已经不睡觉了，而是坐着抽烟。

“他得了鼻腔白喉症，”他小声说，“心脏也跳得不正常了。真的，事情不妙。”

“那您就去请希列克来吧，”奥丽加·伊万诺夫娜说。

“希列克已经来过了。就是他发现白喉已经转移到鼻子里了。唉，希列克又能怎么样！实际上，希列克也毫无办法。他是希列克，而我是科罗斯杰列夫——如此罢了。”

时间过得很慢。奥丽加·伊万诺夫娜和衣躺在一张从早晨起来就没有收拾过的床上，她迷迷糊糊地觉得，整个住宅，从地板到天花板堆放着一大块铁，只有把这块铁搬开，大家才能快活起来，轻松起来。醒来后她才想到，那不是铁，而是狄莫夫的病。

“静物画，波尔特……”她想着，又陷入了昏迷状态。“波尔特……库罗尔特……希列克怎么样？希列克，格列克，弗列克……克列克。可我的朋友们现在在哪里呢？他们知道我现在遭难了吗？主啊，救救我吧……饶了我吧！希列克，格列克……”

又是那块铁……时间过得很慢，可是楼下的钟还照常敲响。有时会听到铃声，那是医生们进来了……女仆人端着托盘走进来，托盘上放着一个空酒杯。她问道：

“太太，要把床收拾一下吗？”

没有听到回答，女仆便走了。楼下的钟在敲着。她梦见伏尔加河上在下雨。又有人走进卧室来，好像是个不相干的人。奥丽加·伊万诺夫娜跳起来，认出那是科罗斯杰列夫。

“现在几点了？”

“将近三点。”

“有什么事？”

“还有什么好事！……我是来告诉您：他去世了……”

他啜泣着，挨着她坐在床上，用袖口擦拭眼泪。她没有立刻明白过来，但很快就全身发冷，开始慢慢地在胸前画十字。

“去世了……”他用尖嗓门重说一遍，又啜泣起来。“他死了，是因为他牺牲了自己……这对科学来说，是什么样的损失啊！”他痛苦地说：

“如果拿我们跟他相比，他真是一个伟大的、不平凡的人！何等的天才啊！他给我们大家多大的希望啊！”科罗斯杰列夫绞着双手继续说，“我的上帝啊，这样的科学家我们现在就是打着灯笼也找不到了。奥西普·狄莫夫呀，奥西普·狄莫夫！你这是怎么搞的啊！哎呀呀，我的上帝呵！”

科罗斯杰列夫双手捂住脸，不停地摇头。

“他的道德力量又是多么大啊！”他接着说，好像对什么人有越来越大的怨气似的。“这个善良、纯洁、慈爱的灵魂——不是人，而是水晶，他服务于科学，为科学而死；他白天黑夜像牛一样地工作，没有任何人怜惜过他。他是一位年轻的科学家，未来的教授，却也不得不干点私人行医的事，并在晚上搞点翻译，为的是要钱去买这些……

无用的破烂!”

科罗斯杰列夫憎恶地看着奥丽加·伊万诺夫娜，伸手抓起被单，愤怒地撕扯它，好像责怪被单有罪似的。

“他不怜惜自己，别人也不怜惜他。唉，真的，有什么办法呢。”

“是啊，一个世界上少有的人!”客厅里有一个人用男低音说道。

奥丽加·伊万诺夫娜回想起她跟他在一起的整个一生，从开始到结束的全部细节，才忽然明白，他真是一个不平凡的人，少有的人，拿他跟她认识的所有的人相比，真算是一个伟大的人。她想起她已故的父亲，以及所有跟他共过事的医生是怎样看待他的，她这才明白，他们都认为他是一个未来的名人。墙壁、天花板、灯、地板上的地毯，好像都讥讽地对她眨眼睛，好像想对她说：“你错过机会了!”她哭着从卧室里冲出来，在客厅里与一个不相识的人擦肩而过，跑进了丈夫的书房里。狄莫夫一动不动地躺在那张土耳其式的长沙发上，一张床单盖着后半腰。他的脸可怕地瘪了下去，瘦得很，呈黄灰色（活人的脸是绝不会有这种颜色的）。只是从其额头、黑眉毛和熟悉的微笑，才能认出他是狄莫夫。奥丽加·伊万诺夫娜连忙去摸他的胸口、额头和手，胸口还有一点热气，可是额头和手已经凉得令人不舒服了，半闭着的眼睛也不是看着奥丽加·伊万诺夫娜，而是看着被子。

“狄莫夫!”她高声喊道，“狄莫夫!”

她想向他说明她过去错了，但还不是完全不可挽回，生活仍然还可能是美好幸福的；她还想跟他说，他是一个少有的、不平凡的、伟大的人，她将一生一世敬仰他，为他祈祷，对他怀有神圣的敬畏之情……

“狄莫夫!”她叫唤他，拍打他的肩膀，不相信他从此不再醒过来。“狄莫夫，狄莫夫啊!”

这时科罗斯杰列夫在客厅里对女仆说：

“干吗在这里问长问短？您到教堂看守人那里去，问一下养老院的老婆婆在哪儿。她们会来给死者洗擦身体。收殓诸事，他们会一并办好的。”

（1892 年）

文学教师

一

原木地板上响起了马蹄声，先是一匹叫努林伯爵的黑马被牵了出来，然后是白马维利康，再后是它的妹妹玛依卡。它们全都是优良的名贵马。舍列斯托夫老人给维利康上好马鞍，转身对自己女儿玛莎说：

“好啦，玛丽娅·戈德芙鲁阿，上马吧。唷！”

玛莎·舍列斯托娃是家里最小的一个。她已经十八岁了，但是家里人改不掉老习惯，还把她看作小孩，所以大家仍叫她玛尼娅和玛纽霞[①]。自从城里来了马戏团，她十分热衷地看过之后，大家便叫起她玛丽娅·戈德芙鲁阿来了。

“唷！”她吆喝了一声，坐到维利康背上。

她的姐姐瓦丽娅骑上了玛依卡，尼基丁骑上努林伯爵，军官们也骑上自己的马。这是一列又长又漂亮的马队，军官们穿着白色制服，小姐们一身黑色骑装，五光十色，缓步地走出院子。

尼基丁发现，当大家上了马以及后来骑着马走到街上时，玛纽霞都只注视着他一个人。她担心地瞧着他和努林伯爵说：

“谢尔盖·瓦西里依奇，您得时时勒住马嚼子，不要让马畏缩。它是在佯装。”

也许是她的维利康对努林伯爵特别要好，或者这只是一种凑巧，昨天和前天一样，她骑着马都走在尼基丁的身旁。他瞧着骑在骄傲的

① 玛尼娅、玛纽霞都是玛丽娅的小名。

白马上的她那娇小、匀称、秀美的身材，苗条的侧影，瞧着与她完全不相称、使她有点显老的高筒帽，心里感到快活、激动、兴奋，他听见她说话，却听不清楚，于是他想：

“我向自己保证，对上帝起誓，不再害羞，今天一定向她表白……”

那是傍晚六点多钟，正是洋槐和丁香放出浓香的时候，空气和树木好像也被这种浓香冷却了。城市公园里已奏起了音乐，马队在马路上踩出嘚嘚的响声，四面八方都传来了笑声、谈话声、开门和关门声；迎面走来的士兵们都向军官们敬礼，中学生们向尼基丁鞠躬。显然，所有从容散步或者匆忙地涌进公园听音乐的游客都很喜欢看这群骑马的人。天气是多么的和暖，云彩是多么的轻柔，一片片白云无序地挂在天边，白杨和洋槐的影子伸过整条宽阔的大街，覆盖了对面房屋的凉台和二层楼，显得多么柔和、温馨！

他们骑马出了城，在大道上疾驰。这里已经没有了洋槐和丁香的香气，已听不到音乐，但却散发着田野的清香；幼嫩的黑麦和小麦发绿了，小黄鼠吱吱地叫，白嘴鸦在聒噪，不论朝哪儿看，到处是一片绿，只有一些瓜地，颜色发黑，左边很远的墓地上，正在凋谢的苹果花呈现出一道白色。

马队走过屠宰场，然后走过啤酒酿造厂，追上了一群急于到郊区公园去演奏的军乐队员。

“波利扬斯基有一匹很好的马，我不争辩，”玛纽霞对尼基丁说，用眼睛指着那个骑着马走在瓦丽娅旁边的军官，“不过那匹马也有缺陷，它左腿上有一块白斑，长得不是地方，而且您看，它的头是往后仰的，现在已经没有办法改正它了，到死它都会一直仰着头的。”

玛纽霞像父亲一样酷爱马。她看见别人有匹好马，就觉得心里难受，一旦发现别人的马有缺陷，她就高兴。尼基丁对马却是一窍不通，勒住马的缰绳或马嚼子也好，马快跑或小跑也好，对于他来说都毫无区别，他只是感到自己骑马的姿势不自然，太紧张，因此玛纽霞一定会更喜欢那些善于骑马的军官。于是他就对善于骑马的军官吃醋了。

他们经过郊区公园时，有人提议去喝矿泉水，他们便去了。公园里只长着橡树，橡树最近刚长出叶子，所以现在透过新叶子还可以看到整个公园，看得见公园里的戏台、小桌子、秋千，看得见所有的乌鸦的窠，其形状就像是一顶顶大帽子。这些骑手和他们的小姐们急忙地围在一个小桌子旁边，买了矿泉水；有些在公园里散步的熟人也走过来，其中有穿着高筒靴的军医和等着自己乐队到来的乐队队长。大概军医把尼基丁当成大学生了，所以问他：

“请问，您是回来过暑假的吗？”

“不，我一直住在这里，”尼基丁回答说，“我是中学教师。”

“是吗，”医生惊讶地说，“这么年轻就当教师了。”

“怎么还年轻呢？我已经二十六岁了……”

“您虽然留了胡子和唇髭，可是从您的外表看，顶多也不过二十二三岁。您显得多么年轻啊！”

“什么混账话！”尼基丁在想，“连这个人也拿我当乳臭小儿看待！”

他十分讨厌别人说他年轻，特别是有女人或者学生在场的时候。自从他来到这个城市当教师之后，他就憎恶自己这副年轻相。学生们不怕他，老头们叫他年轻人，妇女们则乐意跟他跳舞而不愿意听他长篇大论。他情愿付出高昂代价，只求自己现在能老十岁才好。

他们从公园里出来，继续往前，到舍列斯托夫田庄去。他们在庄园门口勒住马，唤来管家的妻子普罗斯科维娅，向她要了鲜牛奶。可是谁也没有喝牛奶，大家相互看了看，笑起来，策马回去了。往回走的时候，郊区公园里已奏起了音乐，太阳落在了墓地后面，有一半的天空被晚霞映得通红。

玛纽霞骑着马又是跟尼基丁并排走着。他很想跟她说他是多么强烈地爱着她，可是他害怕军官们和瓦丽娅听见他的话，于是他没有说。玛纽霞也没有说话。他感觉得出她为什么不说话，为什么要跟他并排走，他感到十分幸福，于是大地、天空、城市的灯火、啤酒厂的影子在他的眼里都汇成了一种非常美好的可爱的东西，他仿佛觉得他的努林伯爵是在空中行走，要奔到深红色的天上去。

他们回到了家里，花园里桌子上的茶炊已沸腾了。舍列斯托夫老人和他的朋友们，地方法院的官员们都坐在桌子的一边，跟平时一样，在评论什么事情。

“这是卑鄙无耻！”他说，“就是卑鄙无耻，不是别的，是的，先生们，就是卑鄙无耻！”

自从尼基丁爱上了玛纽霞以后，他就喜欢上了舍列斯托夫家的一切：房子旁边的花园、晚茶、藤椅、老保姆，甚至老人常爱说的那个词“卑鄙无耻”。他不喜欢的只是那些数不清的猫和狗，以及凉台上大笼子里那些悲戚地咕咕叫的埃及鸽子。看家狗和室内狗如此之多，尼基丁跟舍列斯托夫一家相识这么久，却只认清了其中的两条狗——木什卡和索姆。木什卡是一条脱了毛的小狗，脸上却毛茸茸的，很凶，而且被惯坏了，它憎恨尼基丁，每次一看见他，便把头歪到一边，龇着牙，开始“呜……汪汪汪……”地吠起来。

然后它就趴在椅子下面。他要把它从椅子下面赶走时，它便尖声叫起来，这时主人便会说：

“别害怕，它不咬人。它是我们家的好狗。”

索姆则是一条黑色高大的狗，腿很长，尾巴硬得像根木棍。吃饭和喝茶的时候，它都在桌子底下走来走去，用尾巴拍打着人们的皮靴或者桌腿。这是一条老实的笨狗。但是尼基丁不能容忍它那种把狗脸搁在吃饭的人的膝盖上，使裤子沾满唾液的习惯。他不止一次地用刀柄打它的大额头，用手指弹它的鼻子，叱呵、抱怨，都无济于事，裤子仍然沾上污迹。

骑马郊游回来后，茶、果酱、面包干和奶油都显得格外好吃。大家胃口都很好，默默地喝了第一杯茶，到喝第二杯时，争论就开始了。每次在喝茶和吃饭时的争论都是由瓦丽娅开头的。她已经二十三岁了，长得很好看，比玛纽霞漂亮，在家里被认为是最聪明、最有教养的一个女儿。她举止庄重、严肃，通常在家里取代已故母亲地位的长女都是这样的。因为她是女主人，所以她有权穿着短上衣在客人面前行走，称呼军官们的姓氏。她把玛纽霞看作是小姑娘，并用女领班的口吻跟她说话。她称自己是老处女，就是说，她坚信自己能嫁出去。

所有的谈话，哪怕是谈论天气，她都一定要把它变成争论。她有一种酷嗜，喜欢捕捉所有人的语病，揭穿矛盾，在话里找碴儿。您一开始跟她谈话，她就直盯着您的脸，并突然打断您的话说："对不起，对不起，彼得罗夫，您昨天说的却是完全相反啊！"

要不她就讥讽地微笑着说："可是我发现您已经在宣传第三厅①的原则了，祝贺您。"

如果您说了俏皮话或双关语，立刻就会听到她的声音："这是老一套！"或者"这是刻薄！"如果军官说了讽刺话，她会做出轻蔑的样子说："丘八的俏皮话！"

这个"丘"字她念得长而有力，致使木什卡在椅子底下也响应她一声："呜……汪汪汪……"

上一次喝茶时的争论是从尼基丁谈及中学的考试开始的。

"对不起，谢尔盖·瓦西里依奇，"瓦丽娅打断他的话说，"瞧，您说学生觉得考试难，那是谁的过错呢？请问，比方说，您给八年级学生出的作文题是：《作为心理学家的普希金》。首先您就不该出这么难的题目；其次，普希金怎么会是心理学家呢？当然喽，至于谢德林或者比方陀思妥耶夫斯基，那情况就不同了，可是普希金是一位伟大的诗人，而不是别的。"

"谢德林是谢德林，普希金是普希金。"尼基丁阴郁地说。

"我知道，你们学校里不推崇谢德林，不过，问题不在这里。请您告诉我，普希金算是什么样的心理学家呢？"

"难道他不是心理学家吗？好吧，我就给您举几个例子。"

于是尼基丁朗读了几段《奥涅金》②，然后又朗读了几段《鲍里斯·戈东诺夫》③。

"这里我没有看出有任何心理学的东西，"瓦丽娅叹息道，"只有描写了人类心理波折的人，才能称为心理学家。您朗读的这些都是美

① 第三厅是沙皇的最高警察机构。

② 《奥涅金》即《叶甫盖尼·奥涅金》，普希金著名诗体小说。

③ 《鲍里斯·戈东诺夫》，普希金的历史小说。

丽的诗，而不是别的。”

“我知道您所要的心理学是什么！”尼基丁生气地说，“您是要有人用钝锯子锯断我的手指，让我大喊大叫——这就是您所谓的心理学。”

“刻薄！不过您还是没有向我证明：为什么普希金是心理学家？”

每当尼基丁碰到他认为是守旧、狭隘的思想或类似的东西而不得不进行争论时，都习惯地会从座位上跳起来，双手捧着脑袋，气得哼哼地从房间的这一头跑到那一头。现在就是这样，他跳起来，抱着头，哼哼着在桌子周围打转，然后坐到较远的地方去。

军官们支持他。波利扬斯基上尉要瓦丽娅相信，普希金确实是心理学家。他举了莱蒙托夫的两首诗作为证据。盖尔涅特中尉也说，如果普希金不是心理学家的话，人们就不会为他在莫斯科立纪念碑了。

“这是卑鄙无耻！”从桌子的另一头传来了话声，“我对总督也是这样说的：阁下，这是卑鄙无耻！”

“我再不争论了！”尼基丁喊了一声，“这是争论不出什么结果的！够了！嘿，滚出去，这条脏狗！”他对着索姆喊道，因为狗又把头和爪子搁在他膝盖上了。

“呜……汪汪汪……”椅子下面又响起了犬吠声。

“您承认自己错了吧！”瓦丽娅喊道，“承认吧！”

不过这时来了几位做客的小姐，争论便自行中止了。大家都来到客厅里。瓦丽娅在钢琴旁边坐下来，开始弹奏舞曲。他们首先跳华尔兹舞，然后跳波尔卡舞，再后跳卡德利尔舞[①]，这个舞由波利扬斯基上尉领着穿过各个房间，然后又跳华尔兹舞。

大家跳舞的时候，老年人坐在客厅里抽烟，看着年轻人。其中有一位是信用社经理舍巴尔津，他是有名的文学和舞台艺术爱好者。他创建了本地的“音乐戏剧”小组，并亲自参加演出。不知为什么他总是只演一个滑稽的仆役角色，或者是拉长声调地朗读《女罪人》。城里人都叫他木乃伊，因为他长得既高又干瘦，青筋凸显，而且总是脸

① 原文为法语。一种古代集体舞。

部表情庄重，眼神浑浊呆痴。他是如此真诚地酷爱舞台艺术，甚至把自己的胡子和唇髭也剃光了，这样一来，他就显得越发像木乃伊了。

卡德利尔舞完了后，他犹豫不决地侧着身子走到尼基丁跟前，干咳了一声，说：

“我很高兴听到了刚才喝茶的时候你们的争论。我完全同意您的意见，我是您的志同道合者，能与您谈谈话，我会感到很愉快。您读过莱辛的《汉堡剧评》[①]吗？”

“没有，没读过。”

舍巴尔津吃了一惊，摆了摆手，就像手指头被烫伤了似的，什么也没有说，从尼基丁身边倒退了一步，走开了。舍巴尔津的外形、他所提出的问题及其表现出来的惊讶都使尼基丁觉得可笑，不过他仍旧在想：

“实在有点尴尬。我是一位文学教师，却至今没有读过莱辛的书。应该读一读才是。”

晚饭前，所有这些年轻的和年老的全都坐下来玩“运气”牌。他们拿来两副纸牌，一副发给大家，平均分发；另一副放在桌子上，背面朝上。

“谁手里有这张牌，”舍列斯托夫老人翻开第二副牌上面的第一张郑重地说，“幸运者现在就到育婴室去吻一下保姆。”

舍巴尔津得到了吻保姆的这份荣幸。大家簇拥着他，把他送进育婴室，又是笑，又是鼓掌，要他与保姆接吻。于是引起了一阵喧嚣声、喊叫声……

“不够热情！”舍列斯托夫嚷道，笑得流出了眼泪，“不够热情！”

派给尼基丁的运气是：听取大家的忏悔。他坐在客厅中央一把椅子上，头上被蒙上一块披巾。第一个前来向他忏悔的是瓦丽娅。

“我知道您的罪孽。”尼基丁开始说，在黑暗中瞧着她那严厉的轮廓。“请您告诉我，小姐，您为何每天跟波利扬斯基去散步呢？啊哈，绝不会无缘无故的，她不会无缘无故地跟骠骑兵在一块儿的！”

---

① 莱辛（1729~1781），德国剧作家和批评家。

“这是刻薄。”瓦丽娅说，走开了。

后来，他在披巾里看见了一双凝结不动的大眼睛闪着亮光，在黑暗中显出一个亲爱的侧影并闻到了一股早就熟悉的、使他想起玛纽霞房间的那种名贵香水味。

“玛丽娅·戈德芙鲁阿，”尼基丁说，嗓音变得如此温存又柔和，连自己也认不得了，“您有什么罪过呢？”

玛纽霞眯缝着眼睛，对他伸出舌尖，然后笑了笑，便走开了。过了一会儿，她已站在客厅中间，拍着手喊道：

“吃晚饭啦，吃晚饭啦，吃晚饭啦！”

于是大家都涌进了饭厅。

晚饭时瓦丽娅又跟人争起来，这回是跟父亲争吵。波利扬斯基吃得很多，喝了葡萄酒，并对尼基丁讲述了有一年冬天在战争中，他怎样地在齐膝深的泥淖里站了整整一夜，离敌人很近，因此不许说话，不许抽烟，夜里又冷又黑，刮着刺骨的寒风。尼基丁听着，斜视着玛纽霞；她也静止不动地瞧着他，连眼睛也不眨，使他感到又快活又痛苦。

“她干吗这样瞧着我呢？”他不安起来，“这使人很尴尬，会被人发现。哎呀，她还太年轻，太幼稚。”

午夜，客人们散了。尼基丁走出大门时，二层楼上一扇窗户砰的一声打开了。玛纽霞探出头来。

“谢尔盖·瓦西里奇！”她喊道。

“有什么吩咐？”

“是这样……”玛纽霞说，显然想找点话说，“是这样……波利扬斯基答应最近要带自己的相机来，给大家照相。我们要集合一下。”

“好的。”

玛纽霞把头缩回去了，窗户砰的一声关上，房间里立即有人弹起了钢琴。

“嘿，这一家子！”尼基丁穿过大街时想道，“这一家子就只有那些埃及鸽子才会呻吟叹气，这些鸽子之所以呻吟，也不过是因为它们不会用另一种方式来表现自己的快乐罢了。”

不过，也不只是舍列斯托夫一家生活得快活，尼基丁走了还不到两百步远，从另一家人那儿也听到了钢琴声。他再往前走，便看见一个农民在门口弹三弦琴。在公园里，乐队奏响了俄罗斯民歌的集成曲……

尼基丁住在离舍列斯托夫家有半俄里远的一所有八个房间的住宅里，这是他用每年三百卢布的租金租下来的，跟自己的同事、史地教师伊波里特·伊波里狄奇住在一起。这个伊波里特·伊波里狄奇不算是老人，他留着红黄色的胡子，翘鼻子，外貌较粗，不像文化人，倒像个工匠，不过他很温厚。尼基丁回到家的时候，他正坐在自己房间桌子旁边改学生的地图作业。他认为地理课最必需最重要的就是绘图。历史课呢，最重要的是年表知识。他一连几夜都坐在那儿用蓝铅笔修改他的男女学生的地图作业，要不就是编写编年表。

“今天的天气多么好啊！”尼基丁走进他屋里说，“真奇怪，您怎么在屋里坐得住呢？”

伊波里特·伊波里狄奇是个不善于言谈的人，他或者是默不作声，或者就只说些大家早已知道的事。他现在就是这样回答的：

“是啊，好天气，现在是五月份，很快就是真正的夏天了。夏天可不是冬天，冬天要生炉子，而夏天不生炉子也暖和，可是冬天就是双层窗户也仍觉得冷。”

尼基丁在他桌子旁边坐不到一分钟就觉得无聊了。

“晚安！”尼基丁打着呵欠站起来说道，“我本来想给您讲讲关于我的爱情方面的事情，可是您心目中却只有地理！一跟您讲爱情，您立即就会问：‘卡尔卡[①]战役是在哪一年？’算了，您跟您那些战役啦，那些楚科奇岬[②]啦，统统见鬼去吧！”

“您为什么生气？”

“心烦！”

他心烦，是因为他还没有向玛纽霞表白爱情，现在也找不到一个

① 卡尔卡河位于俄国顿涅茨克州，1223 年俄国同蒙古鞑靼军队在这里打过仗。

② 楚科奇岬在西伯利亚。

可以谈谈自己的爱情的人。他走进自己的书房，躺在长沙发上。书房里又黑又静，尼基丁躺着望着黑暗，不知什么缘故，开始设想两三年后他要到彼得堡去办事，玛纽霞怎样到火车站去送他并且哭哭啼啼，到彼得堡后他又接到她一封信，信中她恳求他快点回家，于是他便给她回信……信的开头他这样写："我亲爱的小耗子！……"

"好，就写我亲爱的小耗子。"他说，笑了起来。

他躺得不舒服，便把双手垫在脑袋下面，又把左腿搁在沙发靠背上，这样就舒服了。这时窗户已开始明显变白，院子里仍处于睡眠状态的公鸡啼叫起来。尼基丁继续在想象他怎样从彼得堡回来，玛纽霞怎样到车站去迎接他，她高兴得尖叫一声，扑过来搂着他的脖子，或者更妙，他要了一个花招：夜里偷偷地回来，厨娘给他开门，然后他就踮起脚尖走进卧室，悄悄地脱下衣服，扑通一声跳到床上！她醒了——高兴啊！

天空完全变白，书房和窗户不见了。就在今天大家骑马经过的啤酒厂的门廊台阶上，坐着玛纽霞，并且在说话，然后她挽起尼基丁的胳膊，跟他一起走进公园。公园里他看见了那些橡树和像帽子一样的鹊巢，有一个鹊巢晃动起来，舍巴尔津从这个鹊巢里探出头来，大声喊道："您没有读过莱辛的书！"

尼基丁全身颤抖了一下，张开了眼睛。长沙发跟前站着伊波里特·伊波里狄奇，他往后仰着头，在打领结。

"起床吧，该上班了，"他说，"您不该穿着衣服睡觉。这样衣服会弄坏的。睡觉就应该脱了衣服到床上睡……"

他照例地开始冗长地、一板一眼地讲那些大家早已知道的事情。

尼基丁的第一节课是二年级的俄语。九点整他走进这个班的教室。教室里的黑板上用粉笔写着两个大字：玛·舍。其意思大概是玛莎·舍列斯托娃。

"这些坏蛋，已闻出来了……"尼基丁想道，"他们是怎么知道的呢？"

第二节课是五年级的文学课，在这个教室的黑板上也写着玛·舍两个字。当他下课走出教室时，身后响起一阵叫嚷声，好像是戏院里从最劣等座位里传出来的喝彩声。

“乌拉——拉——拉！舍列斯托娃！”

由于没有脱衣服睡觉，现在觉得脑袋有点不舒服，身体也懒散而发软。学生都巴望着考试前的停课，什么也不做，心里焦急，由于烦闷而胡闹起来。尼基丁也心烦，没有理会这些胡闹，常常走到窗前去。他看见被太阳照得通亮的街道，房屋上空的透明的蓝天、鸟雀，而在遥远、翠绿的公园和房子后面，是广漠无垠的远方，那边有一片蓝色的小树林和奔跑着的火车冒出来的浓烟……

瞧，两个穿白色上衣的军官耍弄着小马鞭，正沿着街道走进了洋槐树的阴影里；一群留着白胡子戴着便帽的犹太人正穿过大街；家庭女教师领着校长的孙女在散步……索姆和两条看家狗到处乱跑……瞧，穿一身朴素灰色布拉吉和红袜子的瓦丽娅，手里拿着一份《欧罗巴通报》走了过来，大概她到市图书馆去了……

离下课时间还早——要到下午三点钟！下课后他还不能回家，也不是去舍列斯托夫家，而是去给沃尔弗上课。这个沃尔弗是有钱的犹太人，信路德派新教[①]，他不送自己的孩子进中学读书，而是请中学教师到他家里去授课，每堂课付五个卢布……

“真烦人，烦人，烦人！”

他三点钟到沃尔弗家，坐在他家里，时间好像没有尽头似的。五点钟从他家出来，而六点钟又得到学校去开教学会，制定四年级和六年级口试的时间表！

他晚上很晚才从学校出来到舍列斯托夫家去。他的心怦怦跳，脸发烧。在一个星期乃至一个月之前，每当他打算向她求爱时，都准备好了一席话，有开场白也有结束语，而这一次他却连一个字也没准备，头脑里一团糟。他只知道他今天一定要向她表白，再等下去就永远没有可能了。

“我先请她到花园里去，”他想，“散一会儿步，然后就向她求爱……”

---

① 基督教中的新教派。

前厅没有一个人。他走进大厅，然后走进客厅……这里也没有人，只听见二层楼上瓦丽娅在跟人争论，还听见育婴室里有雇来的女裁缝的剪裁声。

屋里有一个小房间。这个房间有三种叫法：小房间、过道间、小黑屋，那里立着一个很大的旧柜子，里面放着各种药品、火药和猎具。从这里通向二层楼，有一条窄小的木梯，梯子上老是睡着一些猫。这里有两个门，一个通育婴室，另一个通客厅。尼基丁到这里来是为了上楼去。通向育婴室的门忽然开了，又砰的一声关上了，使得木梯和柜子都震颤起来。玛纽霞穿着黑色布拉吉，手里拿着一块蓝布料跑了进来，没有看见尼基丁，直向楼梯奔去。

“等一下……”尼基丁叫住了她，“您好，戈德芙鲁阿……对不起……”

他喘不过气来，不知说什么好，一只手拉着她的手，另一只手抓住蓝色布料。而她呢，不知是受惊还是惊奇，睁大眼睛看着他。

“对不起……”尼基丁继续说，生怕她跑掉了似的，“我要跟您谈点事……只是……这里不方便。我不能，我无法……戈德芙鲁阿，您明白吗，我不能……就是这么回事……”

蓝布料掉在地上，尼基丁又抓住玛纽霞的另一只手。她脸色煞白，嘴唇微微颤动着，然后从尼基丁面前往后退，不觉之间，退到墙壁和立柜中间的角落里了。

“我向您保证，请您相信……”他小声地说，“玛纽霞，我向您保证……”

她往后仰起了头，他便吻了她的嘴唇。为了能吻得更久些，他用手指捧着她的脸颊。不知怎的，这样一来，他自己也处在墙壁和立柜中间的角落里了。她双手搂住他的脖子，紧偎着他，用头抵着他的下巴。

然后俩人跑到花园里去了。

舍列斯托夫家的花园很大，占了四俄亩地。这里生长着近二十棵老槭树和椴树，一棵松树，其他全是果树：樱桃树、苹果树、梨树、野栗树、银色的橄榄树……还有许多花。

尼基丁和玛纽霞默默地在林荫道上跑着、笑着，时而彼此问些不连贯的话，谁也没有回答。花园上空现出半个月亮，在这半个月亮的微弱的光线下，大地上那些含有睡意的郁金香和鸢尾花从黑暗的青草里探出身来，似乎也在请求人们跟它们吐露爱情。

当尼基丁和玛纽霞回到屋里时，军官们和小姐们都已到齐，正在跳玛祖尔卡舞。又是波利扬斯基带领大家跳卡德利尔舞，走遍各个房间，跳完了舞又是玩“运气”牌。晚饭前，当客人们从大厅走进饭厅，只剩下玛纽霞一人和尼基丁在一起时，她便紧偎着他说：

“你自己去跟爸爸和瓦丽娅说吧。我不好意思……”

晚饭后，他对老人说了。舍列斯托夫听完他的话以后，想了想说：

“承蒙您对我和我女儿的关爱，我很感激您，不过，请允许我以一个朋友的身份，君子对君子，而不是以父辈的身份跟您谈一谈。请您告诉我，您为什么那么早就想结婚？只有乡下人才会那么早结婚，那显然是鄙俗，不过您为什么要这样呢？为什么那么年轻就要给自己戴上镣铐呢？还有什么乐趣呢？”

“我完全不年轻了，”尼基丁委屈地说，“我已经二十六岁了。”

“爸爸，兽医来了！”瓦丽娅在另一个房间里喊道。

于是谈话中断了。瓦丽娅、玛纽霞、波利扬斯基送尼基丁回家。当他们走到他家门口时，瓦丽娅说：

“为什么您那位神秘的伊波里特·伊波里狄奇，什么地方都不露面呢？他尽可以到我们这里来玩嘛。”

尼基丁走进屋里时，那位伊波里特·伊波里狄奇正坐在自己床上脱袜子。

“先别躺下，亲爱的，”尼基丁上气不接下气地对他说，“等一等，别躺下！”

伊波里特·伊波里狄奇迅速把袜子穿上，惊恐地问道：

“什么事？”

“我要结婚了！”

尼基丁在自己的同事身边坐下来，惊讶地望着他，好像自己也感到奇怪似的说：

“您想一想吧，结婚！娶玛莎·舍列斯托娃。今天我已经求婚了。”

“是吗？她好像是一位漂亮的姑娘，只是她还很年轻。”

“是的，很年轻！”尼基丁叹口气说，现出有些担忧的样子，耸了耸肩膀，“非常，非常年轻！”

“她在我们的中学念过书，我认识她。地理学得可以，但历史学得不好，课堂上也不专心听课。”

不知为什么，尼基丁忽然可怜起自己这个同事来，并想对他说些温存的安慰的话。

“亲爱的，您为什么不结婚呢？”他问道，“伊波里特·伊波里狄奇，比方说，您为什么不娶瓦丽娅呢？这是一个非常美非常好的姑娘！不错，她很喜欢跟人争论，不过，她的心……心地多么好啊！她刚才还问到您。亲爱的，您就跟她结婚吧！嗯？”

他虽然很清楚，瓦丽娅是不会跟这个枯燥乏味、翘鼻子的人结婚的，但他还是劝他娶她，为什么呢？

“婚姻是人生大事，”伊波里特·伊波里狄奇想了想后说，“应当考虑周全，好好掂量掂量，不能马虎，慎重任何时候都没有坏处，特别是在婚姻方面：您一结婚，就已不是单身汉，而要开始过新生活了。”

于是他又开始讲那些大家早已熟知的事。尼基丁没有听下去，说了声对不起，便回自己房间去了。他很快地脱下衣服，很快地躺下来，以便赶快想他的幸福，想玛纽霞，想未来，微笑着，忽然又想起自己还没有读莱辛的书。

“是该读一读……”他想道，“其实，我又何必读它呢？让它见鬼去吧！”

被自己的幸福弄得很困的他很快就睡着了，直到第二天早晨脸上都留着笑容。

他梦中听见原木地板上响起了马蹄声。他梦见从马厩里先是黑马努林伯爵被牵了出来，然后是白马维利康，再后是它的妹妹玛依卡……

二

“教堂里十分拥挤而又嘈杂，有一次有一个人甚至大叫起来。替我和玛莎举行婚礼仪式的大司祭，透过眼镜望着人群，严厉地说：

“‘你们不要在教堂里来回走动，不要吵吵嚷嚷，安安静静地站着祈祷，要敬畏上帝才是。’

“我的男傧相是我的两个同事，玛尼娅的男傧相是波利扬斯基上尉和盖尔涅特中尉。高级僧侣唱诗班唱得很出色。烛花噼啪响，灯火辉煌，服装华丽，有许多的军官，许多快活的满意的脸孔；玛尼娅的神情是多么的特别、多么的轻盈！总之，整个氛围和婚礼的祈祷词都使我感动得流泪，十分惬意。我在想：我最近的生活有如鲜花怒放，变得多么富于诗意而又美好！两年前我还是一个大学生，还住在涅格林诺依的廉价旅馆里，没有钱，没有亲人，我当时觉得自己好像没有前途了。而现在，我是省城一所优秀中学的教师，有可靠的收入，有人爱，有人宠；瞧，这群人都是为了我才聚集在这儿的，都是为了我，才点亮那枝形吊灯，那助祭才大声喊叫，那唱诗班才卖力吟唱。不久后我便可以叫她为妻子的那个人竟是那么年轻、优雅而又高兴，那也是为了我。我想起了我们的初次约会、到城外旅行、向她求爱，还有那天气，整个夏天的天气好像也是有意给我们安排好了似的——出奇的好。我住在涅格林诺依时，还觉得这种幸福只是在中长篇小说里才有，我是不可能有的，而现在，我却实际感受到它了，好像已经抓在自己手里了。

“婚礼完毕后，大家都纷纷跑过来，围住我和玛尼娅，表示他们真挚的高兴，向我们道喜、祝福。有一位准将，年近七十的老人，只向玛尼娅一人道喜，并用老年人的吱吱的嗓音对她说，声音很大，整个教堂都听得见：

“‘亲爱的，我希望您结婚以后也仍然是一朵像现在一样的玫瑰花。’

“军官们、校长、所有的教师，出于礼貌，都面带笑容。我也觉得自己脸上有一种愉快的却不是真正的笑。老是说些尽人皆知的话的史地教师，最亲爱的伊波里特·伊波里狄奇紧紧地握着我的手，动情地说：

“‘这之前您没有结婚，是单身汉，现在您结婚了，就过俩人的生活了。’

“我们坐车来到一所两层楼的、没有粉刷的房子里。这是我得到的一份陪嫁。除了这所房子，玛尼娅还带来两万卢布的现金和一块叫梅里托诺夫斯卡娅的荒地及一所看守人用的小房子，听说那里还养着许多鸡鸭。由于没有人照管，鸡鸭都变野了。从教堂回来后，我就走进自己的新书房里，伸个懒腰，便躺在土耳其式的长沙发上，伸开四肢，抽烟，感到轻松、方便、舒适，这在我的生活中是从未有过的。这时客人们正在欢呼‘乌拉’，前室一个蹩脚的乐队在演奏迎宾曲和不三不四的歌谣。玛尼娅的姐姐瓦丽娅手里拿着高脚酒杯跑进书房里来，脸上显出奇怪而紧张的表情，仿佛嘴里含了一口水似的，看样子她还要继续往前跑，但突然大哭大笑起来，高脚酒杯当的一声掉在地上。我们托着她的胳膊，把她带走了。

“‘谁也弄不明白。’后来她躺在后屋奶妈的床上喃喃地说，‘不论谁，不论谁，谁也弄不明白！’

“不过，大家都明白，她比自己的妹妹玛尼娅大四岁，却还没有结婚。她之所以哭，不是出于嫉妒，而是忧愁地意识到她的年华正在过去，也许已经过去了。在跳卡德利尔舞时，她就已经满脸泪痕地待在大厅里，脸上扑过了粉，而且我看见，波利扬斯基上尉端着一碟冰淇淋站在她的面前，她拿勺子在舀着吃……

“这时已经是早晨五点多钟了，我开始写日记，想把自己丰富多彩的幸福描述一下，写上六页纸，明天拿去念给玛尼娅听。可是怪事，脑子一片混乱，迷迷糊糊，像做梦一样。我只清楚地想起瓦丽娅发生的那件事，并想写上一句：‘可怜的瓦丽娅！’我真想一直这样坐着写下去，写‘可怜的瓦丽娅’。顺便提一下，树叶簌簌响，快要下雨了，乌鸦在聒噪；我的刚刚入睡的玛尼娅不知为什么，一脸愁容。”

后来，有很长时间尼基丁都没有写日记。八月初他开始忙于学生的补考和入学考试工作，圣母升天节后便上课了。他通常八点多钟上班，九点多钟就开始惦记玛尼娅和自己的新家了，所以不停地看表。上低年级的课时，他便叫一个学生起来带着全班默写，而孩子们默写时，他就坐在窗台上，闭目遐想，不论是幻想未来，还是回忆过去，对他来说，都是同样的美好，就像童话一样。上高年级课时，他就让学生朗读果戈理或普希金的散文；学生的朗读使他发困，这时，人们、树木、田野、骑着的马，都在他脑海里升腾起来，于是他就叹一口气，好像在叹赏作家似的说：

“多么好啊！”

中午休息时，玛尼娅派人给他送来早饭，上面用一块雪白的小餐巾盖着。他吃得很慢，吃一吃，停一停，为的是要拉长享受的时间。而伊波里特·伊波里狄奇的早饭却只有面包，他带着尊敬和羡慕的心情看着他，说些尽人皆知的话：

“人不吃饭就不能生存。”

从学校出来后，尼基丁又去上家教课，最后到五点多钟才回家。他既高兴，又不安，仿佛有整整一年没有回家了。他气喘吁吁地跑上楼去，寻找玛尼娅，拥抱她、吻她，说些海誓山盟之类的话，诸如他爱她啦，没有她就活不成啦，着实惦记她啦，还担心地问她身体是否健康，为什么脸上这么不快活。然后两人一块吃了午饭。午饭后他躺在书房的长沙发上抽烟，她就坐在他的身边，小声地和他说话。

如今，礼拜天和节日是他最幸福的日子，到了节假日，他就整天待在家里。这些日子他过的是淳朴的然而是非常愉快的生活，这使他联想起牧歌式的田园生活。他不断地观察着他那聪明的、值得赞许的玛尼娅怎样地营造这个小窝，他自己也要表现出他在家里并不是多余人，便去做些徒劳无益的事情，比方，把轻便双轮马车从车棚里推出来，然后绕着车周围看一遍。玛尼娅养了三头奶牛，办起了一个真正的牛奶产业。在她的地窖里和地窖出口处，放着好多坛牛奶和好多缸酸奶油，这都是她留着做黄油用的。有时尼基丁为了开玩笑，向她要一杯牛奶，这可把她吓慌了，因为这是不合常规的做法，他便笑着搂着她说：

“好啦，好啦，我这是开个玩笑，我的宝贝儿，开个玩笑！”

要不就笑她太小气。比方，有时她在橱柜里发现有一块变了质的、硬得像石头一样的香肠或干酪，还一本正经地说：

“这厨房里的佣人可以吃！”

他对她说，这么一点东西只适合于放在捕鼠器上。她则慷慨激昂地证明男人对家务事一窍不通：即使送三普特好吃的东西到厨房里去，仆人也不会吃惊的。于是他表示同意并高兴地拥抱了她。凡是她说的公道话，他都会觉得不同寻常，值得赞许，而跟他相左的意见，他也认为是天真的和动人的。

他头脑里有时出现玄想念头，就跟她讲一些抽象的话题。她听着，好奇地看着他的脸。

“我跟你在一起真是无限地幸福，我亲爱的，”他一面说，一面依次地抚弄着她的手指头，或者是把她的发辫弄乱，再编上，“但我不把这种幸福看作是偶然从天而降，落在我身上的东西，这种幸福是十分自然的、合情合理的和逻辑上完全正确的现象。我相信，人是自己幸福的创造者，我现在获得的正是我自己创造的东西。是的，我没有装腔作势，这一幸福是我自己创造的，我有权享有这个幸福。你了解我的过去，孤苦、贫穷、不幸的童年、忧郁的青春，这一切都是奋斗。这就是我开辟的通向幸福的道路……”

十月份，中学遭受了重大损失：伊波里特·伊波里狄奇头上长了丹毒，死了。临死前两天，他已处于昏迷状态，说胡话，不过，就是说胡话时，他也只说些人所共知的事：

“伏尔加河流入里海……马吃燕麦和干草……”

他出殡那天，中学停课。同事们和同学们抬着盖了盖的棺材，学校的唱诗班一路上都唱着《神圣的上帝》，直到墓地。参加出殡行列的有三个司祭，两个助祭，整个学校的男生和教师，还有穿着讲究的长衣的大主教的唱诗班。碰到这种庄严出殡行列的过路人也在胸前画十字，并且说：

“让上帝保佑大家都死得这样风光。”

从墓地回到家里后，深受感动的尼基丁从桌子里找出自己的日记，写道：

“伊波里特·伊波里狄奇刚刚被埋进坟墓。”

“你安息吧，质朴的劳动者！玛尼娅、瓦丽娅和所有送葬的女人都真情地哭了，也许是因为她们知道，从来没有一个女人爱过这个不令人感兴趣的、受压的人。我想在这个同事的坟墓上说些热情的话，但是有人警告我说，这样做可能会引起校长的不愉快，因为他不喜欢死者。这好像是结婚以来我心里第一天感到不痛快……”

后来整个学期都没有发生任何特别的事情。

冬天不太冷，下着湿漉漉的雪，例如，在主显节[①]前夕，整夜吹着如泣如诉的风，就像秋天一样；水从房檐上往下流，而早晨，举行圣水祭[②]时，警察不放任何人到河上去，因为，警察说，冰膨胀了，变黑了。不过，虽然天气不好，尼基丁的生活却仍然过得像夏天一样幸福，甚至还增加了另一种娱乐：他学会了玩“文特”[③]。只有一件事使他感到窝火和生气，似乎妨害了他的圆满的幸福，那就是那些猫和狗，它们是他结婚时作为妻子的嫁妆一齐收下的。那些房间里，特别是早晨，总有一股动物园的气味，而且无论如何也消除不了这种气味。那些猫和狗还常常打架。凶恶的木什卡一天要喂十次，它还像过去那样，不认尼基丁，依然对着他呜呜叫：

“呜……汪汪汪……”

有一次，在大斋日，他在俱乐部玩牌，半夜才回家。天下着雨，很黑，路上很脏。尼基丁心里有些不痛快，无论如何也不明白是什么原因：是因为在俱乐部打牌输了十二个卢布？还是因为付账时有位牌桌上的对手说了句尼基丁有的是钱（这显然是指他妻子的陪嫁）的话？他并不可惜那十二个卢布，对手的话也没有可让他生气的地方，但他仍旧感到心里不痛快，甚至都不想回家去。

① 主显节，即耶稣受洗节，为俄历 1 月 19 日。

② 圣水祭，一种基督教的宗教仪式。

③ “文特”是一种纸牌游戏。

“呸，多么不好！”他自言自语地说，在路灯旁边停下来。

他忽然意识到，他之所以不可惜那十二个卢布，是因为那钱是白白得来的，如果他是一个工人的话，他就会明白每一个戈比的价值，就不会不在乎输赢了。而且，他在想，他的所有的幸福都是白白得来的，对他来说，实际上就像药品对于健康人一样，是一种奢侈品；如果他跟绝大多数人一样，在为一块面包而苦恼，为生存而奋斗；如果他劳累得腰酸背痛，这时晚饭、温暖舒适的住宅和家庭的幸福才会成为生活的必需品、奖励和装饰品，而现在，这一切都只有一种奇怪的、不明确的性质。

“呸，多么不好！”他重复一遍，他很明白，这种想法本身就是一种不妙的预兆。

他回到家时，玛尼娅已经躺下睡觉了，呼吸均匀，脸带笑容，看来她睡得很舒服。她身边蜷缩着一只白猫，白猫在打呼噜。当尼基丁点上灯，开始抽烟时，玛尼娅醒了，并急急地喝了一杯水。

“我饱吃了一顿果冻，”她说，笑了起来，“你到我娘家去了吗？”她沉默了一会儿，问道。

“没有，没有去。”

尼基丁已经知道，波利扬斯基接到了调到西部一个省去的调令，并且已经在城里做辞行的事宜。可是近来瓦丽娅却在他身上寄了很大的希望，所以岳父家里变得很沉闷。

“傍晚瓦丽娅来过了，”玛尼娅坐起来说，“她什么也没有说，但从脸上可以看出，她心里有多么难过。可怜的人！我现在可是看不惯这个波利扬斯基，又矮又胖，皮肉松弛，走起路来或跳起舞来，两只腮帮子就抖动……我不会看中这种人。不过，我以前总还认为他是个正派人。”

“我现在也还认为他是正派人。”

“可是他为什么对瓦丽娅这样不好呢？”

“有什么不好呢？”尼基丁问道，开始对那只正在躺着背伸懒腰的白猫感到有一种敌意，“据我所知，他并没有向她求过婚，也没有做过任何承诺。”

“那么为什么，他老上我们家来呢？既然他不想娶她，他就不该来。”

尼基丁熄灭了灯并上了床，但他既不想睡，也不想躺着。他觉得脑袋像仓库一样，又大又空，而且觉得脑子里有一种新的特殊的像细长的影子那样的思想在游荡。他在想，除了那盏神灯微笑地对着宁静的家庭幸福而发出的柔光外，除了他和那只猫平静而甜蜜地生活在其中的这个小世界外，还有另一个世界……他忽然有一种强烈得令人苦恼的进入这个世界的愿望，在那里，他亲自到一个工厂或大作坊里去做工，或者去讲演、写书、出书、大发议论、大喊大叫，去吃苦、受累……他希望有一种东西抓住他，使他忘记自己，不顾个人幸福，因为这种幸福是如此的单调无聊。他脑海里忽然出现了活生生的剃了胡子的舍巴尔津的形象，此人吃惊地对他说：“您连莱辛的书也没读过！您多么落后！上帝啊，您多么落后！”

玛尼娅又在喝水。他看着她的脖颈、丰满的双肩和胸脯，并想起了有一次那个准将在教堂里说过的一个词：玫瑰花。

“玫瑰花。”他小声地说，笑起来。

作为对他的回答，床底下睡意蒙眬的木什卡吠了一声：

“呜……汪汪汪……”

强烈的愤懑像一把冰冷的小锤子捣着他的心。他很想对玛尼娅说些粗野的话，甚至跳起来打她。心开始怦怦跳起来。

“这就是说，”他控制着自己的情绪问道，“既然我去了你们家，所以我就一定得跟你结婚？”

“当然，你自己也非常明白。”

“妙哉。”

过了一会儿他又说了一遍：

“妙哉。”

为了不说废话，并让自己心情平静下来，尼基丁回到自己的书房里，躺在长沙发上，不垫枕头，然后又躺在地板上，地毯上。

“真是胡扯！”他自我安慰地说，“你是位教师，做的是最崇高的工作……你还需要什么样的另一个世界呢？真荒谬！”

可是立即他又坚定地对自己说，他根本就不是教师，而是一个小官吏罢了，就跟那个无能的、无个性的希腊语教师捷克人一样。他从来就不认为自己适合于做教学工作，也没有一点儿教育知识，从来对教育就不感兴趣，不知道如何对待孩子们。他也不明白他的教学工作有什么意义，甚至也许他教的都是没有用的东西。已故的伊波里特·伊波里狄奇的愚笨是公开的，所有的同事和学生都知道他是怎样一个人，对他都心里有数。而他，尼基丁呢，跟捷克人一样，却善于掩饰自己的愚笨，巧妙地蒙骗所有人，装出他一切都做得很好的样子。这一新的思想使尼基丁大为吃惊，他要拒绝它，称它是荒唐的，并相信这全都是由于精神失常所致，将来他会耻笑自己的。

果然，第二天大清早，他就笑自己是神经质，说自己像娘儿们。不过他也很清楚，他已经失去了平静的心情，而且永远失去了。对于他来说，这个没有抹泥灰的二层楼房子里的幸福已经不可能有了。他领悟到，幻想已经破灭，一种新的、心神不定的、有意识的生活开始了，这种生活与平静的心态及个人的幸福是不能共存的。

第二天是星期天，他去了中学的教堂，在那里碰见了校长和同事们。他似乎觉得，他们全都只忙于一件事：精心地掩饰自己的无知和对生活的不满。他自己为了不在他们面前暴露自己的不安心情，也愉快地微笑着并说些废话。后来他去了车站，在那里看见邮车往来返复。他觉得这里就他一个人，不必跟别人谈话，心里倒还痛快。

回到家里，他正好碰上岳父和瓦丽娅来他家吃饭。瓦丽娅带着充满泪痕的眼睛，抱怨头痛。舍列斯托夫则吃了很多东西，说现在的年轻人不可靠，他们中有绅士风度的人很少。

“这是卑鄙无耻！”他说，“我会这样当面对他说：先生，这是卑鄙无耻！”

尼基丁赔着笑脸，帮玛尼娅招待客人，可是吃过午饭后，他回到自己书房里便把门闩上了。

三月的太阳光辉明亮，透过窗玻璃，在桌子上投下了发热的光束。现在不过是这个月的二十号，外面的马车已经通行了，花园里的椋鸟也喳喳地叫了起来。看来，玛纽霞马上就要走进来，一只手搂住他的脖子，告诉他，出游的马或者敞篷马车已等候在门口了，并问他，她该穿什么衣裳才不会冻着。春天到了，和去年一样美好，也许有同样的欢乐……但是尼基丁想到的却是：现在请个假，到莫斯科去，并留在那里，住在涅格林诺依的旧旅馆里多好。隔壁的房间里，他们正在喝咖啡和谈论着波利扬斯基的事。他努力不去听，而是在自己的日记中写道："我的上帝啊，我这是在哪儿呀？！我被庸俗，庸俗包围了。无聊而渺小的人们，一坛坛的牛奶，一缸缸的酸奶油，蟑螂，愚蠢的女人……再没有比庸俗更可怕、更令人感到屈辱、更使人苦恼的了。得从这里逃出去，今天就逃，否则我就要疯了！"

太 太

“我说过您不要收拾我的桌子，”尼古拉·叶夫格拉费奇说，“每次您收拾完我的桌子后，便什么东西都找不着。那份电报在哪儿呢？您把它扔到哪儿去了呢？请您去找一找，它是从喀山发来的，标明昨天的日子。”

女仆是一个脸色苍白，身体很瘦的女人，面容冷漠。她在桌子下面的纸篓里找到几封电报，并默默地把电报交给医生，但这些都不是本城的病人打来的电报。后来大家又到客厅和奥丽加·德米特里耶夫娜的房间里去找。

已经是深夜十二点多了。尼古拉·叶夫格拉费奇知道，妻子不会很快回家，至少也要在五点钟左右才能回来。他不相信她，每当她许久都不回来时，他都睡不着，很苦恼。与此同时，他瞧不起妻子，连同她的床、她的镜子和她那些精美的糖果盒，以及那些香气腻人的铃兰草和风信子他都瞧不起，所有那些花草是某人每天都送给她的，并且使整个房间都弄得像花店一样。在这样的夜晚，他往往变得吹毛求疵，任性，好找碴儿。现在他就觉得好像非常需要他弟弟昨天给他打来的电报，尽管这封电报除了节日问候外，什么内容也没有。

在妻子房间的桌子上，在一个信笺盒的下面，他发现有一封电报并匆匆地看了一下。这是由一个署名为Michel[①]的人从蒙特卡洛打给岳母，由岳母转给奥丽加·德米特里耶夫娜的电报……电文医生一个字也不认得，因为它用的是某种外文，大概是英文吧。

“这个米歇尔是谁？为什么是从蒙特卡洛打来的？为什么打给岳母？”

① 原文为法文。译音（米歇尔）。

在七年的夫妻生活中他已养成了怀疑、猜度、分析罪证的习惯。他不止一次地想到，有了这样的家庭实习，他现在可以成为一名优秀的侦探了。他回到书房里，开始推测，立即就想起了一年半之前他妻子在彼得堡与一位现在正担任交通局工程师的中学同学一块儿到久勃饭店吃早饭的事。当时工程师给他和他的妻子介绍了一个二十二三岁的年轻人，名字叫米哈依尔·伊万内奇，姓氏很怪，很短，叫“利斯”。两个月以后，医生在妻子的相簿里看到了这个人的照片，照片上的题词用法文写着：“纪念现在，希望将来。”后来他在岳母家两次见到这个人。……这正好是发生在妻子经常出门的那段时间，她常常是早晨四五点钟才回到家里，而且老是要求他为她办出国护照。他拒绝了她的要求。于是他们在家里整天都进行舌战，使得他在仆人面前都感到害羞。

半年前，医生的同事诊断出他患有初期肺病，劝他丢开一切，到克里米亚去疗养。奥丽加·德米特里耶夫娜得知后，装出很吃惊的样子，开始对丈夫亲热起来，并老是要他相信，克里米亚又冷又乏味，不如到尼斯去，还说她要跟他一起去，到那里去服侍他，照料他，爱护他……

现在他才明白，妻子为什么如此希望到尼斯去，原来她的米歇尔就住在蒙特卡洛。

他拿来英俄字典，一面翻译单词，一面推测电报的含义，逐渐组成了这样一个句子：“为我亲爱的情人干杯，一千次地吻你的小脚。焦急等待你的到来。”他暗自想象着，他若是同意跟妻子一起到尼斯去，自己会扮演一种何等可笑而又可怜的角色啊！他难受得差一点要哭出来了，非常激动地在所有的房子里走来走去。他的自尊心，他那平民阶层的爱挑剔的习性在心里翻腾起来了。他由于憎恶而紧握拳头，紧皱眉头。他问自己：他，一个乡村牧师的儿子，受过宗教学校教育的学生，耿直、粗犷，职业上是一名外科医生——怎么能甘心受奴役，可耻地屈从于这个软弱、渺小、出卖灵魂的下贱货呢？

“小脚！”他一边揉皱电报，一边嘟哝道，“小脚！”

自从他爱上她，向她求婚，然后是共同生活，七年以来，所留下的记忆，就只有那一头香香的长发，一团柔软的花边和一双小脚。这双小脚确实很小很美，现在他手中和脸上似乎也还保存着往日拥抱她时留下的丝绸和花边的感觉——再就没有什么了，如果不把歇斯底里的发作、尖叫、责怨、威胁和厚颜无耻的背信弃义以及谎话也算在内的话，真的是什么也没有了……他想起从前在乡下父亲的家里，常有一只鸟无意中从院子里飞进屋里来，疯狂地撞击着玻璃，撞翻各种物品。现在这个女人也是这样，从一个完全陌生的圈子里撞进他的生活中来，给他的生活造成真正的毁灭。他一生中最好的年华是在地狱中度过的，幸福的希望已被粉碎，受到嘲笑，并失去了健康。他的房间里尽是些庸俗的、妓女式的摆设。他有一万卢布的年薪，却无论如何抽不出哪怕十个卢布来寄给自己作为牧师太太的母亲，并且还欠下一万五千卢布的债，立了借据。就算是他家里住上了一伙强盗，他的生活恐怕也不至于弄成这个样子。正是因为这个女人，他的家才变得如此绝望、不可救药和破败不堪。

他咳嗽起来，并且气喘吁吁，必须躺到床上去暖和暖和。可是不行，他仍旧在各个房间里走来走去或在桌子旁边坐下来，神经质地拿着铅笔，在纸上信手写道：

“试笔……小脚……”

快到五点钟时，他的身体变得虚弱了，并把一切过错归咎于自己一人。现在他似乎觉得，假如奥丽加·德米特里耶夫娜跟另一个人结婚，这个人能给她良好的影响，那么有谁知道，也许她会变成一个善良的女人，而他却是一个坏心理学家，不懂得女人的心灵，况且也不招人喜欢、粗鲁……

“我已经活不长了，”他在想，“我是死人，不该去妨碍活人。现在我再去坚持自己的某种权利，其实是古怪而又愚蠢的。我要去跟她说明，让她去找她心爱的人……我跟她离婚，罪责由我来承担……”

奥丽加·德米特里耶夫娜终于回来了，跟往常一样，披一件白色斗篷，戴着帽子，穿着套鞋。她走进书房，便坐在圈椅上。

“讨厌的胖顽童，”她喘着粗气并呜咽着说，“这甚至是不诚实，这是丑恶。”她跺了跺脚，“我受不了，受不了，受不了！”

“怎么回事?”尼古拉·叶夫格拉费奇走到她跟前问道。

“刚才大学生阿札尔别科夫送我回家，把我的手提包丢了，包里面有十五个卢布呢，那是我刚从妈妈那里拿的钱。”

她哭得很厉害的样子，像小姑娘一样，不仅手绢，甚至连手套都被泪水沾湿了。

“那怎么办呢!”医生叹口气说，“丢了就丢了，别去管它了。安静一些，我有话跟你说。”

“我又不是百万富翁，能这样不在乎钱吗?他说他要还我，但我不相信，他很穷……”

丈夫请求她安静下来，听他说话。她却一味地说大学生，说自己丢掉的十五个卢布。

“哎呀，明天我给你二十五个卢布，只求你别说了，劳驾!”他生气地说。

“我要换衣服!”她哭着说，“穿着皮大衣，我不能严肃地说话!真奇怪!”

他帮她脱掉皮大衣和套鞋。与此同时，他闻到了白葡萄酒的气味，就是她在吃牡蛎时喜欢喝的那种酒（虽然她身材娇小，却吃得很多，喝得也很多）。她走进自己的房间里去，不久就回来了，已经换过了衣服，扑过了粉，眼睛带着泪痕，坐下来，整个身子都裹在她那轻薄的镶有花边的又宽又长的外衣里。在一堆粉红色的波浪里，她的丈夫只看见她那蓬松的头发和一只穿着拖鞋的小脚。

“你想要说什么呢?”她在圈椅里摇晃着身子说。

“我无意中看见这个……”医生把电报递给她说。

她看过电报后耸耸肩膀。

“这有什么呢?”她说，身子摇晃得更厉害了，“这是普通的新年贺电，没有别的意思。这里面没有什么秘密。”

“你估摸着我不懂英文。是的，我是不懂英文，但是我有字典。这封电报是利斯打来的，他在为自己情人的健康干杯，并且还要吻你一千次。不过，我们暂且不说这个，不说这个……”医生急忙地接着说，“我全然不想责备你，或者跟你吵架，吵架与责备已经够多了，该结束了……我想对你说的是：你自由了，你想怎样生活就怎样生活去吧。”

他们沉默了一阵子。她开始小声哭起来。

“我让你今后不必再做作和撒谎了，”尼古拉·叶夫格拉费奇继续说，“你若是爱这个年轻人，你就爱吧；你若想出国找他去，你就去吧。你年轻、健康，我却已经是残疾人了，活不长了。总之……你懂得我的意思。”

他很激动，再也说不下去了。奥丽加·德米特里耶夫娜一边哭着，一边用自我怜惜的口吻承认，她爱利斯，并曾跟他一起在城里兜风，常到他住的旅馆里去，而且她确实很想到国外去。

“你瞧，我什么也不隐瞒，”她叹口气说，“我的整个灵魂都是敞开的。我再一次央求你能宽宏大量，给我办个护照。”

“我再说一遍：你自由了。”

她坐到另一个位子上去，离他近一点，以便能看见他的脸部表情。她不相信他说的话。她现在想知道他心里的秘密的想法。她从来都没有相信过谁，不管他们的意图是多么崇高，她总怀疑其中有卑微的、低劣的动机和利己主义的目的。当她用试探的目光打量他时，他似乎觉得，她的眼睛像猫的眼睛一样，闪着绿光。

“我什么时候能得到护照呢？”她小声问道。

他本来马上就想说：“你休想！”但是他忍住了，便说：

“随你的便。”

“我只去一个月。”

“你可以永远到利斯那儿去，我跟你离婚，而且由我来承担罪责。这样利斯就可以和你结婚了。”

“可是，我根本就不打算离婚！”奥丽加·德米特里耶夫娜连忙说，做出惊讶的样子，“我没有要求跟你离婚！你给我办个护照，别的我什么也不要。”

“可是，你为什么不愿意离婚呢？”医生问道，快要生气了，“你是一个怪女人。你是多么奇怪啊！如果你真的对他着迷，而他也爱你的话，你们在现在的情况下，考虑结婚就是再好不过的了。难道你还要在结婚与私通之间作什么选择吗？”

“我懂得您的意思，”她一边说一边从他面前走开，脸上现出凶狠的报复的表情，“我非常了解您，我已经令您讨厌了，您干脆是想把我甩掉，强迫我离婚。谢谢您，我没有您想象的那么傻。我不打算离婚，也不离开您，我不走，不走！首先，我不愿意失去我的社会地位。”她很快地接着说，好像害怕有人不让她说话似的，“其次，我已经二十七岁了，利斯却只有二十三岁，一年之后，他讨厌我了，也会把我甩掉。最后，您想知道的话，我也不瞒您说，我不敢担保我的迷恋能维持多久……这就是我要对您说的！我不会离开您。”

“那么，我就把你从家里赶出去！”尼古拉·叶夫格拉费奇跺起脚来，大声喊道，“我把你赶出去，无耻的贱货！”

“那我们就走着瞧吧！”她说完，走出去了。

他还是在屋里走来走去，然后在客厅里那张七年前他们结婚后不久拍的照片面前停下来，久久地望着它。这是一张全家福，有岳父岳母和他的妻子奥丽加·德米特里耶夫娜，当时她才二十岁，还有他自己，实际上他也还是个青年，一个幸福的丈夫。岳父刮了脸，身体虚胖，是个害了水肿病的三品文官，狡猾而且贪财；岳母是个胖太太，脸盘很小却很凶，像黄鼠狼一样。她发疯似的爱自己的女儿，全力地护着她，哪怕女儿掐死了人，这个母亲也不会说一句话，只会用自己的衣裙把女儿掩盖起来。奥丽加·德米特里耶夫娜也有一张小而凶的脸盘，而且比母亲的更露骨、更放肆。她已经不是黄鼠狼，而是庞大的野兽了！尼古拉·叶夫格拉费奇本人在这张照片上却显得是个异常随便的人，一个善良、朴实的青年，脸上浮现出宗教学校学生的温和的笑容，是命运把他推到那群猛兽中，他天真地相信这群猛兽会给他诗情、幸福和他过去还是大学生时所梦想的一切。当时他还唱着“不恋爱就等于断送青春”这首歌哩……

于是他再次疑惑地问自己：他，一个乡村牧师的儿子，受过宗教学校教育的学生，耿直、粗犷、老实，职业上是一名外科医生的人——怎么竟会如此软弱无力地落到这个渺小、虚伪、庸俗、卑贱、在天性上跟他完全不同的人的手里呢？

十点多钟，当他穿上常礼服要到医院去时，女仆走进房里来。

"您有什么事？"他问道。

"太太起来了，她请求您把昨天许给她的二十五个卢布拿给她。"

（1895 年）

挂在脖子上的安娜

一

婚礼以后，就连清淡的小吃也没有了。这对年轻人喝了一杯酒，便换上衣服，坐车到火车站去了。他们没有举行快乐的结婚舞会和晚宴，也没有音乐和跳舞，而是到二百俄里之外去参拜圣地。许多人都赞同这种做法。他们说，莫捷斯特·阿列克谢伊奇已经身居要职，而且不年轻了，热闹的婚礼对他也许显得不大合适了，况且又是一位五十二岁的官员娶一位刚满十八岁的姑娘。音乐会令人感到乏味。他们还说，莫捷斯特·阿列克谢伊奇是个规矩人，他之所以要到修道院去旅行，只是要让自己年轻的妻子知道，在婚姻中他也把宗教和道德放在首要地位。

大家都来给新婚的年轻夫妇送行。一群同事和亲戚手捧酒杯站在那里等候着，火车一开便高喊“乌拉”。新娘的父亲彼得·列昂契奇戴一顶高筒礼帽，穿一身教师制服，已经喝醉了，脸色很白，老是端着酒杯向窗子旁边探过身去，央求说：

“安尼娅！安尼娅！安尼娅①，我说一句话！”

安尼娅从窗口向他探出身来，他就小声对她说话，一股酒气袭来，吹向她的耳朵。什么也听不清楚。他在她脸上、胸口上、手上画十字。这时他的呼吸发颤，眼睛闪着泪花。安尼娅的弟弟彼嘉和安德留沙这两个中学生则在父亲的后面拉了拉他的制服，不好意思地小声说：

① 安尼娅是安娜的爱称。

“爸爸，行了……爸爸，别说了……”

火车开动时，安尼娅看见父亲在车厢后面踉踉跄跄地跑了几步，杯子里的酒也洒了。他的脸容是多么可怜、善良而又愧悔啊。

“乌——拉——拉！”他喊道。

现在就只有新婚夫妇在一起了。莫捷斯特·阿列克谢伊奇察看了一下车厢，把物件放在架子上，便在自己年轻妻子的对面坐下来，微微笑了笑。他是一位中等个头的官吏，相当丰满，很胖，保养得很好，鬓须很长却没有唇髭。他那剃光了的、轮廓分明的下巴活像脚后跟，他脸上最突出的特点就是没有唇髭。这块刚剃过的光秃秃的地方逐渐地延伸到胖得像果冻一样的发颤的脸颊上。他外表庄重，动作从容，态度温和。

“我现在不由得想起一件事，”他微笑着说，“五年前科索罗托夫获得二等圣安娜勋章去向大人道谢时，大人曾作下面的表示：‘那么你现在已经有三个安娜了：一个挂在你的纽扣孔上，两个挂在脖子上。’必须说明，当时科索罗托夫太太，一个特别爱挑眼的轻佻女人，刚刚回到科索罗托夫身边，她的名字就叫安娜。我希望，我获得二等圣安娜勋章时，大人没有理由再说这同样的话。”

他那双小眼睛微笑着。她也微笑着，可是当她想到，这个人随时都可以用其又厚又潮湿的嘴唇吻她，而她却没有权利拒绝他时，她便心慌意乱了。他那胖大的身体稍稍一动，她就会吓一跳，她觉得他又可怕又讨厌。他站了起来，不慌不忙地从脖子上摘下勋章，脱掉上衣和坎肩，穿上长袍。

“这样就好了。”他说道，在安娜身边坐下来。

她想起了举行婚礼时的那种难受。当时她觉得，不论是牧师或宾客乃至教堂里的所有人都用忧郁的目光看着她：为什么，为什么她，一个可爱、漂亮的姑娘竟嫁给这么一个乏味的、岁数那么大的人呢？就在今天早晨，她还感到很高兴，觉得一切都安排得很好，可是在举行婚礼的时候和现在坐在车厢里的时候，却觉得自己错了，受骗了，可笑了。瞧，她嫁给了一个有钱人，自己却仍旧没有钱，结婚礼服还是赊账缝制的，而且今天父亲和弟弟给她送别时，她从他们的脸上可以看出，他们身上仍是分文无有！他们今天能吃上晚饭吗？明天呢？不知为什么她觉得，现在她不在家，而父亲和孩子们都正在家里挨饿，她感受到像母亲出葬后第一个晚上的那种忧伤。

“啊，我是多么的不幸！”她想道，“我为什么会这么不幸呢？”

莫捷斯特·阿列克谢伊奇是一个稳重的、不习惯于与人交往的人。他不好意思地扶了扶她的腰部，拍了拍她的肩膀，而她却还在想着钱，想着母亲，想着母亲的死。母亲死的时候，她的父亲彼得·列昂契奇，一个中学里的图画和习字教员，喝上了酒，从此家里就穷了。孩子们没有鞋穿，父亲被告到民事局那里，有个法官去他家查抄了家具……多么丢人啊！安尼娅只好去照料醉酒的父亲，给弟弟们缝补袜子，到市场上买东西。当有人夸她漂亮、年轻和妩媚时，她就觉得，全世界的人都看到她那顶廉价的帽子和用墨水染过的鞋上的窟窿。每到晚上她就哭，而且有一种摆脱不了的恐惧的思想。她认为，父亲由于有喝酒的毛病，很快就会被学校辞退，而他会受不了，从而也像母亲一样死去。后来相识的太太们出来张罗，要给安尼娅找个好人家。很快他们就找到了这个莫捷斯特·阿列克谢伊奇，他既不年轻，也不漂亮，但是有钱。他在银行里有十万存款和一个租赁出去的地产。此人行为规矩，颇受上司的赏识。有人对安尼娅说，他可以求大人给中学校长，甚至督学写封信，让学校不要辞掉彼得·列昂契奇……

正当她在回想这些琐事时，突然从窗口传来了音乐，还夹杂着人们的喧哗。这是一列火车在小站停下来了。在月台后面的人群中，人们正热闹地玩手风琴和廉价的声音刺耳的小提琴，从高耸的桦树和白杨树后面，从沐浴在月光里的别墅后面，则传来了军乐队的音乐，想必是别墅里在举办舞会。避暑客和城市居民都在月台上散步，他们是趁好天气到这里来呼吸新鲜空气的。这中间有一个又高又胖的黑发男子，叫阿尔狄诺夫，他是个富翁，是这里所有别墅地产的业主。他长着一双暴眼，脸形很像亚美尼亚人，穿一身古怪的服装：他穿着衬衣，胸前却完全敞开，脚上穿一双带马刺的高筒鞋，黑色斗篷奔拉在肩膀上，像长后襟一样直拖到地上。两条猎狗用尖尖的嘴脸探着地面，跟在他后面走着。

安尼娅眼睛里仍闪着泪花，但她现在已经不回想母亲，也不想钱、不想自己的婚礼了。她握了握她认识的中学生和军官们的手，欢快地笑着，快速地说：

“你们好，生活得怎么样？”

她走到车站的月台上，站在月光下，让大家都能看见穿着漂亮衣裳、戴着帽子的整个的她。

“我们的火车为什么在这里停下来呢？”她问道。

“这里是会让站，”人们回答她说，“大家在等邮车开过来。”

她发现，阿尔狄诺夫在看她，便卖弄风情地眯缝着眼睛，大声地说法国话。因为她的声音是那么好听，因为她听到了音乐，因为月亮映在水池里，因为阿尔狄诺夫这个出名的好色的淘气鬼如此贪婪地看着她，还因为大家都兴高采烈，她突然快活起来。当火车开动，她所认识的军官们向她行军礼告别时，她索性哼起了波尔卡舞曲，这个曲子是从树林后面的军乐队传来的。她带着下面一种感觉回到了自己的车厢，就好像这个小车站的人们已向她保证：她将来无论如何都一定会幸福的。

这对新婚夫妇在修道院里逗留了两天，然后回到城里。他们住在公家的住所里。莫捷斯特·阿列克谢伊奇去上班的时候，安尼娅就在家里弹弹钢琴，或者因为无聊而哭哭鼻子，要不就躺在躺椅上看看小说，翻阅时装杂志。午饭时莫捷斯特·阿列克谢伊奇吃得非常多，并且谈论政治，谈论任命、调职和奖励，谈论人必须劳动，家庭生活不是享乐，而是尽义务，还说卢布是由每一个戈比节省来的；他把宗教和道德看得比世界上的一切东西都要高。他用拳头握着一把餐刀，就像握着一把剑似的说：

“每个人都应当有自己的责任！”

安尼娅听着他说话，很害怕，无法吃饭，常常是饿着肚子从桌边站起来。午饭后丈夫就去休息了，并且鼾声如雷。她便回家去看自己的家人。父亲和孩子们用一种特殊的眼神看着她，似乎在她进门之前，他们还在指责她不该为钱而嫁给了一个她不爱的、令人厌烦的、枯燥乏味的人。她那窸窣作响的连衣裙、手镯、全身的太太气派都使他们感到不舒服，感到受了侮辱。他们在她面前有点发怵，不知道对她说些什么好。不过他们都像从前那样爱她，吃饭时她不在，他们会觉得不习惯。现在她坐下来与他们一起吃饭、喝汤，吃带有蜡烛味的羊油煎的土豆。彼得·列昂契奇用发颤的手拿起小酒瓶，斟了一杯酒，令人难堪地迅速而又贪婪地喝了下去，接着又是第二杯、第三杯……彼嘉和安德留沙这两个又瘦又苍白、眼睛很大的孩子夺过小酒杯，张皇失措地说：

“别喝了，爸爸……够了，爸爸……”

安尼娅也不安起来，恳求他别再喝了。他却突然冒火了，用拳头捶打桌子。

“任何人都不许来管我！”他喊道，“顽皮的小男孩，小姑娘！我把你们全都赶出去！”

不过，他的声音里却流露出软弱和善良，所以谁也不怕他。平时午饭后，他总是要打扮一下自己。他脸色苍白，下巴上有一块刮胡子时留下的割伤的刀痕，他伸长脖子要在镜子面前足足站上半小时，修饰着自己，时而梳头，时而捋捋自己的黑胡须，洒上一点香水，领带扎成花结，然后戴上手套和圆筒高帽，到私人家教馆去了。如果碰上假日，他就待在家里，画画或弹奏小风琴，琴声吱吱响、嗡嗡叫，他极力想弹出匀称、和谐的声音来，并且伴着唱；要不就对孩子们生气：

“恶棍！坏蛋！你们把乐器弄坏了！”

每天晚上，安尼娅的丈夫都跟住在公家房子里的他的同事们一块儿打牌。打牌时，那些官太太也聚在一起，在住所里开始说人家的各种坏话。这都是些其貌不扬、装束不雅，跟厨娘一样粗俗的女人。她们说的话也跟这些太太本人一样丑陋和乏味。有时候莫捷斯特·阿列克谢伊奇带安尼娅去看戏。幕间休息时，他也不让她离开自己半步，挽住她的胳膊，就在走廊和休息室里走一走。每当跟人打招呼时，他都立即小声对安尼娅说：“这是五品文官……大人接见过他……”或者说：“此人有家产……有房子……”他们经过小卖部时，安尼娅很想吃点儿甜食，她喜欢吃巧克力和苹果点心，但自己又囊中羞涩，也不好意思向丈夫开口。他呢，有时拿起一个梨，用手指捏了捏，犹豫地问道：

“怎么卖？”

“二十五戈比。”

“这么贵！”他说，便把梨放了回去。但是不买点东西就离开小卖部又有点不好意思，便要了一瓶矿泉水，并自个儿把它喝光，眼睛里都要流出眼泪来了。这时安尼娅恨死了他。

有时候他会忽然满脸通红，迅速地对她说：

“向这位老夫人鞠个躬！”

“可是我并不认识她。”

“不管怎样，她是税务局长的夫人！我说，你倒是鞠躬啊！”他坚持地埋怨道，“你的脑袋又不会掉下来。”

安尼娅鞠了躬，而她的脑袋也的确没有掉下来，但她心里很难过。丈夫要她怎么做她就怎么做，同时她又恼恨自己，因为他把她当作最傻的傻瓜而欺骗了她。她本来只是为了钱而嫁给他的，然而她现在却比出嫁之前更缺钱。过去父亲有时还给她二十戈比银币，而今她却分文无有。她不能去偷钱或向他要钱。她怕丈夫怕得发抖。她觉得，在她的灵魂中早就害怕这个人了。以前小的时候，她总觉得中学校长是世界上最巨大最可怕的力量，像乌云或火车头压下来那样，会把她压死；另一种同样的力量，就是那位大人，家里经常谈到他，而且不知为什么，大家都害怕他。此外还有十种比较小一点的力量，其中就有一位中学教师。他剃掉了唇髭，很厉害，是铁石心肠的人。现在这个莫捷斯特·阿列克谢伊奇是最后的一个，他是个循规蹈矩的人，甚至面貌也很像校长。在安尼娅的想象中，所有这些力量都合成了一个力量，就像是一头可怕的大白熊，紧逼着像他父亲那样的弱者和有过失的人。她也不敢说什么反对的话，而是强赔着笑脸；当她受到粗暴的爱抚，被他那恐怖的拥抱所污辱时，她还得表现出违心的欢快的样子来。

只有一次，彼得·列昂契奇由于要还一笔很不愉快的债，壮着胆子向他借五十卢布。可这要遭受多大的罪啊！

“好吧，我借给您，”莫捷斯特·阿列克谢伊奇想了想后说，“不过我要警告您，如果您再不戒酒，我就再也不会帮助您了。对一个在国家机关里做事的人来说，有这种嗜好是可耻的。我不能不向您提醒一个众所周知的事实：许多有才干的人都是被这种嗜好毁掉的。然而他们若是戒了酒，或许还能成为身居高职的大人物呢！”

接着便是没完没了的复合句：“按照……”“根据这种情况……”“鉴于以上所述……”可怜的彼得·列昂契奇被这种侮辱折磨得更想喝酒了。

两个弟弟老是穿着破靴子和破裤子来看望安尼娅，他们也必须听从安尼娅丈夫的训斥。

“每个人都应该有自己的责任！”莫捷斯特·阿列克谢伊奇对他们说。

他不给他们钱，不过却给安尼娅买戒指、镯子、胸针，说是这些东西到困难的时候会有用处。他经常打开她的抽屉柜，查看那些东西是否全都在柜里。

二

这时冬天来了。离圣诞节还有好长时间，地方报纸就已发布消息说，一年一度的冬季舞会“定于”十二月二十九日在贵族俱乐部举行。每天晚上玩过纸牌后，莫捷斯特·阿列克谢伊奇都很兴奋，跟官太太们小声聊天，担心地监视着安尼娅，然后一面在房间里走来走去，一面想心事。终于，在一个夜晚，很晚了，他站在安尼娅面前说：

“你该给自己缝一件舞衣了，明白吗？只是请你去跟玛丽娅·格里戈利耶夫娜和娜塔利娅·库兹明尼什娜商量一下。”

他给了她一百卢布，她收下了。可是在定制舞衣时，她并没有去找谁商量，只跟父亲说过一声。她尽力设法自己回想母亲跳舞时是如何穿戴的。她已故的母亲总是打扮得最时髦，也老是为安尼娅忙碌，把她打扮得像洋娃娃那样优雅、漂亮，并教她说法语和出色地跳玛祖卡舞（结婚之前母亲曾做过五年的家庭教师）。安尼娅也跟母亲一样，会把旧衣服改成新衣服，用汽油擦洗手套，租用“贵重首饰”[①]；她也和母亲一样，善于眯缝着眼睛，嗲声嗲气地说话，会扭捏作态，必要时装出很高兴的样子，或者做出忧伤的、让人捉摸不透的神情。而她的黑色的头发和眼睛，神经质和爱打扮自己的习惯则是从父亲那里继承来的。

去参加舞会的半小时之前，莫捷斯特·阿列克谢伊奇没有穿礼服走进她的房里，那是要在她的穿衣镜面前把勋章挂在自己脖子上。当他看见她的美貌和那身飘逸的新装的华丽时，不由得着迷了，得意扬扬地捋着自己的络腮胡子说：

“瞧，我的太太竟是这么漂亮……瞧你多漂亮啊！安尼娅！”他继续说，突然又改成了庄严的口气：“我已经给了你幸福，今天你也要让我得到一点幸福。我请求你去结识大人的太太！上帝保佑，通过他我就可以谋到高级呈报官的位子！”

他们来到舞会上。瞧，这里有贵族俱乐部，也有看门人看守着的大门，有摆着衣帽架的前厅，有各种皮大衣，有穿梭不停的仆役和用扇子遮挡着过堂风的袒胸露肩的太太们。空气中散发着煤气灯和士兵的气味。安尼娅挽着丈夫的胳膊、沿阶梯走上楼去时，听到了音乐，看见了大镜子里由许多灯光照亮的自己的身影，心里顿时欢乐起来，就跟那次月夜下在小车站里体验到的幸福的预感一样。她自信而高傲地走着，第一次感觉到自己已不是姑娘，而是一位太太，并不自觉地模仿起自己已故母亲的步态和派头来，也是平生第一次觉得自己富有而且自由，甚至丈夫在身边，她也不觉得拘束，因为在她跨进俱乐部的大门时，已经本能地意识到，老丈夫在身边，不仅丝毫不会降

① 原文为法文。

低她的身价，相反，会增加她为男人所十分喜欢的那种有诱惑性的神秘的印象。大厅里已鼓乐齐鸣，跳舞开始了。在官家住所里住过一段时间之后，此时她却处在这种光亮、花花绿绿、音乐和闹声等种种印象的包围之中。安尼娅把目光投向大厅时想道：“啊，多么好啊！”她很快就在人群中认出了她从前在晚会上或游园会上见过的熟人，所有那些军官、教师、律师、文官、贵族地主、达官贵人、阿尔狄诺夫及上流社会的太太们。太太们有的打扮得很漂亮，有的袒胸露肩，有的好看，有的乏味，他们已经在慈善市场的小木房里和货亭里占好了位子，准备卖些东西，为穷人募捐。一位身材高大，戴着肩章的军官（她还是中学生时在基辅街上认识他的，现在已经记不起他的姓名了）好像是从地底下冒出来似的，走过来请她跳华尔兹舞。于是她离开丈夫，跟他跳起舞来。她觉得自己好像是在暴风雨中一只小帆船上漂游，丈夫已经远远地留在岸上了……她热烈而入迷地跳华尔兹舞，跳波尔卡舞，跳卡德里舞，从一个舞伴的手上换到另一个舞伴的手上，音乐声和嘈杂声弄得她如痴如醉，说话时俄语中夹杂着法语，吐字不清，不断地发笑，既没有想丈夫，也没有想别的人和事。她得到了男人们的垂青，这是很明显的，而且也不可能不是这样。她激动得喘不过气来，双手痉挛地捏着扇子，很想喝水。她的父亲彼得穿着揉皱了的、带有汽油味的衣服，走到她的跟前，递给她一小碟红色的冰淇淋。

“今天你非常迷人，”他高兴地望着她说，“我从来没有像今天这么懊悔过！你结婚太早了……为啥呢？我知道，你这是为了我们，可是……”他用颤抖着的手拿出一沓钞票来，说道，“我今天收到了家教馆的薪俸，能够还清我欠你丈夫的那笔债了。”

她把小碟子递到父亲手里，立即就有人来拉她跳舞，把她带到远处去。透过舞伴的肩膀，她看见父亲搂着一位太太在镶木地板上滑行，跟着她在大厅里旋转。

“他不喝酒的时候是多么可爱啊！”她在想。

她跟原来那位身材高大的军官跳华尔兹舞，军官傲慢而又笨重，活像一具穿着军装的兽尸，他一面走，一面扭动着肩膀和胸部，勉强地踩着拍子，仿佛很不愿意跳舞似的。而她却在他的周围飞来飞去，用她的美貌和袒露的脖子逗弄着他。她的眼睛挑衅性地燃烧着，动作充满热情。他则变得越来越冷漠，伸出手给她时，也像皇帝发施舍似的。

“真棒，真棒！……”观众们说。

不过，身材高大的军官也慢慢地被触动了，也开始活跃起来，兴奋起来。已经被她迷住了的他，也进入了狂热状态，动作轻捷而充满新的活力。她只是扭动着肩膀，狡猾地瞧着他，俨然她已经是皇后了，而他则是她的奴隶。这时她觉得整个舞厅的人都在看着他们，所有的人都呆住了，都嫉妒他们。那位身材高大的军官还没有来得及向她道谢，观众却忽然让出一条道来，男士们则有点奇怪地垂下双手，挺直身子……原来燕尾服上挂着两枚星章的大人正向她走来。是的，大人正向她走来，因为他的眼睛直勾勾看着她，并且甜蜜蜜地微笑着，同时嘴唇也像在嚼着什么似的，每当他看见漂亮女人时都是这样的。

“非常高兴，非常高兴……”他开口说，“我要下命令，罚你丈夫坐禁闭室，因为他把这件瑰宝对我一直隐瞒至今。我是受妻子的委托来找您的。”他接着说，把手递给她，“你们应该帮助我们……嗯，对了……像美国人那样，应发给您一份美女奖金……嗯，对了……像美国人……我的妻子正着急地等着您呢。”

他把她领进小木房里，去见一位上了年纪的太太。这位太太的脸下半部格外的大，就好像她嘴里含着一大块石头似的。

“帮帮我们吧，”她带着鼻音拉长声调地说，“所有漂亮女人都在为我们慈善市场工作，只有您一个人不知为什么还在玩耍。您为什么不愿意帮助我们呢？”

老太太走后，安尼娅接替了她的位子，守在银茶炊和茶杯旁边，顿时这里的生意就兴隆起来。一杯茶安尼娅至少收一卢布。她硬逼着那位身材高大的军官喝了三杯，那个长着暴眼、害气喘病的富翁阿尔狄诺夫也走了过来。他已不像夏天安尼娅在火车站看见他时穿一身古怪的衣服，现在他穿着跟大家一样的燕尾服。他目不转睛地看着安尼娅，喝下一杯香槟酒，付了一百卢布，然后再喝一杯，再付了一百卢布，而他一直没有说话，因为他害气喘病，透不过气来。……安尼娅招徕这些买主，收下他们的钱。其实她也深深相信，她的微笑和目光除了给他们极大的愉快外，并不能提供任何别的什么。她现在已经明白，她生下来就是专门为了过这种喧闹、豪华，把音乐、舞蹈、崇拜者融合在一起的生活的。她许久以来对那种威胁着她、好像要把她压死的力量的恐惧，现在看来都显得可笑了。她现在谁也不怕了，只是对母亲的辞世感到惋惜，要是母亲还在的话，一定会为她的成功跟她一块儿高兴的。

彼得·列昂契奇已经脸色苍白，但还坚持站稳。他走到小木房里要了一小杯白兰地。安尼娅脸红了，料想他会说出什么不得体的话来（她已经为自己有这么一个贫穷、平凡的父亲感到难为情），可是他喝完那杯酒，便从一沓钞票中抽出十卢布丢出去，一句话不说就傲慢地走了。过了一会儿，她看见他跟一个舞伴在跳轮舞，这时他的步子已经不稳了，嘴里喊叫着什么，弄得他的舞伴很狼狈。安尼娅想起三年前父亲在一场舞会上也是这样踉踉跄跄，又喊又叫，结果被派出所所长押送回家睡觉，第二天校长就威吓他，要革他的职。这个回忆来得真不是时候。

当小木房的茶炊熄灭，疲倦的女慈善家们把收到的捐款交给那位嘴里含着石块的上了年纪的太太之后，阿尔狄诺夫就伸出手挽住安尼娅，走进大厅里，那里已经为全体慈善市场的服务者准备好了晚餐。用晚餐的不过是二十几个人，但是很热闹。大人提议干杯："在这个豪华的餐厅里应当为今天市场的对象，即便宜食堂的昌盛干杯。"陆军准将则建议："为那种连大炮也要为之屈服的力量干杯。"于是大家举起酒杯跟太太们碰杯。真是快活极了！

等到安尼娅被送回家时，天已经大亮，厨娘们也上市场了。她心情愉快，醉意绵绵，充满种种新的印象，却筋疲力尽，脱衣倒在床上，马上就睡着了……

下午一点多钟，女仆叫醒了她，并通报说，阿尔狄诺夫先生来访了。她很快穿上衣服，来到客厅里。阿尔狄诺夫走后不久，大人也来了。他是为她参加慈善市场的工作来道谢的，他甜蜜蜜地瞧着她，嘴里还嚼着东西，吻了她的小手，并请求允许他以后再来拜访，然后告辞了。她则站在客厅中央，惊讶而又迷惑，不相信她生活中的变化，不相信这种惊人的变化会来得如此迅速。就是在这个时候，她的丈夫莫捷斯特·阿列克谢伊奇走了进来……现在，他站在她的面前，同样是带着巴结的、甜蜜蜜的、奴仆般的恭维的表情。她既快活，又气愤，又轻蔑，并且相信，现在她不论说什么都没有关系，于是就每个字眼都十分清晰地说：

“滚开吧，蠢货！”

从此之后，安尼娅就再没有过一个空闲的日子，因为她时而要参加野餐，时而要去郊游，时而要去演出。她每天都要到凌晨才能回家，就在客厅的地板上睡一觉，过后却动人地向人说，她怎样地在花丛底下睡觉。她需要很多的钱，不过她现在已经不怕莫捷斯特·阿列克谢伊奇了，花他的钱就像花自己的钱一样，她也不用请求他，不用向他去要，而是把账单或条子派人给他送去就行了：“交给来人二百卢布”，或者“速付一百卢布”。

在复活节，莫捷斯特·阿列克谢伊奇得到了二等圣安娜勋章。他在向大人道谢时，大人把报纸搁在一旁，让自己在圈椅里坐得更稳一些。

“就是说，您现在有三个安娜了，”他说，看了看自己白色的双手和玫瑰色的指甲，“一个挂在纽扣眼上，两个挂在脖子上。”莫捷斯特·阿列克谢伊奇把两个手指小心地放在嘴唇上以免笑得太响，他说：

“如今我只期望着小弗拉基米尔出世了。我斗胆请求大人做教父。”

他指的是四等弗拉基米尔勋章。他已经在想象他要如何到处去讲他这句双关语的俏皮话了。这句又机智又大胆的话是成功的。他本想再说一句同样的妙语，可是这时大人却埋下头去看报了，只是点了点头……

安尼娅总是坐在三驾马车上出游，跟阿尔狄诺夫去打猎，去演独幕剧，去吃饭，越来越少待在家里。现在她独自吃饭了。彼得·列昂契奇喝酒比以前更厉害了，没有钱，小风琴早就卖掉抵债了。现在孩子们不放他一个人上街去，总是跟着他，生怕他跌倒。当他们在旧基辅街上遇见安尼娅坐着由一匹马驾辕，一匹马拉套的双套马车出行，而阿尔狄诺夫则代替马车夫坐在车夫座上时，彼得·列昂契奇就脱下礼帽，准备对她大喊一声，可是彼嘉和安德留沙却拉住他的手，恳求他说："爸爸，不要这样……好了，爸爸……"

（1895 年）

带阁楼的房子

（一个画家的故事）

一

这是六七年以前的事了，当时我住在某省某县一个叫别洛库罗夫的地主的庄园里。这是一个年轻人，早晨起得很早，穿一件腰部带褶的男上衣，每天傍晚都要喝啤酒，并老向我诉苦说，从没有人同情过他。他住在花园中的一个小厢房里，我住在地主老房子里一个有圆柱的大厅里，那里除一张宽大的长沙发和一张桌子外，没有任何别的家具。我就在长沙发上睡觉，在桌子上玩牌阵。那里的一个古老的阿摩司[1]式的炉子，即使是在晴天也总是嗡嗡作响，而在大雷雨的天气里，则响得整个房子都颤动起来，好像就要爆裂，成为碎片了，尤其是在晚上，当那十扇窗户突然被闪电照亮时，真叫吓人呢！

我生来就是闲散命，什么事情也不做。一连几个钟头我都从自己的窗户里往外望着天空，瞧着鸟雀，瞧着林荫道，或者是阅读邮递员给我捎来的所有报刊信件，要不就是睡觉。有时我也走出房子，到一个什么地方去闲逛，直到很晚才回来。

有一天，我回家的时候，无意地闯进了一个我不认识的庄园里。太阳已经落山了，正在开花的黑麦地上铺满了一片黄昏的阴影。两排栽得很密、长得很高的老罗汉松挺立着，宛如两堵严实的墙，构成一条幽暗而又美丽的林荫道。我轻易地越过一道栅栏，沿着这条林荫道走去，在覆盖了一俄寸厚的罗汉松针叶的土地上滑行着。周围一片静寂、漆黑，只是在高高的树梢上有的地方颤动着金色的亮光，蜘蛛网

① 阿摩司是公元前 8 世纪的希伯来先知。

上闪现出道道彩虹，空气中有一股浓重得闷人的针叶气味。后来我拐进一条长长的椴树的林荫道，这里也是一样荒芜和古旧。陈年的树叶在我的脚下悲戚地发出沙沙响声。树木中间已隐藏着暮色的影子。右边的老果园里有一只金莺不大乐意似的有气无力地鸣唱着，大概也是只老鸟了。瞧，我已经走到了椴树林的尽头，穿过一所带露台和阁楼的白房子，眼前立刻豁然开朗了，地主的庭院和一个宽阔的池塘呈现在我的面前，池塘边有浴棚，有翠绿的柳树，对岸有一个村庄和一座又高又窄的钟楼。钟楼上的十字架在夕阳的映照下发出亮光。顿时，我感到有一种亲切而又十分熟悉的、令人心醉神迷的东西，仿佛觉得在孩提时就已见过这种景象。

石砌的白色大门，从院子里通到田野。在古色古香的坚实的大门上雕着狮子。大门旁边站着两个姑娘，其中一个年纪大些，清秀、白皙、很漂亮，一头蓬松而浓密的栗色头发，一张倔强的小嘴，表情严肃，做出一副并不在意我的样子；另一个则十分年轻，不过十七八岁，也长得清秀而白皙，有一张大嘴巴和一双大眼睛。我从旁边走过时，她惊奇地看着我，说了一句英语，有点难为情似的。我觉得，这两张可爱的脸好像早就认识似的。我就带着这种感觉走回家去，仿佛做了一场好梦。

此后不久的一个中午，我和别洛库罗夫正在房子附近散步，忽然一辆带弹簧座的马车沙沙响地从草地上驶进了院子里，车里坐着的就是那两个姑娘中的一个，是年纪大一点的那个。她是带着捐款名册来为遭火灾的人募捐的。她没有看着我们，而是非常严肃而详细地对我们讲述了西雅诺沃村烧了多少房屋，有多少农夫农妇和孩子们无家可归，救济委员会首先打算采取什么措施，而她现在就是这个委员会的成员。她让我们签了单之后，把单子收起来，便立即跟我们告别。

“彼得·彼得罗维奇，您把我们全忘了，”她对别洛库罗夫说，伸给他一只手，“您来吧，如果某先生（她说出了我的姓）想看看他的才能的崇拜者如何生活而光临寒舍的话，妈妈和我都会很高兴的。”

我点了点头。

她走了之后，彼得·彼得罗维奇便讲开了。据他说，这个姑娘上流社会出身，名叫莉季娅·沃尔恰尼诺娃，她和母亲及妹妹住的田庄，和池塘对岸的村庄一样，都叫舍尔科夫卡。她的父亲从前在莫斯科地位显赫，去世时是三等文官。沃尔恰尼诺娃一家虽然财产丰厚，却一直住在乡下，夏天冬天从不离开。莉季娅是舍尔科夫卡村地方自治会办的学校里的一名教师，每月领取二十五卢布的薪俸。她只用这些钱开支自己的生活费，并为能自食其力而感到骄傲。

"一个很有意思的家庭，"别洛库罗夫说，"或许我们哪一天到她们家一趟吧，她们会很高兴的。"

那是一个假日，吃过午饭后，我们想起了沃尔恰尼诺娃一家，于是就动身到舍尔科夫卡去了。她们，母亲和两个女儿都在家。母亲叶卡捷林娜·帕甫洛夫娜以前大概是个美女，而今却肥胖而萎靡得与年龄不相称，害着哮喘病，忧郁、精神恍惚，极力与我聊绘画。她从女儿那儿得知我可能到舍尔科夫卡来，便连忙回想起她在莫斯科画展上看过的我的两三幅风景画，现在她就问我那几幅画里想表现什么。莉季娅，或者按家里的称呼，莉达，则跟别洛库罗夫比跟我谈得更多。她脸无笑容，表情严肃地问他为什么不到地方自治会去任职，为什么迄今一次地方自治会的会议都不参加。

"这不好，彼得·彼得罗维奇，"她责备地说，"不好，应感到害臊。"

"对，莉达说得对，"母亲附和着说，"是不好。"

"我们整个县现在是巴拉金一手遮天，"莉达转身对着我继续说，"他自己是参议会主席，并把所有的职位都分给了侄儿们和女婿们，为所欲为。必须进行斗争。青年人应当结成强有力的一派。可是您看，我们的青年怎么样呢？羞耻啊，彼得·彼得罗维奇！"

妹妹燕尼娅在我们谈论地方自治会时没有说话。她不参加严肃的谈话。在家庭中她还不被认为是成年人，而是还像小姑娘一样，被称作米修斯，因为她小时候曾称呼过她的家庭女教师为Мисс[①]。她一直好奇地瞧着我。我在翻阅相册时，她便给我讲解"这是舅舅……这是

---

① 英语的俄文译音，意为小姐。

教父”，并用小手指指着照片，这时她就像小孩子那样，用自己的肩膀碰碰我。我离她很近，看见她那柔弱的、尚未发育起来的胸脯，瘦小的肩膀、发辫和用腰带勒紧的苗条身材。

我们玩槌球，打网球[①]，在花园里散步、喝茶，然后有很长时间用晚饭。在有圆柱的又大又空的厅里住过之后，来到这个不大的却是舒适的房子里，墙上既没有粗俗的彩色画，大家对仆人又以“您”相称，我心里觉得很自在，又由于有莉达和米修斯在场，我感到一切都显得年轻而纯洁，洋溢着一片正派的氛围。晚饭后，莉达再次跟别洛库罗夫谈论地方自治会，谈论巴拉金，谈论学校图书馆。这是一个活跃、真诚、有坚定信念的姑娘，听她说话很有趣，尽管她说得太多，声音很大，也许是因为她在学校里讲课已经习惯了。可是我的彼得·彼得罗维奇却是从大学时代起，就养成了把一切谈话都归为争论的习气，说起话来枯燥、乏味、冗长，总想显示自己是个聪明、进步的人；他打手势的时候，袖子把调味汁碟子打翻了，弄得桌布湿了一大片，不过除了我之外，似乎谁也没有注意这一点。

我们回家时，路上一片漆黑、静寂。

“良好的教养不在于你没把调味汁洒在桌布上，而在于，当别人做出这件事时，你不说出来，”别洛库罗夫说，并叹了一口气，“是的，了不起，是一个有教养的家庭。我落在优秀人们的后面了，唉，完全落伍了！都是由于事务，事务！事务！”

他说，一个人要想做一个模范的农业经营者，就不得不去做许多工作。我却在想：你是个多么笨拙的懒人！他一旦严肃地谈起什么事，就会紧张地拖长声音说“唉，唉，唉……”他做事也像说话一样：慢慢吞吞，拖拖拉拉，错过时机。对他的办事能力我是不大相信的，因为我托他到邮局寄过信，他竟把信几个星期揣在自己口袋里，忘了寄出去。

“最难受的是，”他走在我旁边时对我说，“最难受的是，你不停地工作，却得不到任何人的同情。一点同情也得不到！”

① 原文为英语。

二

此后我便经常到沃尔恰尼诺娃家去，通常都是坐在露台下一层的台阶上。我不满意自己，心里感到难受，为自己的生活惋惜。生活过得如此之快，而且没有意思。我老是在想，我的心那么难受，能把它从胸膛里掏出来就好了。正在这样想的时候，露台上有人说话了，听得见衣服的窸窣声和翻书页的声音。我很快就熟悉了这里的情况：白天，莉达给病人看病，分发书籍，她常常不戴帽子，而是打着阳伞到村子里去，晚上便大声地谈论地方自治会，谈论学校。这个清秀、漂亮、表情总是很严肃、小嘴轮廓优雅的姑娘，每次开始谈事时，都是干巴巴地对我说：

“这事您不会感兴趣的。”

她对我没有好感。她之所以不喜欢我，就因为我是风景画家，在我的画里没有表现人民的贫困生活；而且她觉得，我对她如此坚定地相信的事情漠不关心。我不由得想起了一件事：从前我在贝加尔湖边遇到过一个布里亚特姑娘，她穿着中国蓝布做的衬衣和裤子，骑着马，我问她能否把她的烟袋卖给我。我们交谈时，她轻蔑地瞅着我这张欧洲人的脸和我的帽子。不一会她就讨厌跟我说话，大叫一声，疾驰而去。莉达也一样轻蔑地把我视为陌生人。表面上她没有流露出任何厌恶我的样子，不过这一点我是感觉得到的，于是我坐在露台下面的台阶上，憋着一肚子气，便说，她自己不是医生而给农民看病，就是欺骗农民，而且你有两千俄亩的田产，要做慈善家，还不容易嘛。

她妹妹米修斯则没有任何操心事，像我一样，过着十分悠闲的生活。她早晨起来，立即拿上一本书，坐在露台上一把很深的圈椅里，两只小脚几乎挨不到地，看起书来；或者是拿着书躲进椴树林荫道里；或者干脆走出大门到野外去。她一整天都在看书，贪婪地看着书本。只是由于她的目光有时变得疲惫和呆板，脸色极度苍白，人们才看出来，这种阅读使她的大脑多么疲乏。每当我到这儿来，她一看见我，就有点儿脸红，搁下手里的书，活跃起来，用一双大眼睛瞧着我，讲述起这里发生的事情来，例如仆人房间里的烟囱烧着了，工人在池塘里捉到一条大鱼等。平时她一般都穿淡颜色的衬衣和深蓝色的裙子。我们一起散步，摘做果酱用的樱桃，划船。当她跳起来摘樱桃或划桨时，她那双瘦弱的胳膊就从宽大的袖口里露出来。或者我在写生时，她就站在一旁，出神地看着。

七月末的一个礼拜天，我早晨九点钟来到沃尔恰尼诺娃家。我在花园里随便走着，离正房远一些，在采白蘑菇。这一年夏天有很多这种蘑菇，我在白蘑菇旁边做了记号，好以后跟燕尼娅一起来采。暖风习习，我看见燕尼娅和她的母亲，两人都穿着浅色的节日连衣裙，从教堂里出来，走回家去。燕尼娅用手扶着帽子，怕被风刮掉。后来我听见她们在露台上喝茶。

对于我这个无牵无挂并为自己永久的悠闲寻找理由的人来说，夏天，我们庄园里这些节日般的早晨总是非常迷人的。当绿色的花园还保留着露水的潮湿，闪着阳光，显得那么幸福时，当房子附近散发出木樨和夹竹桃的香气，青年人刚从教堂回到花园里喝茶时，当他们个个都打扮得那么可爱那么高高兴兴时，当你知道所有这些健康、富足、漂亮的人们在整个漫长的一天什么事情也不干时，你就会不由得希望整个一生都能这样。现在我就是这样想着，漫步在花园里，准备就这样没有工作、没有目标地走它一整天和整个夏季。

燕尼娅提着篮子走来了。从她脸上的表情看，好像她已经知道或者预感到在花园里会找到我。我们采蘑、谈话，当她要问什么话时，就走到前面来，看着我的脸。

“昨天我们村里出现了奇迹，”她说，“瘸腿女人彼拉盖雅病了整整一年，所有医生和药物对她都不起作用，可是昨天一个老婆子念叨了几句，病就好了。”

“这算不了什么，”我说，“不能光在病人和老婆子那里找奇迹，难道健康就不是奇迹？那么生活本身呢？凡是不能理解的东西都是奇迹。”

“您对不能理解的东西不害怕吗？”

“不害怕。对于不能理解的现象，我是勇敢地接近它们，不屈服于它们。我比它们高明。人应当认识到自己高于狮子、老虎、星星，高于自然界的一切，甚至高于不理解的、似乎是奇迹的东西。否则他就不是人，而是见什么都怕的老鼠。”

燕尼娅认为，我是艺术家，所以懂得很多，而且能够正确地猜出一切不知道的东西。她希望我能把她领进永恒和美的境界，领进那个在她看来我一切都了解的最高的世界。她跟我谈论上帝，谈论永恒的生命，谈论奇迹。我也不认为我和我的想象力死后会永远泯灭。我回答说：“是的，人是不朽的。”“是的，永恒的生活在等待着我们。”她听着，相信了，也不要求证实。

我们走到房子跟前时，她忽然停住脚说：“我们的莉达是个非常好的人。不是吗？我热爱她，时刻都可以为她牺牲我的生命。不过您告诉我，”燕尼娅用手指碰了一下我的袖子，“您告诉我，为什么您老跟她争论呢？您为什么要生气呢？”

燕尼娅不赞成地摇了摇头，眼睛里涌出了泪水。

“因为她不对。”

“这多么不可理解！”她说。

这时莉达刚从什么地方回来，在门廊旁边站着，手里拿着马鞭子，在阳光的映照下，显得挺拔、漂亮。她正在吩咐一个工人做什么事。她忙忙碌碌，大声说话，给两三个病人看了病，然后满脸操劳的样子，在房间里踱起步来，时而打开这个柜门，时而打开那个柜门，接着又上阁楼去。大家找了她很久，叫她吃午饭。她回来的时候，我们都喝完汤了。所有这一切琐碎小事，不知为什么我都还记得，而且很喜欢。那整整的一天，虽然没有发生什么特别的事情，我却记得一清二楚。午饭后，燕尼娅坐在深深的圈椅里看书，我则坐在露台下一层的台阶上。我们没有说话。整个天空布满了乌云，并下起了稀疏的小雨。天气很热，风早就停了，似乎这一天永远不会结束。叶卡捷林娜·帕甫洛夫娜睡眼惺忪，摇着扇子，走到露台我们这边来。

“噢，妈妈，”燕尼娅吻着她的手说，“午睡有损于你的身体。”

她们相互抚爱，然后一个走进花园，另一个站在露台上，望着树木，喊道：“喂，燕尼娅！”或者“妈妈奇卡，你在哪里？”她们总是在一起祈祷，有着共同的信仰，甚至不说话彼此也十分了解。她们对待大家也是这种态度。叶卡捷林娜·帕甫洛夫娜对我也很快就习惯了，很要好，要是我两三天不去，她就派人来打听我是否身体不好。她看我的画稿时，也像米修斯一样，带着赞赏的口气，同样是无话不说，坦率地讲述这里发生了什么事，常常还信任地把自己家里的秘密也告诉我。

她很敬重自己的大女儿。莉达从不对人表示亲热，只谈正经事。她过着她自己的独特的生活。母亲和妹妹都觉得她是一个神圣的有点神秘的人，就像水兵看待坐在船长室里的海军上将一样。

“我们的莉达是个了不起的人，”母亲说，“不是吗？”

外面下着稀疏的雨。我们谈起了莉达。

“她是一个了不起的人，”母亲说，像有什么阴谋似的惊慌地回头看了看，压低嗓门补充一句，“这种人是白天打着灯笼也找不到的，尽管，您知道吗，我已开始有些担心了。学校、药房、书籍——这一切都很好，可是为什么要走极端呢？要知道，她已经二十三岁了，应该严肃地为自己考虑考虑了。老是这些书啦，药房啦，却不知道生活正在过去……也该嫁人了。”

燕尼娅看书看得脸色苍白，头发蓬乱，她稍稍抬起头来，看着母亲，自言自语似的说：

“妈妈奇卡，一切都是上帝的意志！”

接着又埋头看书。别洛库罗夫来了，他穿着腰部带褶的男上衣和绣花汗衫。我们玩槌球，打网球，后来天黑了，就吃晚饭，吃了很长时间。莉达和母亲谈论学校和把全县捏在自己手心里的巴拉金。这天晚上，我从沃尔恰尼诺娃家里走出来，带着漫长的、闲散一天的种种印象，忧郁地意识到，人世间的一切，无论怎么漫长，也总是要结束的。燕尼娅送我到大门口，也许是由于我和她从早到晚度过了一整天，我觉得，缺了她我会变得寂寞，而且这个可爱的全家我都感到亲近，于是在这个夏天，我头一次想到要认真作画了。

“告诉我，您为啥生活得这么无聊，这么单调？”跟别洛库罗夫一起回家时，我问他，“我的生活无聊、难受、单调，是因为我是画家，我是怪人，我从青年时代起，就由于嫉妒别人，不满意自己，对自己的事业没有信心，而受尽折磨，我一直是个穷光蛋，是个流浪汉，可是您呢，您是健康的正常人，是地主、老爷，您怎么会生活得这么没趣，向生活索取得这么少呢？您为什么，比方说，迄今没有爱上莉达或者燕尼娅呢？”

“您忘记了，我爱的是另一个女人。”别洛库罗夫回答说。

他说的是他的女朋友柳波芙·伊万诺夫娜，他跟她同住在厢房里。我每天都看见，那个非常丰满的、又胖又严肃的女人，像一只养肥了的母鹅，在花园里散步，她穿一身俄式服装，戴着串珠，老是打着阳伞，仆人时而叫她吃东西，时而叫她喝茶。三年前她租了一间厢房做别墅，就这样，在别洛库罗夫家里住了下来，看样子，要长期住下去了。她比别洛库罗夫大十岁，而且对他管束得很严，他每次要外出时，都得先得到她的准许。她经常号啕大哭，声音大得像男人的嗓门。每当这种时候，我就派人去告诉她，如果她再这样号叫，我就从这里搬走。于是她就不哭了。

回到家里，别洛库罗夫便坐在长沙发上，皱起眉头沉思起来，我则在大厅里踱步，内心一阵微微的激动，好像是在谈恋爱一样。我很想谈谈沃尔恰尼诺娃家的事。

“莉达只能爱和她一样的对医院和学校着迷的地方自治工作者，”我说，“噢，为了这样的姑娘，不仅可以做地方自治工作者，甚至可以像神话里说的那样，穿破铁鞋呢。而米修斯呢？这个米修斯多么可爱啊！”

别洛库罗夫“唉，唉，唉……”拖长声音地讲起了世纪病——悲观主义。他说得很肯定，听他那口气，好像我在跟他争论似的。他一个人坐在那里不住地说话，也不知道什么时候才会离去，这时你会苦闷至极，哪怕方圆几十俄里被烧光的草原的荒凉和单调也不至于引起如此的苦闷。

“问题不在于悲观主义，也不在于乐观主义，”我气愤地说，“而在于一百人中九十九人都没有头脑。”

别洛库罗夫认为这是在说他，他生气了，便走了。

三

“公爵在马洛焦莫沃做客，他问候你，”莉达从什么地方回来后对母亲说并脱下了手套，“他讲了许多有趣的事……还答应在省的会议上再次提出在马洛焦莫沃建立医疗站的问题，不过他说，希望不大。”然后她转身对我说：“对不起，我忘记了，您对这事是不会感兴趣的。”

我感到愤懑。

“为什么不感兴趣呢？”我耸耸肩膀问道，“是您不想知道我的意见，不过，我向您保证，我对这个问题也很感兴趣。”

“是吗？”

“是的，依我看，马洛焦莫沃根本不需要设医疗站。”

我的愤懑也激怒了她，她眯缝着眼睛瞧着我，问道：

“那么需要什么呢？风景画吗？”

“风景画也不需要。那里什么也不需要。”

她脱下手套，打开邮递员刚从邮局送来的报纸。过了片刻，她又小声地说（她显然是在控制自己的情绪）：

“上星期安娜难产死了，如果附近有医疗站的话，她就会活下来。我觉得，风景画家先生们在这一点上，也该有点信念吧。”

“在这一点上我有很明确的信念。我向您担保。”我回答说，而她却用报纸遮住脸，好像不愿意听似的。“据我看来，医疗站、学校、图书馆、药房在现今的条件下都只能为奴役服务。人民被一条巨大的锁链锁着，您不去砍断这条锁链，反而去增加新锁链的环节。这就是我的信念。”

她抬起眼睛看着我，并讥讽地微笑了一下。我却极力抓住自己的主要思想，继续说：

“重要的问题不在于安娜死于难产，而在于所有这些安娜们、玛芙拉们、彼拉盖雅们从早到晚都在弯腰操劳，由于超强度的劳动而生病，一辈子都在为饥饿和生病的孩子们颤抖，一辈子都在害怕死亡和疾病，一辈子都在治病，过早地凋萎，过早地衰老，在污秽和臭气中死去。她们的孩子长大后也是走这条老路。这样已经过去几百年了，千百万人都是只为一块面包而生活得比牲畜不如，永远担惊受怕。他们的处境的全部灾祸就在于，他们无暇考虑自己的灵魂，无暇想起他们的形象和样式[①]。饥饿、寒冷、牲畜般的恐惧、沉重的劳动，雪崩似的把他们通向精神活动的道路全都堵死了，而精神活动却正是人与牲畜的区别所在，是唯一使人值得生活的东西。您拿医院和学校去帮助他们，可是这些东西并不能把他们从桎梏中解放出来，而是相反，使他们受更大的奴役，因为您给他们生活中带来新的偏见，给他们增添了更多的需求，且不说他们为了买班蝥膏和书本就得付钱给自治会。所以，他们的腰就弯得更厉害了。”

“我不要跟您争论，”莉达放下报纸说，“这我已经听见过了。只对您说一点：不能袖手旁观。不错，我们不能拯救全人类，也许我们有很多错误，但是我们做力所能及的事，所以我们是对的。一个文化人的最崇高最神圣的任务就是为他人服务，我们想办法尽我们所能去服务。您瞧不上这个。不过话又说回来，一个人做事不能让人人都满意。”

“对，莉达说得对。”母亲说。

莉达在场时，母亲总是显得胆子小，一边说话，一边不安地瞅着她，生怕说出什么多余的或不合适的话来；她从来不反对她的话，总

① 指人的尊严。参见《旧约·创世记》第1章第1页：“上帝说，我们要照着我们的形象，按照我们的样式造人。”

是附和着她：对，莉达说得对。

“农民识字，那些带有训导或俏皮话的书本，那些医疗所都既不能减少无知，也不能减少死亡率，就像从你们窗户里射出来的阳光不能照亮整个巨大的花园一样，”我说，“您什么也不能给他们，您这样地干预他们的生活，只能给他们造成新的需求和新的劳动理由罢了。”

“唉，我的天哪！可是我们总得做点事吧！”莉达懊丧地说，从她的语气可以听出，她认为我的意见是毫无意义的，受到她的鄙视。

“必须把人们从繁重的体力劳动中解放出来，”我说，“必须减轻他们的重负，给他们喘息的时间，让他们不要一辈子都守在炉灶旁、洗衣槽旁和田野里，而是也有时间考虑灵魂和上帝，有可能更广泛地表现他们的精神才能。每个人的使命就在于其精神活动，在于不停地寻求真理和生活意义，使大家不再去从事那种粗笨的、牲畜般的劳动，让大家感受到自身的自由。到那时您就会看到，那些书本和药房实际上是何等的可笑。人一旦意识到自己真正的天赋，那么能使他满足的就只有宗教、科学、艺术，而不是那些无聊琐事了。”

“从劳动中解放出来！”莉达冷笑着说，“这可能吗？”

“可能的。但您自己得分担他们的一份劳动。如果我们大家，城市的和农村的居民，都毫无例外地同意，所有人类用来满足生理必需而花费的劳动共同分担，可能我们每个人一天只需工作两三个小时就够了。请设想一下，我们大家，富人和穷人，每天只需工作三小时，剩下的就是空闲时间；请再设想一下，为了更少地依靠体力，更少地劳动，我们发明机器去代替人的劳动，而且我们极力地把我们的需求的数量减少到最低限度；我们锻炼自己，锻炼我们的孩子，使他们不再害怕饥饿和寒冷，而且我们永远不会像安娜、玛芙拉、彼拉盖雅们那样为孩子们的健康而发抖。请设想一下，我们不去治病，不开药房、烟厂、酒厂，那么我们最终将剩下多少空闲时间啊！我们共同把这些空闲时间都献给科学、艺术；像有时农民一起去修路一样，我们大家也共同去寻求真理和生活意义，那么我坚信，真理会很快被发现，人必将摆脱那种对死亡的永远折磨人、压迫人的恐惧，甚至摆脱死亡本身。”

“可是，您自相矛盾，”莉达说，“您老说科学，科学，而您自己却否定识字。”

“识字，如果一个人只有可能去读小酒馆的招牌和偶尔几本看不懂的书的话，那么，这种识字在我国早在留里克[①]时代就有了，果戈理的彼特鲁什卡[②]早就会读书了，然而农村呢？留里克时代什么样，现在仍然是什么样。需要的不是识字，而是广泛地发展精神才能的自由。需要的不是小学，而是大学。”

“您还否定医学。”

“是的，医学之需要，只是为了研究作为自然现象的疾病，而不是为了治病。如果说到治病，那么要治的不是疾病，而是疾病的成因。您把主要的病因——体力劳动消除了，那么也就没有疾病了。我不承认治病的科学。”我激动地接着说，“科学和艺术，如果它们是真正的，那么追求的就不是暂时的、私人的目的，而是永久的、普遍的目的。它们寻求的是真理和生活的意义，探索上帝和灵魂，若是把科学和艺术同贫困及日常的怨恨纠缠在一起，同药房、图书馆硬拉在一起，那么它们就只会使生活复杂化，使生活变得更困难。我们有许多医师、药剂师、律师，识字的人也多起来了，但是生物学家、数学家、哲学家、诗人却完全没有。人的所有的智慧，全部的精神力量都用在满足暂时的、一时的需要上去了……科学家、作家、艺术家在从事紧张的工作，由于他们的努力，生活一天天变得更舒适了，身体方面的需求也增多了，然而这离真理还很远，人也像从前一样仍旧是最凶猛最卑劣的野兽，而且从整个趋势看，人类的大多数都退化了，永远丧失了一切生活能力。在这种条件下，艺术家的生活是没有意义的，他越是有才华，他的作用就越奇怪，越不可理解，因为你会发现，原来他是在为凶猛、卑劣的野兽提供消遣，在维护现行的社会制度。所以我现在不想工作，将来也不工作……什么也不需要，就让地球陷进地狱里去好了！”

① 留里克是俄国留里克王朝（862~879）的奠基人。

② 果戈理小说《死魂灵》中的主人公乞乞科夫的仆人。

“米修西卡，你出去。”莉达对妹妹说，显然，她认为我这些话对这个年轻的姑娘是有害的。

燕尼娅忧郁地瞧了瞧姐姐和母亲，走出去了。

“有些人为了替自己的冷漠进行辩解，通常都会说类似的漂亮话的，”莉达说，“否定医院和学校比治病和教书要容易得多。”

“对，莉达说得对。”母亲附和着说。

“您威胁说，您不打算工作，”莉达继续说，“显然，您对您的工作评价很高。我们就别争论了，我们永远也争论不完的，因为我认为，您刚才鄙视的那些最不完善的图书馆和药房也要高于世界上的一切风景画。”说完她立即转过脸去对着母亲，用全然是另一种语调说，“公爵比在我们家时瘦多了，变化很厉害。他们要把他送到维希①去。”

她之所以对母亲谈公爵，是为了不跟我说话。她满脸通红。为了掩饰激动，她像近视眼一样，弯下腰凑近桌子，装出看报的样子。我再待着，人家已经不愉快，我便告辞回家了。

四

外面一片静寂。池塘那边的村子已经入睡了，一点灯火也没有，只是在池塘的水面上映出淡淡的白光。燕尼娅在雕有狮子的大门旁边一动不动地站着。她等在那里，是为了送我。

“村子里大家都睡了，”我对她说，极力想在黑暗中看清她的脸，看见她一双悲伤的黑眼睛正急切地瞧着我，“酒馆老板和偷马贼也安稳地睡了，而我们这些正派人却在相互生气，相互争吵。”

这是一个忧郁的八月的夜晚，其所以忧郁，是因为已经有秋天的气息了。月亮正从深红色的云雾里钻出来，微弱地照亮了道路和两旁黑黝黝的秋播地。常常有流星落下来。燕尼娅跟我并排地在路上走着，极力不去看天空，免得看见陨落的星星，不知为什么，她害怕这

① 法国地名，一个疗养地。

些流星。

“我觉得，您是对的，”她说，由于夜间有潮气，她打着寒战，“如果所有的人都协同一致地献身精神活动的话，那么我们很快就会了解一切。”

“当然，我们是最高级的生物，如果我们真正意识到人类天才的全部力量，并且只为最高目标生活，那么我们就会变得跟神仙一样。不过这是永远不可能的。人类在退化，天才则连影子也不会留下。”

当我们已看不见大门的时候，燕尼娅停住了脚步，匆匆地握一下我的手：“晚安，”她颤抖着小声说，由于她肩上只披着一件衬衫，冷得缩着身子，“请您明天来吧。”

一想到剩下独自一个人，我就感到害怕；我生自己的气，不满意自己，也不满意别人。我也极力不去看那些陨落的星星。

“再跟我待一会儿吧，”我说，“求您了。”

我喜欢燕尼娅。也许，我喜欢她是因为她来接我和送我，是因为她温柔地望着我并且赞赏我。她的苍白的脸蛋儿、清秀的脖颈、纤细的胳膊，她的柔弱、闲逸和书本，都是何等的美丽动人！而智慧呢？我还不敢说她有超群的智慧，不过她的开阔的视野令我叹赏；也许她的想法跟严肃而又美丽的莉达不一样，莉达不喜欢我；燕尼娅喜欢我，因为我是画家，是我的才能赢得了她的心，我也强烈地希望只为她一人作画。我幻想她是我的小皇后，她将和我一起去统治那些树木、原野、云雾、彩霞，去统治这个奇妙而迷人的大自然，不过，在其中我却一直感到自己绝望的孤单和不中用。

“再待一会儿吧，”我央求道，“我求您了。”

我脱下我的大衣，披在她颤抖着的肩膀上。她怕穿上男人的大衣显得可笑和难看，便笑起来把大衣扔掉。就在这时，我拥抱了她，并在她的脸上、肩上、手上不停地吻起来。

“明天见！”她小声地说，并小心地、好像害怕惊动了夜间的静寂似的拥抱了我。“我们家里彼此没有什么秘密，我得立即把一切告诉妈妈和姐姐……这很可怕！妈妈倒没有什么，她喜欢您，可是莉达！”

她往大门口跑去。

“再见!”她大声喊道。

后来有两分钟我都听见她在跑。我不想回家，而且也没有必要回去。我站着沉思了片刻，并默默地往回走，想再看看她住的房子，那可爱的、朴素的旧式房子，阁楼上的窗户像眼睛一样在瞧着我，好像什么都了解似的。我穿过露台，摸着黑，在网球场旁边老榆树下的长凳上坐下来，从这里望着那房子。米修斯住的阁楼的窗户放出了亮光，然后变成柔和的绿色的光，那是灯上罩上了灯罩。影子在游动……我感到全身充满柔情、宁静和满足，满意自己竟会发生爱情，竟会爱人，与此同时又感到不舒服，因为想到这时在离自己几步远的地方，在同一房子的一个房间里住着莉达，而她不喜欢我，甚至还恨我。我坐着并一直等着，不知燕尼娅是否会出来。我仔细地听着，觉得阁楼上好像有人在说话。

过了大约一个小时，绿色的灯光熄灭了，影子也不见了。月亮已高高地挂在房子的上空，照亮了已经入睡的花园和小路。房子前面的花坛里，大丽花和玫瑰可以看得很清楚，仿佛都是一种颜色。天气变得越来越冷了。我离开花园，拾起路上的大衣，不急不忙地走回家去。

第二天午饭后，我来到沃尔恰尼诺娃家时，通向花园的玻璃门敞开着。我在露台上坐下来，等着燕尼娅，认为她很快就会从广场上的花坛后面，或从一条林荫道上出现，要不就会听见从房间里传出来的她的声音。后来我穿过客厅，又来到饭厅里。一个人也没有。我从饭厅出来，穿过很长的走廊，来到前厅，然后又退回去。这里的走廊有几个门，其中的一个门里传来了莉达的话音。

“上帝……给某地的乌鸦……”她大声地说着，并拖长声音，好像在教人默写，“上帝给某地的乌鸦一小块奶酪……谁在那边?”她听见我的脚步声后，忽然喊道。

“是我。”

“哦，对不起，我不能马上出来见您，我在给达霞上课。”

“叶卡捷林娜·帕甫洛夫娜在花园里吗?”

“不在。她跟我妹妹今天一早就到平扎省我姨妈家去了。而冬天，她们大概要出国……”她沉吟一下，又接着说：“上帝……给某地的乌鸦一小块奶酪……写好了吗？”

我走进前厅，什么也没有想，站着，朝池塘和村子望了望，又听到下面的声音：

“一小块奶酪……上帝给某地的乌鸦一小块奶酪……”

于是我沿着第一次到这里来的道路，只是方向相反地离开了庄园：先从院子走进花园，经过房子，然后顺着椴树的林荫道走去……这时一个孩子追上了我，交给我一张字条：“我把一切告诉了姐姐，她要求我离开您，”我读字条，“我不能不服从她而让她伤心。让上帝赐予您幸福，原谅我吧。但愿您知道我和妈妈哭得多么伤心！”

然后是漆黑的杉树的林荫道、倒塌了的篱笆……田野上，当时是黑麦开花，鹌鹑啼鸣，如今却是母牛和加了羁绊的马在游荡。小丘上有些地方已长出绿油油的秋播作物的幼苗。清醒的、平常的心情又控制了我，于是我不由得为自己在沃尔恰尼诺娃家里说的那些话而感到害臊，并像从前一样觉得生活无聊。回到家里，我便收拾行装，当天晚上就回彼得堡去了。

后来再也没有见到沃尔恰尼诺娃一家人。不久前，有一次我到克里米亚去，在车厢里碰见了别洛库罗夫。他还像从前那样，穿着腰部带褶的男上衣和绣花衬衫。当我问到他的健康时，他回答说：“托您的福。”我们攀谈起来。他已把自己的田庄卖了，买了另一处小一点的，写在柳波芙·伊万诺夫娜的名下。关于沃尔恰尼诺娃一家人的情况，他说得不多。据他说，莉达还像从前那样住在舍尔科夫卡，并在学校里教孩子读书。她逐渐地在自己的周围集合了一群同情她的人，组织了一个强有力的派别，最近在地方自治会选举中，使迄今仍把全县捏在自己手中的巴拉金“落选”了。关于燕尼娅，别洛库罗夫只说，她不住在家里，不知道在哪儿。

我已经开始淡忘这个带阁楼的房子了，只有在作画或者看书时，才偶尔无缘无故地想起那窗户里的绿色灯光，抑或想起我那天晚上坠入情网、冷得搓着手回家时田野里发出的脚步声。至于我受到孤独的折磨而感到苦恼，从而模糊地想起往事——这种情况就更少了。不知为什么我逐渐地开始觉得，她也在想我，等着我，我们将来还会见面……

米修斯，你在哪儿呢？

（1896 年）

关于爱情

第二天的早餐上，端上桌来的是非常好吃的小馅饼、虾和羊肉饼。正在吃饭时，厨师尼康诺尔上楼来打听，午饭客人想吃些什么。这个厨师中等身材，脸很胖，眼睛却很小，刮过了脸，但唇髭却好像不是剃掉的，而是拔掉的。

阿廖兴说，漂亮的彼拉盖娅爱上了这个厨师，由于他酗酒，而且脾气暴躁，所以她不想跟他结婚，但同意就这样同居。他是一个笃信上帝的人，宗教信仰不允许他这样生活。他要求她同他结婚，否则就不与她同居了。他喝醉了酒，经常骂她，有时甚至打她。所以每当他喝了酒，她就躲到楼上去，号啕大哭。这时阿廖兴及他的仆人就都不出门了，以便在必要的时候去保护她。

大家聊起了爱情的话题。

“爱情是怎样产生的，”阿廖兴说，“为什么彼拉盖娅不去爱另一个在内心和外貌上都对她更合适的人，却偏偏爱上尼康诺尔这个丑八戒（我们这里大家都称他丑八戒），在爱情中个人幸福问题到底重要到何等程度？——这一切都不得而知，对所有问题都可以作随意的解释。迄今关于爱情的议论只有一种说法堪称无可辩驳的真理，这就是：‘它是一个大秘密’；其他各种关于爱情的文字和说法都不是答案，而是对这个问题的一种仍然是悬而未决的提法。那种看上去似乎可以适合于一种情况的解释，对另外十种情况却行不通。因此我认为，最好是对每个情况作分别的解释，不要一概而论，要像医生说的那样，个别情况个别处理。”

“完全正确。”布尔金同意地说。

“我们这些上流社会的俄罗斯人对这些悬而未决的问题往往有失偏颇，通常都把爱情诗意化了，用玫瑰、夜莺之类去美化它。也是我们这些俄罗斯人，拿这些该死的问题来装饰我们的爱情，并且选取其中最令人乏味的部分。当年在莫斯科，我还是大学生的时候，曾有过一个同居的女朋友，一个可爱的女人。每当我把她拥在怀里的时候，她所想的却是我每月会给她多少钱，如今牛肉又是多少钱一磅。我们也是这样，谈恋爱的时候，不断地给自己提出下列种种问题：这样做诚实不诚实，聪明还是愚蠢，这种爱情会有什么结局，等等。这种情况好不好，我不知道。不过这么一来就会使人感到别扭，感到不满意，让人生气——这我是明白的。”

他好像还想说点什么事。大凡生活孤独的人，心头总有点东西很想向人们说出来。在城里，单身汉们常常故意进澡堂子或下馆子，无非就是想跟人说说话，有时还会向澡堂工人或饭馆服务员讲些十分有趣的故事。在乡村，人们一般也是在自己客人面前发泄一些心头的积郁。此刻窗外是一片灰暗的天和被雨水打湿了的树木。在这样的天气里，人们无处可去，除了聊聊天和听别人聊天外便没有别的事可干了。

“我住在索芬诺，从事农业生产已经很久了，”阿廖兴开始讲，“从大学毕业至今。就我所受的教育而言，我不是体力劳动者，就我的志向而言，我也该坐在书房里。但是当我来到这里时，家里的田庄已经负了很多债，而我父亲欠债的原因之一，是我的教育费用太多了。所以我决定不离开这里，而是自己从事劳动，直到还清这笔债务。我就这样决定并着手工作了。不过我也承认，心里还是极不舒服的。这里的土地并不肥沃。为了不让农业经营亏本，就需要利用农奴或雇农的劳动力（二者几乎是一回事），不然，就得按农民的方式进行经营，也就是说，全家人一起，亲自下地干活。折中的办法是没有的。可是我当时考虑得并不周到，我连一小块土地都不放过，我把邻近几个村的农夫和农妇都叫来了，把工作搞得热火朝天。我自己也耕地、播种、收割。与此同时，我又觉得枯燥乏味，厌恶得直皱眉头，就像那只由于饥饿而到菜园里去吃黄瓜的猫一样。我全身酸痛，走在路上就睡着了。刚开始时，我还以为很容易就能把这种劳动生活与我的文明习惯调和起来。我想，要做到这一点，只须在表面上遵守公认的日常生活习惯就可以了。于是我在楼上的正房里住下来，并做出下面的生活安排：早饭和午饭后让佣人给我送来加有烈性酒的咖啡，晚上躺下睡觉时，我读读《欧洲通报》。可是有一天我们教区的伊万神父来了，他一口把我的烈性甜酒全喝光了，《欧洲通报》也拿给了神父的女儿们。因为是在夏天，尤其是在割草期间，我顾不上到自己的床上去睡觉，随便在板棚里、雪橇上，或者是在守林人的小屋里就睡着了，哪里还顾得上读书看报呢？后来我渐渐搬到楼下去住了，在仆人的厨房里吃饭。往日的奢华生活就此结束了。留下来的就只有这几个仆役了。这些仆役还是当年侍奉我父亲的旧人，我不忍心辞退他们。

“刚来的头几年，我就被选为荣誉调解法官，有时需要坐车进城参加一些代表大会或区法庭会议。这一段时间我倒觉得很开心。但当你在这种地方住上两三个月，哪里也不去，特别是在冬天，最终必定让人怀念起那黑色的常礼服来。在区法院里既有人穿常礼服，也有人穿制服，还有人穿燕尾服，不过大家都是受过共同教育的法律工作人员，跟谁都可以交谈。平时都在雪橇上睡觉，在下人厨房里吃饭，现在却坐在圈椅里，身上是干净的衬衣，脚下是轻便的皮鞋，胸前还挂着表链——这是何等的奢侈啊！

“在城里我受到亲切的接待，我也很乐意和他们结识。在所有的相识者中，最牢靠的，而且说实话，使我感觉最愉快的要数法庭的副庭长卢加诺维奇。你们两人都认识他，是一个很可爱的人。这种友情是在审完那桩著名的纵火案之后开始的。审讯延续了两天，我们都很疲劳了。卢加诺维奇看了看我，说：

“‘您听我说，您就上我们家吃饭去吧！’

“这有点儿突然，因为我与卢加诺维奇的交情还不深，只是公事上有些来往，还从未到过他家。我匆匆地回旅馆换了衣服，就到他家吃饭去了。就是在这里我有机会认识了卢加诺维奇的妻子安娜·阿列克谢耶夫娜。当时她还非常年轻，不超过二十二岁。半年之后她生了第一个孩子。这已经是过去的事情了。现在我已经很难说清，当时她身上究竟有什么不寻常的地方，为什么我会如此喜欢她。可是在当时吃饭的时候，我对此却是十分清楚的。我见到的是一个年轻、美丽、善良、有知识、有魅力的女人，这样的女人我以前还从来没有遇见过，我当即就觉得她是一个十分亲近、早就相知的女人，她的容貌，她那双和蔼可亲的、聪慧的眼睛，仿佛在童年时放在我母亲五斗柜上那本纪念册里就已看见过。

“在那个纵火案里，被告是四个犹太人，他们被判定是一伙匪帮，可在我看来是完全缺乏根据的。吃午饭的时候我非常激动，很难过。现在我已经记不清当时我说了些什么了，只记得安娜·阿列克谢耶夫娜直摇头，对她丈夫说：

“‘德米特里，怎么会这样呢?’

“卢加诺维奇——心地善良，属于朴直、憨厚的一类人。他坚定地抱住一种见解，认为一个人既然受到审判，那就意味着他是有罪的。谁若对判决的正确性有怀疑，他也只能按照法律的程序通过书面形式提出来，绝不能在吃饭的时候在私下交谈中发表出来。

“‘我跟您都没有放火，’他温和地说，‘所以我们就不受审判，不会被送进监狱。’

“夫妻俩都尽量要我多吃一点多喝一点。从某些小事情中，例如，他们俩一块儿煮咖啡，他们只说半句话就能彼此理解，我可以断定，他们生活得很和睦，很美满。他们也很好客，午饭后他们在钢琴上表演了四手联弹，后来天黑了，我就乘车回家了。这是在当年的初春，后来的整个夏天我都在索芬诺度过，没有外出，我甚至都没有工夫想到进城去，可是对这个端庄、美丽的金发女人的记忆却始终留在我的脑际，我并没有去想她，可她却像一个轻幽的影子一直萦绕在我的心中。

“到了秋末，城里有一场为慈善事业而举办的演出。我来到省长的包厢里（我是在幕间休息时被邀请到这里来的），一看，安娜·阿列克谢耶夫娜坐在省长大人的旁边，于是，她那美丽动人的容貌、和蔼亲切的眼睛对我引起的不可抗拒的、震撼心灵的印象又重现了，当初的那种亲近感又重现了。

“我们并排坐着，然后又到休息厅里散步。

“‘您瘦了，’她说，‘您生病了吗？’

“‘是的，我有一个肩膀着凉了，而且下雨天我睡不好觉。’

“‘您的气色不大好。您春天来吃饭的时候要年轻一些，精神也比较好，当时您朝气勃勃，很健谈，也很有趣，而且坦白地说，我甚至都有点被您迷住了。不知为什么，今年夏天我常常想起您。今天我动身来剧院时就觉得我会见到您。’

“她说完笑了笑。

“‘可是您今天气色不大好，’她重复说一遍。‘这就使您显老了。’

“第二天，我在卢加诺维奇家吃早饭，早饭后他们便回自己别墅去安排过冬的事，我也跟他们一起去了，然后又跟他们一起回到城里，午夜时分还在他们宁静的家庭氛围里喝茶，燃起了壁炉，年轻的母亲不断地看看孩子睡着了没有。从此以后，每次进城我都一定要到卢加诺维奇家去。他们对我习惯了，我对他们也习惯了，我进他们家一般都不需要通报，就像自家人一样。

“‘谁在那边？’从远处的房间里传来一个拉长的嗓音，这嗓音我觉得十分悦耳。

“‘是巴威尔·康斯坦丁诺维奇。’仆人或奶妈回答说。

“这时安娜·阿列克谢耶夫娜就满脸关切地出来见我，每次都要问：

“‘您怎么那么长时间不来呢？发生了什么事吗？’

“她的目光，她伸给我的那只优雅而高贵的手，她的家庭便服、发式、嗓音、步态，每每都给我留下一种新的、在我的生活中非同寻常的重要印象。我们交谈了很长时间，也很长时间默默地想着各自的心事，要不她就给我弹弹钢琴。如果他们两人都不在的话，我就留下来等着，跟奶妈聊聊天，跟孩子玩一会儿，不然就在书房里那张土耳其式的长沙发上躺下来看看报。安娜·阿列克谢耶夫娜回来的时候，我就到前厅去迎接她，把她所买的东西全都接过来。不知为什么，每当我接过这些东西时，心里总是热乎乎的，得意得不得了，就像小孩子一样。

“有一句谚语：婆娘闲着心发慌，买只小猪来喂养。卢加诺维奇家的人也没有什么操心的事，所以就跟我交起朋友来。如果我长时间没有进城，那就意味着我生病了，或者出什么事了。他们俩就会感到非常不安。他们担心我这个受过教育、懂得几国语言的人不去从事科学工作或文学工作，却住在农村里，像个踩着轮子转的松鼠那样，干了许多活，却依旧是身无分文。他们以为我是在受难。如果说我还照常在说说笑笑，照常吃吃喝喝，那也不过是在掩饰自己的苦难罢了。甚至在我感觉极好、心情愉快的时候，我也能感觉到他们那寻根问底的眼神。而当我真的处境困难，遭到债主逼债，或者缺钱应付定期支付时，他们的表现尤其令人感动。夫妻俩在窗口互相耳语后，他就走过来对我严肃认真地说：

"'巴威尔·康斯坦丁诺维奇，要是您眼前需要钱用的话，我和妻子请求您不要客气，先拿我们的钱去用好了。'

"他激动得涨红了耳朵。以前有一次也是这样，他们俩在窗口耳语之后，他涨红着脸走过来说：

"'我和妻子恳切请求您收下这份小礼物。'

"于是他送给了我一副袖扣、一个烟盒或一盏灯。为此，我也从乡下派人给他送去猎获的飞禽、奶油和鲜花。顺便说一句，这对夫妻是富有人家。开始时我是经常借钱，且不选择对象，哪儿能借就到哪儿借，但任何力量也无法迫我去向卢加诺维奇家借钱。不过又何必要说这事呢？

"我是个不走运的人，不论在家里，在地里或板棚里，我都想念着她，苦苦地力图解开这个年轻、美丽、聪慧的女人的秘密。她嫁给一个枯燥乏味、差不多是老头子的人（她丈夫已年逾四十），并给他生了一个孩子。我也想了解这个枯燥乏味、心地善良、朴直憨厚的人的秘密，他总是说些无聊的大道理，舞场上和晚会上只跟那些道貌岸然的人在一起，没精打采，无所作为，一副恭顺、冷漠的表情，好像他是一件被运到这里来出卖的货物。但是他却相信自己有权成为幸福的人，有权与她结婚生孩子。我还极力想弄明白，为什么她遇上的竟是他，而不是我，在我们的生活中为什么要发生这种可怕的错误呢。

"每一次进城，我都从她的眼睛里看出：她在等待着我。她本人也曾向我承认，打从早晨起，她就有一种特殊的感觉，预感到我就要到来。我们交谈了很久，也静默了很久，但就是没有表白我们彼此的爱情，并且犹豫忐忑地、带着醋意地掩饰这种爱情。我们对一切可能揭穿我们这一秘密的事情都感到害怕。我温柔地、深深地爱着她，但我也思前想后地问自己，万一我们控制不住自己的感情，那么这种爱情会导致什么样的结果呢？我感到不可思议的是，我这种默默的苦恋会突然破坏她丈夫、孩子和他们全家的正在过着的幸福生活。而这个家庭却是如此地爱我，如此地信任我。我这样做诚实吗？她若是跟我走，我们到哪里去呢？我能够把她带到哪里去呢？假如现在我过着美好的很有意思的生活，假如我正在从事着为祖国解放而斗争之类的事业，或者我是一位著名的学者、一位演员、一位画家，那自然是另一回事。可是现在我只会把她从一个平淡、单调的日常生活带进另一个同样的，甚至更为单调无聊的生活环境里去，那我们的幸福又能维持多久呢？万一我病了，死了，或者干脆我们彼此不相爱了，到那时她会怎么样呢？

“看样子，她也有类似的考虑。她考虑自己的丈夫、孩子，考虑那爱女婿如同儿子的母亲。如果她屈从于自己的感情，那么她就必须撒谎或者说出实话，而就她所处的地位来说，无论是哪一种都是同样的可怕和不妥。折磨她的还有一个问题，即她的爱能否给我带来幸福，会不会使我本来就很艰难的、充满诸多不幸的生活变得更加复杂呢？她觉得她对于我来说已经不大年轻了，要开始一种新的生活，她也不够勤劳，精力不够充沛了。所以她常对丈夫说，我应该娶一个聪明的般配的姑娘，将来才能成为一个好主妇和好助手。不过她又立即补充说：这样的姑娘恐怕全城也未必能够找到。

“这期间又过了好几年，安娜·阿列克谢耶夫娜已经有两个孩子了，当我来到卢加诺维奇家时，仆人微笑着来迎接我，孩子们则大声喊着巴威尔·康斯坦丁诺维奇叔叔走过来，搂住我的脖子，大家都很高兴。他们并不知道我心里有什么感受，都以为我也很高兴。大家都把我看作是高尚的人。无论是大人还是小孩都觉得走进屋来的是一个高尚的人，这就使他们对我的态度特别的好，似乎我的到来使他们的生活变得更纯洁更美好了。我和安娜·阿列克谢耶夫娜一起去看戏，每次都是走着去。我们并排坐在池座里，肩擦着肩。我默默地从她手里接过望远镜，这时我就觉得她跟我十分亲近，她就是我的，我们彼此不能分离。然而由于某种奇怪的阴差阳错，每次走出剧院时却又像陌生人一样，彼此告别分手。城里人已经议论纷纷，天晓得他们说些什么，不过他们所说的没有一句是事实。

“最近几年安娜·阿列克谢耶夫娜开始更常去看她的母亲和她的姐姐了。她的心情很不好，觉得事事不如意，生活一团糟，因此她既不愿意看见丈夫，也不想看见孩子。她已经在治疗神经衰弱症了。

“我们都沉默着，一直没有说话。当着旁人的面，她总是对我莫名其妙地怒气冲冲，不论我说什么，她都表示不同意；如果我跟别人争论起来，她就站在我敌对者一边；如果我失手打翻了什么东西，她就会冷冷地说：

“‘给您道喜了。’

“跟她去看戏时，如果我忘记了带望远镜，事后她就会说：

“‘我早就知道您会忘记的。’

“不知道是幸还是不幸，我们的生活中的任何事情或早或晚都是要结束的。诀别的时刻到了。由于卢加诺维奇被任命为西部一个省的法院院长，需要把家具、马匹、别墅都卖掉。当我们坐车来到别墅，然后又回来时，大家都不断回首，希望最后一次好好看看那花园，那绿色的屋顶，人人都不免有些伤感。我明白，不得不与之告别的何止是别墅。已经决定，八月底，按照医生们的建议，我们要送安娜·阿列克谢耶夫娜到克里米亚去疗养，稍晚，卢加诺维奇也将带上孩子们到西部那个省去赴任。

“我们一大群人都去为安娜·阿列克谢耶夫娜送行。当她与丈夫和孩子们告别后，在列车第三遍铃声即将响起的瞬间，我跑进她的车厢里，为的是要把一个她差一点忘掉的篮子放到行李架上去，而且也要告别一下。就在这里，在车厢里，我们的目光相遇了，我们俩再也克制不住了，我拥抱了她，她把脸紧贴在我的胸前，眼泪潸然而下。我吻了她的脸、肩膀、沾满泪水的双手——啊，我和她是多么的不幸啊！——我向她表白了自己对她的爱，一种揪心的痛苦让我明白过来了：一切妨碍我们相爱的理由是多么无能，多么微不足道，多么自欺欺人。我这才明白了，您若是爱一个人，那么您在谈论这种爱情时，就应当从一个最高的、远比世俗之见的幸与不幸、罪恶与高尚更为重要的原则出发，否则就根本不需要去谈论它。

“我最后一次吻了她，握了她的手，从此我们就诀别了——永远诀别了。火车已经启动，我坐在相邻的一节车厢里（一个空车厢），痛哭流涕。直到第一站停车之后，我才下车，然后步行回到索芬诺自己的家里……”

阿廖兴在讲这个故事时，雨停了，天空露出了太阳。布尔金和伊万·伊万内奇走到凉台上，从这里可以看到花园和在阳光照耀下像镜子一样正在闪闪发亮的河湾，美丽的风光尽收眼底。他们俩一边在欣赏，同时也在惋惜，这个生着一双善良、聪慧的眼睛，直爽地向他们吐露心曲的人，确实像松鼠踩动小轮似的在这个巨人的田庄上无谓地团团打转，而没有去从事科学或者其他可以让他的生活变得更欢快一些的事情。他们俩还在想：当他在车厢里与她诀别、吻她的脸和肩膀时，那位年轻太太的脸该是多么的悲伤。他们俩都曾在城里碰见过她，布尔金甚至还与她相识，并认为她确实很美。

（1898 年）

套中人

打猎误了时的人们就在米罗诺西茨科耶村边普罗科菲村长的杂物房里歇宿了。他们只有两个人：兽医伊万·伊万内奇和中学教师布尔金。伊万·伊万内奇有一个相当奇怪的双姓——奇姆沙-吉马莱斯基，这个姓对他很不合适。全省的人都只叫他的名字和父称。他住在城郊一个养马场里，这次出来打猎，是为了呼吸一点新鲜空气。中学教师布尔金则是每年夏天都要到Π伯爵家来做客的，对这个地方他早就很熟悉了。

他们都没有睡。伊万·伊万内奇是一个高高瘦瘦的老头，留着很长的唇髭，在门口脸朝外坐着，叼着烟斗，沐浴着月光。布尔金躺在里面的干草上，在黑暗中看不见他。

他们在聊天。顺便谈到了村长的老婆玛芙拉。她是一位健康的女人，也不笨，但她一辈子从来没有走出过自己的村子，从来没有见过城市，也没有见过铁路，近十年来总是守着炉灶，只有晚上才到外面走一走。

“这有什么奇怪的呢！”布尔金说，“生性孤独的人就像寄生蟹一样，竭力缩进自己的硬壳里去。在这个世界上这种人还不少哩。也许这是一种返祖现象，想重新回到人类祖先那个还不是群居而是各自单独地穴居的动物时代，也可能这只是人类各种性格的一种类型吧——谁知道呢？我不是自然科学家，论及这类问题并不是我的事。我只想说，像玛芙拉这样的人并不是罕见的现象。瞧，无须到远处去找，我们城里就有一个别里科夫，他是希腊语教师，我的一位同事，大约在两个月之前去世了。关于他的事，您当然也听说过。他之所以与众不同，是因为，即使在非常好的天气里，外出时他也要穿上套鞋、带上雨伞，而且一定要穿上暖和的棉衣。他的雨伞也装在套子里，表也装在灰色麂皮的套子里。当他拿出小折刀来削铅笔时，这小折刀也是装在小套子里的。他老是把他的脸躲在竖起的衣领里，因此他的脸也好像藏在套子里了。他戴一副黑眼镜，穿着绒衣，用棉花塞着耳朵。当他坐上马车时，就立即吩咐把车篷支起来。总而言之，在这个人身上可以看到一种一贯的、不可遏止的愿望：用一层外壳把自己包起来，为自己制作一个所谓的套子，把自己隔离起来，免受外界的影响。现实生活刺激他，使他害怕，他老是处在惶恐不安之中。也许是为自己的这种胆怯，为自己排斥现实世界作辩护吧，他老是赞扬过去，赞扬那从未有过的东西。就是他所教授的那些古代语言，对他来说，实际上也和他的套鞋和雨伞一样，是用以躲避现实生活的。

"'啊，希腊语多么好听，多么优美！'他带着一种甜蜜蜜的表情说，并且好像要证明自己的话似的，眯起眼睛，伸出一只手指，念出一个词：'安特罗波斯[①]！'

"别里科夫甚至连思想也极力藏在套子里。对于他来说，只有那些告示和有关禁令的报纸文章才是明白无疑的。当他看到禁止学生晚上九点钟以后上街的告示，或者是禁止性爱的文章时，他就觉得又清楚又明白：禁止就是了。而对于那些得到批准和许可的事情，他却觉得有些可疑的成分，觉得没有说透和模糊不清。每当城里获准成立一个戏剧小组或者阅览室，或者茶馆时，他总是摇摇头，并小声说：

"'当然，这固然很好，只是千万别闹出什么乱子来啊！'

"任何违反法令、偏离常规、不合规则的事都会使他精神沮丧，虽然这些事看来与他并不相干。如果同事中有谁参加祈祷迟到了，或者听到中学生调皮捣蛋的传闻，再不就是有人看到女子中学的女学监同军官玩得太晚，他都会非常激动，并且不停地说：千万别闹出什么乱子来啊。在各种教务会议上，他那种谨慎、神经过敏和纯粹套子式的意见，简直使我们感到难受。说什么不论是男子中学还是女子中学的青年品行都很坏，在教室里吵吵嚷嚷。唉，千万别让上司知道了！唉，千万别闹出什么乱子来啊！还说什么，如果把二年级的彼得罗

① 希腊语"人"的俄语拼音。

夫和四年级的叶戈罗夫开除，那倒很好。后来呢，他用叹息、牢骚及其苍白的小脸（您知道吗，那脸就像是黄鼠狼的脸）上的黑眼镜，使我们大家都折服了。我们让步了，扣了彼得罗夫和叶戈罗夫的操行分数，把他们禁闭起来，最后终于把彼得罗夫和叶戈罗夫开除了。他有一种奇怪的习惯，经常到我们的住所来。他每到一个教师家，都是坐着，不说话，好像在观察什么似的。就这样默默地坐上个把小时，然后走掉。他把这称作'与同事们保持良好的关系'。显然，他到我们这里来坐着，在他也是很难受的。他之所以来看我们，只是因为他觉得他对同事有这种义务罢了。我们教师们都怕他，连校长也怕他。您瞧，也难怪，我们这些教师都是有思想的、极正派的人，受过屠格涅夫和谢德林的培育。但是，这个老是穿着套鞋、带着雨伞的人却把整个中学禁锢了整整十五年！不光禁锢中学，还禁锢了全城。由于怕他知道，我们的太太们连星期日的家庭戏剧晚会也不举行了。他在的时候，牧师们不敢吃荤和玩牌。在别里科夫这种人的影响下，最近十至十五年来，我们城里人变得什么都害怕，不敢大声说话，不敢寄信，不敢与人相识，不敢读书，不敢帮助穷人，不敢教人知书识字……"

伊万·伊万内奇想说点什么，清了清喉咙，但先点燃了烟斗，看了看月亮，然后才从容不迫地说：

"是啊，有思想、正派，读谢德林和屠格涅夫的作品，还读巴克尔[①]等人的书，可是，他们却屈服、容忍这种事……问题就在这里。"

"别里科夫和我住在同一所房子里。"布尔金接着说，"在同一层楼上，门对着门。我们常见面，我知道他家里的生活。在家里他也是那一套：睡衣、睡帽、护窗板、门闩，一系列清规戒律，还有：唉，千万别闹出什么乱子来啊！素食有害，吃荤又不行，因为人家也许会说，别里科夫不坚持斋戒，于是他就吃奶油煎的鲈鱼，这既不是素食，但也不能说是荤菜。他不雇女佣，因为他怕别人对他有坏的想法，所以他雇了一个六十岁上下、神志不清、性情乖张的老头子阿法纳西做他的厨子。此人以前当过勤务兵，好歹能做点饭菜。阿法纳西

① 巴克尔（1821~1862），英国历史学家，社会学地理学派的代表人物。

总是双手交叉在胸前，站在门口，长叹一声，悄悄地重复着一句话：

“‘时下他们这样的人多得很哩！’

“别里科夫的卧室很小，就像一个箱子，床铺挂着蚊帐。他一上床就把头蒙上，又热又闷，风抽打着关闭着的门，炉子发出嗡嗡声，从厨房里传来叹息声，不祥的叹息声……

“他躺在被窝里心里很害怕。他害怕会出什么乱子，害怕阿法纳西把他宰了，害怕小偷溜进来，然后是整夜做噩梦。早晨，我们一同到学校去的时候，他无精打采，脸色苍白。看得出来，他害怕他所去的那个有很多人的学校，非常厌恶。跟我走在一起，对他这个性情孤僻的人来说，也很难受。

“‘我们的班级里学生闹得很，’他说，好像是在尽力寻找说明他难受的理由似的，‘真不像话。’

“就是这个希腊语教师，这个套中人，您猜怎么着，还差点儿结了婚。”

伊万·伊万内奇很快地扫了一眼什物房，说：

“您在开玩笑！”

“真的，尽管您觉得很奇怪，但他的确差点儿结了婚。我们这里来了一位新的史地教师，名叫米哈依尔·萨维奇·柯瓦连科，是乌克兰人，他不是一个人来，而是带着他的姐姐瓦莲卡一起来的。他年纪很轻，高个子，皮肤黝黑，一双手很大，从脸上就可以看出他是男低音。果然，他的嗓音像从大桶里发出来的：‘嘭，嘭，嘭！’……而她呢，可不算年轻了，大概有三十岁了，不过她个子很高，身材匀称，黑黑的眉毛，两颊红润，总之，她已不是一位姑娘，而是一块水果软糖，伶俐活泼，爱说爱笑，老是哼着小俄罗斯的浪漫歌曲，并且高声大笑，动不动就‘哈哈哈’笑起来。我记得，我们同柯瓦连科姐弟的初次相识是在校长命名日的宴会上。在那些拘谨的，甚至把赴命名日宴会也看作是尽义务的、紧张而又乏味的人中间，我们突然看见一位新的阿芙洛狄忒[1]从泡沫里复活了：她双手叉腰地走着，又笑又唱，跳起舞来……她动情地唱着《风儿在吹》，然后又唱浪漫歌曲，接着又唱一支。她使我们所有的人，甚至连别里科夫，都迷住了。别里科夫靠近她坐下，甜蜜地笑着说：

"'小俄罗斯语言柔美，响亮动听，使人想起古希腊语。'

"这些话使她感到很愉快，于是她便热情而恳切地对他讲起他们加嘉奇县有个庄子，她妈妈就住在这个庄子里。庄子里有多么好的梨，多么好的香瓜，多么好的卡巴克！乌克兰人把南瓜称为卡巴克，把酒馆称作什诺克。他们称红甜菜和茄子煮的红甜菜汤'很好吃，很好吃，简直好吃极了！'

"我们听着，听着，忽然，大家都想到一块儿了。

"'让他们结成夫妻该多好啊。'校长夫人小声地对我说。

"不知何故，我们大家都想起来了：我们的别里科夫还没有结婚。这时我也感到奇怪，他生活里的这件大事，我们以前怎么竟会没有注意，一直忽略了呢？他对女人一般会持什么态度呢？他又将如何解决这一迫切问题呢？以前我们全然没有关心这件事，也许连想也没有想过，这个不论什么天气都穿着套鞋、放下帐子睡觉的人也会恋爱。

"'他早已过了四十岁，而她也三十了……'校长夫人说明自己的想法，'我觉得，她肯嫁给他。'

"在我们省里，由于烦闷无聊，什么事没做出来呀，有过多少不必要的蠢事啊！这是因为，必要的事大家根本不做。瞧，就拿这个别里科夫来说吧，既然大家甚至不能想象他可以结婚，我们又何必突然要去撮合他们的婚事呢？校长夫人、副校长夫人以及我们中学的所有的太太们都活跃起来了，甚至比以前变得好看多了，好像突然间发

① 希腊神话中爱与美的女神，她在海水的泡沫里诞生。

现了自己的生活目标似的。校长夫人在戏院里租了一个包厢。我们一看，坐在包厢里的原来是瓦莲卡，她摇着那么一把小扇子，容光焕发，满面笑容。坐在她旁边的是别里科夫，矮小、驼背，就像人家用钳子把他从家里夹出来的。我在家里办了一个小小的晚会，而太太们却要求我一定要邀请别里科夫和瓦莲卡参加。总之，机器开动起来了。看来，瓦莲卡并不反对出嫁，她在弟弟家里过得并不十分快活，他们整天都是又吵又骂的。您看看下面一个场面吧：柯瓦连科在大街上走着，他是一个又高又壮的大个子，穿一件绣花汗衫，帽子下面露出一绺长发耷拉在额门上，一只手提着一捆书，另一只手拿着一根带节疤的粗木棍。姐姐跟在他后面，也拿着书。

"'你啊，米哈伊里克[①]，这本书你绝对没有读过！'她大声争辩道，'我跟你说，我敢发誓，这本书你根本没有读过！'

"'我跟你说我读过！'柯瓦连科大声喊道，用木棍在人行道上敲得很响。

"'唉，我的天呀，明契克！[②]你干吗要发火？要知道，我们谈的是带原则性的问题。'

"'我跟你说我读过！'柯瓦连科喊得更响了。

"在家里，有旁人在的时候，他们也是这样大吵大嚷。大概这种生活使她厌烦了，因此想有一个自己的窝，而且也不能不考虑自己的年龄了。她现在已经没有时间再挑挑拣拣，嫁给谁都行！哪怕是那位希腊语教师也可以。原因是很明白的：对我们大多数的小姐来说，不管是嫁给谁，只要能嫁出去就行。不管怎么样，瓦莲卡对我们的别里科夫开始表示明显的好感了。

"而别里科夫呢？他也常到柯瓦连科家去串门了，就像常到我们这里来一样。进了他家就默默地坐着，一声不响。而瓦莲卡就给他唱《风儿在吹》，或者用她那双黑眼睛若有所思地瞧着他，或者是放声大笑起来：

① 米哈伊里克，是米哈依尔的爱称。

② 米哈里克、明契克，也是米哈依尔的爱称。

“‘哈哈哈！’

“在恋爱的事情上，特别是在婚姻上，劝导往往能起很大的作用。不论是同事们和太太们，大家都劝说别里科夫应当结婚，对他来说，生活中除了结婚已没有别的缺憾了。我们全都向他道喜，用严肃的面孔向他说了各种俗套话，比方，婚姻是人生重要的一步等；何况，瓦莲卡长得不错，挺招人喜欢，她是五等文官的女儿，有田庄，更主要的是，她是第一个亲热而诚心地待他的女人。于是他有点飘飘然，拿定主意，真要结婚了。”

“那么，这时他的套鞋和雨伞就该收起来了。”伊万·伊万内奇说。

“您想象一下吧，这是不可能的。他虽然把瓦莲卡的照片摆在了桌子上，而且常到我这里来谈论瓦莲卡，谈家庭生活，谈婚姻是人生重要的一步，也常到柯瓦连科家去，但是他的生活方式却一点儿也没有变，甚至相反，结婚的决定好像使他染上了某种疾病似的，他变得更瘦了，脸色更苍白了，好像更深地躲进自己的套子里去了。

“‘我喜欢瓦尔瓦拉·萨维什娜，’他对我说，带一种微微的苦笑，‘我也知道，人人都要结婚，可是……您知道吗，这一切来得有点突然……需要好好想一想。’

“‘这有什么好想的呢？’我对他说，‘结了婚，就完事了。’

“‘不，婚姻是终身大事，首先得估量一下面临的义务和责任……以后可不要闹出什么乱子来才好。这一点使我十分不安，如今我整夜都睡不着。说老实话，我害怕，她和她的弟弟有一种奇怪的思维方式。知道吗，他们议论起事情来有点奇怪。她性格又很活泼，结婚以后恐怕难免会闹出点什么麻烦来。’

“于是他没有求婚，一拖再拖，弄得校长夫人和我们的所有的太太们非常懊丧。他老是在捉摸将来的义务和责任，同时他又差不多每天都同瓦莲卡出去散步。也许他认为，在他这样的处境下他应该这样做。他常到我这里来，是为了谈谈家庭生活。如果不是突然闹出一场大笑话[①]的话，他后来可能就结婚了，从而也就做成一桩不必要的、愚蠢的婚事了。在我们这里，由于烦闷无聊，由于无所事事，像这样结婚的有成千上万的例子。应该说一下，瓦莲卡的弟弟柯瓦连科从认识别里科夫的第一天起就恨他，受不了他。

"'我不明白，'他耸耸肩膀对我们说，'我不明白，你们怎么能够容忍这样的告密者，这样卑鄙的家伙。哎呀，先生们，你们怎么能在这儿生活啊！你们这里的空气要窒息人，坏透了！你们难道是教育家，是教师吗？你们是官僚。你们这里不是学府，而是警察局，并且散发出一股警察岗亭里的酸臭味。不，诸位老兄，我在你们这儿再住一阵，就要回到我们庄子里去了，在那里我可以捞捞鱼虾，教教乌克兰的小孩子。我是要走的，而你们却要同你们的犹大留在这里。叫他倒霉去吧。'

"要不他就哈哈大笑，笑得流眼泪。他时而用男低音，时而又用尖细的声音，摊开双手问我：

"'他干吗要上我这儿来坐着？他想干什么呢？坐着，两眼发直。'

"他甚至给别里科夫起了一个外号，叫'蜘蛛'。当然，我们没有对他说他姐姐瓦莲卡打算跟'蜘蛛'结婚的事。有一次，校长夫人暗示他说，要是他的姐姐跟别里科夫这么一个可靠的、受大家尊敬的人结婚，倒是一件好事。这时他皱起眉头说：

"'这不关我的事。哪怕她跟毒蛇结婚也行。我不喜欢干涉别人的事。'

"现在您听一听后来的事情吧。有一个捣蛋鬼画了一张漫画，画中的别里科夫穿着套鞋、卷起裤腿、打着雨伞，正在走路。瓦莲卡挽着他的胳膊。下面的题名是：'热恋中的人'。您明白吗，表情画得妙

① "大笑话"原文为德语。

极了！想必画家不止画了一夜，因为所有男中和女中的教师们、宗教学校的教师们和官员们都接到了一份。别里科夫也接到了一份。这幅漫画给了他非常难受的印象。

“这天正好是5月1日，星期天，我们一起从家里出来。我们全体教师和学员事先约好在学校里集合，然后一起步行到城外的小树林里去。我们都来了，他却愁眉苦脸，脸色比乌云还要阴暗。

“‘竟有如此恶劣、歹毒的人！’他小声说道，嘴唇都颤抖了。

“我甚至同情他了。我们走着。忽然，您能想象到吗，柯瓦连科骑着自行车过来了，瓦莲卡也骑着自行车跟在他的后面。她满脸通红，消瘦了许多，可是开心，快活。

“‘我们先到前面去了！’她大声喊道，‘咳，天气多好啊！多好啊，简直好极了！’

“他们俩一会儿就消失了。我们的别里科夫则从愁眉苦脸变成脸色苍白，好像是僵住了。他站住，望着我——

“‘对不起，这是怎么一回事？’他问道，‘也许是我看错了？难道中学教师和女人骑自行车还成体统吗？’

“‘这有什么不成体统的？’我说，‘就让他们随便骑好了。’

“‘这怎么可以呢？’他叫喊起来，看见我满不在乎的样子，他很惊讶，‘你在说什么啊？！’

“他大为震惊，于是不想再往前走，回家去了。

“第二天，他老是神经质地搓手，打哆嗦，从他的脸上可以看出，他身体欠佳。还没上完课他就走了，这是他平生第一次这样做，也没有吃午饭。尽管外面已完全是夏天天气，傍晚时他还是穿得很多，慢慢地往柯瓦连科家里去。瓦莲卡不在家，他只见到了她的弟弟。

“‘您就请坐吧。’柯瓦连科皱着眉头冷冷地说。他的脸上睡意未散，午饭后他刚休息一会儿，心情很不好。

“别里科夫默默地坐了十分钟左右才开始说：

“‘我到这里来，是为了减轻我内心的痛苦，我心里非常非常难受。有一个卑鄙的人画了一张漫画，把我和另一个与我们俩都很亲近的女人画成可笑的样子。我认为我有责任让您相信，我与此事毫无关系……我没有做任何可以为这种讥讽做口实的事情，相反，我任何时候的行为举止都是一个完全正派的人。’

“柯瓦连科噘着嘴坐着，一言不发。别里科夫等了一会儿，接着又用忧郁的声调小声地说：

“‘我还有一点事要对您说。我已经从教多年了，而您刚刚开始工作，作为一个老同事，我认为有责任对您提出忠告。您骑自行车，这种游戏对一个青年教育者来说，是很不体面的。’

“‘为什么呢？’柯瓦连科用男低音问道。

“‘这难道还要解释吗？米哈依尔·萨维奇，难道您不明白吗？如果教师骑自行车，那么学生会干出什么事来呢？他们就只有用头顶着地走路了！既然当局没有通令允许这样做，那就是不行。昨天我大吃一惊！当我看见您姐姐时，我眼前都发黑了。女人或姑娘骑自行车，这太可怕了！’

“‘说实在的，您到底想干什么呢？’

“‘我只想做一件事，就是警告您，米哈依尔·萨维奇。您是青年人，前途远大，您要十分谨慎小心才成，而您却如此马虎大意。哎呀，如此马虎大意。您穿绣花汗衫，经常在大街上提着书走来走去。而现在又骑自行车。您和您的姐姐骑自行车的事会让校长知道的，然后又会传到督学的耳朵里……这会有什么好结果吗？’

“‘我和我姐姐骑自行车，这不干任何人的事！’柯瓦连科说，涨红了脸，‘谁要是干涉我的家事和家属的事，我就叫他妈的滚蛋！’

“别里科夫脸色煞白，站了起来。

“‘要是您用这样的口气跟我说话，那我们就谈不下去了。’他

说，‘我要求您永远不要在我面前这样地谈论上司，您应该尊敬当局才对。’

“‘难道我对当局说了什么坏话吗？’柯瓦连科问道，生气地看着他，‘请您不要打搅我。我是个正直人，我不想跟您这样的先生谈话，我不喜欢告密者。’

“别里科夫神经质地慌乱起来，急忙穿上大衣，脸上显出害怕的表情。要知道，他有生以来头一回听到如此不礼貌的话。

“‘您要说什么，随便吧，’他一面说，一面走出前堂，来到楼梯台阶上，‘我只是预先声明一下，说不定有人偷听了我们的谈话。为了避免我们的谈话被曲解和闹出什么乱子来，我应该把我们谈话的内容……基本要点，向校长先生报告一下。我必须这样做。’

“‘报告？去吧，去报告吧！’

“柯瓦连科从后面一把抓住他的衣领，猛地一推，别里科夫就顺着楼梯滚下去了，他的套鞋啪啪地响。楼梯高而且陡，不过他滚到下面却平安无事。他站起来，摸摸鼻子，看眼镜碰碎没有。可是，正当他从楼梯上滚下来时，恰巧瓦莲卡回来了，还带了两位太太，她们站在下面并瞧着他——这对别里科夫来说比什么都可怕。看来，哪怕是摔断了脖子和两条腿，也比成为取笑的对象要好些，因为，这下全城的人都会知道这件事，并将传到校长的耳朵里，传到督学的耳朵里。哎哟，千万别闹出什么乱子来！人家又会来一幅漫画，其结果就会命令他辞职……

“当他站起来时，瓦莲卡才认出是他。她瞧着他那可笑的脸，揉皱的外衣和套鞋，不明白是怎么一回事，还以为是他自己意外地摔下来的，便忍不住哈哈大笑起来，笑得整所房子都听得见：

“‘哈哈哈！’

“这响亮的有节奏的‘哈哈’笑声把一切都结束了：做媒求亲的事结束了，别里科夫的人间生活也结束了。他没有听见瓦莲卡说了什么，也没有看见什么。他回到家里，首先是把桌上放着的瓦莲卡的照片拿掉了，然后便躺下来，从此就再也没有起来。

“大约过了三天，阿法纳西来找我，问我要不要派人去请医生，因为，据说他主人有点毛病。我便去看别里科夫。他躺在帐子里，盖着被子，不言语：不管你问什么，他都回答‘是’或者‘不是’，别的什么也不说。他躺着，阿法纳西则在他旁边走来走去，满脸忧郁，愁眉不展，深深地叹气，从他的身上散发出一种像酒馆里的烈酒气味。

“过了一个月别里科夫死了。我们大家都去给他送葬，就是说，两个中学和一个宗教学校的人都去了。如今他躺在棺材里，表情温顺、愉快，甚至高兴，好像他在庆幸自己终于被装进了套子里，永远也不用再从套子里出来了。是啊，他实现了自己的理想！天公好像也在对他表示敬意，他出殡的时候，天色变得阴暗，下起雨来了。我们全都穿着套鞋打着雨伞。瓦莲卡也参加了葬礼。当棺材放进墓穴时，她哭了几声。我发现，乌克兰女人总是不是哭就是笑，中间的心情她们是没有的。

“说实在话，埋葬别里科夫这种人是一件大快人心的事，但是我们谁也不愿意流露出这种快活感。我们从墓地回来时，大家的表情是谦逊而忧郁的。那种快活感就像我们许久以前做孩子的时候，当大人不在家，到花园里去跑一两个钟头，享受充分自由的那种感觉。哎呀，自由啊，自由！甚至哪怕只是一种暗示，一种可能得到自由的微弱的希望，人的灵魂就会长出翅膀来。不是这样吗？

“我们从墓地回来后，心情很好。可是还没有过去一个星期，生活又和原先一样了：严峻、厌倦、乱七八糟。这样的生活虽然没有明令禁止，可也没有得到充分的许可啊。情况并没有好转。事实上，人们虽然埋葬了别里科夫，可是还有多少这样的套中人活着，将来又还会有多少这样的人呢！”

“问题就在这里。”伊万·伊万内奇说，又点燃了烟斗。

“将来还会有多少这样的人呢！”布尔金又说了一遍。

这个中学教师从什物房里走出来。他是一个敦实的矮胖子，头全秃了，黑胡子几乎齐腰长。有两条狗也跟着他跑了出来。

“月亮，月亮真好！”他抬起头说。

已经是午夜了。从右边可以看到整个村子。长长的街道延伸得很远，有五俄里长。一切都进入了恬静的深深的睡眠状态，没有一点儿动静，没有一丝儿声音，甚至让人不敢相信大自然竟会如此寂静。你在月夜看见宽阔的村街及其农舍、草垛和熟睡的柳树，心里就会变得宁静。在这个躲开了劳动、操心和悲伤而被夜色包藏起来的静寂里，村街显得那么温和、忧郁、美丽，似乎星星在亲热地、动情地瞧着它，似乎大地上已没有了恶，一切都非常美好。左边，村子的尽头，便是田野。这里可以看到很远的地方，直到天边。在这一大片洒满月光的田野上，同样是没有一点动静，没有一点声音。

“问题就在这里。”伊万·伊万内奇又说一遍，“我们住在城里，又闷气又拥挤；我们写一些无用的文章、玩纸牌——这岂不也是套子吗？我们在懒汉、爱打官司的人和愚昧的浪荡女人中度过一生，自己说也听别人说各种废话——这岂不也是套子吗？喂，您如果愿意听，我就给您讲一个很有教益的故事。”

“不，现在到该睡觉的时候了，”布尔金说，“明天再讲吧。”

他们俩都走进什物房，在干草上躺下来。他们俩盖上被子，刚要入睡，却忽然听见轻轻的脚步声：吧嗒、吧嗒……离什物房不远有人在走动，走了不远又停了下来。过了一分钟，又吧嗒、吧嗒响起来……狗叫起来了。

“这是玛芙拉在走动。”布尔金说。

脚步声停止了。

“你看着听着人家撒谎，”伊万·伊万内奇翻了个身说，“人家就会因为你容忍这种虚伪而说您是傻瓜。你忍受人家的欺负和侮辱，不敢公开宣布你站在正直和自由的人的一边，而且你自己也撒谎，还堆出笑容。这一切无非就是为了混一口饭吃，得到一个温暖的窝，谋到一个一文不值的官职罢了！不，不能再这样生活下去了！”

“得了，您离题太远了，伊万·伊万内奇，”布尔金说，“我们睡觉吧！”

十分钟以后布尔金就睡着了。伊万·伊万内奇却翻来覆去，并且直叹气。后来他便起来，走出去，在门边坐下，点上了烟斗。

（1898 年）

醋　栗

打从大清早起，整个天空就雨云密布。没有风，也不热，却闷气。大凡在灰色阴暗的日子里，田野上空早已乌云遮天，眼看快要下雨却又没有下的时候，往往就是这种天气。兽医伊万·伊万内奇和中学教师布尔金已经走累了。他们觉得，这田野好像没有尽头似的。前面很远的地方米罗诺西茨科耶村的风车隐约可见，右边是连绵不断的丘岗，一直延伸到村庄后面很远的地方才消失。他们两人都知道，这边是河岸，那边是草地、绿色的柳树和庄园。如果站在一个丘岗上，就可以看见同样辽阔的田野、电讯设施和一列像正在爬行的毛毛虫似的火车，而在晴朗的天气下甚至看得见城市。今天是一个无风的天气，整个大自然都显得那么温和，好像是在沉思。伊万·伊万内奇和布尔金对这片田野都满腔热爱，两人都在想：这个地方是多么辽阔、多么美丽啊！

“上一次我们在村长普罗科菲的什物房里过夜的时候，”布尔金说，“您曾打算讲一个故事来着。”

“是的，我当时想讲一讲我弟弟的事。”

伊万·伊万内奇深深地叹了一口气，并点上了烟斗，就要开始讲故事。可是这时却下起雨来了。五分钟以后，雨下得非常大，不停地下，而且很难见出什么时候雨才能停下来。伊万·伊万内奇和布尔金站着，思考起来。淋湿了的狗也夹着尾巴站在那里，带着温顺的神情望着他们。

“我们需要找个地方避避雨，”布尔金说，“到阿廖兴家去吧，离这里很近。”

“那我们走吧。”

他们向一边拐过去，沿着已收割完的田野走去，时而照直走，时而往右走，后来上了大道。很快便出现了白杨、花园，后来又看见了谷仓的红房顶。河水闪着亮光，顿时眼界开阔了，面前是一片宽阔的水面，有一个磨坊和白色的水滨浴场。这就是阿廖兴居住的索芬诺村。

磨坊在工作，它的声音盖过了雨声。水坝在震颤。大车旁边站着几匹湿淋淋的马，它们都耷拉着脑袋。人们披着麻袋走来走去。这里潮湿、肮脏、不舒服，水面看样子是冰凉的、不祥的。伊万·伊万内奇和布尔金已感到全身潮湿、不干不净和不舒服，脚也因沾了污泥而变得沉重了。他们穿过水坝，爬到上面，往地主的谷仓走去时，都没有说话，好像彼此在生气似的。

其中一个谷仓里簸谷机轰隆作响，门开着，从里面冒出阵阵灰尘。阿廖兴本人就站在门口，他是一个四十岁上下的男子，又高又胖，留着很长的头发，看上去与其说像地主，不如说像一位教授或艺术家。他穿一件白色的，但很久没有洗过的衬衫，腰上系根绳子，没穿长裤，靴子上也沾满了污泥和麦秸，鼻子和眼睛都被灰尘染得挺黑。他认出了伊万·伊万内奇和布尔金，显得很高兴。

“先生们，请进屋里，”他微笑着说，“我马上就来，一会儿。”

这是一座两层楼的大房子。阿廖兴住在一楼的两个房间里，那里有拱顶和小窗子，原来是管家们住的。屋里摆设简单，充满黑麦面包、廉价白酒和马具的气味。楼上的正房他很少去，只有当客人来了他才去一趟。伊万·伊万内奇和布尔金走进房间时，迎接他们的是一个女佣人，年轻的女人，非常漂亮，以致两人都顿时站住了，相互看了一会儿。

“你们不能想象我看见你们有多么高兴，两位先生，”阿廖兴说，跟在他们后面走进了前堂，“真是没有想到！佩拉格娅，”他对女佣人说，“去拿衣服来给客人换一换吧，顺便我也要换一换。只是首先我得去洗个澡，我大概从春天以来就没有洗过澡了。先生们，你们也愿意到浴场去吗？这里他们也可以暂时打点一下。”

漂亮的佩拉格娅是那么娇弱，但样子又是那么温和。她给他们拿来了床单和肥皂，阿廖兴就陪着客人到浴场去了。

“是的，我很久没有洗澡了。”他边说边脱衣服，“你们看，我的浴场很好，还是我父亲建造起来的。可是不知为什么我总是没有工夫来洗澡。”

他在台阶上坐下来，用肥皂洗他的长头发和脖子。他周围的水顿时变成了深棕色。

“是的，我认为也是……”伊万·伊万内奇意味深长地瞧着他的脑袋说。

“我很久没有洗澡了。”阿廖兴不好意思地又说了一遍，再用肥皂洗起来，他周围的水又变成了深蓝色，像墨水一样。

伊万·伊万内奇走过去，扑通一声跳进水里。他冒雨游了起来，张开胳膊划水。他游水腾起了波浪。白色的百合则在水浪上摇来摆去。他一直游到水域的中央，做了一次潜游，过了一分钟在另一个地方钻了出来。他接着再往远处游去，并且老是潜水，极力想抵达河底。“哎呀，我的上帝啊！……”他重复地说，游得很痛快，“哎呀，我的上帝！”他游到磨坊那边去，同农民谈了话，再游回来，平躺在水面的中央，仰面迎着雨点。布尔金和阿廖兴都已穿好了衣服，准备走了，他却仍在游泳，潜水。

“哎呀，我的上帝！……”他说，“哎呀，求上帝怜恤！……”

“你也游够了！”布尔金对他说。

他们回到了屋里。楼上大客厅的灯光亮了起来，布尔金和伊万·伊万内奇穿着丝绸长袍和暖和的拖鞋在圈椅上坐下来。而洗了脸、梳好头的阿廖兴本人则穿着新上衣在客厅里走来走去，看来，他正在愉快地享受着温暖、干净以及穿干燥衣服和轻便拖鞋的感觉。漂亮的佩拉格娅温柔地在地毯上走着，不发出一点声音，用托盘端来了带果酱的茶。只是在这时，伊万·伊万内奇才开口讲他的故事，而且仿佛不仅是布尔金和阿廖兴在听，那些藏在金边镜框里安详而又严厉地瞧着他们的老老少少的太太们和军官们似乎也在听。

“我们是兄弟俩，”他开始说，“一个是我伊万·伊万内奇，另一个是我的弟弟尼古拉·伊万内奇，他比我小两岁。我进专业学校，当了兽医，而尼古拉从十九岁起就在税务局里工作。我父亲奇姆沙·吉马莱斯基曾经是一个少年兵，后来提升为军官，给我们留下了世族的贵族身份和小小的田产。他死了之后，这份小小的田产便抵了债。但是，不管怎么样，我们的童年在农村中还是过得自由自在的。我们完全跟农民的孩子们一样，白天晚上都是在田野上、森林里度过的，看守马匹、剥树皮、捕鱼，等等。你们知道，一个人一生中哪怕捕过一次鲈鱼，或者在秋天看过一次鸫鸟南飞，看到它们在晴朗而凉爽的日子里怎样成群地在村里上空飞过，那他就已经不是城里人了，他就一直到死都会向往自由的生活，我弟弟在税务局里就老念着乡下。一年一年过去了，他还是坐在同一个位子上，老在抄写那些文件，并且老是想着一件事：怎样才能回到乡下去。他的这种思念渐渐地成为一个明确的愿望，梦想着在靠河或近湖的地方为自己买下一个小小的庄园。

“他是一个善良、温和的人，我喜欢他，但他那种想把自己关在一个小庄园里过一辈子的愿望，我却从来没有同情过。俗话说，一个人只需要三俄尺土地。但是须知，三俄尺土地是埋尸体的地方，而不是活人所需要的。现在也还有人说，若是我们的知识分子贪恋土地，希望有个庄园，这是好事。但是，要知道，这种庄园也就是三俄尺土地。离开城市，离开斗争，离开生活的喧嚣，逃出来，躲进自己的庄园里——这不是生活。这是利己主义，偷懒，这是一种僧侣主义，而且是毫无建树的僧侣主义。一个人需要的不是三俄尺土地，也不是一个庄园，而是整个地球，整个大自然。在那广阔的天地中，人能够发挥他自由精神的所有品质和特点。

“我的弟弟尼古拉坐在自己的办公室里，梦想着将来怎样喝自己家里的菜汤，这菜汤又怎样在全院子里发出清香的气味，怎样在绿色草地上吃饭，怎样在太阳底下睡觉，怎样在大门口凳子上一坐就是几个钟头，眺望田野和森林。农业书籍和日历上的所有农艺方面的建议都成了他的欢乐，成了他心爱的精神食粮。他喜欢看报，但只看报纸上有关的广告，例如，说某地方有若干田产，连同草场、庄园、小溪、花园、磨坊和活水池塘等一并出售。他的脑子里就描绘出了花园小径、花卉、水果、椋鸟巢、池塘里的鲫鱼等，你们知道吗，全都是诸如此类的东西。这些想象的图景是根据他所看到的广告的不同而异的。不过，不知何故，所描绘的每一张图景里都必定有醋栗。他不能想象，哪一个庄园，哪一个富有诗意的安乐窝里会没有醋栗。

“‘乡村生活有其舒服的地方，’他常说，‘在阳台上坐一坐，喝杯茶，池塘里有自己的小鸭子在泅水，四处清香，而且……醋栗成熟了。’

“他经常绘制庄园的草图。而每一张草图都照样有那几件东西：一、主人的正房；二、仆人的下房；三、菜园；四、醋栗树。他生活很节俭，省吃少喝，天知道他穿的是什么衣服，简直像个乞丐。他不断地攒钱，存在银行里，贪婪得可怕。我看见他就心痛，常给他一点钱，逢节日也给他寄点钱，可是他连这点钱也要收藏起来。一个人如果打定了主意，你对他就毫无办法了。

“几年过去了。他被调到别的省去工作。他也已经年过四十了，可他仍旧看报纸上的广告、攒钱。后来听说他结婚了，他结婚的目的也仍然是为了要买一个有醋栗树的庄园。于是他就同一个又老又丑的寡妇结了婚，其实他对她没有一点感情，只因为她有几个臭钱罢了。他跟她结婚后，生活上仍然非常吝啬，老是弄得她吃不饱。他把她的钱存在银行里，写上自己的名字。以前她嫁给邮政局长时，跟前夫吃惯了馅饼，喝惯了果子露酒。可是跟第二个丈夫一起过日子，却连黑面包也吃不饱。过这样的生活，她变得憔悴了，于是不出三年就一命呜呼了。当然我的弟弟从来也没想过他对她的死负有责任。金钱像白酒一样，可以把人变成怪物。我们城里从前有过一个病危的商人，临死前他叫人给他端来一碟子蜂蜜，他把他所有的钱和彩票就着蜂蜜全吞进肚子里去，让谁也得不着。有一回我在火车站检查牲口时，正好有一个马贩子摔在火车头底下，轧断了一条腿。我们把他抬到候车室里，他流血很多，非常危险，但他却老要求大家把那条断腿找回来，老是心神不安，原来在他那条断腿的靴子里放有二十卢布，他生怕那钱丢了。”

“您这已经离题了。”布尔金说。

“妻子死后，”伊万·伊万内奇沉思了半分钟后接着说，“我弟弟就开始为自己物色田产了。当然，尽管他已经物色了五年，但到头来仍然出差错。买下来的却全然不是自己所梦想的东西。我弟弟尼古拉通过中间人买了一个抵押过的庄园，有一百二十亩土地，有主人的正房，有仆人用的下房，有花园，可是却唯独没有果园，没有醋栗树，没有池塘和小鸭子。虽然有河，可是河水的颜色像咖啡一样，因为田产的这一边是个制砖厂，而另一边是烧兽骨的工场。不过我的尼古拉·伊万内奇倒也不大难过，他去定购了二十棵醋栗树，栽下去，并照地主的排场过起日子来了。

“我去年去探望过他，我想去看看他那里的情况怎么样。在信里我弟弟称他的庄园是‘楚姆巴罗克洛夫荒地’，又称吉马莱斯科耶。我是在下午到达那个‘又称吉马莱斯科耶’的。天气很热，到处是沟渠、围墙、篱笆和栽成一行行的杉树，让人不知道怎样进入院子，把马拴在什么地方。走到房子跟前，来迎接我的竟是一条红毛狗，它肥得像头猪，想吠一声，却又懒得吠。厨娘从厨房里走出来，她光着脚，很胖，也像一头猪。她说，我兄弟午饭后正在休息。我走进弟弟屋里，他在床上坐着，膝上盖着被子。他变老了，显胖了，皮肉松弛，他的脸颊、鼻子和嘴唇，全都向前伸展着，看上去，就像猪一样哼哼着躺在被子里。

“我们互相拥抱，抽泣了几声，既是由于高兴，也是由于一种悲凉的心绪：想到我们当年都还年轻，而现在两人都已白发苍苍，快要入土了。他穿上衣服便带我去看他的庄园。

“‘喂，你在这里过得好吗？’我问道。

“‘还好，多谢上帝，我过得很好。’

“他已不是往昔那个怯懦的、可怜巴巴的文官，而是地道的地主老爷了。他已经在这里住熟、习惯，而且津津乐道了。他吃得很多，到浴池去洗澡，长胖了。他已同村社及工厂打过官司。农民若不称呼他‘老爷’，他就要见怪。他还按照老爷气派郑重其事地关心起自己的灵魂来了。即便他做点好事也不是那么简简单单的，而是摆足了架子。然而那又是什么样的好事啊！他拿苏打和蓖麻籽给农民去包治百病。到他命名日那天，便在村子中央做一回谢恩祈祷，然后抬出半桶白酒给农民喝。他自认为就该这么办。咳，那可怕的半桶白酒！今天这位胖地主拉着农民到地方行政长官那里去控告他们放出牲口践踏了他的庄稼，而明天遇上隆重的节日，却给农民摆上半桶酒，他们边喝边喊‘乌拉’，喝醉了的就给他叩头。生活只要变好一点，吃得饱、喝得足，闲着不做事，就会在俄罗斯人身上生发出一种最厚颜无耻的自负心理。尼古拉·伊万内奇当初在税务局里时甚至害怕有自己的意见，而现在，说起话来句句是真理，而且总是用大臣的口气说：‘教育是必要的，不过呢，对于老百姓来说，还未免言之过早。’‘体罚总的来说是有害的，但是在某种场合下，它却是有益的，不可代替的。’

“‘我了解老百姓，我会对付他们，’他说，‘老百姓喜欢我。我只要动一动手指头，老百姓就会把我想办的事统统办好。’

“请你们注意，他的所有这些话都是带着聪明而慈善的微笑说出来的。他把‘我们这些贵族’，‘我作为贵族’反复地说了二十多遍，显然，他已经不记得我们的祖父是农民、父亲是兵了。就连我们的姓奇姆沙·吉马莱斯基，实际上是个不合情理的姓，他现在也觉得响亮、高贵、十分惬意了。

“不过，问题不在于他，而在于我自己。我想跟你们讲一讲我在庄园里逗留的短短几个小时，我自己起了什么变化。傍晚，我们喝茶的时候，厨娘端来满满一盘醋栗放在桌上。这不是买的，而是自家栽种的醋栗。自从栽下那些果树之后，这还是头一回收果子。尼古拉·伊万内奇笑起来，默默地对那些醋栗看了一分钟，热泪盈眶，激动得说不出话来。然后他拿起一个醋栗放进嘴里，看看我，像小孩子终于得到他心爱的玩具那样，得意扬扬地说：‘多么好吃啊！’

“他贪婪地吃起来，不断地重复说：

“‘啊，多么好吃啊！你尝一尝吧！’

“醋栗又硬又酸。但是，诚如普希金所说：‘我们喜爱高尚的谎话，胜过喜爱许许多多的真理。’[①]我看见了一个幸福的人，他那朝思暮想的梦想显然已经实现，他已经达到了生活的目标，他获得了他所想要的东西，他对自己的命运满意了，对自己也满意了。不知为什么，以前我想到人的幸福时，总不免夹杂着一种哀伤的感觉，而现在我亲眼看见了幸福的人，则有一种近似绝望的沉重的感觉控制着我。夜间这感觉尤为沉重。他们在我弟弟卧室的隔壁给我支了一张床，我听见弟弟没有睡，他老是爬下床来，走到盛着醋栗的盘子跟前，去拿醋栗吃。我在想，实际上有多少满足而幸福的人啊！这是一种多么令人沮丧的势力啊！你们就看看这种生活吧：强者骄横而不干事，弱者则无知而且像牲口一样生活，四处都已穷得不能再穷了，挤拥、退化、酗酒、伪善、撒谎……然而在所有的房子里也好，街上也好，到处是平平静静，心平气和，城里的五万居民中，竟没有一个人叫喊一声，大声地发泄一下愤懑。我们看到人们到市场上买食品，白天吃饭，晚上睡觉，说废话、结婚、衰老、镇静自若地送死人进坟墓。但是，对那些受苦的人们，对生活中幕后正在发生的种种可怕的事情，我们却看不见，听不到。一切都安静、太平，提出抗议的只有那些无

① 见普希金的《英雄》一诗。

声的统计表：有多少人发了疯，有多少桶白酒被喝光了，有多少儿童死于营养不良……这样的制度显然是不需要的。幸福的人之所以会自我感觉良好，显然只是因为那些不幸的人沉默地背着他们的重负。如果没有这种沉默，他们的幸福就是不可能的。这是普遍的麻木不仁，需要在每一个幸福而满足的人的房门背后站上一个拿锤子的人，用锤子经常敲敲门，提醒他：世上还有不幸的人，不论他怎么幸福，生活迟早还会向他露出爪子，灾难迟早还会降临：疾病、贫穷、损失。到那时谁也不会看见他，听见他，就像他现在看不见、听不见别人一样。可是，并没有拿锤子的人，幸福的人照样自由自在地生活着。日常的一些小事使他们稍稍有些激动，就像微风吹拂着白杨一样——一切平安无事。”

“这个晚上我才明白，我也是幸福又满足，”伊万·伊万内奇站起来，继续说，“我也在吃饭和打猎的时候教育过别人，说应该怎样生活，怎样信仰宗教，怎样控制老百姓。我也说过，学问是光明，教育是必要的，可是对普通人来说，目前只要能认字、写字，也就够了。我说过，自由是好东西，不能没有它，就像不能没有空气一样，不过需要等待。是的，我常说这样的话，而现在我却要问：‘为什么要等待？’”伊万·伊万内奇问道，生气地看着布尔金，“我问你们，为什么要等待？出于什么考虑？人们对我说，什么事都不是一下子能办到的，生活中各种思想都要逐渐地实现，水到渠成才行。可是这话是谁说的呢？有什么证据能证明这话是对的呢？你们引证事物的自然规律，引证各种现象的法则，可是，我，一个活生生的有思想的人，站在一条沟壕面前，本来也许可以从上面跳过去，或者在上面架桥过去，却偏要等它自己合拢或让淤泥填满才过去，在这里是否也有规律和法则呢？再说一遍，为什么要等待？要等到人没有力量生活时才算完吗？然而，人却需要生活，渴望生活啊！

“那天我打大清早就离开了弟弟的家。从此以后我在城里住就感到无法忍受，城里的安静和太平使我感到压抑。我害怕看人家的窗户，因为现在再没有比幸福的一家人围坐在桌子周围喝茶的场面使我更难受的了。我已经老了，不会以斗争自豪了，我甚至也不憎恨人了。我只能在心里感到悲伤、生气、烦恼。每天晚上，各种思想纷至沓来，弄得我脑袋发热，夜不成寐……唉！要是我还年轻就好了！”

伊万·伊万内奇激动地从房间的这个角落走到另一个角落，并重复说：

“要是我还年轻就好了！”

他突然走到阿廖兴跟前，先是握住他一只手，后来又握住他另一只手。

“巴威尔·康斯坦丁诺维奇！”他用一种恳求的语气说，“不要感到满足，不要让自己昏睡！趁您现在年轻、力壮、精神饱满，要不倦地做好事！幸福是没有的，也不应该有。如果生活有意义有目标的话，那么这意义和目标绝不是我们的幸福，而是比这更伟大更有理智的东西。做好事吧！”

所有这些话，伊万·伊万内奇都是带着可怜的恳求的微笑说的，好像是为自己在求别人做什么事似的。

然后三个人在客厅不同角落里放着的三张圈椅里坐下来，没有说话。伊万·伊万内奇的故事既没有使布尔金，也没有使阿廖兴感到满足。那些藏在金边镜框里看着他们的将军们和太太们在昏暗的光线中显得像是活人，他们听着关于可怜的吃醋栗的文官的故事，感到乏味。不知什么缘故，他们很希望说一说或听一听优雅的人和妇女的故事。他们现在所在的客厅里的一切东西——蒙着套子的枝形烛架、圈椅、脚底下的地毯——都说明，镜框里低下眼睛看着他们的那些人从前也在这里走动过、坐过、喝过茶，而现在漂亮的佩拉格娅也在这里正无声地走来走去。这一切要比任何故事都美好得多。

阿廖兴困得要命。他打大清早两点多钟就起来料理庄园事务，现在他的眼皮都要黏在一起了，可是他又怕在他走了以后客人们还要讲什么有趣的故事，因此他没有走。伊万·伊万内奇刚才讲的那些话聪明不聪明、有道理没有道理，他没有去推究。他的客人们没有谈及麦粒，没有谈及干草，没有谈及煤焦油，所谈的都是与他的生活没有直接关系的事情，因此他感到高兴，并希望他们继续谈下去……

“可是，现在该睡觉了，”布尔金说，并站起来，“请允许我跟你们道晚安。”

阿廖兴道别后，回到楼下自己的房间里，客人们仍旧留在楼上。他们俩被领到一个很大的房间里，里面放着两张旧的雕花木床，墙角上有一个刻着耶稣受难像的象牙十字架。那两张宽大、凉快的床上，由佩拉格娅铺上了被褥。新换的床单散发出一种好闻的气味。

伊万·伊万内奇默默地脱下衣服，躺下。

“主啊，宽恕我们这些罪人吧！”他说完，便拉被子把头蒙上。

他那放在桌子上的烟斗，冒出一股浓烈的烟草的焦味。布尔金则久久不能入睡，他感到纳闷，哪里来的这股浓重的烟味呢。

雨点整夜抽打着窗户。

（1898 年）

姚内奇

一

每当来到C省城的人抱怨这里的生活乏味而又单调的时候，本地的居民则好像要为自己辩护似的，就说恰恰相反，C城非常好，C城有图书馆，有戏院，有俱乐部，常常举行舞会，最后还说这儿有聪明、有趣、愉快的人家，可以和他们交往。他们还指明屠尔金一家，说这是最有教养、最有才华的一家人。

这一家人住在本城主街自己的房子里，近旁就是省长的官邸。屠尔金本人，伊万·彼得罗维奇·屠尔金是一个胖胖的、黑头发的美男子，留着连鬓胡子。他为了慈善事业的目的经常举办业余演出，自己扮演老将军，咳嗽的样子很可笑。他知道许多笑话、字谜、俗语，喜欢开玩笑和说俏皮话。他常常做出一种表情，使你不知道他是在开玩笑，还是在说正经话。他的妻子，薇拉·约瑟福夫娜是一个身材瘦削、模样可爱的太太，戴着夹鼻眼镜，常写中篇小说和长篇小说，并且喜欢拿这些小说给自己的客人朗读。女儿叶卡捷琳娜·伊万诺夫娜是个年轻的姑娘，会弹钢琴。一句话，每一个家庭成员都有自己的才华。屠尔金一家热情好客，他们在客人面前兴高采烈、真诚简朴地表现自己的才能。他们那所高大的瓦房很宽敞，夏天凉快，有一半窗户朝着那绿荫如盖的老花园，春天花园里有夜莺在歌唱。每逢家里来了客人，厨房里就刀声当当响，院子里飘着葱香味——这是预告一顿丰盛的美味的晚餐就要开始了。

德米特里·姚内奇·斯塔尔采夫大夫被派任地方自治局医生，就在离C城九俄里远的嘉里日住下。他刚来的时候就听人说，像他这样有知识的人，必须与屠尔金的家人认识。冬天，有一次在街上他被介绍认识了伊万·彼得罗维奇，他们谈了天气、剧院和霍乱，后者便邀请他去做客。春天的一个节日——这是耶稣升天节，斯塔尔采夫看完病人以后，便进城消遣消遣，并顺便买点东西。他步行（他还没有自己的马车），不急不忙地走着，一路上哼着歌："当我尚未喝下生命之杯里的眼泪……"

他在城里吃了午饭并在花园里散了步，后来他自然而然地想起了伊万·彼得罗维奇对他的邀请，于是他就决定到屠尔金家去，看看他们是些什么样的人。

"您好，"伊万·彼得罗维奇说，在台阶上迎接他，"见到这么一位愉快的客人我非常非常高兴。请进，我来把您介绍给我的贤妻。薇拉，我对他说，"他一边把医生介绍给妻子，一边继续说，"我对他说，他没有任何权利老在医院里待着，他应该把空闲时间用在社交上。对不对呢，亲爱的？"

"请您这儿坐，"薇拉·约瑟福夫娜说，让客人坐在她的身旁，"您尽可以向我献殷勤，我丈夫爱吃醋，他是奥赛罗①，不过我们尽量做到让他看不出来。"

"哎呀，你这小母鸡，被宠坏了……"伊万·彼得罗维奇温和地嘟哝道，吻了吻她的额头，"您的光临正是时候。"他又转身对客人说，"我的贤妻写了一部很可观的长篇小说，今天正要高声朗读呢。"

"让奇克②，"薇拉·约瑟福夫娜对丈夫说，"叫人把我的茶拿来③。"

斯塔尔采夫被介绍跟十八岁的姑娘叶卡捷琳娜·伊万诺夫娜认识。她长得很像母亲，也是那样身材瘦削，模样可爱，她还有一种孩

① 英国作家莎士比亚剧作《奥赛罗》中的男主角。

② 俄文的"伊万"，等于法文的"让"。

③ 原文为法语。

子的表情，腰身苗条、娇嫩，她那已经发育的处女的胸部，健康而又美丽，昭示着春天，真正的春天。然后大家喝茶，外加果酱、蜂蜜、糖果以及很好吃的饼干，这种饼干一进口就溶化。黄昏到来时，客人慢慢聚集起来，伊万·彼得罗维奇带着含笑的眼睛对每位客人说：

“您好哇！”

后来大家都带着严肃的面容在客厅里坐下来，薇拉·约瑟福夫娜朗读她的长篇小说。她是这样开头的：“寒气加剧……”窗户完全开着，从厨房里传来菜刀的当当声，闻得到煎洋葱的气味……大家舒舒服服地坐在柔软的深深的圈椅里，客厅里的灯光在暮色中温柔地闪烁着。现在是夏日的黄昏，从街上传来阵阵谈话声和笑声，从院子里飘来紫丁香的香气。这样就很难领会小说中说的寒气加剧、夕阳的冷光照着雪原和单身的行路人的情景。薇拉·约瑟福夫娜朗读到一个年轻美丽的伯爵小姐怎样在自己村子里兴办学校、医院和图书馆，又怎样爱上了一个浪游的画家。她朗读的是生活中永远不会有的故事，不过听起来还是很愉快、很舒服的。让人心里仍然会生发出美好的、平静的思想。坐着真不想站起来。

“真不赖……”伊万·彼得罗维奇悄悄地说。

有一个客人听着听着，思想跑到老远的地方去了，他用非常小的声音说：

“是啊……真的……”

一小时又一小时过去了，在城市公园附近有乐队在演奏，有合唱队在唱歌。薇拉·约瑟福夫娜合上了自己的本子后，有五分钟大家默默地听着合唱队唱的《卢奇奴什卡》。这首歌表现了长篇小说里没有而在生活中却存在的东西。

“您要把自己的作品送到杂志上去发表吗？”斯塔尔采夫问薇拉·约瑟福夫娜。

“不，”她回答说，“我哪里也不送去发表，我写完就放在柜子里藏起来。干吗要发表呢？”她解释说，“要知道，我们不愁吃，不愁穿。”

不知为什么大家都叹了一口气。

“科季克[①]。现在你来弹个曲子吧。”伊万·彼得罗维奇对女儿说。

有人把钢琴盖打开，把准备好放在那里的乐谱翻开来。叶卡捷琳娜·伊万诺夫娜坐上去，两只手按键盘，然后立即用尽全力按下去，按了又按，她的肩膀和胸部都在颤动，她使劲地按同一个地方，好像不把那些琴键按进钢琴里去就绝不罢休似的。客厅里充满巨大的音响；地板、天花板、家具……好像所有的东西都发出轰隆声。叶卡捷琳娜·伊万诺夫娜在弹一段难奏的乐句，它的意义就在于它的难度，它又长又单调。斯塔尔采夫听着，脑子里浮现出一幅画面：许多石头从高山上落下来，不断地落下来，他却希望那些石头快点停住。此时叶卡捷琳娜·伊万诺夫娜由于紧张的弹奏，满脸绯红，全身有劲，充满活力，一丝卷发掉下来，落在额头上，很招他喜欢。他在嘉里日的病人和农民中间度过了一个冬天，如今坐在客厅里，看着这个年轻、文雅而又多半也是纯洁的女人，听着这喧闹、令人腻烦却又文明的音响，是多么愉快，多么新鲜啊……

“哎呀，科季克，你今天演奏得比任何时候都好，”当女儿弹完站起来时，伊万·彼得罗维奇眼里含着泪水说，“死吧，丹尼斯，你再也写不出更好的东西来了。”[②]

大家都围着她，向她祝贺，表示惊讶，表示自己真的许久没有听到这样好的音乐了。而她则默默地听着，微笑着，全身都表现出一种十分得意的神情。

“真妙！好极了！”

“真妙！”斯塔尔采夫也受到大家的感染，说道：“您是在哪里学的音乐？”他问叶卡捷琳娜·伊万诺夫娜，“是在音乐学院学的吗？”

“不，我正准备进音乐学院，目前我在这儿跟扎芙洛夫斯卡娅太

① 叶卡捷琳娜的爱称。

② 此语似是格·彼将金公爵对俄国剧作家冯维辛的喜剧《纨绔少年》初次演出后的评价。后在论述冯维辛的文献中被反复使用，便成了一个流行的笑话典故。——原注

太学琴。”

“您在本地中学毕业了吗？”

“噢，没有！”薇拉·约瑟福夫娜替她答道，“我们请了家庭教师，在中学或贵族女子中学读书可能会受到不良的影响。这您同意吧，姑娘正是生长发育时期，只应受母亲一人的影响。”

“不过，我还是要进音乐学院。”叶卡捷琳娜·伊万诺夫娜说。

“不，科季克爱她的妈妈，科季克不会伤她爸爸妈妈的心的。”

“不，我要去！我要去！”叶卡捷琳娜又逗趣又撒娇，还跺了跺小脚。

吃晚饭的时候，是该伊万·彼得罗维奇来显示自己的才能了。他眼笑脸不笑地说着笑话和俏皮话，提出种种可笑的问题，自问自答，始终用一种自己特有的奇特的语言说话。这种语言是长期练习说俏皮话提炼出来的，显然他已经十分纯熟了，如“太好啦”，“真不赖啦”，“十二万分感谢您啦”……

还不止这些。当客人酒足饭饱，心满意足，挤在前厅，取各自的大衣和手杖时，就会出现一个听差帕夫鲁沙，或者用这里的人对他的称呼，就是帕瓦，一个十四岁的男孩，胖胖的脸蛋，头发剪得很短。

“喂，帕瓦，你来表演一个！”伊万·彼得罗维奇对他说。

帕瓦拉开架势，举起一只手，用一种悲怆的语调说：

“不幸的女人，死吧！”

大家哈哈大笑起来。

“真好玩。”斯塔尔采夫想着，走到街上。

他还到一个酒店买了啤酒，然后步行回到嘉里日。他一路上哼着歌曲：

在我听来，你的声音那么亲切，令人陶然心醉……[1]

---

① 参阅普希金抒情诗《夜》。

他走了九俄里的路，然后躺下睡觉。他却一点也不觉得累，相反，他觉得还可以高兴地再走二十俄里路。

“真不赖……”他回想着，然后笑着进入了梦乡。

二

斯塔尔采夫老想到屠尔金家去玩，可是医院里工作很多，他怎么也抽不出空闲时间来。就这样，有一年多的时间在工作和孤寂中过去了。可是现在，瞧，从城里捎来一封装在浅蓝色信封里的信……

薇拉·约瑟福夫娜以前患有偏头痛。可是最近科季克天天闹着要进音乐学院，她的病就发作得更频繁了。全城的医生都到屠尔金家去过了，最后便轮到了地方自治局医生。薇拉·约瑟福夫娜给他写了一封很感人的信，请他到她家去减轻她的痛苦。斯塔尔采夫去了，并且从此以后便常常到屠尔金家去，十分频繁……他事实上也是给薇拉·约瑟福夫娜帮了点忙。她已经对所有的客人说，他是一位不寻常的、非常出色的医生。不过他现在到屠尔金家去，已经不再是为了治她的偏头痛了……

过节那一天，叶卡捷琳娜·伊万诺夫娜在钢琴上弹完了她冗长而又令人难受的练习曲，然后久久地坐在饭厅里喝茶；伊万·彼得罗维奇也讲了一个可笑的故事。这时门铃响了，他需要到前厅去迎接客人。斯塔尔采夫趁这杂乱的时刻，十分激动地小声对叶卡捷琳娜·伊万诺夫娜说：

“看在上帝面上，我求您别折磨我了，我们到花园里去吧！”

她耸耸肩膀，似乎困惑莫解，不知道他要她干什么似的。不过她还是站起来了。

“您弹钢琴一弹就是三个四个钟头，”他走在她的后面对她说，“然后您又陪您妈妈坐着，我根本没有时间跟您说话，哪怕您给我一刻钟的时间也好，我求求您。”

秋天就要来临，古老的花园里寂静、悲凉，人行道上落满了黑色的树叶。天很早就黑下来了。

“我整整一个星期没见到您了，”斯塔尔采夫继续说，“但愿您知道，这有多么痛苦！请坐，请您听我说。”

花园里有一个他们喜欢坐的地方：一棵枝叶茂盛的老枫树下的一张长凳子。现在他们就在这张长凳上坐下来。

“您有什么事吗？”叶卡捷琳娜·伊万诺夫娜用一种办事的口吻问道。

“我整整一个星期没见到您了，我这么久没听到您的声音。我强烈地想听到，渴望听到您的声音。您就说说吧。”

她那焕发的青春，她的眼睛和脸蛋上天真的表情使他如痴如醉了。甚至她穿连衣裙的装束，他都看见有一种不寻常的、由于其纯朴和天真的妩媚而产生的亲切和动人的东西。同时，虽然天真，他却觉得她很聪明，其成熟程度超过了她的年龄。他可以跟她谈文学、谈艺术，谈什么都行。也可以在她面前对生活对人们发发牢骚。尽管有时候在严肃交谈时她会突然无缘无故地笑起来，或者跑回屋里去。她也跟C城差不多所有的女孩子一样，读过许多书（一般地说，C城的人是很少读书的。本城图书馆的人说，如果不是这些姑娘们和一些年轻的犹太人，图书馆就可以关门了）。这一点斯塔尔采夫感到极其满意，每次他都非常激动地问她最近读了什么书，并且像着了魔似的听着她讲。

“自从我们分别以来，这个星期您都读了什么书呢？”这时他问道，“求求您，您就说说吧。”

“我读了皮谢姆斯基[①]的作品。”

“哪些作品呢？”

“《一千个农奴》。”科季克回答说，“皮谢姆斯基的名字多可笑

① 皮谢姆斯基（1821~1881），俄国现实主义作家。

啊，叫什么阿列克赛·菲奥费拉克迪奇！”

“您这要到哪里去啊？”当她突然站起来要回房里去时，斯塔尔采夫大吃了一惊，“我必须跟您好好谈一谈，我应该解释一下……哪怕再陪我五分钟！我恳求您了！”

她停下来，好像要对他说什么，然后不好意思地塞给他一张字条，跑回家去了，仍然坐在钢琴跟前。

“今晚十一点钟，”斯塔尔采夫读道，“请您到捷梅季墓碑附近的墓地上等候。”

“嗯，这可一点也不聪明，”他想道，清醒过来了，“为什么是墓地？什么意思呢？”

很明显，科季克在开玩笑。真的，谁会正经八百地想出三更半夜约人到城外老远的墓地去相会呢，在城市公园里和大街上安排个地方不是很容易吗？而他作为一位地方自治局医生，一个有头脑的持重的人，唉声叹气地收下条子，到墓地去溜达，去干那种连中学生都会感到可笑的傻事，这岂不有失体面吗？这种恋爱会有什么结果呢？若同事知道了的话，将会说什么呢？斯塔尔采夫就这样一边想着，一边在俱乐部里那些桌子旁边来回踱步。可是到了十点半钟，他却忽然起身到墓地去了。

他已经购了一辆双马车，车夫潘捷列蒙穿一件丝坎肩。月色很好，天气暖和，无风，不过这是一种秋天的暖和。在城郊屠宰场旁边，狗在吠。斯塔尔采夫已把马车停在城边的一条胡同里，自己徒步到墓地去。“人人都有怪脾气，”他在想，“科季克也是个怪人，谁知道呢？也许她不是开玩笑，真的会来呢。”他沉浸在这种空幻的希望里，已心醉神迷了。

他在野地里走了半俄里路，墓地出现了。远方是一条漆黑的带子，既像是森林，又像是大花园，露出了白石砌的围墙、大门……月光下，可以读出大门上的字：“大限临头……”斯塔尔采夫进了一个小门。他首先看见的是宽阔的林荫道两旁的白色十字架和墓碑，以及白杨树的黑影；远处的四周也可以看见一些黑色和白色的东西。沉睡的树木将枝叶垂落在白色的石头上。这里仿佛比野地里亮一些，枫树叶像野兽的爪子影印在林荫道的黄色沙子上和石板上，形状十分清楚，墓碑上的题词也清清楚楚。刚进来时他感到有些惊讶，因为有生以来第一次看到这样的情景，以后大概也不会再看到了。这完全是不同的另一个世界。在这里，月亮是如此美好、柔和，自己就像是睡在摇篮里似的。这里没有生命，任何生命都没有。不过在每一棵黑色的白杨树、每一个坟墓里都使人感到有一个许诺宁静、美好和永恒生命的秘密。石板、残花，以及秋叶的香气，都在传送着宽恕、哀伤和安宁。

周围一片静寂，星星从天空探视着这深邃的温顺。斯塔尔采夫的脚步声很响，与周围的气氛很不协调。只有当教堂的钟声敲响了，而且他想象自己已经死去，永远埋在这里了的时候，他才感到有人在瞧着他。于是他立刻想到这并不是安宁，也不是恬静，而是一种子虚乌有的无声的烦闷和沮丧的绝望罢了……

捷梅季墓碑看上去像一个小教堂，顶上有个小天使。从前有个意大利的歌舞团来过C城，团里一个女歌唱家死了就葬在这里，树了这个墓碑。城里已经没有人记得她了。但是门口的油灯在月光反照下，好像还在发光。

这里一个人也没有。是啊，半夜三更谁会到这里来呢？但是斯塔尔采夫在等着，仿佛月亮在为他的热情加温似的，他热情地等着，并且在想象着接吻和拥抱的情景。他在墓碑旁边坐了半个小时，后来在林荫道的一侧走来走去，手里拿着帽子。他一边等着一边在想：这些坟墓里埋着多少个妇女和姑娘，她们过去都是美丽而且迷人的。她们都爱过，每到夜晚情欲勃发，便沉溺在爱抚里。其实，大自然母亲多么歹毒地戏弄人啊！领悟到这一点又是多么地委屈啊！斯塔尔采夫这样想着，同时很想大喊一声，说他要爱情，不顾一切地等待爱情。在他看来，前面发白的不是一块大理石，而是美丽的肉体。他看见一些形体害臊地躲在树荫里，他感觉到了肉体的温暖。这种折磨使人多么难受啊……

好像一块幕布落下来似的，月亮躲到云后面去了，忽然四周变得一团漆黑。斯塔尔采夫好容易才找到大门（这时天色漆黑，秋夜都是这么黑的）。后来他又走了一个半小时才找到自己停车的胡同。

“我累了，差不多站不住了。”他对潘捷列蒙说。

他全身轻松地坐到马车里，想道：

“唉，身体可真不该发胖！”

三

第二天傍晚，他到屠尔金家去求婚。但很不凑巧，叶卡捷琳娜·伊万诺夫娜正在自己的房间里请了理发师替她梳头。她准备到俱乐部去参加舞会。

他只好又在饭厅里等很长时间，在那里喝茶。伊万·彼得罗维奇看见客人心事重重、烦闷无聊的样子，便从坎肩的口袋里掏出一张小字条，念了一封由一个管家的德国人写来的可笑的信，说什么“庄园里的一切矢口抵赖已坏了，腼腆垮台了。”[①]“他们要给的嫁妆大概不会少吧。”斯塔尔采夫一边想，一边心不在焉地听着。

由于昨晚没睡好觉，他一直处于怅然若失的状态，好像有人给他灌了许多甜蜜蜜的催眠药似的，心里既昏昏沉沉，却又高兴、热乎乎的，同时脑子里却有一块凉冰冰的沉重的东西在争辩着：

“作罢吧，还来得及。你跟她般配吗？她娇生惯养，很任性，睡到下午两点才起床，而你却是教堂执事的儿子，地方自治局医生……”

“嗯，那又怎么样呢？”他想，“就让她这样好了。”

“而且，你若是娶了她，”那块东西继续说，“她的父母会逼你辞

① 意思是：“铁门坏了，墙皮剥落了。”

掉地方自治局的差事，要你住在城里。”

“嗯，那又怎么样呢？”他想道，“住城里就住城里呗。给我们嫁妆，我们就可以成个家了……”

叶卡捷琳娜·伊万诺夫娜终于进来了，她穿着露颈肩的舞会衣服，又好看，又洁净。斯塔尔采夫满心爱慕，高兴得连一句话也说不出来，光是看着她傻笑。

她来告辞了。而他也没有必要再坐在这里了，于是也站起来说，他该回家了，还有病人在等着他。

“那就不留您了，”伊万·彼得罗维奇说，“请您顺路把科季克送到俱乐部吧。”

外面下起了雨，天很黑，只有凭潘捷列蒙的嘶哑的咳嗽声才能猜出马车在哪里。马车已支起了车篷。

“我是沿着地毯走，你是说谎话时走……”[①]伊万·彼得罗维奇一边说，一边把女儿扶上了马车，“他是说谎话时走……走吧！再见！”

他们走了。

“昨天我到墓地去了，”斯塔尔采夫说，“您是多么狠心，多么不善啊……”

“您去了墓地？”

“是的，我去了，等您等到差不多两点钟才离开。我等得好苦啊……”

“您既然不懂得开玩笑，那您就该吃苦头。”

叶卡捷琳娜·伊万诺夫娜感到非常得意。她竟如此巧妙地捉弄了一个爱上她的男人，而且这个男人爱她爱得那么强烈，她哈哈大笑起来。突然她惊吓地大叫一声，因为马车在进俱乐部大门急剧拐弯的时候，车身歪了一下。斯塔尔采夫抱住了叶卡捷琳娜的腰，她吓坏了，便依偎在他身上，而他却忍不住狂热地吻她的嘴唇和下巴，拥抱得更

① 这是一句开玩笑说的顺口溜。

紧了。

“够了。”她严厉地说。

转瞬间，她已不在马车上了。在灯火辉煌的俱乐部大门附近，一个警察用极难听的声调向潘捷列蒙吆喝道：

“停下来干什么，你这呆鸟，快往前走！”

斯塔尔采夫坐车回家去了，可是不久又回来了。他穿一件别人的燕尾服，打着白色硬领结，不知为什么这个领结老是翘起来，从领口上滑开。午夜了，他坐在俱乐部的休息室里痴迷地对叶卡捷琳娜·伊万诺夫娜说：

“啊，那些从来没有爱过的人，是很少懂得爱的！我觉得，还没有任何人忠实地描写过爱情。这种温柔、欢愉、折磨人的感情未必能够写出来，而凡是感受过这种感情的人，哪怕只是一次，他就绝不会把它用语言表达出来。不过，何必要讲许多开场白呢？何必去描述呢？何必要这些动听的废话呢？我的爱是无限的……我求您，我恳求您，”斯塔尔采夫终于说出口了，“做我的妻子吧！”

“德米特里·姚内奇，”叶卡捷琳娜·伊万诺夫娜带着很严肃的表情想了想，说道，“德米特里·姚内奇，我非常感激您对我的看重，我尊敬您，不过……”她站起来，并继续站着说，“不过，对不起，我不能做您的妻子。德米特里·姚内奇，我们来严肃地谈一谈。您知道，在生活中我爱艺术甚于一切，我酷爱音乐，我爱音乐爱得发疯，我已把我整个一生献给它了。我要做一个女演员，我要荣誉、成功、自由。而您却要我继续住在这个城里，继续过这种空虚、无益的生活，我已经无法忍受这种生活了。做您的妻子，不，对不起，人应当朝崇高的光辉的目标努力，家庭生活会捆住我的手脚。德米特里·姚内奇（这时她微微笑了笑，因为她一念到他的名字就想到“阿列克赛·菲奥费拉克迪奇”），德米特里·姚内奇，您是善良、高尚的聪明人，您比任何人都好……”她眼泪盈眶，“我真心地同情您……不过……您得明白……”

为了不至于哭出来，她转身，走出了休息室。

斯塔尔采夫的心已不再不安地跳动了。他走出俱乐部，来到街上，首先把硬领结扯了下来，并深深地叹了一口气。他觉得有点难堪，自尊心受到损害。他没料到会遭到拒绝。他也不相信他的全部梦想、苦苦追求和希望竟会弄到如此荒谬的结局，就像业余演出里的某出小把戏一样。他为自己的感情、自己的爱情难过，难过得好像马上就要痛哭一场，或者抓起伞来朝潘捷列蒙宽大的背脊狠狠地摔过去。

一连三天，他什么事也做不成，吃不下，睡不着。不过当他听到叶卡捷琳娜·伊万诺夫娜到莫斯科进了音乐学院的消息时，他倒安静了下来，又过起了从前那样的日子。

后来他还经常想起他到墓地徘徊的情景，或坐着马车在全城找燕尾服的情景。他懒洋洋地伸着懒腰说：

"惹出了多少麻烦啊，真是！"

四

过去了四年。斯塔尔采夫在城里的医务工作十分繁忙，每天早晨他都匆忙地在嘉里日给病人看病，然后再到城里去给病人看病。现在他坐的车已不是由两匹马而是由三匹马拉的带小铃铛的马车了，每天都要到很晚才能回家。他胖了、发福了，由于害气喘病，他不愿意步行。潘捷列蒙也发胖了，而且他的腰身越宽，就越发悲伤地叹气，抱怨自己命苦：赶马车！

斯塔尔采夫到各个不同的家庭去诊病，会见过许多人，但跟谁也不亲近。小市民的谈吐、他们对生活的看法，甚至他们的外表，都使他生气。经验慢慢地使他知道，当他同小市民一块玩牌或者吃饭时，这个人多少还算是平和、宽厚，甚至是不笨的人，可是只要谈的不是吃饭，比方谈些政治或科学方面的事情，此人准会变得茫然，或者就是愚笨地凶狠地大发议论，这时他只好摆摆手，一走了事。斯塔尔采夫曾试着与哪怕思想上比较自由的人聊一聊，比方谈到人类总还算在进步，将来人类会取消公民证和死刑时，此人竟斜着眼不相信地看着他，并且问道："就是说，到那时大家都可以在大街上随便杀人了？"若是斯塔尔采夫在交际场合中吃晚饭或喝茶时，谈到一个人必须工作，生活中不能缺少劳动，那些人便会把这些话看作是一种训斥，生气起来，没完没了地争论。然而这些小市民却什么也不干，根本对什么都不感兴趣，因此简直就想不出能跟他们谈些什么。于是斯塔尔采夫避免谈话，只是吃饭或玩"文特"[①]。遇上哪家喜庆请客邀他去吃饭时，他就坐着一声不响地吃饭，眼睛看着盘子，这时他们所说的一切他都觉得没有意思、不公平、愚蠢；他感到气愤、激动，但是不吭声。由于他经常严峻地一言不发，眼睛看着盘子，城里人就给他起了个外号叫"骄傲的波兰人"，尽管他从来就不是波兰人。

像戏剧和音乐会这一类的娱乐他不参加，但他每天晚上都要玩上三个钟头的"文特"，玩得十分入迷。他还有一个嗜好，这是他不知不觉慢慢地养成的：每天晚上都要从口袋里把看病赚来的钱拿出来仔细地数一数，这些黄色的和绿色的票子，有些带香水味，有些带酸醋味，有些带神香味，有些带鱼油味。有时衣袋里塞得满满的，差不多有七十个卢布。等凑满几百卢布时，他就拿到信用公司去存活期储蓄。

在叶卡捷琳娜·伊万诺夫娜走后的整整四年中，他只到屠尔金家去过两次。那是应薇拉·约瑟福夫娜的邀请去的，她还在治偏头痛的病。叶卡捷琳娜·伊万诺夫娜每年夏天回来探亲住几天，但他一次也没有见到她，不知怎么的，都错过了。

不过，四年过去以后，在一个安谧的温暖的早晨，医院里送来了一封信，那是薇拉·约瑟福夫娜给德米特里·姚内奇写的，说是她非

① 一种牌戏。

常想念他，请他一定要去看她，帮她减轻病痛，而且今天正好是她的生日。信下面还附着一笔："我也和母亲一起发出邀请——叶卡。"

斯塔尔采夫想了想，晚上就到屠尔金家去了。

"啊，您好！"伊万·彼得罗维奇迎接他，只有眼睛在笑，"崩茹尔杰[①]。"

薇拉·约瑟福夫娜变得老多了，一头白发。她跟斯塔尔采夫握手，不自然地叹口气说：

"大夫，您不愿意向我献殷勤了。您老不到我的家来，我已经老了，不配了。不过现在有一个年轻的来了，也许，她的福气会好一些。"

而科季克呢，她变瘦变白了，但也更漂亮更匀称了。不过现在她已经是叶卡捷琳娜·伊万诺夫娜而不是科季克了，已经没有过去的青春气息和稚气的天真表情了。在她的眼神和举止姿态里有了点新的东西——一种拘谨的、畏葸的神态，在这里，在屠尔金家里，好像不是在自己家里似的。

"很久没有见面了！"她说，向斯塔尔采夫伸出了手。看得出来，她心里有点不安。她带着好奇心仔细地看着他的脸，接着说，"您长得好胖！也晒黑了，更健壮了，不过，总的说来，您的变化不大。"

就是现在他也喜欢她，很喜欢，不过她身上已缺少了点什么东西，或者是多余了点什么东西，他自己也说不清楚到底是怎么回事，可是有一种东西妨碍着他，使他没有了过去那种感觉。他不喜欢她那苍白的脸、新的表情、淡淡的微笑和声音。一会儿连她的连衣裙、她坐的圈椅他也不喜欢了。他回想过去几乎要娶她的时候所发生的一些事，他也不喜欢。他想起四年前曾使他激动过的爱情、幻想和希望，就感到不自在。

他们喝了茶，吃了馅饼，然后由薇拉·约瑟福夫娜大声朗读长篇

① 法语和俄语的合成词"您好"。也是为逗笑而用的。

小说，朗读那生活里从不会有的事。斯塔尔采夫听着，看着她那白发苍苍的美丽的脑袋，等待她念完。

“不会写小说还不算蠢，”他想道，“写了小说而不会藏起来，那才是蠢。”

“真不赖！”伊万·彼得罗维奇说。

然后是叶卡捷琳娜·伊万诺夫娜弹钢琴。她弹得很响很久，弹完后大家久久地向她道谢，赞扬她。

“啊，我幸亏没有娶她。”斯塔尔采夫想。

她看着他，显然是希望他请她到花园里去，但他没有吭声。

“我们谈一谈吧，”她走到他跟前说，“您生活得怎么样？您在做什么？还好吗？这些天我一直在想着您，”她神经质地继续说，“我本来想给您写信，也想亲自到嘉里日去看您，而且我已经准备去了，可后来又打消了念头——天知道您现在对我有什么看法。我今天多么兴奋地等待着您来啊。看在上帝面上，我们到花园里去吧！”

他们走进花园，在老枫树下面的长凳上坐下来，就像四年前那样。天漆黑。

“您过得怎么样呢？”叶卡捷琳娜·伊万诺夫娜问道。

“没有什么，老样子。”斯塔尔采夫回答说。

他再也想不出别的什么话了。他们沉默着。

“我很兴奋，”叶卡捷琳娜·伊万诺夫娜说，双手捂住了脸，“不过，您不要在意，我在家里这么好，看见大家是这么快活，我还没能习惯。有多少可回忆的东西啊！我觉得我们说不定会一口气谈到天亮呢。”

现在他很近地看到她的脸，她的发亮的眼睛。在这里，在黑暗里，她好像比在房间里更年轻了，甚至好像从前的那种稚嫩的表情也回到了她的身上，而且她也的确是以一种天真的好奇的神情望着他，好像要更近一点，仔细地看一看并了解一下这个曾经那样热烈、那样温柔、却又是那么不幸地爱过她的人。为了这种爱，她的眼睛在向他表示感谢。他也想起了过去发生的事情及一切最微小的细节：他如何地在墓地徘徊，然后在凌晨又多么疲劳地回到家里。他突然感到很悲伤，为往事而自怜。他心里点燃了一团火。

“您还记得那个晚上我怎样送您去俱乐部吗？”他说，“当时下着雨，天黑了……”

心里的火越来越旺地燃烧起来。他要诉说，要抱怨生活了……

“唉！”他叹口气说，“您在问我过得怎么样，我们在这里过的是什么生活啊？简直没法说。我们老了，发胖了，不中用了。一天一夜，一昼夜算完了，生活悄悄地过去，没有生气，没有印象，没有思想……白天赚钱，晚上去俱乐部，那里全是牌迷、酒鬼、嗓音沙哑的人。我现在简直受不了这些人。有什么好谈的呢？”

“可是您有工作，有崇高的生活目标。您以前是那么喜欢谈您的医院。我当时是一个怪女孩，想象自己是一位伟大的钢琴家。如今所有的小姐都在学钢琴，我也和大伙一样弹钢琴，没有一点特别的地方。我做钢琴家就像妈妈当作家一样，没有多大的能耐。当然，我那时候没有理解您，但是后来我在莫斯科却老是想着您，我只想着您。做一个地方自治局的医生，帮助病人，为人民服务，这有多么幸福，多么幸福啊！”叶卡捷琳娜·伊万诺夫娜反复地说，“我在莫斯科想到您的时候，您在我的想象中是多么完美，多么崇高啊！……”

斯塔尔采夫想起了每天晚上从袋子里把钞票拿出来，心满意足地数数的情景，心里的那团火就熄灭了。

他站起来，要回房子里去。她挽着他的胳膊。

“您是我在生活中认识的人当中最好的人。”她接着说，“我们还将会常见面、谈天，对吗？答应我吧。我不是什么钢琴家，我不会发蒙了，我也不会再在您面前弹钢琴，不再谈到音乐的事了。”

当他们走到房子里时，斯塔尔采夫在傍晚的灯光下看见她的脸，看见她那忧郁的、感激的、出神地注视着他的眼睛，他感到不安起来，又一次想道：

"幸亏我当时没有娶她。"

他起身告辞。

"按照罗马的法律，您可没有任何理由不吃饭就走，"伊万·彼得罗维奇一面送他，一面说，"您的态度太垂直了。喂，你来表演一个吧。"他在前厅对帕瓦说。

帕瓦已经不是小孩子，而是留着唇髭的青年了。他拉开架势，抬起胳膊，用悲怆的声调说：

"死吧，不幸的女人！"

这一切都使斯塔尔采夫感到不快。他坐上马车，看着那黑乎乎的房子和花园。这一切曾经对他是多么亲切和珍贵啊。他立即记起了当时的一切：约瑟福夫娜的长篇小说、科季克的响亮的琴声、伊万·彼得罗维奇的俏皮话和帕瓦的演悲剧的姿势。于是他想：既然全城最有才华的人都如此庸碌，那么，这个城市还会是什么样子呢？

过了三天，帕瓦送来一封叶卡捷琳娜·伊万诺夫娜写的信。

"您不上我的家来了，为什么呢？"她写道，"我担心您对我们变心；我担心，我想到这一点就感到害怕。请您不要让我担心，来吧，并且告诉我，一切都好。

"我必须跟您谈一谈。您的叶·屠。"

他读完信，想了想，对帕瓦说：

"伙计，你去告诉她，今天我不能来，我很忙。你告诉她，我过三天再来。"

但是过了三天，过了一星期，他还是没有去。有一次，他坐车路过屠尔金的家，才想起来应该到他家去坐一下才对。可是他想了想……还是没有进去。

后来他再也没有去屠尔金的家了。

五

又过了几年，斯塔尔采夫变得更胖了，满身脂肪，呼吸困难，走起路来，脑袋往后仰。每当腰圆体胖、满面红光的他坐上带小铃铛的三套马车时，同样是腰圆体胖、满面红光的潘捷列蒙也挺着其长满了肉的后脑壳坐在车夫座上，向前伸出两条笔直的像木头一样的胳膊，朝对面过来的人大声叫喊着："靠右走！"这幅图画是十分动人的！而且使人觉得，坐在车上的不是人，而是多神教的神。他在城里的医疗业务规模很大，没有喘息的时间。他已经有了一个田庄和两所城里的房子。每当他听说互助信用社里有房子出卖时，他就毫不客气地来到这所房子，走进每个房间，也不管房间里那些没有穿好衣服的妇女和孩子们惊讶地恐惧地看着他，便用拐杖戳着所有的门说：

"这是办公室？这是卧室？那这又是什么室呢？"

这时他便气喘吁吁，擦去额头上冒出来的汗水。

他有很多事务，但他还是不放弃地方自治局的职位。他很贪心，哪一方面都不想放手。不论在城里还是在嘉里日，大家干脆称他为"姚内奇"："这个姚内奇要上哪儿去？"或者是，"是否要请姚内奇来会诊？"

也许是由于喉咙里长上了一层肥油吧，他的嗓音变了，变得又尖又细。他的性格也变了，变得脾气很坏，很暴躁。他对待病人也经常发脾气，很不耐烦地用手杖敲击地板，用很难听的声音嚷道：

"请您只回答我的问题！别废话！"

他孑然一身。他过着枯燥的生活，对什么也不感兴趣。

他去嘉里日居住的那些日子里，对科季克的爱情是他唯一的一件乐事，而且恐怕也是最后的一件乐事。每天傍晚他都到俱乐部玩"文特"，然后一个人坐在一张大桌子旁边吃晚饭，伺候他的是一个年纪最老也最受尊敬的服务员伊万。伊万给他送去“第十七号拉菲特酒”。俱乐部里所有的人——不论是主任、厨师还是服务员，都知道他喜欢什么，不喜欢什么，都竭尽全力满足他，否则，他会突然发起脾气来，拿起手杖敲打地板。

吃晚饭的时候，有时他会转过身来，对人家的谈话插上几句：

“你们在说什么？啊？说谁？”

有时邻桌有人谈及屠尔金家，他就问：

“你们这是在谈哪个屠尔金？是有个弹钢琴的女儿的那一家吗？”

关于他的事，所能说的，就是这些了。

屠尔金一家呢？伊万·彼得罗维奇没有变老，他一点儿也没有变化，还是像过去那样，老是说俏皮话，说笑话。薇拉·约瑟福夫娜也像过去那样喜欢给客人朗诵自己的长篇小说，朗诵得热心而又朴实。科季克每天弹四个钟头的钢琴，她明显地见老了，常常生病，每年秋天都跟母亲一起到克里米亚去。伊万·彼得罗维奇送她们上车站，开车时，他便拭擦着眼泪，大声说：

“再见吧！”

他挥动着手绢。

（1898 年）

宝贝儿

奥莲卡[1]是退休八品文官普列米扬尼科夫的女儿，她坐在院子里的门廊上，在想事。苍蝇纠缠不休地叮着人，十分令人讨厌。不过令人高兴的是，天很快就要黑了。一堆黑色的云雨正从东方推移过来，并从那里吹来一股潮湿的空气。

库金，一个剧院的班主、“季沃里”游乐场的老板（他就住在这个院子的一个厢房里）正站在院子的中央，望着天空。

“又要！”他懊丧地说，“又要下雨了！天天下雨，天天下雨，好像是故意跟我作对！这是要我上吊，这是要我破产！每天都要赔上可怕的一笔钱！”

他双手一拍，继续对奥莲卡说：

“您瞧，奥丽加·谢苗诺夫娜，这就是我们所过的日子。我真要大哭一场！尽管你不停地工作，尽心尽力、夜不能寐，总想把工作干得更好一些，可结果又怎么样呢？首先，观众是没有礼貌的野蛮人，我想给他们一些优秀的小歌剧、幻梦剧、最好的演唱家，但是，他们难道需要这些吗？他们难道看得懂吗？他们需要粗俗的表演！给他们一些鄙俗的东西就行了。其次，您就看看这天气吧，几乎是天天晚上下雨，从五月九日开始下，后来就连续不停地下了整整一个五月和六月，简直可怕！观众一个也不来，可是戏院的租金我还不得照样付？演员的工资不也得照样发吗？”

第二天傍晚，乌云又逼近了。库金歇斯底里地哈哈大笑说：

“那又怎么样呢？要下就下呗！就把整个花园灌满水吧，把我也

---

① 奥莲卡是奥丽加的爱称。

淹死吧！让我这辈子和下辈子都倒霉吧！让演员们把我送交法庭吧！法庭算得了什么？干脆把我发配到西伯利亚做苦役去好了！干脆送我上断头台好了！哈哈哈！”

到第三天还是一样……

奥莲卡默默地认真地听着库金的话，有时热泪盈眶。终于，库金的不幸感动了她，她爱上他了。他又小又瘦，脸色蜡黄，鬓发向两边分开，用尖细的男高音说话，一说话就撇嘴。他总是灰心失望的样子，但他还是引起了她对他的真正的深厚的感情。她老得爱一个人，不这样她就不行。以前她爱她的爸爸，现在他有病，在一个黑暗的房间里坐在圈椅上，呼吸困难。她爱过自己的姑妈，她姑妈常常是隔两年从布良斯克来一回。再早一点，她在上初中的时候，曾爱过自己的法语教师。她是一个娴静的、心地善良的、富有怜悯心的小姐，目光温顺而柔和，身体很健康。她那胖胖的玫瑰色的脸蛋儿，她那长有一颗黑痣的柔软而又白净的脖子，她那一听到什么开心事就在脸上绽开的善良而又天真的笑容，男人要是看见了，就会想道：“是的，真不错……”并且也会微笑起来。那些做客的太太们呢，则情不自禁地常常在谈话中间忽然拉住她的手，满心高兴地说：

“宝贝儿!”

她从出生之日起就一直住在城边茨冈区这所房子里。它离“季沃里”游乐场不远，而且她父亲在遗嘱里已把这房子登记在她的名下。每到傍晚和夜里，她就听见游乐场里的奏乐，爆竹噼啪响，她觉得这是库金在跟自己的命运作战，而进攻他的主要敌人是冷漠的观众。她的心甜蜜地屏息了，因此她无法入睡。当早晨他回到家里时，她就轻轻地敲敲自己卧室的窗户，透过窗帘只对他现出她的脸和一个肩膀，温柔地微笑着……

他向她求婚，他们便结婚了。等他好好地看清了她的脖子和丰满健康的肩膀，便双手一拍，说道：

“宝贝儿!”

他是幸福的，可是他结婚那天和后来整个晚上都下雨，灰心失望的表情一直没有从他的脸上消失。

婚后他们生活过得很好。她管卖票，照料游乐场的日常事务，记账，发工资。她那玫瑰色的脸蛋儿，她那可爱、天真、灿烂的笑容，时而在票房的小窗口里，时而在后台，时而在小卖部里闪现。她还常常对自己的熟人说，世界上最出色、最重要、最必需的东西——就是戏院，而且只有在戏院里才能得到真正的快乐，才会变得有教养和有人道精神。

“但是他们懂得这些吗?”她说，“他们只要看粗俗的表演！昨天我们上演了改编过的《浮士德》，几乎全部包厢都空着；要是万尼奇卡和我给他们上演一出庸俗的戏，那您就相信好了，剧院准会挤得满满的。明天万尼奇卡和我将上演《俄尔浦斯在地狱》，您就来看吧。”

关于剧院和演员，库金说什么，她都重复一遍。她也和库金一样，瞧不起观众，因为观众对艺术冷漠，无知。彩排的事她也干预，去纠正演员的动作，监视乐师们的行为。遇到地方报纸对剧院有不满意的评论时，她就哭鼻子，然后到编辑部去解释。

演员们喜欢她，称她为“万尼奇卡和我”，或“宝贝儿”。她同情演员，有时借点钱给他们。要是她偶尔受了骗，她也不告诉她丈夫，而是自己偷偷地哭一会儿。

冬天他们的日子也过得很好。他们把本地剧院整个冬天都租了下来，然后短期地或者出让给小俄罗斯剧团，或者出让给魔术师，或者出让给本地的业余爱好者演出。奥莲卡长胖了，她心满意足，满面红光；而库金则瘦了，黄了，他抱怨亏蚀太多，尽管整个冬天的生意并不坏。天天晚上他都咳嗽。她就用马林果和菩提树花煮水给他喝，用香水给他擦身，拿柔软的披巾把他裹起来。

“你多么让我心疼！”她十分诚恳地说，一面抚平他的头发，“你真是我心爱的人！”

在复活节前的大斋期，他到莫斯科去请剧团。没有他她就睡不着觉，老坐在窗口望着星星。这时她就把自己比作母鸡，当公鸡不在窝时，母鸡也是整夜睡不着觉，心神不定。库金在莫斯科要耽搁一段时间，写信说，要到复活节才能回来。信里还交代了“季沃里”的几件事。可是在受难节的前一个星期，忽然深夜响起了不祥的敲门声。有人使劲敲门，就像捶一个大桶似的——嘭嘭嘭！没有睡醒的厨娘光着脚踏着水泥地，跑去开门。

“劳驾，开门！”有人在门后用喑哑的男低音说，“有你们的电报！”

奥莲卡过去也接到过丈夫的电报，现在她不知为什么，愣住了。她用发颤的手拆开电报，读到如下的内容：

伊万·彼得罗维奇今天突然去世。星期二究应何何安葬请吉示。

“何何安葬”——电报里就是这么写的。还有一个更不能懂的“吉”字。下面是歌剧团导演的签字。

“我的亲人呀！”奥莲卡放声痛哭起来，“万尼奇卡，我亲爱的！为什么我以前会与你相遇？为什么我要认识你并爱上你啊？你把你可怜的奥莲卡，可怜的、不幸的人丢给谁啊？……”

星期二库金被安葬在莫斯科瓦冈科沃墓地。星期三奥莲卡就回到家，刚踏进自己的房间，就趴在床上大哭起来，声音大得连邻院都听得见。

“宝贝儿啊！”邻居们在胸前画着十字说，“亲爱的奥丽加·谢苗诺夫娜，妈呀，多么难过！”

三个月后的一天，奥莲卡做完弥撒回家，还在服丧期间，她十分悲伤。正好有一个她的邻居瓦西里·安德烈伊奇·普斯托瓦洛夫也从教堂回家，与她并排走着。他是商人，巴巴卡耶夫木材场的经理，戴一顶草帽，穿着带有金链子的白色坎肩。他的样子像是地主，而不像商人。

"一切事情都是上帝安排好了的，奥丽加·谢苗诺夫娜，"他带着一种同情的语调庄重地说，"如果我们的亲人死了，那也是上帝的意愿。在这种情况下我们应该想开一点，多忍受一点才对。"

他把她送到围墙门口，向她道了别就往前走了。这之后，她整天都听见他的庄重的声音，闭上眼睛，就仿佛看见他的黑胡子。她很喜欢他。看来，她给他也留下了印象，因为不久后就有一位她不大熟的上了年纪的太太到她家里来喝咖啡。这位太太刚在桌边坐下，就立即谈起普斯托瓦洛夫来，说他是一个很好的、可靠的人，并且说，所有的到了结婚年龄的姑娘都愿意嫁给他。过了三天，普斯托瓦洛夫本人也亲自上门拜访来了。他坐的时间不长，不过十分钟，而且说话也很少，但奥莲卡已经爱上他了，而且爱得那么深，整宿都没有睡着，浑身发热，像得了热病似的。第二天她就派人去请那位上了年纪的太太。很快就商定了婚事，随后便举行了婚礼。

普斯托瓦洛夫与奥莲卡结婚后，生活过得很好。通常他在木材厂里上班，直到吃午饭，然后出去办事。这时奥莲卡就代替他坐在办公室里，记账，出卖货物，直到傍晚。

"如今木材年年都涨价，每年涨百分之二十。"她对顾客和熟人说，"请主宽恕我们吧，过去我们卖的是本地木材，如今呢，瓦西奇卡①每年都得到莫吉廖夫省去办木材了，要多少运费啊！"她说，现出害怕的样子，用双手捂住了脸，"要多少运费啊！"

她觉得，她好像已经做了很久很久的木材生意了，生活中最重要、最不可少的就是木材，什么长方木、原木、薄木板、薄木包板、板条、毛板……这些词在她听来都有一种亲切的、动人的东西。每天晚上她睡觉的时候，都梦见堆积如山的木板和薄木板，梦见一长串看不到尽头的大车载着木材运到城外很远的什么地方去。她还梦见一大批高十二俄尺、宽五俄寸的原木竖着移到木材场去，打起架来了，

① 瓦西奇卡是瓦西里的爱称。

于是原木、长方木、毛板彼此碰撞着，发出干木材的沉闷的声音，全都倒了下去，然后又都竖了起来，相互重叠起来。奥莲卡在梦中叫起来，普斯托瓦洛夫便温存地对她说：

“奥莲卡，你怎么啦，亲爱的？在胸前画个十字吧。”

丈夫有什么思想，她也就有什么思想。如果丈夫认为房间里热，或者认为现在生意变得清淡了，那么她也是这样认为。她丈夫不喜欢任何娱乐，节日都待在家里，她也同样待在家里。

“你们总是待在家里或办公室里，”熟人对她说，“宝贝儿，你们应该去看戏，或者去看看马戏。”

“我和瓦西奇卡没有工夫去剧院，”她庄重地回答说，“我们是要工作的人，顾不上这些琐事，看戏有啥好处呢？”

每星期六普斯托瓦洛夫和她都去做彻夜祈祷，节日便去做晨祷。他们双双从教堂出来回家时，总是带着深受感动的面容，从他们俩身上发出一股好闻的气味，她那绸子的连衣裙也发出愉快的沙沙声。在家里，他们喝茶，吃奶油面包和各种果酱，然后吃馅饼。每天中午，在院子里，在大门外的街上都可以闻到红菜汤、烧羊肉或烤鸭的香甜气味。在斋戒日就有鱼的气味，谁经过他们家门口，都不能不犯馋。在办公室里则总是茶炊滚沸，他们招待顾客们喝茶，吃小面包圈。夫妇每星期去澡堂一次，两人肩并肩回来的时候，脸色绯红。

“没有什么，我们过得很好，”奥莲卡对熟人说，“感谢上帝，但愿所有的人都过得像瓦西奇卡一样好。”

每当普斯托瓦洛夫到莫吉廖夫省去买木材时，她就感到寂寞，非常想他，彻夜不眠、哭泣。斯米尔宁，一个部队的兽医，年轻人，就寄住在她家的厢房里。有时晚上来看她，跟她聊天、打牌，给她消愁解闷。特别有趣的是，他谈到了自己的家庭生活：他已经结婚，有一个儿子，可是他跟妻子分手了，因为她背叛了他，现在他还恨她，他每月给她寄四十卢布作为儿子的赡养费。奥莲卡听到这些，就叹气、摇头，替他难过。

“好吧，让上帝保佑您，”跟他告别时她对他说，并拿着蜡烛送他下楼梯，“谢谢您来给我解闷了。愿上帝赐给您健康，圣母……”

她总是学着丈夫的样子，表现得十分庄重，十分谨慎。兽医已经走到楼下门外，她还喊住他说：

“要知道，弗拉基米尔·普拉托内奇，您应该跟您的妻子言归于好，哪怕是为了儿子，您也要原谅她！……不要怕，小家伙一切都会明白的。”

普斯托瓦洛夫回来后，她就小声地把兽医和他的不幸的家庭生活告诉他。他们两人都叹气、摇头，并谈论那小孩，说他一定想他的父亲。后来，由于发生了某种奇怪的思想流向，两人都到圣像面前去磕头，祈求上帝赐给他们孩子。

普斯托瓦洛夫夫妇就这样恩恩爱爱，十分和谐、平静、和睦地过了六年。可是，您瞧，一年冬天，瓦西里·安德烈伊奇在木材场喝了热茶，没戴帽子就出去卖木材，得了感冒，病倒了。给他请了最好的医生治疗，可是病没有治好，过了四个月他就死了。于是奥莲卡又成了寡妇。

“我亲爱的人，你把我丢给谁啊？”丈夫安葬后，她号啕痛哭道，“没有你，我这个苦命的、不幸的女人现在怎么活下去啊？善良的人们，可怜可怜我这个孤苦伶仃的人吧……”

她穿着黑色衣服，缀上丧章，决定永远不戴帽子和手套。她深居简出，只是有时到教堂或丈夫的坟墓上去。她跟修女一样待在家里。直到过了六个月以后，她才拿下白丧章，打开护窗板。有时可以看见她早晨跟自己的厨娘一块儿到集市上去买食品。不过现在她在家里如何生活，她家里有什么事，就只能靠猜测了。比方有猜测说，常看见她在自己花园里跟兽医一起喝茶，他给她大声朗读报纸上的新闻；又说她在邮局碰见一个熟识的太太，她对那位太太说：

“我们城里缺乏兽医的正确监督，因此有许多病流行。常常听人说，人们是由于喝牛奶得病的，从马和牛那里传染来的病。实质上，对家畜的健康应像对人的健康一样重视才对。”

她重述了兽医的思想。而且现在对一切事情的见解，她都跟他一样了。显然，要是不依恋一个人，她就连一年也活不下去；她在她家的厢房里找到了新的幸福。要是别人这样做，准会受到指责，不过对于奥莲卡，则谁也不会往坏里想，她生活里的一切大家都十分理解。他们两人关系中所起的变化，她和兽医都没对任何人讲，他们都极力隐瞒着。不过他们没有成功，因为奥莲卡无法保守秘密。每当他家里来了客人（他部队里的同事），她都要去给他们斟茶，或招待他们吃晚饭，并谈起牛瘟、家畜的结核病，以及城里的屠宰场等。而他呢，弄得非常尴尬。当客人走了之后，他就抓住她的手，生气地小声说：

“我已经求过你不要谈那些你不懂的事！我们兽医之间谈话时，请你不要插嘴。这真叫没趣！”

她诧异而又吃惊地望着他，问道：

“沃洛季奇卡，那我说什么呢？”

她含着眼泪搂住他，求他不要生气。

于是两人又感到很幸福。

可是这种幸福持续的时间并不长，兽医便跟随部队离开了她，永远离开了，因为部队调到了很远的地方，也许是西伯利亚吧。于是奥莲卡又成了孤单一人了。

现在她已经完全孤独了。父亲已去世，他的圈椅被扔在了阁楼里，缺少一条腿，满是灰尘。她瘦了，也变丑了，街上碰到的人也不再像从前那样瞧着她，不再对她微笑了。显然，美好的年华已经过去，今非昔比了。现在开始了一种新的生活，一种她不知道的生活。关于这种生活，最好还是不要去想。每天晚上，奥莲卡坐在台阶上，听得见“季沃里”的乐队奏乐，鞭炮噼啪响。不过这已不能引起她的任何思想了。她冷漠地看着自己的空院子，什么事情也不想，什么东西也不要，等黑夜到来，就上床睡觉，梦见的是自己的空院子。吃饭、喝茶也像是出于不得已似的。

最糟糕的是，她现在什么主见也没有了。她看得见周围的东西，也知道周围发生的一切，可就是对什么都不能形成自己的见解，也不知道说什么好，没有任何见解。这是多么可怕啊！比方，你看见一个瓶子放着，看见天在下雨，看见一个庄稼汉坐着马车过去，可是你就说不出那瓶子、那雨和那个庄稼汉为什么存在，它们有什么意义，甚至给你十个卢布，你也什么都说不出来。当初库金或普斯托瓦洛夫在的时候，和后来兽医在的时候，奥莲卡对一切事情都能解释，对随便什么事都能说出自己的见解，可如今她的脑子里和心里却空空如也，就像她那个空院子一样。生活变得如此可怕，如此痛苦，就像吃苦药一样。

城市慢慢地从四面八方扩展开来，原来的茨冈郊区现在已称为大街了，原来的“季沃里”游乐场和木材场也变成了一座座房子，组成了一条条胡同。时间过得真快啊！奥莲卡的房子变黑了，房顶生锈了，板棚也倾斜了，整个院子长满了杂草和带刺的荨麻。奥莲卡自己也老了，变丑了。夏天，她坐在门廊里，心里跟从前一样，空虚而又寂寞，有一种苦药的滋味。冬天，她坐在窗口，望着雪。春天来了，或者风儿送来教堂的钟声，往事的记忆会突然涌上心头，她的心甜蜜地紧缩起来，眼睛里注满泪水。不过这种情况也不过是一瞬间，过后心里又是一片空虚，自己也不知道为什么要活着。小黑猫克雷斯卡向她表示亲热，柔声地咪咪叫着。可是猫的这种温存并不能使奥莲卡感动。难道她要的是这个吗？她要的是能抓住她的整个身心、整个灵魂和理智的爱，能给她思想，能给她生活方向，能温暖她的渐渐地衰老的心的爱。她把黑猫克雷斯卡从裙子上抖落下来，懊丧地对它说：

“走开，走开！……别待在这儿！”

就这样，一天又一天，一年又一年，没有一点快乐，没有一点主见，厨娘玛芙拉说什么她都不反对。

炎热的七月的一天，临近傍晚，城里的牲口群刚从街上赶过去，院子里满天灰尘，像云雾一般。突然有人敲围墙的门，奥莲卡亲自去开门，一看马上愣住了：门外站着的是兽医斯米尔宁，他已头发斑白，一身便服。她突然想起了一切，情不自禁地哭了起来，把头偎在他的胸口，一个字也说不出来。由于太激动，她竟没有注意他们后来是怎样走进房间里，怎样坐下来喝茶的。

“我的亲人!”她小声地说，高兴得全身发抖，“弗拉基米尔·普拉托内奇！上帝把你从哪里带来的呢?”

“我要在这里长期住下去了，”他说，“我一退休，就到这里来，打算试一试运气，自己谋生，过安定的生活。况且我的儿子也要上学了，他长大了。您知道吗？我已经与妻子和好了。”

“她在哪儿呢?”奥莲卡问道。

“她和儿子在旅店里，我这是出来找住处的。”

“主啊，我的老天爷，你们就住我的房子好了！这里不能住吗？主啊，我一个钱也不会收你们的，”奥莲卡急了，又哭起来，“你们住在这里，我搬到厢房去就行啦。我很高兴，主啊!”

第二天就把房顶油漆了，墙也刷白了。奥莲卡两手叉着腰，在院子里走来走去，发号施令。她的脸又露出了昔日的笑容，她整个人又复活了，精神了，就像睡了很久，刚刚清醒过来一样。兽医的妻子来了，她是一个瘦瘦的、不漂亮的女人，留着短头发，带一种任性的表情。孩子萨沙也跟她来了，小男孩胖胖的，有一双明亮的蓝眼睛，两腮有两个酒窝，他个子很小，小得跟他的年龄不相称（他已经十岁了）。小男孩一走进院子，就去追赶小猫，立即响起了他那欢快的高兴的笑声。

“婶婶，这是您的猫吗?”他向奥莲卡问道，“等您的猫下了崽，请您送给我们一只吧，妈妈很怕耗子。”

奥莲卡跟他聊天，给他喝茶。她心里突然感到热乎乎的，甜蜜地收紧，仿佛这个小男孩就是她的亲生儿子。每当晚上，他坐在饭厅里复习功课时，她就带着柔情和怜悯瞧着他，低声地说：

“我的小宝贝，漂亮的小伙子……我的小乖乖，你多么聪明，多么白净。”

“‘海岛者，’他念道，‘是一块陆地，周围皆水也。’”

“海岛者，是一块陆地……”她跟着念。经过多年的沉默和思想空虚后，这是她第一次坚定地说出自己的意见。

她如今又有自己的见解了。吃晚饭的时候，她与萨沙的父母谈话时说，现在孩子们在中学学习有困难，不过传统教育还是比实科教育好，因为中学毕业后路子很宽，可以当医生，也可以当工程师。

萨沙开始上中学。他母亲则去哈尔科夫她妹妹家了，并且再没有回来。父亲每天都出去给牲口看病，常常是一连三天不住在家里。奥莲卡觉得，萨沙完全没人照管，成为家里的多余人了，他会饿死的。于是她把孩子迁移到自己的厢房里。在那里安排了一个小房间。

萨沙已经在她的厢房里住了半年。每天早晨她都到他房间里去。他睡得很熟，手放在脸颊下面，屏住呼吸。她还不忍心叫醒他。

“萨什卡！”她难过地说，“起来，亲爱的，该上学了。”

他起床，穿衣服，祈祷完后，坐下来喝早茶。他喝三杯茶，吃了两个大面包圈和半个法式奶油面包。他还没有完全从睡梦中清醒过来，所以情绪不好。

“萨什卡，你还没有完全学会那个寓言呢，”奥莲卡说，看着他，好像要送他出远门似的，“你真让我操心。你该努力，亲爱的，学习……要听老师的话。”

“哎呀，就请您别管啦！”萨沙说。

后来他顺着大街上学去了。他人这么小，却戴一顶大帽子，背着一个书包。奥莲卡不声不响地跟在他后面走。

“萨什卡！”她喊道。

他回过头来，她便往他手里塞一个枣子或一块夹心糖。当他们拐弯进入他学校所在的那条胡同时，他就变得有点不好意思了，因为在他后面还跟着一位又高又胖的女人，他便回过头来说：

“婶婶，您回家去吧，现在我自己能走到了。”

她停下来，目不转睛地看着他的背影，直到他消失在校门口为止。哎呀，她多么爱他！她过去的几次依恋还没有一次有这么深，她的母性感情越烧越旺了，以前她从来没有像现在这么忘我地、无私地和愉快地交出自己的心灵。为了这个别人的孩子，为了这个两颊有酒窝、头上戴便帽的孩子，她可以献出自己的整个生命，而且会愉快地带着温柔的眼泪献出来。为什么呢？谁知道是为什么呢？

送萨沙上学后，她便静静地回家，心满意足、安宁，充满了爱。近半年来她的脸变得年轻了，常常露出微笑，容光焕发。碰到她的人看着她，都能感受到愉快，并对她说：

“您好，宝贝儿，奥丽加·谢苗诺夫娜！您生活得怎么样，宝贝儿？”

“如今，中学的学习可难啦，”她在集市上对人说，“昨天一年级的作业是背诵寓言，翻译一篇拉丁文，加一道习题。这可不是开玩笑的……咳，小孩子怎么受得了？”

她开始谈及老师、功课和课本。这些都是萨沙讲过的话。

两点多钟他们一起吃饭，晚上一起温习功课，一起笑。她安排他上床睡觉，许久地画十字，小声地祈祷，然后自己才上床睡觉，幻想着遥远而朦胧的将来，那时萨沙在学校毕了业，成了一名医生或工程师，有了自己的大房子，有许多马和马车，结了婚，生了孩子……她睡着了，却还是想着这些。她的眼泪从闭着的眼睛里顺着脸颊流下来。小黑猫躺在她身边，叫着：

“咪……咪……咪……”

忽然，围墙门响起了重重的敲门声，奥莲卡被惊醒了，害怕得喘不过气来，心跳得很厉害。半分钟后，敲门声又响了。

“这是从哈尔科夫来的电报，”她在想，顿时全身发抖，“母亲要叫萨沙回哈尔科夫去了……唉，主啊！”

她陷入了绝望。她的头、手、脚全凉了，她想全世界再没有比她更不幸的人了。可是又过了一分钟，传来了说话声：原来是兽医从俱乐部回家来了。

“啊，谢天谢地。”她想道。

心里的一块石头慢慢地落下来，又变得轻松了。她躺下又想着萨沙。他在隔壁房间里睡得很熟，偶尔说起梦话来：

“我揍你！滚蛋！别打人！”

（1899 年）

烟草有害

（独幕独白剧）

牛兴（一脸很长的连鬓胡子，剃了唇髭，穿一身老式破旧的燕尾服，庄重地走进来，行鞠躬礼，整理一下西式坎肩）：诸位女士，还有诸位先生（理了理连鬓胡子），我的太太为了慈善目的，建议我在这里做一篇通俗的演讲。好吧，演讲就演讲——对我来说，反正没关系。当然，我不是教授，也没有获得过什么学位。然而，三十年来我却从未中断过自己的工作，甚至可以说，在有损于自己健康等等的情况下，我都一直在研究某些纯科学性的问题，要知道，我经常思考问题，甚至撰写学术论文，说得更确切些，不完全是学术的，而是类似于学术的论文，请原谅我这样表述。顺便提一提，前些日子我写了一篇很长的文章，题目是《论某些昆虫之害》。我的几个女儿都很喜欢这篇文章，特别是论述臭虫的部分。不过我读过之后，就把它撕掉了，因为不论你写得再好，如果没有波斯药粉，反正什么也办不成。在我们这里，甚至连钢琴里都有臭虫……我今天演讲所选的题目，可以说是：吸烟给人类带来的害处。我本人吸烟，可是我太太要我今天在这里讲烟草的害处，所以没有法子，我反正是一样，就事论事，讲烟草就讲烟草呗。而你们，先生们，我建议你们还是应当认真地听取我现在的演讲，不然，有什么意外事情发生，那就不妙了。如若有人害怕学术演讲的枯燥，有谁不喜欢听，那么他也可以不听，可以退席（他整理一下坎肩）。我要特别提请在座的医师先生们注意，他们可以在我的讲演里得到许多有益的资料，因为烟草除了其有害作用外，还有医学上的用途。举例说吧，如果你捉一只苍蝇放在鼻烟壶里，它可能就会由于神经错乱致死。烟草首先是一种植物……每当我讲演的时候，通常都要眨眨右眼睛，不过你们不必在意，那是因为我激动的缘故。我是一个神经质的人，一般地说，我眨眼睛从 1889 年 9 月 13 日就开始了，也就是我太太生产可以说是第四个女儿瓦尔瓦拉的那一天，我的女儿全都生在 13 日。不过（看表），由于时间不够，我就不扯题外话了。必须向你们指出的是，我的太太现在主持着一所音乐学校和一所私立寄宿学校，说得更确切些，它不完全是寄宿学校，而是类似这样的学校。不瞒你们说，我太太就爱抱怨缺钱用，但是她却私下里藏着一笔钱，有这么四万或五万卢布，而我却一个铜板也没有，一文不名。——不过，算了，有什么好说的呢！在寄宿学校，我主管总务。我采购食品，管理仆役，登记收支账目，装订笔记本，消灭臭虫，领太太的小狗到外面散步，捕老鼠……昨天晚上，因为要做发面煎饼，所以我得把面粉和黄油发给厨子。你瞧怎么着，今天煎饼做好了，我太太却跑进厨房里说，有三个学生扁桃腺发炎，不吃煎饼。这样我们就多出了几块煎饼。怎么处理这些煎饼呢？太太先是吩咐存放在冰窖里，后来想了想又说："这些煎饼你就自己吃了吧，丑八怪！"她心情不佳的时候，就骂我丑八怪，要不就是毒蛇，再不就是魔鬼。我算什么魔鬼？她经常心情不佳，于是，我便常常不是吃东西，而是吞东西，不咀嚼便吞下去，因为我总是饿得慌。就说昨天吧，她不给我吃午饭，她说："你，丑八怪，我干吗要喂养你……"但是，不过（看表）我们扯远了，有点离题了，我们言归正传吧，虽然说，当然啦，你们现在更乐于听浪漫曲，或者某种交响乐，或者咏叹调……（他哼了起来）"在战争的烈火中我们毫不犹豫……"我已不记得这是哪一首歌了……顺便说说，我忘了告诉你们，我在我太太的音乐学校里，除了主管总务外，还担任了数学、物理、化学、地理、历史、歌谱练习、文学等的教学工作。尽管舞蹈、唱歌也是由我任课，但却由我太太领取舞蹈、唱歌和绘画课的特殊酬金。我们的音乐学校位于五狗胡同，门牌十三号。瞧，这也许就是我的生活之所以如此不顺利的缘故吧，因为我们住在十三号的房子里。而且我的女儿们也都诞生在十三号这一天，我们的房子又有十三个窗户……算了，扯这些干什么。要洽谈什么事情可以随时在家里找到我的太太，要想买学校大纲，则可以在门房里买到，三十戈比一本（从衣兜里掏出几本），现在谁想买，我可以相让几本，每本三十戈比！谁要买！（停顿了一下）没人要？好吧，二十戈比一本！（停顿了一下）真没劲。是啊，门牌十三号！做什么都不顺利，我老了，糊涂了……瞧，我现在演讲，外表上我很快活，其实我真想扯破嗓子大叫一番，或者躲到天涯海角去……没有一个可以听我诉苦的人，我真想大哭一场……诸位也许会说，你不是有几个女儿吗……有女儿又怎么样呢？我讲给她们听，可她们只是笑……我太太有七个女儿……不，对不起，好像是六个……（活跃地）是七个！老大安娜二十七岁，小女儿十七岁。先生们！（向四周张望）我是个不幸的人，人家把我当作傻瓜，无足轻重的东西，但事实上，在诸位面前我又是一个最幸福的父亲，其实也本该是这样，而且我也不敢说不是这样。这一点，只要诸位知道就好了！我和我的太太一起生活了三十三年，可以说，这是我一生中最好的年华，不是说最好的，而是说就一般而言是最好的。总而言之，这些年华就像幸福的一瞬，已经飞逝了，说实在的，让这一切都见鬼去吧！（环顾左右）不过，她好像还没有来，她不在这儿，我还可以说说我想说的话……我非常害怕……害怕她盯着我。是的，我现在也还要说：我的女儿们之所以长期嫁不出去，也许是因为她们害羞，也许是因为男人们总见不到她们。我太太不愿意举办家庭晚会，不请任何人吃饭，她是一位非常吝啬、脾气极坏、好吵嘴的女人，所以谁也不愿意上我家里来串门，不过……我可以给你们吐露点秘密……（走到舞台前沿的栏杆前）每逢过大节的时候，可以在她们的姑母，就是那位患风湿病的娜塔丽娅·谢苗诺夫娜的家里看到我太太的女儿们。姑妈总是穿着那身带黑点的黄色连衣裙，仿佛她的全身都爬满了黑蟑螂似的。在那里，可以吃到各种小吃。若是碰巧我太太不在那儿的话，那你们还可以……（弹弹脖子[1]）必须向你们说明的是，我喝一杯酒就醉，喝醉后我会变得心情很好，同时又会有说不出的忧伤，于是就会不由得回忆起青年时代，不由得想躲开，啊，要是你们能知道我是多么想躲开就好了！（激动地）躲开，抛弃一切，义无反顾……躲到哪儿去？随便哪儿都行……只要躲开这种恶劣、鄙俗、下贱的生活就行，这种生活把我变成了一个可怜的老傻瓜，可怜的老白痴；我要躲开这个愚蠢、卑微、凶狠而又凶狠的吝啬鬼，躲开折磨了我三十三年的我的太太；我要躲开音乐，躲开厨房，躲开太太的银钱，躲开所有这一切琐碎事和庸俗的东西……然后在某处很远很远的田野里停下来，像一棵树，一根柱子，一个巨大的菜园里的稻草人，直立在辽阔的天底下，整夜地望着你头顶上的那轮静静的明月，于是便忘掉，忘掉……啊，我多么希望我什么都记不起来了！……我多么想从自己身上脱下这件三十年前举行婚礼时穿的庸俗、破旧的燕尾服！……（脱燕尾服）我总是为了慈善的目的穿着它去做演讲……活该！（践踏燕尾服）活该！我老，我穷，我可怜，就像背上这件穿破了的褪了色的西式坎肩一样……（把背转过来给大家看）我什么都不需要！我比这东西更高尚，更干净，我当年也年轻、聪慧，上过大学，有理想，认为自己是高尚的人……可现在我什么都不需要，除了安静……除了安静，我什么都不需要！（朝旁边瞅了一眼后，迅速穿上燕尾服）可是太太在后台站着……她已经来了，并在那儿等着我……（看表）时间过了……如果她问到，那么就劳驾诸位对她说：演讲过了……就说，稻草人（也就是我）举止庄重。（向旁边看，咳嗽）她朝这边看啦……（提高嗓门）根据这种情况，可以得出结论说，烟草含有可怕的毒素，正如我刚才所说，无论如何都不应该吸烟，同时我斗胆地希望，我的论烟草有害的演讲能给诸位带来某些用处。我的话完了。Dixi et animam levavil.[2]（鞠躬，庄重地离开）

（1903 年）

① 暗示喝酒。

② 拉丁语。意为：说完了，心情也轻松了。

新　娘

一

已经是晚上十点钟了，花园里明月高照。在舒敏的家里，祖母玛尔法·米哈依洛夫娜嘱咐的彻夜祈祷的事刚刚做完，娜佳便到花园里溜达。这时她看见大厅里正在摆放各种小吃，祖母穿着华美的绸子衣服在忙来忙去。大教堂的大祭司安德烈神甫跟娜佳的母亲尼娜·伊万诺夫娜在谈什么事。不知什么缘故，透过窗户，母亲在晚上的灯光照耀下显得非常年轻。安德烈神甫的儿子安德烈·安德烈伊奇站在旁边，留心地听着。

花园里恬静、凉快，地下有许多静默的黑影。很远很远的什么地方，大概是城外，传来青蛙的叫声。可以感觉到五月的气息了，可爱的五月！人们深深地呼吸着，热切地想着：不是在这里，而是在天底下的什么地方，在树木的上空，在城外很远的地方，在田野上，在森林里，这种春天的生活正在展开，神秘、美丽、丰富、神圣。这是软弱、有罪的人所不能理解的。但不知为什么，人们却想哭一场。

她，娜佳，已经二十三岁了。从十六岁起，她就强烈地希望出嫁。现在她终于做了安德烈·安德烈伊奇的未婚妻。他正站在窗户那边，她喜欢他，婚礼已定在七月七日。然而她却并不高兴，快活不起来……厨房在地下室，从敞开的窗户可以听见人们在忙碌着，刀声当当响，滑动门砰砰响，闻得到烤火鸡和醋渍樱桃的香味。不知为什么，她觉得一生都会是这个样子，没有变化，没有尽头！

瞧，有一个人正从房里出来，站在门廊上。这是亚历山大·季莫菲伊奇，或者干脆叫他萨沙，他是十天前从莫斯科来的客人（祖母的一个远亲，贵族出身的穷寡妇玛丽娅·彼得罗夫娜，她又瘦又小又有病，很久以前就常到她家来请求周济，她有个儿子就是这位萨沙）。不知为什么，大家都说他是一位出色的画家。他母亲死后，祖母为了能使自己的灵魂超升，就把他送到莫斯科康米萨罗夫斯基学校去读书。过了两年又转入一个绘画学校，在那里待了差不多十五年，才勉强在建筑系毕业，但他还是没有做建筑学的工作，而是在莫斯科一个石印厂做事。他几乎每年夏天都要到祖母这里来，他老是病得很厉害。他是来休息和疗养的。

他现在穿着带扣子的常礼服和一条穿旧了的帆布裤子，裤脚管下面磨破了。他的衬衫也没熨过，整个人显出没有精神的样子。他，人很瘦，一双眼睛却很大，手指又长又瘦，留着一把胡子，黑黑的脸，却也还算漂亮。在舒敏家他很习惯，如同亲人一样，住在她的家里也就像住在自己家里。他所住的那个房间，早已被称为“萨沙的房间”了。

他站在门廊上，看见了娜佳，就走到她跟前去。

“你们这里真好。”他说。

“当然很好。您应该在这里住到秋天。”

“是的，只好这样。也许我要在你们家住到九月份呢。”

他无端地笑起来，在她的身旁坐下。

“我站在这里，看着我妈妈，”娜佳说，“从这里看过去，她显得多么年轻！我妈妈当然也有弱点，”她沉默了一会儿，补充说，“不过她毕竟是不一般的女人。”

“是的，是很好的女人……”萨沙同意地说，“您的妈妈，就她本人来说，当然是一个善良的可爱的女人，不过……怎么跟您说呢？我今天很早就到你们的厨房里去，那里却有四个女仆就睡在地板上，没有床，用破烂代替被褥，臭烘烘的，还有臭虫、蟑螂……还是跟二十年前一样，一点变化也没有。奶奶呢，愿上帝保佑她，她毕竟是奶奶；不过要知道，您母亲恐怕就不一样了，她会说法语，还参加演出，想必她好像是明白的吧。”

萨沙说话时，总要把两个又长又瘦的手指伸到听话人的面前去。

“不知为什么，这里的一切我都觉得有点怪异，看不惯。”他接着说，“鬼才知道为什么，所有的人都不做事，您妈妈整天逛来逛去，像个公爵夫人，你祖母也是什么事也不做，您也一样。您的未婚夫安德烈·安德烈伊奇也是什么事情都不做。”

这些话娜佳在去年就听过了，好像前年也听过。她知道，萨沙除此之外不会说别的话。过去这些话只使她发笑，可现在，不知为什么，她变得厌烦了。

“这些都是老生常谈，早就令人厌烦了。”她说，站了起来，“您应该想出一点什么新鲜的东西来说说。”

他笑笑，也站起来。两个人一起朝正房走去。她，高高的个儿，很漂亮，身材匀称。现在她同他走在一起，显得非常健康，服装也非常好看。她感觉到了这一点，于是觉得他有点可怜，而且不知为什么，有点不好意思起来。

“您说了许多无用的话，”她说，“瞧，您刚才谈到我的安德烈，可是您对他并不了解呀。”

“我的安德烈……去他的您的安德烈吧！我正在替您的青春感到惋惜呢。”

他们走进饭厅时，大家已经坐下来吃饭了。奶奶，或者照人家的称呼——亲奶奶，身体很胖，相貌很丑，两道眉毛很浓，还有一点唇髭，嗓门很粗。凭她的声音和姿态，就可以看出她是这里的一家之长。集市上的几排商店和这座带圆柱和花园的老房子都是属于她的财产，但她还是每天早晨都祈祷，求上帝保佑她不会破产，并为此而哭泣。而她的儿媳妇，娜佳的母亲尼娜·伊万诺夫娜，淡黄色头发，腰身束得很紧，戴夹鼻眼镜，而且每个手指上都戴着钻石戒指。安德烈神甫是一个瘦弱的老头，牙齿全掉了，看他的表情，好像准备要讲什么很有趣的事。他的儿子安德烈·安德烈伊奇，娜佳的未婚夫，是胖胖的漂亮青年，卷发，像个演员或画家。他们三个人正在谈论催眠术。

“你在我这里住上一星期，健康就会恢复的。”老奶奶对萨沙说，“只是你要多吃一点才好。看你都像什么样子了！”她叹了一口气，“你变得太厉害了！瞧，真的，你已经完全是个浪子了。”

“该死的挥霍掉父亲所赠的资财以后，”安德烈神甫眼睛带着笑意，慢吞吞地说，“就跟不通人性的牲口一块儿吃草了……”[①]

“我爱我的老爸，”安德烈·安德烈伊奇触一触父亲的肩膀说，“他是一个非常可爱的老人，善良的老人。”

大家都没有作声。萨沙忽然笑起来，并用餐巾捂住嘴。

“那么，您是相信催眠术了？”安德烈神甫问尼娜·伊万诺夫娜。

“当然，我也不能肯定我相信，”尼娜·伊万诺夫娜回答说，脸上做出很严肃甚至严厉的表情，“不过应当承认，自然界有许多神秘的和不可理解的东西。”

“我完全同意您的意见，不过我要补充您一点：宗教信仰为我们大大地缩小了神秘的领域。”

一个又大又肥的火鸡端上桌来了，安德烈神甫和尼娜·伊万诺夫娜继续在谈话。尼娜·伊万诺夫娜手指上的钻石戒指在闪闪发光，后来是她的眼睛在发光，她激动起来了。

“我虽然不敢跟您争论，”她说，“但您也会同意，生活中有那么多解答不了的谜！”

“我敢让您相信，一个也没有。”

晚饭之后，安德烈·安德烈伊奇拉小提琴，尼娜·伊万诺夫娜则弹钢琴为他伴奏。他十年前在一所大学的语文系毕业，但没有在任何地方做过事，没有固定的工作，只是有时参加为慈善目的而举办的音

① 参阅《新约全书·路加福音》第十五章浪子的故事。

乐会。城里大家都称他艺术家。

安德烈·安德烈伊奇在拉琴，大家默默地听着。桌上的茶炊轻轻地沸腾，只有萨沙一个人在喝茶。后来时钟敲响十二下，一条琴弦突然断了。大家笑起来，赶忙起身，开始告辞。

娜佳送走未婚夫后，便上楼回自己的房间去。她和母亲住在楼上（祖母住在楼下）。楼下的大厅里都熄灯了，萨沙仍旧坐在那儿喝茶。他老是按莫斯科的习惯喝茶喝得很久，一回得喝七杯。娜佳宽衣躺在床上后很久还听见女仆在楼下收拾打扫，祖母在生气。最后，一切都安静下来了，只是偶尔听见萨沙在下面自己的房间里低沉地咳嗽几声。

二

娜佳醒来的时候大概是两点钟，天开始亮了。什么地方的更夫在打更。她已经不想睡了，床太软，躺着不舒服。娜佳像过去一样，在五月的夜晚躺在被窝里想事，而思想也和昨夜一样，单调，毫无意思，令人厌烦。她想到，安德烈·安德烈伊奇如何地向她献殷勤，向她求婚；她如何地同意了，后来便慢慢地尊重这个善良、聪明的人。可是，不知为什么，现在当婚期剩下一个月的时候，她却开始感到害怕和不安，好像有一种模糊不清的沉重的东西在等待着她似的。

“嘀托、嘀托……”更夫在懒洋洋地打着更，“嘀托、嘀托……”

从一个大的旧窗户里可以看见花园，更远一点，有紫丁香盛开的茂密的丛林，它们都处于睡眠状态，并且由于寒冷而变得萎靡不振了。浓重的白雾浮到紫丁香上面，想把它盖住。在远处的树上，睡意蒙眬的白嘴鸦在大声啼叫。

“我的天呀，我为什么这样苦恼！”

也许每一个未婚妻在结婚前都有这种感觉吧。谁知道呢！或许这里有萨沙的影响？可是，要知道，萨沙多少年来都在说同样的话，好像念文章一样，说的时候，显得天真和奇怪。但是脑子为什么老是离不开萨沙呢？为什么呢？

更夫早就不打更了。窗口下和花园里鸟儿叫喳喳，花园里的雾也散了。春天的阳光像微笑一样，把四周照得通亮。很快地，被太阳温暖了的整个花园，在阳光的爱抚下，已苏醒过来了，钻石般的露珠在树叶上熠熠发光。这个早已荒芜了的老花园在这个早晨却显得那么年轻、漂亮。

老奶奶已经醒了，萨沙以一种深沉的男低音咳嗽起来。可以听见下面在安顿茶炊，移动桌子了。

时钟走得很慢。娜佳早就起了床，而且在花园里散步许久了，可是早晨仍然没有过去。

瞧，尼娜·伊万诺夫娜脸上带着泪痕，手里拿着一杯矿泉水出来了。她迷信招魂术和顺势疗法。她读很多书，喜欢谈论自己产生的怀疑。娜佳觉得，所有这一切都包含着深刻的神秘的意义。这时娜佳吻了吻母亲，同她并排走着。

"啊，你干吗哭了，妈妈？"她问道。

"昨天晚上我开始看一本描写一个老头和他女儿的中篇小说。老头在某个地方服务，不料他的上司竟爱上了他的女儿。小说我还没有看完，不过有一个地方却使人忍不住要流泪。"尼娜·伊万诺夫娜说，呷了一口杯子里的水，"今天早晨我想起来，就又哭了。"

"这些天来，我都不那么快活，"娜佳沉默了一会后说，"我为什么晚上睡不着觉呢？"

"我不知道，亲爱的。不过我在晚上睡不着觉时，就紧紧地闭上眼睛，瞧，就像这样，暗自想象安娜·卡列尼娜[1]怎样走路，怎样说话，或者想象古代世界的一桩什么历史故事……"

① 列夫·托尔斯泰小说《安娜·卡列尼娜》中的女主人公。

娜佳觉得母亲并不了解她，也不可能了解她。她还是平生第一次有这种感觉，甚至开始感到害怕，想躲起来。于是她就回自己的房间里去了。

两点钟大家坐下来吃饭。这是星期三，斋戒日，所以祖母给大家吃素红菜汤和鳊鱼汤。

萨沙为了逗弄奶奶，既喝了荤汤，也喝了素红菜汤。吃午饭的时候他一直在开玩笑，不过他的笑话说得太笨，全都带有教训意义，结果变得一点也不可笑。他在说俏皮话之前，总是把他长得很像死人一样的手指举起来，这就不由得使人想到他的病很重，大概他在这个世界上活不多久了。于是大家都为他难过而流泪。

午饭后，祖母便回自己房间里休息。尼娜·伊万诺夫娜弹一会儿钢琴，随后也走了。

“啊哈，亲爱的娜佳，”萨沙开始了惯常的午饭后的谈话，“您要听我的话才好，要听才好！”

她闭上眼睛，深深地坐在老式的圈椅里。他则在房子里静静地踱着步子，从这一头走到那一头。

“您要出去读书才好！”他说，“只有受过教育的和神圣的人才是有意思的人，只有他们才是有用的人。须知，这样的人越多，天国就会越快地在人间出现。到那时，你们的城市就会慢慢地被彻底摧毁，一切都会翻个个儿，一切都会变化，就像是变魔术那样。到那时，这里会有庞大的最富丽堂皇的大厦、奇迹般的花园、罕见的喷泉、出色的人们……可是这还不是最重要的，最重要的是，我们所说的群众。现在这种样子的群众，到那时就已不再存在了。因为每个人都将会有信仰，每个人都会知道他自己为什么而活着，并且再也没有人到群众中间去寻求支持了。亲爱的，好姑娘，走吧！向大家表明：您已经厌倦了这种停滞的、灰色的、罪恶的生活。哪怕您向自己表明这一点也行！”

“不行，萨沙。我快要结婚了。”

“咳，得了吧，谁才要做这样的事呢？”

他们走进花园，散了一会儿步。

“亲爱的，无论如何您要想一想，要明白，您这种无所事事的生活是多么不道德，多么不干净。”萨沙继续说，“您该明白，比方您、您的母亲、您的祖母什么事都不做，这就是说别人在为你们工作，你们在吞噬别人的生命。难道这样干净吗，不肮脏吗？”

娜佳想说，“是啊，这是对的”，还想说，她明白，但是，她眼睛里涌出了泪水，她突然不作声了，心里发紧，回到自己房间去了。

傍晚前，安德烈·安德烈伊奇来了，像平常那样，拉了很久的提琴。他一般是不多说话的，喜欢玩小提琴，也许是因为拉小提琴时就可以不说话。十一点钟他已经穿上大衣，要回家了。他拥抱了娜佳，开始贪婪地吻她的脸、肩膀和双手。

“亲爱的，我可爱的，我的美人！……”他小声说，“啊，我多么幸福！我快活得快要疯了！”

她却觉得，这种话她老早老早就听过了，或者是在什么地方……在一本小说里，在一本旧的、破烂的、早就被扔掉了的小说里读到过似的。

萨沙坐在饭厅的桌旁喝茶，用五个长手指头托着茶碟。奶奶在摆牌阵，尼娜·伊万诺夫娜在看书。油灯里的火噼啪作响，一切都似乎平静、顺利。娜佳道了晚安，回到自己楼上房间里，躺下后立即就睡着了。可是像前一个晚上一样，天刚刚亮，她就醒了，不想睡了，心神不定、难受。她坐起来，把头垂在双膝上，想到未婚夫，想到婚礼……不知为什么，她回想起母亲并不爱其已经去世的丈夫，如今她什么都没有了，完全依靠自己的婆婆即奶奶生活。娜佳怎么想也想不明白，为什么在此之前她会认为妈妈有什么特殊的、不寻常的地方，为什么会没有发现她也是一个普通的、平凡的、不幸的女人。

楼下的萨沙也没有睡着，娜佳听见他在咳嗽。她在想，这是一个古怪而又天真的人，在他的幻想里，所有这些神奇的花园和不寻常的喷泉，都使人觉得有点荒诞。但是，不知为什么，在他这种天真甚至荒诞里却又有那么多美好的东西，以致她一旦想到是否外出读书时，就好像有一股凉气沁透了她整个的心和胸，充满了快乐和兴奋感。

“不过，最好别去想，最好别去想……”她小声说，“不该去想这些。”

“嘀托……”远处什么地方更夫在打更，“嘀托……嘀托……”

三

六月中旬，萨沙忽然感到烦闷，便打算回莫斯科去。

“我不能在这个城里住下去了，”他忧郁地说，“没有自来水，也没有下水道！我怕脏，不敢吃饭，厨房里脏得无法……”

“你就等一等吧，浪子！”不知为什么奶奶小声劝他，“七号就是婚礼了！”

“我不想等了。”

“你本来不是想在我们家住到九月份吗！”

“可我现在不想住了，我需要去工作。”

这年遇到了一个潮湿而阴凉的夏天，树木湿淋淋的，花园里的一切都不使人感到愉快，而是令人沮丧，这也实在使人想去工作。楼上楼下的各个房间里都可以听到陌生女人的说话声。奶奶房里响起了缝纫机的嗒嗒声，这是她们在赶制嫁妆。光是皮大衣就给娜佳缝了六件，其中最便宜的一件，按奶奶的说法，也值三百卢布！这种无谓的忙乱使萨沙感到不快，他坐在自己的房间里生气。不过大家都劝他留下来，于是他答应在七月一日以前不走。

时间过得很快。彼得节那天午饭后，安德烈·安德烈伊奇同娜佳一起到莫斯科街去再看一回为他们这对年轻人准备的早已租下来的房子。这是一幢两层楼的房子，不过目前只修好了上面的一层，大厅里上了色的镶木地板闪闪发光。几把维也纳式的椅子，一架钢琴，一个小提琴乐谱架，充满油漆味。墙上挂着一张有金边的大油画，画面是一个裸体女人，旁边有一个断了把的紫色花瓶。

“一幅绝妙的画，”安德烈·安德烈伊奇说，出于尊敬而叹一口气，“这是画家希什马契夫斯基的作品。”

再过去一点是客厅，有一张圆桌，一张沙发，几张套着鲜蓝色布罩的圈椅。沙发上方挂着安德烈神甫的大照片：他戴着法冠，佩着勋章。后来他们走进带餐具橱的饭厅，然后走进了卧室。这里在朦胧的光线中并列摆着两张床，仿佛在布置卧室时，就已经注意到，这里将永远是很美满的，不可能不是这样的。安德烈·安德烈伊奇领着娜佳走遍了各个房间，并一直搂着她的腰。而她却觉得自己身体衰弱、惭愧，憎恨所有这些房间、床铺、圈椅，裸体太太使她感到恶心。她自己已经很清楚，她不爱安德烈·安德烈伊奇了，也许，她根本从来就没有爱过他。可是这话怎么说出来，向谁去说呢，又为什么要说呢？她自己不明白，也无法明白，尽管她整天整夜都在想这件事……他搂着她的腰，谈得那样热情、谦虚，那样幸福，在自己这所住宅里走来走去。而她呢，在所有这一切中，她只看到了庸俗，愚蠢的、幼稚的和不能容忍的庸俗。搂着她的腰的那只手，她也觉得像铁箍一样僵硬和冰凉。她时刻都想跑掉，痛哭一场，从窗口上跳下去。安德烈·安德烈伊奇领她去看浴室，他碰了碰安装在墙上的水龙头，水即刻流了出来。

“怎么样？”他说，大笑起来，“我吩咐在顶间安了一个能盛一百桶水的水箱。瞧，我们将来就有水用了。”

他们穿过了院子，然后走到街道上，雇了一辆马车。灰尘像浓密的乌云一样扬了起来，好像天马上就要下雨了。

“你不冷吗？”安德烈·安德烈伊奇说，灰尘使他眯起了眼睛。

她沉默不语。

“昨天，你还记得吗，萨沙批评我们什么事也不做，”他沉默了一会后说，“好吧，他说得对！非常对！我什么事也不做，也做不了。我亲爱的，这是为什么呢？我甚至一想到将来有朝一日额头上戴一枚帽徽，去供职，就觉得非常厌恶，这是为什么呢？为什么我一看见律师，或者拉丁语教师，或者市参议员，就觉得不自在呢？啊，罗斯母亲！啊，罗斯母亲！你还驮着多少无所事事、毫无用处的人啊！有多少像我这样的人压在你的身上啊，多灾多难的罗斯！”

他对自己什么事也不做这一点作了总结，认为这是一种时代的表征。

“我们将来结了婚，”他接着说，“我们就一起到农村去，我的亲爱的，我们将在那里工作！我们买一小块地，带有一个花园和一条小河，我们将劳动，观察生活……啊，那将是多么好啊！”

他脱下帽子，头发被风吹得扬了起来。她听着他说话，并且在想：“天啊，我想回家！天啊！”几乎快到自己的家时，他们追上了安德烈神甫。

“瞧，父亲也来了！”安德烈·安德烈伊奇高兴起来，挥动着帽子，“我爱我的老爸，真的。”他说，一面付给车夫钱，“他是很好的老人，善良的老人。”

娜佳走进屋里，心里生气，身体不舒服，心想，整个晚上都有客人，要招待他们，笑脸相陪，听小提琴演奏，听各种各样的胡诌，谈的都是婚礼的事。奶奶穿着华丽的绸子衣服，坐在茶炊旁边，神情傲慢，在客人面前总是目空一切。安德烈神甫带着狡猾的微笑走进来。

“看见您身体健康，我十分高兴和快慰。”他对奶奶说。很难弄明白，他是在开玩笑，还是说真心话。

四

风敲打着窗户和房顶，听得见飕飕的叫声。炉灶里，家神悲愁而又忧郁地哼着自己的歌。这时是夜晚十二点多钟。房子里大家都躺下了，但谁也没有睡着。娜佳总觉得楼下有人在拉小提琴。传来一种响亮的撞击声，大概是一块护窗板掉下去了。一分钟以后，尼娜·伊万诺夫娜穿着一件衬衫，手里拿着蜡烛进来了。

“这是什么响，娜佳?”她问道。

母亲把头发编成一条辫子，脸上露出一种胆怯的微笑。在这个暴风雨的夜晚，她显得老了，丑了，矮小了。娜佳记得不久前自己还认为母亲是个不平凡的女人，十分自豪地听她说话，而现在却怎么也想不起这些话了，而能记得的那些话，却又是那么软弱无力，毫无用处。

炉灶里传来好几种男低音的歌声，甚至似乎听见了“唉，唉，我的天呀!”娜佳从床上坐起来，突然紧紧地抓住自己的头发，痛哭了起来。

“妈妈，妈妈，”她小声说，“我的亲人，要是你知道我出了什么事就好了！我求求你，求求你让我走吧！我求你了!”

“到哪里去?”尼娜·伊万诺夫娜问道，她不知道是怎么回事，也从床上起来，“你要到哪里去?”

娜佳哭了很久，一句话也说不出来。

“让我离开城市吧!”她终于说了出来，“不该举行婚礼，也不会有婚礼了——你要明白！我不爱这个人……而且我也不想谈到他。”

“不，我的亲人，不，”尼娜·伊万诺夫娜很快地说，大吃了一惊，“你安静一下，这是由于你心情不好引起的。会过去的。这是常有的事。大概你同安德烈吵嘴了吧？不过，相爱的人拌嘴，不过是开开心而已。”

“得了，你走吧，妈妈，你走吧!”娜佳痛哭起来。

“是啊，”尼娜·伊万诺夫娜沉默了一会后说，“不久以前你还是个小孩、小姑娘，而现在你已经是未婚妻了。在自然界，新陈代谢是经常的。不知不觉间你自己也要变成母亲，变成老太婆，你也将和我一样，有一个固执而任性的女儿。”

“我亲爱的善良的妈妈，你固然聪明，可你也不幸，”娜佳说，“你很不幸——你为什么要说这些庸俗的话呢？看在上帝面上，你说这是为什么呢？”

尼娜·伊万诺夫娜还想说点什么，可是一句话也说不出来，呜咽了一声，回自己房里去了。炉灶里又响起了男低音，忽然变得很骇人。娜佳从床上跳下来，急忙跑到母亲那里去。尼娜·伊万诺夫娜躺在床上哭泣，盖着浅蓝色的被子，手里拿着一本书。

“妈妈，你听我说！”娜佳说，“我求求你，你仔细想一想就会明白的！你只要明白我们现在的生活是多么的琐碎渺小，多么有失尊严就好了。我的眼睛睁开了，现在我全看见了。你这个安德烈·安德烈伊奇是什么人呢？要知道，他并不聪明，妈妈！上帝啊！你要明白，妈妈，他愚蠢！”

尼娜·伊万诺夫娜猛地坐起来。

“你和你的奶奶都折磨我！”她说，呜咽了一声，“我还要活，要活！”她反复地说，并两次用拳头捶打自己的胸口，“请你们给我自由吧，我还年轻，我要活，而你们却要把我变成老太婆！……”

她悲痛地哭起来，躺下后，在被子下面将身子缩成一团，显得那么弱小、可怜和愚蠢。娜佳回到自己的房间里，穿上衣服，坐在窗口下，等待天亮。她整夜坐着，想心事。外面不知什么人老在敲击护窗板，并且吹口哨。

早晨，奶奶抱怨说，昨夜花园里的所有苹果都被风刮掉了，并且吹断了一棵老李树。天色灰暗、浑浊、悲凉，只好点起灯来。大家都抱怨天气冷，而且雨水抽打着窗子。喝过茶后，娜佳去找萨沙，一句话也没有说，就在墙角一张圈椅旁边跪下，双手捂着脸。

“怎么啦？”萨沙问。

“我受不了啦……”她说道，“以前我怎么能在这里生活，我真不明白，不理解。我现在瞧不起未婚夫，瞧不起自己，瞧不起所有这种无所事事的、毫无意义的生活……”

“好了，好了……”萨沙说，还不明白是怎么一回事，“这没有什么……这很好。”

“这种生活使我非常讨厌，”娜佳接着说，“我在这里连一天都待不下去了，明天我就离开这里，看在上帝面上，你就带我走吧！”

萨沙惊讶地看着她良久。他终于明白过来，并像孩子一样高兴起来。他挥起双手，用鞋踩着步子，高兴得好像要跳起舞来了。

“好极了！”他说道，搓了搓双手，“天呀，这有多么好啊！”

她则睁着一双充满爱慕的大眼睛，目不转睛地望着他，心醉神迷地等待他会对她立即说出什么具有重大意义的、无比重要的话来。他还什么也没对她说，而她却已经觉得在她面前展开了一种新的、广大的、她从前所不知道的东西，她已经充满期待地望着它，做好一切准备，哪怕是死也在所不惜。

“我明天就走，”他想了想后说，“您到车站来送我……我把您的行李装在我的皮箱里，车票我也替您买好，等到响第三遍铃时，您就上车，我们就走了。您送我到莫斯科，然后您一个人再到彼得堡去。您有身份证吗？”

“有。”

“我敢担保，您不会遗憾，不会后悔的，”萨沙兴奋地说，“您去吧，去念书吧，然后您就听从命运的安排。当您把生活转变过来时，那就一切都变了。最重要的是转变生活，其余的一切都无关要紧。那么，明天我们就走了？”

“啊，是的！看在上帝的面上。”

娜佳觉得自己非常激动，心里从来没有这么沉重。现在在离家之前她只好受点苦，受思索的折磨。可是她刚回到自己楼上的房间里，在床上一躺，立即就睡着了，并且睡得很熟，脸上带着泪痕，带着微笑，一直睡到傍晚。

五

雇好了出租马车。娜佳已经穿好大衣，戴上帽子，来到楼上，要再看一眼母亲和自己的所有的东西。她在自己的房间里挨着还有余温的床边站了一会儿，环顾一周，然后悄悄地走到母亲跟前。尼娜·伊万诺夫娜还在睡觉，房间里一片寂静。娜佳吻了吻母亲，理了理她的头发，站了两分钟光景……随后便不慌不忙地回到下面。

外面下着大雨，马车支起了顶篷等在门口，整个都淋湿了。

“你跟他一个位子坐不下，娜佳，”奶奶说，这时女仆开始把手提箱搬上车去，“这样的天气还想去送他！待在家里吧。瞧，多大的雨啊！”

娜佳想说点什么，可又不能说。萨沙把娜佳扶上车，用方格毛毯给她盖好脚，然后自己在旁边位子上坐下来。

“一路平安！让上帝赐福给你！”奶奶在台阶上喊道，“你呀，萨沙，到莫斯科就给我们写信。”

“好的，再见，奶奶！”

“让圣母保佑你！”

“唉，这天气！”萨沙说道。

娜佳直到现在才哭起来，现在她才明白她已经走定了。当她和奶奶告辞，当她去看妈妈的时候，她总还是不相信真会走。再见了，城市！新的住宅、裸体女人和花瓶。所有这一切已不会惊吓她，不再成为负担，而是变得幼稚、渺小、越来越往后退了。当她坐在车厢里，火车开动的时候，所有这些过去的庞大而又严肃的东西，便被压缩成一团，而那些迄今她还很少注意的巨大而又广阔的未来却扩展开来。雨点抽打着车窗，看得见的只有绿色的田野。电线杆和电线上的鸟雀一闪而过。忽然喜上心来，使她一时喘不过气来：她想到她正走向自由，去读书，这就跟许久以前人们所说的“外出去当哥萨克”一样。于是她又笑，又哭，又祈祷！

“没关系，”萨沙得意地微笑着说，“没关系！”

六

秋天过去了，接着冬天也过去了。娜佳已十分想家，每天都想母亲，想奶奶，也想萨沙。家里寄来一封封平静、和善的信，好像一切都得到了宽恕，都已忘记了。五月份考试完了以后，她很健康，高高兴兴地回家了。中途在莫斯科下车，去看萨沙。他还是老样子，还像去年夏天一样：满脸胡子，头发蓬乱，还是穿着那件常礼服和帆布裤子，还是那双又大又好看的眼睛。但是看上去他并不健康，而是病魔缠身的样子，又老又瘦，还不停地咳嗽。不知为什么，娜佳觉得他有点灰溜溜、土头土脑的样子。

“我的天啊，娜佳回来了！”他说，高兴地笑起来，“好姑娘，我的亲人！”

他们在石印厂坐了一会儿，那里充满了烟味，而且油墨和颜料也发出呛人的气味。后来他们来到他的房间，房间里也是烟味，而且吐了许多痰。桌子上在冷却了的茶炊旁边摆着一个用黑纸盖着的破碟子。桌上和地上有许多死苍蝇。处处都可以见出，萨沙的个人生活搞得一塌糊涂，很邋遢，得过且过，非常蔑视生活的舒适。如果有人对他谈个人的幸福，谈私生活，谈对他的爱，他会什么都不懂，只会一笑置之。

“还不错，事事顺遂。”娜佳急忙说，“秋天妈妈曾到彼得堡来看我。她说奶奶已经不生气了，只是老到我的房间里去，在墙上画十字。”

萨沙显得很快活，但是老咳嗽，说话声音发颤。娜佳一直仔细地看着他。她不知道他真是病得很重，还是只是她的一种感觉。

“萨沙，我亲爱的，”她说，“要知道，你在生病！”

“不，我还好，是有病，但不太严重……”

“唉，我的天啊，”娜佳激动起来，“为什么你不去治病，为什么你不爱惜自己的健康呢？我亲爱的，亲爱的萨沙。”她说，眼睛里流出了泪水。而且不知为什么，她的想象里竟出现了安德烈·安德烈伊奇、裸体太太和花瓶，以及过去的一切，而这一切现在已显得像童年一样遥远了。她哭了，因为萨沙在她看来已不再像过去那样新奇、那样有知识、那样有趣了。“亲爱的萨沙，您的病很重很重了。我不知道应当怎样做，才能让您不再这么苍白和消瘦。我欠您那么多的情！您甚至不能想象，您帮了我多大的忙，我的好萨沙！实际上，您现在是我最亲近、最亲爱的人了。”

他们坐着谈了一会儿。现在，当娜佳在彼得堡过了一个冬天之后，萨沙，萨沙的话，萨沙的微笑，他的整个形态，在她看来，已是一种过了时的、旧式的、气数已尽的，或许已经进了坟墓的东西了。

“我后天要到伏尔加河去，”萨沙说，“然后再去喝马乳酒。我想喝马乳酒，还有一个朋友带着妻子跟我一块去。他妻子是一个非常好的人，我一直鼓励她，劝她出去读书。我想改变她的生活。”

他们谈了一阵之后，便坐车到火车站去。萨沙请她喝茶，吃苹果。火车开动了，他微笑着向她挥动手绢。甚至从腿上也可以看出，他病得很重，未必能活很久了。

中午，娜佳回到了自己的城市。当她从车站坐车回家时，她觉得那些街道都很宽，而房子却又小又扁，没有人，只遇见那个穿红黄色大衣的德国钢琴调音师。好像所有的房子都盖上了灰尘。祖母已经完全老了，还像以前那么胖、那么丑，她抓住娜佳的双手，把脸贴在她肩膀上，哭了很久，不能分开。尼娜·伊万诺夫娜也老了许多，难看多了，好像全身都消瘦了，不过仍旧像从前那样束紧腰，钻石戒指也仍旧在她手指上闪闪发光。

"我亲爱的！"她说，全身发抖，"我亲爱的！"

后来她们坐下来，还是在哭，没有说话。很明显，不论是祖母，还是母亲，都已经感觉到，过去是一去不复返了，不可逆转了：她们已没有了社会地位，没有了从前的那种荣耀，也无权在家请客了。这就像在轻松的无忧无虑的生活中，突然夜里来了警察，进行搜查，原来这家的主人盗用公款或造伪币，于是这种轻松的无忧无虑的生活也就永远结束了一样！

娜佳走到楼上，看见原来的那张床，原来的挂着雪白、朴素的窗帘的窗户，窗外也仍然是那个花园，它沐浴在阳光里，欢快、喧闹。她摸了摸自己的桌子，坐下来，想了想。她午饭吃得很好，喝了茶，吃了香甜、油腻的鲜奶油。可是好像还缺了点什么，觉得房间里空荡荡的，天花板也显矮了。晚上她躺下睡觉，盖上被子，但不知为什么，躺在这张暖和的很柔软的床上，她觉得有点可笑。

尼娜·伊万诺夫娜来了一会儿，她坐着就像是有罪的人一样，心神不定，神色慌张。

"喂，怎么样，娜佳？"沉默一会儿后她问道，"你满意吗？非常满意吗？"

"满意，妈妈。"

尼娜·伊万诺夫娜站起来，在娜佳身上和窗户上画十字。

"而我，你知道吗，开始信教了，"她说，"要知道，我现在在研究哲学，我老是在想，在想……现在有许多东西我都像白昼一样明白了。我觉得，首先要让整个生活都过得像透过三棱镜一样。"

"告诉我，妈妈，奶奶的身体怎么样？"

"好像还好。当你和萨沙离开家，后来你打来电报时，奶奶读了电报就倒在地上了，躺了三天不能动弹。后来她老是向上帝祈祷，老是哭，而现在没有事了。"

她站起来，在房间里来回走动。

"嘀托、嘀托……"更夫在打更，"嘀托、嘀托……"

“首先要使整个生活都过得像透过三棱镜一样，”她说道，“换句话说，也就是，在我们的意识里，生活应分解成最简单的成分，就像分成七种基本颜色一样，对每个成分都得分别去加以研究。”

尼娜·伊万诺夫娜还说了些什么，以及她什么时候离开的，娜佳都没有听见，因为她很快就睡着了。

五月过去，六月到来，娜佳在家里已经习惯了。奶奶在张罗茶炊，深深地叹气。每天晚上尼娜·伊万诺夫娜都在讲自己的哲学。她仍像从前那样，住在家里，像一个寄食者，花每一个钱都得向祖母去要。房子里有许多苍蝇，房间里的天花板也好像变得越来越矮了。老奶奶和尼娜·伊万诺夫娜由于害怕遇见安德烈神甫和安德烈·安德烈伊奇，因此不上街。娜佳常在花园里和街上走动，看那些房子和灰色的围墙。她觉得，城里的一切早已经老化了，过时了，只不过是在等着结束，或者是在等待一种年轻的、新鲜的东西的开始罢了。啊，要是这种新的、光明的生活能早日到来就好了，那时人们就可以正直而又勇敢地面对自己的命运，意识到自己是对的，成为快活、自由的人！而这种生活迟早是要到来的！须知，那样一个时代会到来的，到那时候，像奶奶家的那种景况，即四个女仆没有地方住，只能挤在一个房间里，住在地下室里，住在肮脏的地方的景况，就不再存在，消失得无影无踪，就会被忘记，不再有人记得了。同娜佳逗乐的就只有邻院的那些顽皮孩子们，当她在花园里散步的时候，他们就会敲敲围墙，笑着逗她说：“新娘子！新娘子！”

萨沙从萨拉托夫寄来一封信。他用快活的跳舞似的笔迹写道：他在伏尔加河的旅行很成功，不过去萨拉托夫他害了一点病，嗓子哑了，已经在医院里躺了两个星期。她明白，这意味着什么，一种差不多是坚信不疑的预感控制了她。她感到不快的是，这种关于萨沙的预感和思想并没有使她像从前那样激动。她强烈地想要生活，要回彼得堡去。她和萨沙的交往虽然是亲切的，但毕竟遥远了，遥远地过去了！她整夜没有睡，早晨坐在窗口下，谛听着。她真的听见了下面有人说话，慌张不安的祖母正在急忙地询问什么，然后便有人哭起来……娜佳来到楼下时，祖母站在墙角祈祷，满脸泪水。桌子上放着一封电报。

娜佳在房间里来回踱步很久，听着祖母哭，后来拿起电报读了。电报通知说，亚历山大·季莫菲伊奇，或者简称萨沙，由于肺病，昨天早晨在萨拉托夫去世。

祖母和尼娜·伊万诺夫娜去教堂安排祭祷，娜佳仍在房间里来回踱步很久，想着心事。她清楚地意识到，她的生活已经像萨沙所要求的那样改变过来了，她在这里是孤独的，陌生的，无人需要的，她也不需要这里的一切，她与过去的一切已一刀两断，就像一切都烧掉了，消失了，连灰烬也被风吹走了一样。她走进萨沙的房间，在那里站了一会儿。

“别了，亲爱的萨沙！”她想道，在她的面前出现了一种宽广辽阔的新生活，这种生活虽然还朦朦胧胧，充满神秘，但却在吸引着她，召唤着她。

她上楼回到自己房间里去收拾行李。第二天一早便向家人告辞，朝气蓬勃、欢欢快快地告别了这个城市，大概永远不会回来了。

（1903 年）